Contagion

Lawrence Wright

Contagion

TRADUIT DE L'ANGLAIS (ÉTATS-UNIS)
PAR **LAURENT BARUCQ**

cherche
midi

Vous pouvez consulter notre catalogue général
et l'annonce de nos prochaines parutions sur notre site :
www.cherche-midi.com

Directeur de collection : Arnaud Hofmarcher

Titre original : *The End of October*
Éditeur original : Alfred A. Knopf

92, avenue de France
75013 Paris

Mis en pages par Nord Compo
Dépôt légal : octobre 2020
ISBN 978-2-7491-6670-4

Ce livre rend hommage au courage
et à l'ingéniosité des hommes et des femmes
qui ont dédié leur vie au service de la santé publique.

La contagion se riait de toute médecine, la mort faisait rage dans tous les coins, et si cela eût continué de même encore quelques semaines, la ville eût été vidée de tout ce qui avait une âme. Les hommes partout commençaient à désespérer ; la peur leur faisait défaillir le cœur ; l'angoisse poussait chacun à bout et les terreurs de la mort se lisaient sur les figures, dans l'expression des gens.

Daniel Defoe, *Journal de l'année de la peste*
(trad. Francis Ledoux, Gallimard, 1959)

SOMMAIRE

I – Kongoli

II – La pandémie

III - En profondeur

IV - Octobre

I
Kongoli

1

Genève

Un groupe de responsables de la santé publique était réuni dans un grand auditorium genevois, pour la dernière conférence de l'Assemblée mondiale de la santé. Les gens dans l'assistance ne tenaient plus en place, fatigués par les longues journées de débats et inquiets de savoir s'ils allaient manquer leur vol. L'attentat de Rome avait mis tout le monde à cran.

L'avant-dernier intervenant parlait d'« un étrange cluster d'adolescents décédés dans un camp de réfugiés en Indonésie ». Hans Quelquechose. Un Néerlandais. Grand, arrogant, bien nourri. Une tignasse d'un blond grisonnant débordait par-dessus son col, et les peluches sur ses épaules brillaient sous la lumière projetée du PowerPoint.

Une carte de l'Indonésie apparut à l'écran : plus de dix-sept mille îles, une entité quasi ingouvernable. « Quarante-sept certificats de décès ont été émis durant la première semaine de mars au camp n° 2 de Kongoli, à Java Ouest. » Hans indiqua l'emplacement avec son pointeur laser et fit défiler des images de réfugiés démunis vivant dans des conditions sordides. Le monde regorgeait de populations en exil, des millions de gens tassés dans des camps construits à la va-vite, enfermés comme des prisonniers, avec trop peu de nourriture et de rares installations médicales. Pas étonnant que les épidémies se répandent dans des endroits pareils. Le choléra, la diphtérie, la dengue : les tropiques mijotaient toujours quelque chose.

« Fortes fièvres, sécrétions pleines de sang, transmission rapide, taux de mortalité extrême. Mais ce qui distingue réellement ce cluster, dit Hans en faisant apparaître un graphique, c'est l'âge médian des victimes. D'ordinaire, les infections touchent aléatoirement toutes les générations, mais ici les cas de décès sont bien plus nombreux dans la catégorie de gens la plus résistante de la population – en théorie. »

Dans le vaste auditorium de Genève, l'assemblée de responsables sanitaires étudiait l'étrange diapositive, la curiosité piquée au vif par cette anomalie. La plupart des maladies mortelles tuent les plus jeunes et les plus vieux, mais, au lieu de former un U, ce graphique épousait vaguement la forme d'un W, avec un âge moyen de décès estimé à vingt-neuf ans.

« D'après les rapports sommaires sur l'épidémie initiale, on estime le taux de mortalité globale à soixante-dix pour cent. »

Maria Savona, directrice du département d'épidémiologie de l'OMS, brisa le silence confus.

« Des cas pédiatriques ou natals… ?

– Largement représentés dans l'étude démographique, répondit Hans.

– Une possible transmission sexuelle ? demanda une médecin japonaise.

– Peu probable » dit Hans. Il prenait du plaisir. À présent son visage se trouvait devant la lumière et projetait une ombre massive sur la diapo suivante. « Le nombre de décès recensé reste constant sur les semaines suivantes, mais le total général a baissé significativement.

– Dans ce cas, c'est un événement ponctuel, conclut la Japonaise.

– Avec quarante-sept victimes ? Sacrée orgie ! »

La médecin japonaise rougit et se couvrit la bouche en gloussant.

« Très bien, Hans, tu nous as assez tenus en haleine », dit Maria avec impatience.

Hans balaya l'assistance d'un regard triomphal.

« La shigellose, dit-il sous les exclamations incrédules. Vous auriez trouvé si le vecteur de mortalité n'était pas inversé. Ça nous a beaucoup déroutés aussi. Ces bactéries, répandues dans les pays les plus pauvres, causent de nombreux cas d'intoxications alimentaires. Nous avons interrogé les autorités sanitaires de Jakarta, et d'après eux, en situation de famine, les jeunes sont les seules personnes capables de mettre la main sur les ressources alimentaires limitées. Dans ce cas, c'est cette force qui a causé leur perte. Notre équipe en a déduit que le pathogène provenait probablement du lait cru. Nous voyons ça comme une mise en garde contre les stéréotypes démographiques, qui peuvent nous empêcher de voir des faits autrement évidents. »

Hans quitta l'estrade sous de faibles applaudissements tandis que Maria appelait le dernier intervenant sur scène. Celui-ci prit la parole : « Les *Campylobacter* dans le Wisconsin… »

Soudain, une voix impérieuse l'interrompit. « Une violente fièvre hémorragique aurait tué quarante-sept personnes et disparu sans laisser de trace ? »

Quelque deux cents têtes se retournèrent pour repérer d'où provenait ce grondement sonore. À la voix, on aurait pu croire que Henry Parsons était un grand gaillard. Pas du tout. Il était petit, mince et légèrement voûté, des suites de rachitisme infantile. Ses traits et son ton professoral semblaient étrangement démesurés dans un corps aussi modeste, mais il se comportait avec la prestance d'un homme qui savait ce qu'il valait malgré son apparence rabougrie. Ceux qui le connaissaient parlaient de lui avec une touche d'émerveillement amusé et l'appelaient « Herr Doktor » ou encore « le petit despote » derrière son dos. Il était capable de faire pleurer les internes qui n'arrivaient pas à préparer correctement un échantillon ou qui passaient à côté de symptômes uniquement pertinents à ses yeux, mais c'était lui, Henry Parsons, qui avait dirigé l'équipe internationale durant l'épidémie d'Ebola en Afrique de l'Ouest en 2014. Il avait retrouvé le premier patient avéré – le prétendu patient zéro –, un petit garçon guinéen âgé de dix-huit mois qui avait été infecté par des chauves-souris. On racontait beaucoup d'histoires à son sujet, et on aurait pu en raconter bien d'autres encore s'il avait seulement cherché la notoriété. Dans la bataille sans merci contre les maladies émergentes, Henry Parsons n'était pas un petit homme, mais un véritable géant.

Hans Quelquechose plissa les yeux et repéra Henry dans la pénombre des rangées du haut. « Ce n'est pas si étrange, docteur Parsons, si l'on prend en compte les causes environnementales.

– Vous avez employé le mot “transmission”. »

Hans sourit, ravi de rejouer à ce petit jeu.

« Les autorités indonésiennes ont d'abord soupçonné un agent viral.

– Qu'est-ce qui les a fait changer d'avis ? » demanda Henry.

Maria était intriguée.

« Tu penses à un cas d'Ebola ?

– Si c'était le cas, on verrait probablement des déplacements vers les centres urbains, dit Hans. Ça n'apparaît pas. Il a simplement suffi d'éliminer la source de la contamination et l'infection a disparu.

– Vous êtes-vous rendu sur le site en personne ? demanda Henry. Avez-vous prélevé des échantillons ?

– Les autorités indonésiennes se sont montrées pleinement coopératives, répondit Hans avec dédain. Une équipe de Médecins sans frontières se trouve actuellement sur place et nous recevrons des informations sous peu. Ne vous attendez pas à des miracles. »

Hans attendit un instant, mais Henry recula dans son siège en se tapotant pensivement les lèvres du doigt. L'intervenant suivant reprit la parole : « Dans un abattoir de Milwaukee... », tandis que quelques auditeurs se faufilaient vers la sortie en regardant l'heure. La sécurité allait sûrement être renforcée à l'aéroport.

« Je déteste quand tu fais ça », dit Maria lorsqu'ils arrivèrent dans son bureau. C'était une pièce élégante pourvue de grandes vitres, avec une jolie vue sur le mont Blanc. Une volée de cigognes, qui venait de franchir l'obstacle alpin, décrivit des cercles dans le ciel avant d'atterrir sur les bords du lac Léman, première étape de leur migration printanière en provenance de la vallée du Nil.

« Quand je fais quoi ? »

Maria se pencha en arrière et tapota son doigt sur ses lèvres pour imiter le geste de Henry.

« Je fais ça souvent ? demanda Henry en appuyant sa canne contre le bureau.

– Quand je te vois le faire, je sais que je dois m'inquiéter. Qu'est-ce qui te fait douter des recherches de Hans ?

– La fièvre hémorragique aiguë. C'est très certainement viral. La répartition de la mortalité est très étrange, ça ne colle pas du tout avec la shigellose. Et pourquoi est-ce que ça s'est...

– ... Arrêté d'un seul coup ? Je n'en sais rien, Henry, à toi de me le dire. L'Indonésie ? Encore ?

– Ils ont déjà maquillé la vérité par le passé.

– Ça ne ressemble pas à une nouvelle épidémie de méningite.

– Clairement pas. » Malgré lui, Henry se mit à tapoter à nouveau ses lèvres. Maria attendit.

« Je ne devrais pas te dire quoi faire, conclut-il enfin. Peut-être que Hans a raison.

– Mais... ?

– Le taux de mortalité. Stupéfiant. S'il a tort, ça pourrait être dramatique. »

Maria s'avança vers la fenêtre. Les nuages venaient masquer le majestueux sommet. Elle s'apprêtait à prendre la parole lorsque Henry interrompit ses pensées.

« Il faut que j'y aille.

– C'est exactement ce que je me disais.

– Non, je veux dire : Il faut que je rentre à la maison. »

Maria hocha la tête pour montrer qu'elle l'avait entendu, mais l'expression inquiète dans ses yeux italiens envoyait un tout autre message.

« Accorde-moi deux jours. Je sais que je t'en demande beaucoup. Je devrais envoyer une équipe entière, mais je n'ai personne à qui faire confiance. Hans dit que MSF est sur place, donc ils pourront t'aider. Juste quelques lamelles et quelques échantillons, en coup de vent, avant de rentrer à Atlanta.

– Maria...

– S'il te plaît, Henry. »

Comme cela arrive quand deux amis se connaissent depuis longtemps, Henry revit la jeune épidémiologiste inquiète en train de travailler sur une épidémie de peste porcine africaine en Haïti. Maria faisait partie de l'équipe qui préconisait l'éradication des porcs indigènes porteurs de la maladie. Presque toutes les familles haïtiennes élevaient des cochons : en plus d'être une source importante de nourriture, ils servaient de monnaie, de compte en banque pour les paysans. En un an, grâce aux efforts de la communauté internationale et du dictateur Jean-Claude Duvalier, dit « Baby Doc », la population entière de porcs créoles avait été abattue ; un franc succès, quasi sans précédent. L'éradication avait permis de stopper la maladie incurable, mais les paysans, déjà pauvres, avaient alors connu la famine. Les élites corrompues s'étaient approprié la majeure partie des nouveaux cochons fournis par les Américains, qui s'étaient de toute façon avérés trop fragiles pour vivre dans cet environnement et trop onéreux à nourrir. Sans autres ressources, les gens s'étaient mis à faire du charbon de bois, ce qui avait entraîné une déforestation. Haïti ne s'en était pas remis. On peut se demander si l'éradication des cochons était une bonne idée, en fin de compte. Nous étions vraiment des idéalistes convaincus à l'époque, se dit Henry.

« Deux jours, pas plus, dit-il. J'ai promis à Jill que je serais rentré pour l'anniversaire de Teddy.

– Je vais demander à Rinaldo de te réserver une place sur le prochain avion pour Jakarta. »

Maria lui promit qu'elle l'excuserait auprès du bureau du CDC à Atlanta, le centre pour le contrôle et la prévention des maladies où Henry occupait le poste de directeur adjoint au service des maladies infectieuses ; c'était une requête urgente de sa part.

« Au fait, dit-il au moment de partir, tu as eu des nouvelles de Rome ? Ta famille est en sécurité ?

– On ne sait pas », répondit-elle sans espoir.

L'attentat de Rome avait été planifié pour tomber pendant le Carnaval, un festival sur huit jours qui se déroulait partout en Italie avant le carême. La Piazza del Popolo grouillait de monde pour le défilé costumé et ses célèbres chevaux dansants. Ce matin-là, les journaux télévisés diffusaient en boucle les images des carcasses éventrées de ces créatures magnifiques, éparpillées parmi les corps des festivaliers et les décombres des églises jumelles. Rome avait toujours figuré bien haut sur la liste des cibles islamistes, symbole éternel des croisades chrétiennes, toujours fraîches dans la mémoire des djihadistes. « Des centaines de morts à Rome, un décompte encore en cours, disait le présentateur de Fox News. Quelle sera la réponse de l'Italie ? »

Le jeune Premier ministre était un nationaliste, les cheveux rasés sur les côtés et longs sur le dessus, à la mode des néofascistes qui prenaient le pouvoir partout en Europe.

Sans surprise, il proposait d'expulser massivement les musulmans.

Jill Parsons éteignit la télévision lorsqu'elle entendit ses enfants descendre l'escalier avec fracas, en pleine dispute. Ils se chamaillaient pour savoir si Helen était invitée ou non à Legoland avec Teddy et ses amis. Helen n'aimait même pas les Lego.

« Qui veut des gaufres ? » demanda joyeusement Jill. Aucun des deux enfants, encore absorbés par leur querelle futile, ne répondit. Peepers, un chien de sauvetage bâtard avec des taches autour des yeux comme les pandas, émergea de son coin et s'avança lentement pour arbitrer le conflit.

« C'est MON anniversaire, dit Teddy d'un air indigné.

– Je te laisserai venir au parc d'attractions pour le mien, répondit Helen.

– Maman, elle m'a piqué ma gaufre ! » gémit-il. Il venait de le remarquer dans son assiette.

« J'ai juste pris une bouchée.

– Tu l'as touchée !

– Helen, mange tes céréales, dit Jill machinalement.

– Elles sont toutes molles. »

Helen croqua tranquillement un autre morceau de la gaufre de Teddy. Celui-ci hurla au scandale. Peepers aboya en signe d'approbation. Jill soupira. La maisonnée virait toujours au chaos quand Henry n'était pas là. Mais alors qu'elle s'apprêtait à le blâmer dans sa tête, elle sentit son iPad vibrer et Henry apparut sur l'écran, en FaceTime.

« Tu as lu dans mes pensées ? demanda-t-elle. J'étais en train de t'invoquer par télépathie.

– Je me demande bien pourquoi, répondit Henry en entendant la dispute et les aboiements en toile de fond.

– J'étais sur le point de te maudire parce que tu n'étais pas là.

– Laisse-moi leur parler. »

Teddy et Helen redevinrent instantanément adorables.

C'était un vrai de tour de magie, pensa Jill, un sortilège que Henry leur lançait. Peepers remua la queue d'adoration.

« Papa, quand est-ce que tu rentres ? demanda Teddy.

– Mardi soir très tard, répondit Henry. Juste à temps pour ton anniversaire. »

Terry poussa un cri de joie et Helen battit des mains. Impressionnant. Jill n'arrivait jamais à calmer les choses comme lui. Peut-être que je suis trop sarcastique, se dit-elle. C'est sans doute la sincérité totale de Henry qui apaisait les enfants quand il leur parlait. D'une certaine manière, ils doivent se sentir en sécurité. Jill ressentait la même chose.

« J'ai fabriqué un robot », raconta Teddy en tournant l'iPad pour révéler un conglomérat de pièces en plastique, de circuits électriques et d'un vieux téléphone, assemblés pour la foire aux sciences de l'école. Le visage squelettique avait des objectifs de caméra à la place des yeux. Jill trouvait qu'il ressemblait à une poupée du Jour des morts mexicain.

« Tu as fait ça tout seul ? » demanda Henry.

Teddy acquiesça, le visage rayonnant de fierté.

« Comment tu l'as appelé ? »

Teddy se tourna vers le robot.

« Robot, comment tu t'appelles ? »

La tête du robot pivota légèrement.

« Maître, je m'appelle Albert, dit-il. J'appartiens à Teddy.

– Ça alors ! C'est génial, dit Henry. Il t'appelle maître ? »

Le garçon gloussa et rentra le menton, comme il le faisait quand il était très heureux.

« À mon tour ! dit Helen en saisissant l'iPad.

– Bonjour, ma ravissante fille. Tu dois avoir un match aujourd'hui, non ? »

Helen faisait partie de l'équipe de football des sixièmes.

« Elles veulent que je sois gardienne de but.

– C'est super, non ?

– C'est très ennuyeux. Il faut rester debout à ne rien faire. Elles veulent juste que ce soit moi qui m'y colle parce que je suis grande.

– Mais tu seras traitée comme une héroïne à chaque fois que tu arrêteras un but.

– Et elles me détesteront si je n'y arrive pas. »

Typique, se dit Jill. Si Teddy était joyeux, Helen était toujours sombre. Elle transpirait le pessimisme, ce qui lui conférait un étrange pouvoir. Jill avait remarqué que ses camarades de classe craignaient un peu son jugement. Additionnée à ses jolis traits fins, cette qualité faisait d'elle un objet d'adoration pour les autres filles et une créature troublante pour les garçons en pleine puberté.

« J'ai cru entendre que tu ne rentrais pas tout de suite », dit Jill quand elle eut enfin l'occasion de lui parler à nouveau. Henry semblait épuisé. Dans le clair-obscur de l'iPad, avec son regard pénétrant derrière ses lunettes rondes, il évoquait le portrait d'un gentilhomme autrichien du XIXe siècle. En arrière-plan, elle entendait les annonces des vols annulés.

« Ce n'est probablement rien, mais il faut que j'y aille, dit Henry.

– Où ça, cette fois ?

– En Indonésie.

– Oh, mon Dieu, dit Jill, laissant l'angoisse s'emparer d'elle. Les enfants, finissez votre petit déjeuner, le bus ne va pas tarder. » Puis à Henry : « Tu ne dors pas bien ces derniers temps, n'est-ce pas ? Je voudrais vraiment que tu prennes un cachet et que tu roupilles un bon coup. Tu en as sur toi ? Tu devrais en prendre un dès que tu montes dans l'avion. »

Elle se sentait frustrée que Henry, quoique médecin, soit aussi réfractaire aux médicaments.

« Je dormirai quand je te sentirai près de moi », répondit-il. C'était l'une de ces formules romantiques exaspérantes qui résonnerait aux oreilles de Jill jusqu'à ce qu'il rentre.

« Ne prends pas de risques, dit-elle en vain.

– Je n'en prends jamais. »

2

La dame bleue

Du ciel, Henry apercevait les brasiers de Sumatra. On mettait le feu aux tourbières et aux forêts indigènes pour laisser place à de nouvelles plantations de palme dans le but de produire l'huile utilisée dans la moitié des produits emballés de nos supermarchés, du beurre de cacahuètes au rouge à lèvres. Chaque année, le nuage de pollution des incendies se répandait en Asie du Sud-Est, causant parfois la mort d'une centaine de milliers de gens selon les saisons, et venait amplifier le réchauffement climatique jusqu'à un point critique. Dès que Henry sortit de l'avion et se glissa dans la queue pour les taxis, il sentit l'air lourd lui roussir les narines. Il observa la masse de voyageurs qui allaient et venaient, et pensa : asthme, cancer des poumons, pathologies pulmonaires, chacun de ces maux disposant de sa propre façon cruelle de tuer. Par déformation professionnelle, il voyait la maladie partout où il allait.

La saison de la mousson suivait son cours. Sous les nuages noirs engrossés de pluie, les rues étaient encore inondées du dernier déluge. Jakarta était une capitale faite de bidonvilles, mais aussi de gratte-ciel qui s'enfonçaient lentement dans la terre. La population grandissante continuait de pomper l'eau de la nappe aquifère sous ses pieds, ce qui entraînait l'effondrement du sol sur lequel elle vivait tandis que la mer montait sans cesse. Une forme de suicide civique, pensa Henry.

« Première fois à Jakarta ? » demanda le chauffeur.

Henry avait l'esprit ailleurs. La pluie avait repris et la circulation s'était arrêtée en une cacophonie énervée. Un garçon sur une charrette tirée par un âne, avec des cages à poules empilées sur trois mètres de hauteur, les dépassa sur le trottoir.

«Je suis déjà venu de nombreuses fois», répondit Henry. L'Indonésie était un pays formidable pour les épidémiologistes désireux de pratiquer leur art ; un vrai vivier de maladies. Les politiques n'arrangeaient pas les choses. En ce moment même, une épidémie de rougeole faisait rage, en partie à cause de la fatwa lancée sur le vaccin. Le VIH se répandait plus rapidement que dans n'importe quelle autre partie du monde, ce dont le gouvernement se servait pour justifier la persécution des homosexuels et des personnes transgenres.

Le chauffeur, enjoué et corpulent, était coiffé du chapeau rond sans bords typique des musulmans indonésiens. Un brin de jasmin accroché au rétroviseur diffusait son parfum dans la chaleur étouffante du taxi. Il portait des lunettes de soleil malgré la pluie, qui venait à présent s'abattre sur le pare-brise comme des rafales de balles.

« Vous voulez faire un tour de la vieille Java, chef ?

– Je ne suis là que pour la journée. »

Le trafic avait diminué légèrement tandis qu'ils approchaient du ministère de la Santé indonésien, mais la pluie ne se calmait pas. Henry savait pertinemment qu'il serait trempé avant même d'arriver sous l'auvent de l'entrée principale.

« Attendez, chef, je vous aide. »

Le chauffeur ouvrit le coffre pour sortir la valise de Henry et l'escorta jusqu'à la porte en lui tenant un parapluie.

« Vous venez souvent à Jakarta mais vous ne prenez pas de parapluie pendant la mousson, sermonna le chauffeur.

– Cette fois-ci je retiens la leçon.

– Vous voulez que j'attende ?

– Je ne sais pas combien de temps ça va prendre, dit Henry. Une heure, peut-être.

– Je suis là pour vous, chef, dit le chauffeur en tendant sa carte à Henry : *Bambang Idris À votre service.*

– *Terima kasih*, Bambang », dit Henry, épuisant ainsi tout son vocabulaire malais.

Trois heures plus tard, Henry était encore assis dans la salle d'attente du ministère avec une dizaine d'autres pétitionnaires assoupis. Le jeune garçon préposé au thé le fixait, les yeux pleins d'espoir, mais Henry avait déjà fait le plein de caféine et il commençait à perdre patience. La seule chose qui lui importait, c'était de rentrer chez lui. Il vérifia une nouvelle fois sa réservation sur son téléphone. Il avait encore le temps d'aller au camp, de récupérer les lamelles et foncer à l'aéroport. Tout juste. L'embarquement pour le vol de minuit en direction de Tokyo commençait dans huit heures. S'il le manquait, il raterait l'anniversaire de Teddy, et tout ça à cause de petites guéguerres bureaucratiques.

La dernière fois que Henry avait fait le pied de grue dans cette pièce remontait à 2006. La ministre de la Santé de l'époque, Siti Fadilah Supari, avait refusé de partager les échantillons du H5N1, virus de la grippe aviaire qui touchait la volaille indonésienne et représentait un risque mortel chez l'homme. Plus de la moitié des six cents personnes infectées par les oiseaux avaient péri de la maladie, la majeure partie d'entre elles en Indonésie. Si le H5N1 était devenu transmissible par l'homme, il aurait pu se répandre à travers le globe en quelques semaines et entraîner des conséquences désastreuses. Les épidémiologistes du monde entier étaient prêts à agir, et pourtant l'Indonésie avait jalousement gardé les microbes en prétextant que la maladie était une ressource nationale, comme l'or ou le pétrole. La ministre Siti avait qualifié sa nouvelle politique de « souveraineté virale ». D'autres pays, dont l'Inde, avaient rapidement repris le concept de faire breveter les maladies indigènes.

Henry avait été très impliqué dans la controverse. D'après lui, le refus de partager les données relevait de l'inconscience. La science ne connaissait aucune frontière, tout comme la maladie – surtout dans le cas d'une pathologie susceptible de traverser les frontières internationales sur les ailes d'une colombe. Sans les échantillons, le monde entier serait incapable de se défendre face à ce nouveau virus. Toutes les fondations de la santé globale risqueraient de s'effondrer. L'Indonésie affirmait que d'autres pays exploiteraient le virus pour créer des vaccins qu'elle ne pourrait pas s'offrir. Henry proposa un accord qui permettait à l'Indonésie de « partager la jouissance » de l'exploitation scientifique du virus, bien que le pacte ne prenne pas en compte la demande indonésienne d'avoir un accès illimité aux vaccins dérivé des échantillons.

Dès que l'accord fut conclu, la situation devint encore plus compliquée. Ron Fouchier, du centre médical Erasme de Rotterdam, modifia le virus indonésien en laboratoire et lui conféra de nouvelles aptitudes, comme la transmission par les airs et entre mammifères. Yoshihiro Kawaoka, de l'université du Wisconsin, réalisa quelque chose de similaire sur la souche vietnamienne du même virus. Les deux hommes avaient agi ainsi pour créer un modèle de vaccin en cas de pandémie future, mais dès qu'ils furent sur le point de publier leurs découvertes, et notamment leur méthodologie, le *New York Times* reprocha aux scientifiques d'avoir entrepris de telles expériences « apocalyptiques ». Un tel virus « pourrait tuer des dizaines ou des centaines de milliers de personnes s'il échappait au confinement ou s'il était subtilisé par des terroristes ». Le National Science Advisory for Biosecurity américain mit un terme aux recherches, mais pas avant que ne se pose la question de savoir à qui « appartenaient » les virus fraîchement créés. Les gouvernements américain et néerlandais ne cessaient de répéter les arguments que le gouvernement indonésien avait déjà donnés. En 2012, Henry présida une réunion de responsables de santé internationaux à l'OMS, au cours de laquelle ils décidèrent que les articles de Fouchier et Kawaoka seraient publiés tels quels, ce qui fut le cas. Le savoir était une arme, mais l'ignorance pouvait être bien pire, en avait conclu Henry. Les Indonésiens l'accusèrent de les avoir dupés. Visiblement, la rancœur n'avait pas disparu.

La réceptionniste réapparut à nouveau, cette fois avec un sourire crispé et condescendant, et s'avança jusqu'à Henry.

« Madame la ministre Annisa regrette de ne pas pouvoir vous recevoir aujourd'hui, dit-elle tout bas pour ne pas l'embarrasser devant les autres solliciteurs. Elle vous promet que demain...

– Dommage, répondit Henry.

– En effet, dit la réceptionniste, surprise par le volume de la voix d'Henry. Elle se sent très mal.

– Dommage que je sois obligé de soumettre un avis de non-coopération. Elle a le choix de me recevoir maintenant ou de traiter avec les contrôleurs internationaux dès demain. À elle de décider. Elle a jusqu'à trois heures pile. »

La réceptionniste jeta un œil à l'horloge. Trois heures sonneraient dans quarante-cinq secondes. Elle hésita, puis fonça dans le bureau de la ministre. Au moment où la trotteuse arrivait en haut du cadran, la porte s'ouvrit à nouveau.

La ministre Annisa Novanto était une apparatchik au regard froid, dont le sourire dissimulait à peine l'anxiété intérieure. Henry l'avait rencontrée alors qu'elle était agente de santé à Bali, durant une épidémie de rage. Son but principal à l'époque consistait à contrôler les médias plutôt que la maladie. Elle fit un travail tellement efficace que, lorsque la ministre Siti fut envoyée en prison pour avoir accepté des pots-de-vin, Annisa fut désignée pour prendre sa place. Elle avait récemment adopté le hijab, ce qui indiquait à quel point le pays virait au conservatisme religieux. Elle ressemblait à la parfaite petite bureaucrate wahhabite.

« Ah, Henry, vous me prenez toujours par surprise, dit-elle. Vous auriez pu me prévenir plus tôt. Nous sommes très occupés à obtenir les certificats de santé des pèlerins pour le hajj. Pas la peine d'appeler les gendarmes.

– Ça ne prendra pas longtemps, madame la ministre. Je suis simplement là pour vous informer de ma présence, comme le veut le protocole, et récupérer des échantillons dans un camp de réfugiés à Kongoli. Après, je m'en vais.

– Vraiment, Henry, c'est un problème mineur. Je suis stupéfaite que Votre Éminence ressente le besoin de venir d'aussi loin, au prix d'un tel effort…

– Ce n'est pas moi qui dicte les règles, je viens simplement récupérer des données.

– Nous avons déjà transmis les lamelles aux Néerlandais. Ils ont tiré leurs conclusions. Du coup on se demande bien pourquoi vous êtes venu. Nous n'avons aucun autre problème à Kongoli.

– Ça, ce sera facile à déterminer. Les souches nous le diront.

– Les souches ? Ah, ce n'est pas nécessaire. »

La ministre se saisit d'une télécommande et alluma la télévision. À l'écran apparut un feuilleton mexicain doublé en malais, mais elle n'y prêta pas attention. Elle augmenta le volume jusqu'à ce que Henry puisse à peine entendre le son de sa voix. Elle pointa du doigt l'emplacement des micros cachés dans la pièce. « Vous me mettez dans une position difficile, dit-elle. Je me dois de vous dire quelque chose en toute confidentialité, pour que vous n'ayez pas besoin d'aller plus loin.

– Je ne repars pas sans mes lamelles. »

La ministre rit sans bruit. « C'est amusant, vous savez. Ils n'étaient même pas malades.

– Ils sont morts.

– Parce qu'on les a rassemblés et abattus ! s'exclama-t-elle. Des révolutionnaires. Des insurgés. Des indésirables. Les camps en regorgent. Vous, les Occidentaux, vous ne savez pas à quoi nous avons affaire ici. Bien sûr, nous ne rapportons pas exactement ce qui se passe. Nous donnons des raisons différentes. Le légiste invente des histoires, parfois. Je suis désolée que vous ayez dû faire un si long voyage pour apprendre notre petit secret. Je vous en prie, faites-moi une faveur : gardez ça pour vous. Vous risqueriez de me mettre dans une situation compromettante. »

Si la ministre disait vrai au sujet de la cause des décès chez les détenus, elle se mettait clairement en danger en confiant cette information à Henry. La déloyauté était sévèrement punie. Et pourtant.

« Je dois tout de même faire le tour du camp », dit-il.

La ministre Annisa se leva d'un bond, le regard en feu.

« Hors de question ! C'est un risque pour votre sécurité. Le camp est tenu par des gangs armés. Ils vivent des enlèvements. Vous ne pouvez pas y entrer. Hors de question !

– Je prends le risque.

– Ce n'est pas à vous d'en décider ! dit-elle avec une teinte d'hystérie dans la voix. Écoutez, en supposant que l'endroit est pestiféré, que pouvons-nous y faire avec nos maigres ressources ? Vous allez faire de nous des parias. Les touristes ne viendront plus. Pourquoi devrions-nous souffrir pour ça ?

– Merci, madame la ministre. Je vous enverrai mon rapport.

– Je vous interdis d'y aller ! » hurla-t-elle tandis que Henry quittait son bureau.

Bambang répondit immédiatement au téléphone. « Oui, chef, je suis toujours là, je vous attends. Dans une minute, j'arrive. »

Henry se posta sous l'auvent. La pluie avait diminué en un léger crachin. Soudain, un tricycle motorisé arriva en pétaradant. Bambang en sortit avec son parapluie et un sourire penaud. Le petit véhicule était peint dans des couleurs exubérantes que Henry aurait pu qualifier de gaies, si cette vision n'avait pas été aussi importune.

« Qu'est-ce que c'est que ça ? demanda-t-il.

– C'est un tuk-tuk, répondit Bambang. On les appelle comme ça à cause du bruit qu'ils font.

– Je sais comment ça s'appelle. Qu'est-il arrivé à la Toyota ?

– Mon beau-frère, il m'a demandé de lui rendre. » Bambang cala le sac de Henry dans la petite cabine. « Ça va bien plus vite dans le trafic », dit-il ; un argument solide.

Henry sentait ses dents qui grinçaient. Le timing s'annonçait extrêmement serré. Il espérait que les médecins français étaient vifs et efficaces, et qu'ils avaient déjà préparé les souches. Il avait noté les coordonnées du camp de Kongoli d'après une image satellite, mais Bambang savait déjà où il se trouvait. « C'est pour les gays, dit-il.

– Comment ça ?

– Les gays, c'est là qu'ils les mettent. C'est mieux pour eux, d'après les autorités. Autrement, ils se font fouetter, ou pendre, ou même balancer du haut des immeubles. C'est les extrémistes qui font ça. Du coup, le gouvernement les cache dans des camps.

– Mais tout le monde sait où ils sont ?

– Bien sûr », dit-il d'un ton jovial.

Ils passèrent devant des rizières inondées. La mousson et la montée du niveau de la mer étaient en train de couler le pays, les eaux se rejoignant comme pour former une chasse d'eau emportant la terre. Dans cinq ou dix ans, vingt ans au mieux, les régions côtières seraient englouties. C'était devenu normal. Tout le monde acceptait le désastre à venir.

Des nids-de-poule. Des buses posées sur des piquets de clôture. Un troupeau de buffles en travers de la route,

Bambang qui klaxonne jusqu'à ce que les bestiaux s'écartent avec lenteur, une route dépourvue d'indications, un portail, un corps de garde, Bambang qui emprunte la route, un soldat qui sort pour le chasser d'un air furibond.

« Ils ont dit non », expliqua Bambang à Henry.

Henry rassembla toute l'assurance que pouvait avoir un homme qui sortait d'un tuk-tuk rose et vert orné de logos Hello Kitty sur les côtés. Il agita son certificat et la lettre officielle de Maria. « Inspection sanitaire ! dit-il d'une voix aussi imposante que possible. Vous voyez ? Organisation mondiale de la santé. ONU ! ONU ! »

Le garde retourna dans sa guérite et passa un coup de téléphone. Henry entendit des cris perplexes et, au bout d'un moment, le garde réapparut et ouvrit le portail.

Le tuk-tuk passa devant des chars et des camions de l'armée, ainsi qu'un petit cantonnement militaire installé autour d'un château d'eau. Le véhicule arriva devant une haute clôture surmontée de barbelés. Henry apercevait des centaines de gens à l'intérieur. Devant l'enceinte s'étalait un terrain d'exercice envahi par les mauvaises herbes. Un officier élancé se tenait sous le porche d'un petit cabanon ; l'homme aux commandes.

« Monsieur, faites demi-tour, dit-il. Ici, hors limites.

– Vous ne comprenez pas, dit Henry sur un ton mesuré. J'ai l'autorisation d'entrer partout où il y a des crises sanitaires…

– Pas vos affaires. Demi-tour. »

Henry essaya de lui tendre son accréditation et la lettre de Maria, qui s'était avérée très efficace à la porte précédente, mais l'officier tourna promptement les talons et se dirigea vers la maison.

Henry resta planté là, à se demander ce qu'il devait faire ensuite. À seulement quelques mètres de là, les détenus le fixaient du regard, le visage empli de désespoir et de perplexité tandis qu'ils attendaient sa décision. La pluie avait repris, mais personne ne bougeait. Il commença à se diriger vers le camp, mais il entendit le bruit d'une balle qu'on enfonçait dans la chambre d'un fusil. Un garde à bord d'une Jeep voisine lui fit signe avec son arme de retourner au tuk-tuk.

Le cri du muezzin annonça le début de la prière, et d'un coup tous les gardes se retirèrent. Les détenus retournèrent vers l'étendue de tentes, de cabanes et d'appentis, en quête d'un endroit sec où prier. Bambang sortit son tapis de prière de sous le siège et s'apprêtait à l'étendre sur le terrain boueux lorsque l'officier élancé réapparut sous le porche et lui fit signe d'entrer.

Henry s'assit à l'intérieur du tuk-tuk, déconcerté. Il ne pouvait rien y faire. Il avait échoué. Tout le monde priait. C'était peut-être ça, le dernier recours, se dit-il.

Bientôt, la prière prit fin et Bambang revint en courant sous la pluie.

« Allons à l'aéroport, dit Henry. Il n'y a plus aucune raison de s'éterniser.

– Non, chef, c'est bon. On a passé un marché, dit Bambang en pointant du doigt l'officier sous le porche.

– Tu lui as donné un pot-de-vin ?

– Pas moi. Vous. »

Henry se maudit en silence. Il ne lui était même pas venu à l'esprit que l'argent puisse suffire à résoudre son problème. Bambang se précipita pour remettre une liasse de billets à l'officier, qui prit l'argent à l'intérieur, le compta, ressortit et fit un signe de tête au soldat dans la Jeep.

Bambang insista pour porter le parapluie en affirmant que ça faisait partie du marché.

« C'est trop dangereux, dit Henry.

– Vous êtes sous ma responsabilité ! » répondit fièrement Bambang.

Henry n'avait apporté qu'une seule blouse, mais il donna à Bambang deux paires de gants en latex (Henry mettait un point d'honneur à porter deux paires l'une sur l'autre), un masque jetable pour se couvrir le nez et la bouche, ainsi que l'ordre de ne toucher personne. Le portail se referma avec fracas derrière eux.

Le danger est toujours présent quand on mène des recherches sur un agent pathogène inconnu. Les maladies peuvent provenir de sources diverses, dont les virus, les parasites, les bactéries, les champignons, les amibes, les toxines, les protozoaires et les prions, chacun disposant de sa propre stratégie pour survivre. En plus des nombreuses façons dont les infections peuvent proliférer, les maladies graves savent se dissimuler derrière des symptômes communs et relativement bénins. La fièvre, la fatigue et la douleur musculaire peuvent à la fois indiquer le rhume ou le début d'une méningite. Aller sur le terrain, seul, en milieu inconnu, avec des ressources limitées, constituait la mission la plus périlleuse qu'un inspecteur sanitaire comme Henry puisse entreprendre. D'un autre côté, la menace de propagation d'une maladie virulente était suffisamment grande pour que Henry soit prêt à prendre le risque. Il avait depuis longtemps admis que la chance était une alliée peu fiable mais indispensable lors d'une telle aventure.

Henry et son chauffeur furent accueillis par un groupe de jeunes hommes, la plupart dans la vingtaine ou la trentaine, avec quelques adolescents parmi eux. Ils semblaient décharnés mais pas en malnutrition, et ils avaient essayé de se faire beaux malgré leurs habits en haillons. Henry ressentait une certaine solidarité entre eux. Peut-être qu'à vivre dans l'ombre la majeure partie de leur vie, ils avaient instinctivement recréé une communauté underground.

Un homme qui tenait une machette en guise de sceptre s'approcha de Henry. Il avait un piercing doré au nez, et ses cheveux lui tombaient sur les épaules. Ils avaient été teints en blond mais repoussaient brun. Henry fit un calcul rapide : huit centimètres de pousse équivalaient à environ six mois de détention.

« Il veut savoir si vous êtes des Droits de l'homme, dit

Bambang en traduisant les propos de l'homme en question. Il dit qu'ils ont fait la demande mais que les autorités refusent d'accepter leur requête.

– Non, dis-leur que je suis désolé. Je suis un simple docteur et… »

Mais le mot se répandit comme une traînée de poudre à peine fut-il sorti de sa bouche. « Docteur ! Docteur ! » criaient les hommes. Certains se mirent à pleurer et tombèrent à genoux. Il semblait clair, à voir leurs visages moites et leurs pupilles dilatées, que certains souffraient de fièvre.

« Vous êtes le premier étranger à venir depuis un moment, dit Bambang.

– Ils n'ont pas d'assistance médicale ? »

Bambang posa la question au jeune homme à la machette.

« Des Français, qu'il dit. Ils étaient là, mais ils sont morts.

– Combien d'hommes sont morts dans le camp ?

– Beaucoup. Plus personne ne les enterre. Tout le monde a trop peur. »

Un des jeunes hommes murmura quelque chose d'urgent à Bambang.

« Il dit qu'ils ont prié pour que vous veniez, chef. Ils vous ont vu près du portail et ils ont prié Allah que vous soyez un médecin venu les sauver. Ils disent que vous êtes la réponse à leurs prières. »

Henry savait qu'il ne pouvait pas faire grand-chose pour eux à ce moment précis. Ils se trouvaient dans une zone à risque et tout le monde était contaminé. Il remarqua une petite pelleteuse à l'arrière du camp, visiblement la seule concession des autorités face à l'épidémie – un moyen de creuser rapidement des tranchées pour en faire des charniers. Henry se demanda où se trouvait le fossoyeur.

L'homme à la machette le précéda sur les allées boueuses. Henry se servait de sa canne pour garder l'équilibre. Le campement sordide avait été bricolé à la va-vite avec du carton, des sacs plastique et des morceaux de toile. Certains toits étaient recouverts de canettes de soda écrasées. Un canard en laisse flottait dans une mare près d'une hutte. À l'écart des taudis se dressait une tente bleue ornée du logo de Médecins sans frontières sur le côté.

Henry souleva prudemment le rabat antipluie. La puanteur de la mort lui souleva le cœur.

« Pars, maintenant », dit Henry.

Les yeux de Bambang étaient emplis d'horreur devant ce qu'il venait de voir, mais il bégaya vaillamment : « Je vous protège.

– Non. Ça va aller, mais écoute-moi bien : ne touche à rien. Va te laver, tu as compris ? Je vais avoir besoin de temps pour faire ce que j'ai à faire. Attends-moi dehors. » Il demanda à nouveau : « Tu as compris ? Ne touche à rien ! »

Bambang se figea un moment. Henry voyait à quel point il était terrifié, et pourtant il lui tendait le parapluie. « Non, prends-le, ordonna Henry. Et maintenant, file. »

Il lança un regard sévère aux hommes qui se tenaient autour de la tente, et ceux-ci reculèrent avec respect, disparaissant derrière un rideau de pluie.

Henry s'était depuis longtemps habitué au parfum de la décomposition. La plupart des quelque dix lits de l'infirmerie étaient occupés par des cadavres. Un patient suivit Henry du coin de l'œil, trop faible pour faire quoi que ce soit d'autre. Le médecin parcourut le dossier médical au pied du lit et changea sa perfusion de glucose, seule chose utile qu'il pouvait faire. Le cliquètement de mort dans la voix du patient laissait présager qu'il n'allait pas tarder à se taire à jamais.

Trois médecins morts gisaient sur le sol de la petite clinique dans des positions étrangement contorsionnées. Ils ressemblaient à bon nombre des gens de MSF que Henry avait pu rencontrer dans sa vie : jeunes, fraîchement sortis de l'internat. Henry avait conscience du courage nécessaire pour combattre un ennemi invisible. Les hommes et les femmes intrépides prêts à foncer sur le champ de bataille fuiraient devant la maladie. Celle-ci était plus forte que les armées. Plus arbitraire que le terrorisme. Plus cruelle que l'imagination humaine. Et pourtant, de jeunes gens comme ces médecins-là étaient disposés à se mettre en travers du chemin de la force la plus mortelle que la nature avait à offrir.

Maintenant, hélas, ils étaient morts à leur tour.

Henry alluma une lampe au kérosène, illuminant ainsi le visage de la doctoresse dont la tête reposait dans une flaque de sang séché sur la table d'examen. Henry présuma qu'elle était africaine ou haïtienne ; de nombreux médecins noirs s'engageaient sur le terrain. Mais il finit par se rendre compte que son visage n'était pas noir. Il était bleu.

Henry avait déjà rencontré des cyanoses. Elles étaient généralement causées par un trop faible taux d'oxygène dans le sang. D'ordinaire, la cyanose se manifestait sur les lèvres et la langue, ou les doigts et les orteils. Il n'avait jamais vu personne devenir entièrement bleu. Le choléra, pensa-t-il, la peste bleue. Ça pouvait coller. Hygiène de camp médiocre, et Dieu sait d'où provenait leur eau. Cela dit, n'importe quel docteur sur le terrain savait comment traiter le choléra, et le personnel médical avait sûrement été vacciné. Il jeta un œil dans l'armoire, qui contenait un peu de matériel diagnostique rudimentaire : un stéthoscope, des thermomètres numériques, des bandages, un dynamomètre, un tensiomètre, un spéculum, un kit d'otoscopes – tout l'équipement de base pour une petite équipe non chirurgicale venue traiter une infection localisée pendant une semaine environ. De l'insuline, de l'héparine, du furosémide, du salbutamol, de la ciproflaxacine, de l'azithromycine, mais Henry trouva principalement des antirétroviraux.

Ce n'étaient clairement pas des laborantins. Henry ne vit rien qui puisse faire office de matériel d'analyse. Au lieu de ça, il tomba sur des posters et des brochures de prévention sexuelle. Apparemment, l'équipe avait eu l'intention d'étudier un peu l'épidémie, de traiter autant de patients atteints du VIH que possible avec les antirétroviraux, et d'informer les détenus sur le sujet. Ils n'avaient pas prévu un long séjour. Le petit garde-manger ne renfermait que des céréales et un croissant desséché. Il jeta un œil dans la poubelle, qui contenait des bouteilles de tétracycline. Les médecins avaient dû penser au choléra, eux aussi.

Dans l'ordinateur portable posé sur un banc derrière lui, il trouva le fichier des dossiers médicaux d'une certaine docteure Françoise Champey, vraisemblablement la jeune femme gisant à ses pieds. Henry remarqua qu'elle tenait scrupuleusement ses dossiers patients à jour. Il découvrit aussi un long e-mail non envoyé, adressé à Luc Barré, le directeur de MSF à Paris. Henry parlait suffisamment bien français pour le déchiffrer. *Luc, on a besoin d'aide !*, commençait-elle.

On est dans une zone à risque comme je n'en ai jamais connue ! Déjà des dizaines d'infectés en une semaine dans ce trou à rats. J'ai remis aux locaux des échantillons à te transmettre. Tu les as reçus ? On n'a aucune idée de ce à quoi nous avons affaire !

Le taux de mortalité est exceptionnel. On a besoin d'équipement ! On a besoin de pathologistes ! On ne pourra pas combattre cette épidémie à trois. Luc, j'ai très peur.

En dessous, elle avait écrit :

MERDE ! Pourquoi ça ne s'envoie pas ? Il n'y a plus d'Internet, plus de réseau, et je crois qu'on est prisonniers.

Après ça, elle avait dû laisser l'e-mail ouvert en une sorte de testament continu, prêt à être envoyé à la moindre occasion. Henry le fit défiler jusqu'au dernier paragraphe :

19 mars, début de la troisième semaine. Pablo est mort hier. Mon cœur souffre en pensant à sa famille : Dieu sait quand ils apprendront qu'il est parti. Pauvre homme. Pauli et moi sommes tous les deux malades. Nous sommes allongés auprès de notre camarade décédé. Je me sens si proche d'eux. Je n'ai jamais aimé personne autant que ces hommes, l'un mort et l'autre mourant. Je suis heureuse de ressentir un tel sentiment, une telle intimité. Mais je suis également furieuse. Nous avons été vaincus par ce monstre, comme je l'appelle. Oui, un monstre. Une créature que nous ne pouvons pas voir – car nous n'avons pas les outils nécessaires pour examiner les cellules –, qui se dérobe à nous, qui rit de nous et qui nous tue à présent. Pourquoi est-ce que

L'e-mail jamais parti s'arrêtait là.

3

Fernbank

Chaque année au printemps, lorsqu'elle abordait la leçon sur les dinosaures, Jill emmenait sa classe de maternelle en sortie scolaire au Fernbank, le musée d'histoire naturelle d'Atlanta. Les enfants étaient toujours surexcités en descendant du bus, mais la vue d'un *Argentinosaurus,* plus grand dinosaure jamais répertorié, les envoûtait rapidement. Les enfants de cinq ans semblaient petits comme des souris à côté.

« Il pesait plus d'une centaine de tonnes et mesurait plus de trente-cinq mètres de long, expliqua Jill. Est-ce que quelqu'un peut deviner combien ça fait en bus scolaires ?

– Cent ! cria l'un des garçons.

– Soixante-seize ! dit un autre.

– Trois », suggéra K'Neisha d'une voix à peine plus audible qu'un murmure.

Jill lança un regard amusé à Vicky, la mère de K'Neisha, qui l'aidait pour la sortie scolaire ; un des rares parents sur lesquels elle pouvait compter quand elle avait besoin d'un coup de main.

« Comment tu sais ça ?

– Je me suis dit qu'un bus devait mesurer environ douze mètres de long », dit K'Neisha.

Elle portait une jupe bleue, des mocassins et un tee-shirt

La Reine des neiges. Tous les élèves de Jill étaient éligibles à la cantine gratuite ou à prix réduit, mais on pouvait aisément repérer ceux, comme K'Neisha, dont la famille bénéficiait d'allocations supplémentaires. Jill s'efforçait de ne pas avoir de chouchous, mais elle adorait le sourire et l'intelligence de cette fillette. C'était l'une des élèves que Jill aurait aimé connaître tout le reste de sa vie, pour savoir ce qu'elle deviendrait.

« Regardez le T-Rex ! dit un garçon prénommé Roberto en pointant du doigt le squelette de dinosaure juste derrière l'*Argentinosaurus.* Il va manger l'autre !

– En fait, c'est un *Giganotosaurus,* dit Jill. Il est encore plus gros qu'un tyrannosaure.

– Un *Giganotausaurus* ! » s'exclamèrent les enfants, fascinés par le nom. Certains d'entre eux sautillaient d'excitation en observant la mystérieuse créature osseuse. Ses orbites vides semblaient à la fois menaçantes et amusantes, comme des citrouilles de Halloween.

« Tout le monde croit que seuls les dinosaures ont disparu, dit Jill, mais la Terre a déjà perdu par cinq fois dans son histoire la plupart des créatures qui y vivaient. Darren, on ne touche pas. »

Jill avait organisé cette sortie de nombreuses fois, mais elle ne se lassait pas de voir les enfants ravis, l'émerveillement dans leurs yeux. De retour en classe, ils façonneraient des dinosaures en argile et les feraient cuire dans un four à poterie. C'était sa leçon de secours préférée.

Ils arrivèrent dans une nouvelle salle, qui contenait une exposition intitulée « Les mammouths : géants de l'âge de glace ». Une réplique de l'énorme bête trônait au milieu de la pièce ; ses défenses, incurvées tels des cimeterres, s'étendaient sur un mètre vingt devant sa trompe.

« Voici à quoi ressemblait un mammouth laineux adulte, dit Jill. Est-ce que quelqu'un peut me dire de quel animal actuel il est le cousin ?

– L'éléphant, crièrent plusieurs enfants.

– Exact. Il faisait à peu près la même taille que l'éléphant d'Afrique. Savez-vous pourquoi il avait autant de fourrure ?

– Parce qu'il faisait très froid ? suggéra une fille du nom de Teresa.

– Tout à fait. Il vivait durant le dernier âge de glace, qui a commence ıl y a environ quatre cent mille ans, et il a survécu jusque très récemment à l'échelle de la géologie. Les derniers spécimens de l'espèce sont morts sur une île proche de la Sibérie il y a près de quatre mille ans.

– Pourquoi ils sont morts ? demanda N'Keisha.

– C'est une très bonne question, à laquelle on n'a pas vraiment de réponse. Il y avait déjà des humains à l'époque, et ceux-ci chassaient le mammouth, ce qui explique en partie leur disparition. Mais contrairement aux dinosaures, on ne peut pas pointer du doigt un événement précis comme l'impact d'une météorite sur Terre. Le changement climatique a probablement beaucoup joué. La planète s'est réchauffée trop vite pour qu'ils aient le temps de s'adapter. »

Au centre de la pièce se trouvait un bébé mammouth. « Oh ! s'écria K'Neisha. Il est trop mignon.

– C'est une vraie, pas une réplique, dit Jill. D'après l'écriteau, elle a été prêtée par la Russie. Elle s'appelle Lyuba.

– Bonjour, Lyuba », dit K'Neisha.

Le bébé mammouth n'avait pas de fourrure car il était trop jeune, et chaque pli de sa peau était clairement marqué, ce qui lui donnait l'aspect d'un éléphanteau. Même ses cils avaient été préservés. « Il est écrit que Lyuba est née il y a près de quarante-deux mille ans en Sibérie, et qu'elle a vécu environ trente-cinq jours, dit Jill. Elle serait tombée dans la vase. Elle a dû geler très rapidement pour être aussi bien conservée. C'est grâce à elle et à d'autres restes de mammouths que les scientifiques envisagent d'en cloner un pour le ramener à la vie. Vous imaginez comment ce serait d'avoir des mammouths en liberté sur Terre ? »

Les enfants hochèrent la tête avec enthousiasme devant cette idée palpitante, puis les garçons firent la course jusqu'à l'exposition sur les dinosaures.

« Maria, est-ce que tu vois bien le corps ? » demanda Henry. Il avait attaché l'ordinateur portable de Françoise Champey à un porte-sérum et l'avait connecté à son téléphone satellite. Le corps nu de la jeune médecin reposait à présent sur la table d'examen, un bras plié au-dessus de la tête, l'autre tendu comme si elle cherchait une poignée de main. Elle avait les genoux en l'air et le torse surélevé par un livre médical que Henry avait placé entre ses deux omoplates. Ses yeux vitreux fixaient l'ampoule au-dessus de sa tête. La dame bleue.

Henry s'accorda un instant pour s'apitoyer sur son sort face à cette expérience humiliante, mais ainsi en allait la médecine, et il savait que la jeune doctoresse aurait été prête à faire ce sacrifice. Il aurait aimé la rencontrer de son vivant, sentir la chaleur de sa main tendue. Il était toujours surpris de constater à quel point les morts étaient froids.

« Oui, Henry, on a un bon signal. »

À Genève, la diffusion de Henry était projetée sur un écran dans l'auditorium où il se trouvait en personne quelques jours plus tôt.

« Malheureusement, il n'y a même pas de matériel rudimentaire pour faire une véritable autopsie, dit Henry. Mais je dois récupérer du tissu des organes, alors je vais faire de mon mieux. »

Il recula un moment et observa le corps d'un œil détaché et analytique.

« On dirait bien qu'elle a une bonne vingtaine ou une petite trentaine d'années. Musculature développée, probablement une athlète ou une coureuse. Comme vous le voyez, la cyanose est globale, ce qui indique un manque d'oxygène, en particulier dans le haut du torse. Elle mesure environ cent soixante-cinq centimètres de haut, difficile d'être plus précis à cause des contorsions dues à la rigidité cadavérique. Cette table n'est pas équipée d'une balance, mais je dirais qu'elle pèse environ cinquante-quatre kilos. » Il examina le sang séché sur les yeux et le nez de la dépouille, ainsi que la bave mousseuse au coin de sa bouche. « Épistaxis, dit-il. Probable importante hémorragie interne. »

Le choléra ne provoquait pas de saignement.

Il lui souleva la lèvre. Ses dents étaient blanches, en bon état. Aucune trace de jaunisse.

« Docteur Parsons, y a-t-il des lésions cutanées ? » demanda l'un des médecins dans l'auditorium.

Henry repéra une petite cicatrice sur le menton de la femme, et la trace d'un vaccin contre la variole sur son épaule gauche. Autrement, tout était parfait chez elle, pensa-t-il tristement. Il devina les contours d'un tatouage à peine visible sur son poignet – une sorte de fer à cheval.

Il n'y avait aucun instrument d'autopsie, et Henry dut improviser à l'aide des seuls outils à sa disposition. En lieu de scalpel, il trouva un couteau suisse dans un tiroir. Ça ne va pas être beau à voir, se dit-il en testant la lame. Il souhaitait faire preuve d'autant de dignité que possible.

« Je vais ouvrir la cage thoracique. »

Il fit une première incision, traçant un arc de cercle de l'épaule droite jusque sous la poitrine, puis une seconde en symétrique de l'autre côté. La lame broyait la chair et refusait de suivre les gestes de Henry. Un filet de sang suinta de l'incision comme une coulée de glace en train de fondre. Il ouvrit ensuite le ventre jusqu'à l'os du bassin, écarta la peau du torse et la déposa sur le visage de la jeune femme. Il préleva un peu de sang coagulé dans un sachet alimentaire qu'il avait trouvé dans le garde-manger.

Henry écarta la fine couche de graisse jaune qui venait d'apparaître pour exposer les os du thorax.

« À partir de là, je suis vraiment désolé. Je n'ai pas de scie à portée de main. Je vais devoir improviser. » Les pathologistes se servaient souvent d'un sécateur pour ouvrir la cage thoracique ; Henry ne put trouver mieux qu'une paire de ciseaux servant à couper les bandages. Les lames rognaient l'os sans grand succès.

« Je vais essayer de briser le sternum, dit-il. À moins que quelqu'un ait une meilleure idée. »

Il y eut un moment de silence à Genève.

Henry porta les ciseaux au-dessus de sa tête et les envoya dans l'os de toutes ses forces.

Quelque chose se produisit. Les médecins dans l'auditorium poussèrent un cri de surprise. Henry ne comprit pas tout de suite ce qui venait de se passer, mais il vit que sa blouse était recouverte d'un liquide rose et mousseux.

Le sternum était à peine fracturé. Henry continua de frapper, encore et encore. Le liquide ruisselait sur sa blouse. Il en avait dans les cheveux et les oreilles. Ses lunettes en étaient enduites, de sorte qu'il arrivait à peine à voir. Il cogna une nouvelle fois. Il n'entendait pas les cris de Maria. Il consacrait toute son attention à essayer d'ouvrir la cage thoracique et résoudre le mystère qui se trouvait à l'intérieur. Quand l'os finit par céder, le désastre devint apparent. Là où se trouvaient autrefois les poumons, il découvrit une sorte de bouillie spumeuse. « Une sorte d'écume pulpeuse et sanglante, dit Henry en haletant. Choc hémorragique et œdème importants. Il semblerait que la cause du décès… » Sa voix tressaillit soudain et il dut se ressaisir. « La cause du décès de cette jeune médecin courageuse semble évidente. Elle s'est noyée dans ses propres fluides corporels. »

L'auditorium genevois garda le silence jusqu'à ce que Maria prenne la parole. « Henry, je vais ordonner la mise en quarantaine complète. Une équipe va arriver d'ici demain matin. Pour l'amour du ciel, Henry, arrête tout de suite ce que tu es en train de faire. Va te nettoyer immédiatement. On prend le relais. »

Henry avait une dernière tâche à accomplir. Il envoya l'e-mail de la docteure Champey à Luc Barré via son téléphone satellite. Puis il sortit de la tente et traversa péniblement le camp boueux. Il faisait sombre. La mousson tombait à torrents. À travers les interstices des tentes, les détenus le regardaient passer, la peur dans les yeux. Ce n'était qu'un spectre, le fantôme de leur propre avenir. Il arriva au portail, qui s'ouvrit et se referma derrière lui. Il aperçut son sac de voyage à roulettes sous le porche devant la maison de l'officier. Bambang et son tuk-tuk avaient disparu.

Il était presque sûr que la maladie de Kongoli n'était pas d'origine bactérienne. C'était un fléau inconnu, peut-être un coronavirus comme le SRAS ou le MERS, ou bien un paramyxovirus comme le Nipah, mais Henry ne pouvait s'empêcher de songer à la courbe de mortalité en forme de W, très caractéristique de la grippe espagnole de 1918. Ces pensées lui traversaient l'esprit tandis que, debout sous le déluge, il enlevait ses vêtements et se lavait le corps et les cheveux à l'eau de pluie à la vue de tous les détenus et du commandant. Il était aussi nu que la jeune doctoresse dont il avait fracturé le corps avec violence.

Durant toute sa vie professionnelle, Henry avait imaginé qu'il finirait par tomber sur une maladie plus intelligente que lui, implacable, impitoyable. C'était une forme de jeu, un match. Chaque maladie avait ses faiblesses, et Henry avait bâti sa carrière en étant le meilleur pour comprendre la stratégie des infections étrangères, deviner leurs prochains coups et mettre au point une contre-attaque ingénieuse. Tout reposait dans le bon timing. Il finirait par l'emporter, s'il avait assez de temps. Certaines maladies ne vous en laissaient que très peu, et il fallait alors s'en remettre à la chance. Jusque-là, il s'était toujours senti en veine.

Mais dans le cas présent, il avait l'impression que ni la chance ni le temps ne jouaient en sa faveur.

De retour dans la salle de classe, Jill sortait les dinosaures en argile du four lorsqu'elle entendit dans les haut-parleurs qu'on la demandait dans le bureau du directeur. Elle comprit que quelque chose n'allait pas : elle n'avait jamais été convoquée d'une telle manière. Ses propres enfants lui vinrent immédiatement à l'esprit, mais elle essaya de balayer ces pensées, laissa ses élèves avec Vicky et passa devant les autres salles, où la vie suivait son cours. Son cœur battait deux fois plus vite que d'ordinaire.

« On a reçu un coup de téléphone pour vous, lui dit l'assistante administrative. On m'a dit que c'était urgent. »

Lorsque Jill décrocha, elle entendit Maria Savona lui dire :

« C'est à propos de Henry. »

Elle se tenait prête à recevoir un appel de ce genre depuis des années.

« Il va bien, mais il a été exposé à quelque chose, on ne sait pas encore quoi. Une équipe est en route en ce moment même.

– Où est-il ?

– Toujours en Indonésie, en isolement. On va tenter de le garder sur place quelques jours pour voir s'il développe des symptômes. Essaye de ne pas sombrer dans l'angoisse. On ne connaît pas encore les moyens de transmission de cet organisme, ni même s'il est contagieux. Ça pourrait être un poison, ou un parasite. Même si c'est transmissible dans l'air, il est probablement hors d'atteinte, il portait un masque. On en saura plus très bientôt. »

Jill savait par Henry qu'un masque jetable ne constituait pas une grande protection. Il lui aurait fallu un masque respiratoire intégral et une combinaison de protection s'il travaillait dans une zone à risque. Pourquoi n'y avait-il pas pensé lui-même ?

« Je vais être franche avec toi, Jill. C'est ma faute. C'est moi qui l'ai envoyé là-bas. Il y est allé pour me rendre service. S'il lui arrive quoi que ce soit, je ne me le pardonnerai jamais. »

Maria n'y était pour rien. Henry y serait allé quoi qu'il arrive.

Sur le chemin de la maison, Jill s'arrêta à la pâtisserie de Little Five Points pour récupérer le gâteau d'anniversaire de Teddy, qu'elle servirait à la fête le lendemain. Elle avait décidé d'agir comme si de rien n'était. Henry saurait prendre soin de lui. Elle dirait aux enfants… Elle trouverait bien quelque chose.

« Teddy, le grand garçon en personne ! » s'exclama la femme aux cheveux gris vêtue d'un tablier à rayures blanches et roses. Le comptoir débordait de cookies, de cupcakes et de miches de pain au miel fraîchement sortis du four ; des millions de calories magnifiques qui ne demandaient qu'à être achetées. Rien que l'odeur de la boutique faisait grossir, pensa Jill. Mais la tradition, c'est la tradition.

Dans la boîte en carton se trouvait un *red velvet cake* surmonté d'un glaçage blanc avec trois Minions sur le dessus. Teddy sourit, révélant une incisive manquante. Il adorait les Minions.

« Edna, tu as encore visé dans le mille, dit Jill.

– Oh, je connais mon public, répondit-elle. Et toi, Helen ? Pourquoi est-ce que tu ne te choisirais pas un cookie ? Ceux aux raisins secs et aux flocons d'avoine viennent tout juste de sortir du four. »

Jill se gara dans l'allée. Ils habitaient sur Ralph McGill Boulevard, près de la bibliothèque Jimmy Carter, dans une maison à étage en brique datant des années 1920 qu'ils avaient achetée durant la récession. Elle avait été construite par les gens qui possédaient la briqueterie, donc elle était bien solide ; la maison que le loup n'avait pas réussi à détruire, comme l'appelait Henry. Ils n'avaient ni argent ni enfants à l'époque, et ils avaient décidé de la rénover eux-mêmes. Henry était doué de ses mains. Il avait installé un atelier au sous-sol et taillait les moulures pour les plafonds de trois mètres de haut pendant que Jill repeignait la cuisine et la salle à manger. Il y avait une pièce de service derrière la cuisine, et un jour Henry prit une masse et abattit les murs en bois, puis transforma l'espace en une véranda. C'est là qu'ils prenaient la plupart de leurs repas. Henry et Jill s'y installaient le soir avec un verre de vin pour regarder les zinnias et les tomates dans le jardin. Ils discutaient de tout et de rien. Un bonheur ordinaire. Quelque chose qu'ils avaient construit tous les deux.

Ils louaient l'étage à Mme Hernandez, une vieille femme solitaire qui affirmait ne posséder qu'un seul chat, mais on en croisait toujours beaucoup plus dans les parages. Quand l'odeur de litière devenait insupportable, Jill allait s'expliquer avec elle. Elle aurait aimé la mettre dehors et récupérer la maison entière. Ils pouvaient se le permettre, désormais. Les enfants auraient plus de place pour s'étaler, et Jill et Henry pourraient enfin avoir une suite parentale à l'étage. La question se trouvait au cœur d'une dispute de couple permanente. Henry était économe. Il lui faisait remarquer qu'il y avait trois chambres en bas, bien assez pour loger toute la famille, et le loyer de l'étage couvrait presque entièrement le remboursement du prêt. Jill le soupçonnait d'être trop gentil pour oser demander à Mme Hernandez de partir.

La maison avait une belle ossature. Un grand salon très lumineux donnait sur la grande véranda carrelée qui courait sur toute la largeur du bâtiment. Les enfants adoraient y jouer. Derrière la balancelle qu'ils avaient achetée sur Internet, Henry avait fait pousser un grenadier en espalier sur un treillis. Jill aimait tout dans cette maison, à l'exception des chats de Mme Hernandez.

Elle posa la boîte en carton de la pâtisserie sur l'îlot central de la cuisine. Teddy avait invité trois amis pour le goûter. Il n'aimait pas spécialement les grosses fêtes, contrairement à Helen. C'étaient deux enfants très différents. Après tout le mal que Jill avait eu pour tomber enceinte, elle avait surnommé Helen « le bébé du miracle ». Elle n'aurait jamais cru avoir un deuxième enfant. Teddy – Theodore Roosevelt Parsons – portait le nom du président qui avait entrepris un périple presque mortel jusqu'à la lointaine source du fleuve Amazone. Henry s'était rendu dans cette même région du Brésil occidental, une forêt tropicale près de la frontière bolivienne, au cours d'un voyage épidémiologique. Les membres d'une tribu d'indigènes Cinta Larga, à la tête d'une mine de diamant, étaient morts mystérieusement. Quand Henry arriva sur place, il n'en restait plus que quelques-uns en vie. Il découvrit la source de la maladie – Jill croyait se souvenir que leur réserve de sucre avait été contaminée par des narcotrafiquants désireux de prendre le contrôle de la mine, ou quelque chose de ce genre. Une des mourantes était enceinte, très proche du terme. Henry réalisa un accouchement d'urgence et trouva le bébé en vie. Il l'emmena avec lui. Le bébé du miracle numéro deux, comme il l'appelait.

Depuis son plus jeune âge, Teddy était un enfant calme et réservé. Jill s'inquiétait à son sujet et se demandait si le poison n'avait pas affecté sa personnalité. Même bébé, il avait un air étrangement digne, comme un prince de conte de fées qu'on aurait kidnappé et qui viendrait un jour reconquérir son royaume. Bien que petit, Teddy était robuste et très curieux. Ses yeux sombres brillaient tels de l'onyx poli. Il ne cherchait jamais la popularité, mais les autres enfants étaient attirés par son côté autonome – en ça, il ressemblait à Henry : un garçon amical mais qui ne ressentait pas le besoin d'impressionner les autres, respirant une sorte d'assurance que peu d'enfants connaissent.

Le problème venait de Helen. Elle ne s'était jamais vraiment habituée à avoir un nouveau membre dans la famille, de quatre ans son cadet, son contraire total. Elle était rousse, dégingandée et couverte de charmantes taches de rousseur. La vie allait spontanément dans son sens :

adorée par les professeurs, jalousée par les autres filles et courtisée par les garçons, très demandée par les différents clubs et équipes. Son destin semblait voué à se dérouler d'une façon que Jill ne pouvait qu'imaginer. Parfois, elle se surprenait en train de regarder Helen en maillot de bain ou en train de se mettre en pyjama, et de s'émerveiller d'avoir produit un si joli spécimen humain. Tout était simple pour elle, aussi simple que la vie des gens qui avaient déjà tout.

Pourtant, Jill s'inquiétait pour elle. Helen était comme un cristal, parfaite mais fragile – la vie ne l'avait jamais mise à l'épreuve, pour le formuler autrement. Elle était grincheuse et difficile à vivre. Dans son monde, Teddy était leur seul véritable concurrent dans la course à l'affection et aux éloges, et comme il ne cherchait ni l'un ni l'autre, sa modestie était constamment révérée par les gens qui admiraient son intelligence et son assurance.

Avant que les camarades de Teddy n'arrivent, Jill alluma les informations. Sur Fox News, Bret Baier parlait de l'attentat terroriste à Rome. Elle passa sur CNN. Wolf Blitzer discutait avec un reporter qui se tenait devant le siège de l'OMS, face à une rangée de drapeaux du monde entier. « L'Indonésie a accepté de laisser les observateurs internationaux superviser les ports et les centres de transports du pays, dit-il. Pendant ce temps, le camp de Kongoli a été bouclé, et les autorités affirment que la situation est sous contrôle. » Oh, Henry, pensa Jill. Quand est-ce que tu vas rentrer à la maison ?

4

L'aile ouest

Malgré le blizzard printanier, tout le monde arriva tant bien que mal. À Washington, la circulation n'était jamais vraiment fluide, mais, sous la neige, la ville devenait presque impraticable. Le soleil aveuglant se reflétait sur le manteau blanc qui recouvrait la roseraie et faisait fondre la glace qui pendait de la colonnade, mais la salle de crise, véritable forteresse high-tech située au sous-sol de l'aile ouest de la Maison-Blanche, se trouvait plongée dans une obscurité permanente. C'était là que le président et ses conseillers dirigeaient les forces américaines tout autour du globe et géraient les crises intérieures. Des écrans plats dédiés à des vidéoconférences ultrasécurisées recouvraient les murs en acajou, un régiment de fauteuils en cuir noir entourait la grande table ovale, et le plafond était constellé de capteurs chargés de détecter toute forme d'équipement espion et autres signaux cellulaires non autorisés.

Les membres du comité des adjoints au Conseil de sécurité national – qui, en plus de la CIA, comprenait les départements d'État, du Trésor, de la Justice, du Commerce et de la Sécurité intérieure, le Bureau de la gestion et du budget et le Comité des chefs d'état-major interarmées – feuilletaient la pile de paperasse du jour à la recherche d'un élément nouveau ou intéressant. Leur travail consistait à défricher les problèmes du moment et les présenter à leurs patrons débordés de façon à ce qu'ils puissent les comprendre. D'ordinaire, le comité des adjoints était présidé par la numéro deux du Comité de sécurité national, mais elle s'était cassé la jambe dans un accident de ski à Jackson Hole, et la responsabilité de l'ordre du jour fut confiée à Matilda Nichinsky.

Telle une bulle de savon, Tildy avait discrètement gravi les différents échelons de la bureaucratie de Washington jusqu'à atteindre le rang de secrétaire adjointe à la Sécurité intérieure, sans que personne ne bronche. C'était une éminence grise, une gardienne des secrets, et tout le monde lui faisait confiance pour faciliter la mise en place des décisions prises par ses supérieurs, comme elle le faisait depuis vingt-sept ans. Elle menait une vie solitaire, mais confortable. Elle bénéficiait de nombreux avantages. Dans le monde très fermé où elle vivait, Tildy avait de l'influence, mais pas autant qu'elle l'aurait mérité. Personne ne comprenait vraiment les combats clandestins qu'elle avait dû mener, les victoires discrètes, les ennemis qu'elle avait abandonnés dans son sillage. Elle jouissait du talent singulier d'être sous-estimée en permanence.

« Qui est ce groupe qui revendique les attentats de Rome ? demanda-t-elle.

– Ils s'appellent la Brigade des 313, répondit le directeur adjoint de la CIA. Ce sont eux qui ont orchestré les attentats de Bombay en 2008. Leur nom provient des trois cent treize combattants qui se sont joints au prophète Mahomet lors de sa première campagne militaire. Nous avons abattu leur chef en 2011, à peine un mois après Ben Laden. Comme toutes les cellules d'Al-Qaïda, ils cherchent uniquement à tuer le plus de personnes possible. On pense qu'ils sont extrêmement dangereux. »

Le représentant de la Défense demanda s'ils avaient des informations concernant de futures attaques. Réponse : aucune.

Peu surpris, les autres adjoints hochèrent la tête. C'était un débriefing des renseignements typique : de nombreux signaux d'alarme, peu de données exploitables. Ils ne savaient pas s'il y aurait un attentat, ni où il aurait lieu, mais ils savaient que le groupe était extrêmement dangereux. La CIA faisait penser à un camion de pompiers sans conducteur, fonçant n'importe où, sirènes à fond, sans eau dans les tuyaux.

« Il y a autre chose au sujet de l'attentat de Rome, reprit l'agent. Un groupe de touristes allemands se trouvait dans un café près de la place. Ils ont survécu à l'explosion, mais deux jours plus tard, quand ils sont rentrés à Stuttgart, quatre d'entre eux sont tombés malades, dont un qui est mort. On dirait bien que les autres vont mourir aussi. Les Allemands ont établi qu'ils avaient été empoisonnés.

– Empoisonnés à quoi ? demanda Tildy.

– À la toxine botulique. Les gars du labo disent qu'il n'existe pas de poison plus puissant. Un simple gramme suffirait à tuer un million de personnes. Heureusement pour nous, la chaleur de l'explosion aurait détruit le plus gros des bactéries. »

Le délégué du département d'État souleva la question des nouvelles tensions entre l'Iran et l'Arabie Saoudite, causées par un groupe séparatiste arabe basé à Ahwaz, dans le sud-ouest de l'Iran, près de la frontière irakienne. « Les rebelles houthis du Yémen ont obtenu de Téhéran des missiles plus précis, et Riyad se trouve à portée de tir, dit-il. Une simple frappe pourrait déclencher une guerre ouverte avec l'Iran. »

Tildy se tourna vers le représentant du département de la Défense.

« Avons-nous des ressources suffisantes dans le Golfe ?

– Pour quoi faire ? demanda l'adjoint à la Défense. Si vous me demandez si on peut empêcher le conflit de dégénérer, peut-être. Pour l'instant, la guerre civile islamique n'a impliqué que des pions, mais les grosses pièces sont déjà sur l'échiquier. Nous devrons décider de ce que nous sommes prêts à risquer dans une région qui semble vouée à la destruction mutuelle. »

Le département d'État intervint : « Les Saoudiens cherchent à dominer tout le Golfe, puis tout le monde musulman. Leur seul moyen, c'est d'anéantir l'Iran. »

Tildy demanda au département de l'Énergie combien de temps environ il faudrait à l'Iran pour revenir à une production nucléaire à grande échelle.

« Ils ont construit une nouvelle usine qui peut sortir soixante centrifugeuses par jour. On estime qu'ils peuvent produire suffisamment d'uranium enrichi pour fabriquer une bombe toutes les six semaines s'ils le souhaitaient. Il est fort probable qu'ils aient déjà choisi de le faire. »

On pense. On croit. On estime. Peut-être ceci, probablement cela.

Tildy travaillait au gouvernement depuis assez longtemps pour savoir que les renseignements étaient presque toujours vagues et incomplets, ce qui expliquait pourquoi ils étaient si faciles à manipuler. Chacun tenait – ou croyait tenir – une pièce de ce puzzle géopolitique, mais personne n'avait d'idée précise sur ce qui se passait. L'Arabie Saoudite était-elle derrière le soulèvement en Iran ? Les États-Unis avaient-ils aidé ? Les Saoudiens et les Iraniens étaient-ils vraiment en train de s'armer pour l'Apocalypse, ou bien n'était-ce qu'une rumeur ? Un coup de bluff ? Des informations incomplètes comme celles-ci servaient de fondement à des actions mal étudiées dans des régions du monde où les États-Unis n'avaient que peu d'amis et aucun intérêt national important. C'est comme ça qu'on s'est retrouvés au Vietnam, pensa-t-elle. C'est comme ça qu'on s'est retrouvés en Irak, en Libye, et j'en passe. Des renseignements approximatifs mêlés à de la forfanterie idéologique. Des milliards de dollars à la poubelle. Pendant ce temps, le gouvernement lui-même était menacé. À part l'adjoint à la Défense, chaque personne dans cette pièce représentait un département sur le déclin, tout ça à cause de mésaventures basées sur des spéculations infondées. L'Amérique n'avait plus ni l'argent, ni les tripes pour être l'Amérique.

Tildy ne put s'empêcher de constater qu'une fois de plus la Russie ne figurait pas à l'ordre du jour. Les ingérences russes sur la communauté du renseignement et le département d'État avaient été balayées dans ce qui ressemblait à un lavage de cerveau institutionnel. Tout le monde savait ce qui se passait, se dit-elle, mais personne ne savait où ça menait. Bientôt, tout le monde aurait oublié la question.

Quand elle était plus jeune, Tildy avait passé trois ans au Service extérieur, en poste à Saint-Pétersbourg en tant que commissaire politique. C'était juste après la chute du mur de Berlin, une période historique grisante. Gorbatchev venait de recevoir le prix Nobel de la paix. L'Union soviétique, monstrueux appareil d'oppression, avait enfin succombé – pouf ! – à ses contradictions internes. On aurait pu croire que l'Histoire telle qu'on la connaissait touchait à sa fin, que la démocratie capitaliste incarnait le destin inévitable de l'humanité. La paix et l'harmonie étaient à l'ordre du jour. Les États-Unis dominaient le monde, sans aucun rival en vue.

À l'époque, le jeune officier Vladimir Poutine travaillait au bureau du maire de Saint-Pétersbourg, et Tildy le croisait régulièrement. En tant qu'ancien espion, il la considérait elle aussi comme une espionne. Il ne cherchait nullement à dissimuler son passé – pourquoi se donner une telle peine ? – et la traitait comme une apprentie à qui il pouvait donner des petits conseils. « C'est bien que tu sois venue », disait-il quand il la voyait à une exposition de machinerie agricole ou un cocktail dans la charmante ambassade de Suède sur la Malaya Konyushennaya Oulitsa. Il faisait remarquer à son « homologue », comme il l'appelait, qu'elle revenait de Paris ou de Bonn. Une fois, il lui prit le bras avec malice et l'entraîna de l'autre côté de la salle de réception pour lui présenter une femme charismatique vêtue d'un blazer de soie noire. « MI6 », chuchota-t-il. Si Tildy essayait de nier toute activité extérieure à ses fonctions de simple commissaire politique, Poutine lui souriait et regardait au loin d'un air complice.

On ne le croirait pas, mais à l'époque Tildy avait une silhouette séduisante, pas encore gâchée par le réconfort du chocolat et des petits-fours, et peut-être d'un peu trop de vin au dîner. Elle ne connaissait pas exactement les intentions de Poutine, mais elle rapportait chacune de leurs rencontres, rien que pour assurer une certaine transparence. C'était un profiteur, pour le dire poliment. La Russie, brisée et sans le sou, devait se résoudre à vendre des ressources naturelles – du bois, du pétrole, des métaux précieux, entre autres – contre de la nourriture importée. À Saint-Pétersbourg, les transactions passaient par Poutine, qui dirigeait le bureau des investissements et du commerce international. La majeure partie de la nourriture n'arrivait pas à destination ; au lieu de ça, elle se voyait transformée en pots-de-vin en liquide. Tildy tenait Poutine responsable des dizaines de millions de dollars qui passaient entre ses doigts avides tandis que le peuple mourait de faim. Plusieurs enquêtes furent menées à son sujet, mais elles ne conduisaient jamais nulle part. Il était déjà intouchable.

Il gardait en permanence le contrôle de ses expressions faciales, mais en de rares occasions son visage perdait sa composition soignée et Tildy apercevait ses yeux prédateurs, sa bouche cruelle et plate. Puis il s'illuminait d'un coup, comme s'il s'éveillait d'une sieste, et secouait la tête. Il souriait et redevenait charmant. Il proclamait une certaine fascination pour la culture américaine. Lors d'une occasion mémorable, au cours d'une virée en péniche sur les canaux pendant les Nuits blanches, il se mit à jouer un morceau de Fats Domino sur le piano du groupe. Les Américains dans l'assistance apprécièrent, mais Tildy avait déjà vu tomber le masque, et elle reconnaissait le tueur qui se cachait derrière. Dans le chaos de la débauche qui suivit la chute de l'empire, cet individu singulier avait l'avantage de savoir ce qu'il voulait. Il voulait prendre sa revanche.

Il avait visé le cœur même des États-Unis – la démocratie – et il avait visé juste. Tildy présidait cette réunion dans la salle de crise en compagnie de certains des plus puissants éléments du gouvernement, mais aucun d'entre eux n'admettrait que Poutine avait appuyé sur la détente, et Dieu sait qu'il s'en était tiré en toute impunité.

La dernière question à l'ordre du jour concernait l'épidémie d'une maladie inconnue en Indonésie.

« J'imagine que je vais me charger de celle-là, puisque nous n'avons pas de responsable de santé parmi nous », dit Tildy. À ce moment-là, le directeur adjoint de la CIA se leva pour partir.

« Une réunion sur l'autre rive du fleuve, articula-t-il silencieusement.

– Ne partez pas, répondit-elle d'une voix de vieille femme peu commode avec qui il serait trop pénible de se prendre le bec. J'ai quelques questions sur ce sujet-là. »

Le type de la CIA se rassit à contrecœur.

« On parle d'une toute nouvelle maladie, dit Tildy. Pourrait-il s'agir d'une arme chimique ?

– Possible, dit l'agent, sans grande utilité.

– Ou bien quelque chose tout droit sorti d'un labo ?

– Nous n'avons aucune information », dit l'agent.

Tildy n'était pas surprise.

« Ce sera tout pour aujourd'hui », finit-elle par déclarer, libérant les adjoints dans un monde de plus en plus hostile.

5

Quarantaine

« Je vais bien » furent les premiers mots qui sortirent de la bouche de Henry. Jill fondit en larmes dès qu'elle entendit sa voix, même s'il était cinq heures du matin à Atlanta. « Ils viennent de me rendre mon téléphone satellite, sinon je t'aurais appelée plus tôt.

– Où es-tu ?

– Dans une tente, seul. Des équipes médicales sont en train d'arriver des quatre coins du monde. Elles seront opérationnelles dans quelques heures à peine.

– Combien de temps dois-tu rester en quarantaine ?

– Une semaine entière, tant que je n'ai aucun symptôme.

– Et tu en as ?

– Non, ne t'inquiète pas.

– Tu dois tourner en rond, mon pauvre.

– Je pète les plombs. Je devrais être en train de diriger l'équipe, et au lieu de ça je suis coincé dans une petite tente avec un lit de camp et une chaise pliante. »

Jill rit en se représentant la scène, parce qu'elle se sentait un peu soulagée, mais l'idée que Henry soit immobilisé tout seul au beau milieu d'une crise sanitaire importante lui fendait le cœur. « Sans toi, ils ne seraient même pas là, dit-elle.

– Dis aux enfants que je les aime, répondit-il, et que je rentre à la maison dès que possible. »

Il appela Maria pour composer l'équipe qu'il voulait qu'elle rassemble. « J'ai besoin que Marco soit en charge » ; il faisait référence à Marco Perella, qui l'avait accompagné dans de nombreuses campagnes sur le terrain. Intelligent, sarcastique, fiable, il avait commencé sa carrière en tant qu'agent du Service des renseignements épidémiologiques dans le labo de Henry, au CDC, et lui servait aujourd'hui de lieutenant.

« Il est déjà en route, dit-elle.

– Et on va avoir besoin de plus qu'un simple labo de terrain.

– Je m'en suis déjà occupée.

– Tu travailles vite, dit Henry d'un ton reconnaissant.

– J'ai simplement fait la liste de tout ce que tu allais nous demander et j'ai commencé à cocher point par point.

– Tu me connais si bien. Écoute, Maria, il faut que les autorités indonésiennes comprennent la gravité de la situation. Il est peu probable qu'on arrive à contenir cette épidémie dans le camp. On a besoin de savoir le nom de tous ceux qui y sont entrés ou sortis le mois passé. Les équipes de restauration, les militaires, le personnel médical : la moindre personne.

– Henry, je m'en occupe ! s'exclama Maria.

– Je sais, je suis désolé. Personne n'est mieux placé que toi. Je suis juste frustré d'être sur le banc de touche.

– Tu n'es pas sur le banc de touche. On compte sur toi. Je t'appellerai tous les jours. »

Avant de raccrocher, Henry dit à Maria à quel point il était désolé d'apprendre qu'elle avait perdu une amie dans l'attentat de Rome.

« Ah, merci, Henry. On a grandi ensemble. C'était ma meilleure amie d'enfance. C'est très dur pour sa famille.

– Je sais que c'est dur pour toi aussi.

– Tu sais ce qui est très dur ? répondit-elle d'une voix tremblante. La haine que je ressens pour ceux qui ont fait ça. Ils se fichent que les vies qu'ils prennent soient précieuses. Ils ne cherchent qu'à tuer pour attirer l'attention sur leurs propres doléances. Peut-être qu'inconsciemment ils veulent qu'on ressente ce qu'ils ressentent. Et c'est mon cas, à présent. J'ai dédié ma vie à la paix et à la médecine, et maintenant je suis pleine de rage. Je ne supporte pas ce qu'ils ont fait à mon amie, et je hais la personne qu'ils m'ont forcée à devenir. »

Marco téléphona de l'avion quelques instants après. Il venait accompagné d'une dizaine des meilleurs chercheurs d'Atlanta. Ils se joindraient à l'équipe de l'OMS et aux autres déjà sur le terrain. Marco et Henry suivirent le processus habituel qui consistait à éliminer les différents pathogènes possibles pour se concentrer sur les causes les plus probables de la maladie tout en s'assurant de ne pas passer à côté d'un candidat moins évident.

« Cyanose, dit Marco en indiquant le symptôme le plus apparent. Tu penses à un poison ? »

Henry réfléchit à la question. Il avait connu des cas de femmes mortes après avoir avalé du nitrobenzène dans le but d'avorter. Elles étaient devenues bleues, elles aussi. Certains imprimeurs se suicidaient en buvant de l'encre noire. Les métaux lourds, comme le cadmium, pouvaient causer des cyanoses, mais le niveau d'exposition devait être exceptionnellement élevé.

« Et pourquoi pas un raticide ? dit Marco. Ça expliquerait l'hémorragie. »

Le camp était infesté de rongeurs. Cependant, la plupart de ces poisons fluidifiaient le sang, et l'échantillon que Henry avait prélevé sur le cadavre de la médecin était fortement coagulé. Si les rats portaient la maladie, elle pouvait se transmettre par leurs tiques ou leurs puces, comme la peste bubonique. Si le bacille de la peste, *Yersinia pestis*, pénétrait les poumons, il devenait transmissible par l'homme, hautement contagieux et quasiment impossible à soigner. Le taux de mortalité atteignait presque les cent pour cent.

L'esprit de Henry vivait toujours dans la peur qu'une

forme de peste réapparaisse. À Hopkins, il avait suivi un cours sur l'histoire de la médecine et s'était découvert une fascination pour cette bactérie. Son professeur avait tracé sur le tableau noir un graphique de la population humaine au fil du temps. Le graphique montrait une augmentation constante jusqu'au VIe siècle, durant le règne de l'empereur romain Justinien, où cinquante millions de personnes moururent – environ le quart de la population mondiale de l'époque. La deuxième pandémie fut la plus meurtrière de l'histoire. Connue sous le nom de « peste noire » à cause de la gangrène qui se développait sur les extrémités des personnes infectées, elle apparut en Chine en 1334 et suivit les routes du commerce à travers l'Asie centrale et l'Europe, tuant jusqu'à deux cents millions de gens avant de s'estomper en 1353. La dernière épidémie de peste commença également en Chine, au milieu du XIXe siècle, et, grâce aux bateaux à vapeur, elle se répandit rapidement tout autour du globe, emportant avec elle près de dix millions de personnes sur une vingtaine d'années. Il n'existait toujours pas à ce jour de vaccin contre la peste pneumonique.

Henry avait déjà été piqué plusieurs fois par des puces dans sa tente de quarantaine. Il n'avait cependant repéré aucune des lésions enflées caractéristiques de la peste sur les corps à Kongoli. « La transmission par le rat demeure une possibilité, dit Henry, même si les notes de la docteure Champey indiquent que la maladie s'est répandue doucement au début, puis elle a décimé voracement le camp, suivant le schéma d'une pathologie infectieuse.

– Tu connais l'âge de décès médian ? demanda Marco.

– Ils sont en train de faire les derniers calculs. La plupart des morts sont de jeunes hommes, mais en même temps le camp est entièrement composé d'hommes plus ou moins jeunes. Il faut également tenir compte du fait que l'équipe de MSF est avant tout venue pour traiter le VIH, ce qui laisse penser que bon nombre de détenus ont un système immunitaire défaillant. Cela pourrait vouloir dire que la maladie serait moins redoutable si elle se transmettait au grand public.

– On peut pourtant supposer que les médecins n'avaient pas le VIH, et ils sont morts quand même.

– En effet, et plutôt rapidement. On a peut-être affaire à une maladie qu'on ne trouve pas d'ordinaire chez l'homme, mais qui s'est adaptée aux porteurs humains en raison de leurs faibles réponses immunitaires.

– Quels seraient les moyens de transmission ? demanda Marco. Les moustiques, peut-être ? Une bactérie dans l'eau ?

– Elle progresse trop vite pour les moustiques. Et on verra bien si la propagation s'arrête quand ton équipe prendra en charge les sources d'eau et de nourriture, mais je ne vois aucune des caractéristiques bactériennes que je connais. Je parie que c'est un virus.

– Ebola ?

– L'aspect soudain de l'épidémie pourrait le suggérer. Le fort taux de mortalité, la propagation rapide, la fièvre hémorragique… Oui, ça pourrait bien être Ebola. Mais la seule souche d'Ebola recensée en Asie, c'est le Reston, et il n'a jamais été prouvé comme pathogène chez l'humain.

– Et la fièvre de Lassa ? Ou le Marburg ?

– Les porteurs de ces maladies sont des souris africaines et des chauves-souris égyptiennes. On n'en trouve pas en Indonésie.

– Du coup, c'est un mystère.

– Un mystère de taille.

– Prends soin de toi, Henry, dit Marco avant de raccrocher. On va avoir besoin de toi sur ce coup-là. »

Henry en était venu à la virologie très tard dans sa carrière. Ses premiers travaux portaient sur les bactéries hautement pathogènes, sources de nombreuses maladies redoutables. La pneumonie, tueuse en série historique. La peste, dont le seul nom évoquait la terreur. La tuberculose, aujourd'hui encore première cause de décès lié à une maladie infectieuse. Oui, Henry avait du respect pour les bactéries. Il était convaincu qu'elles comprenaient les rouages complexes de la contagion. Puis Ebola arriva pour lui mettre une bonne raclée, véritable diva parmi les maladies – dramatique, perfide et brutale. L'hémorragie était le symptôme le plus flagrant : le sang coulait par tous les pores, les yeux, les oreilles, le nez, l'anus, même les tétons, le fluide servant de vecteur à la maladie pour s'échapper du corps et chercher de nouvelles victimes. Au départ, les médecins prirent Ebola pour la fièvre de Lassa, mais le premier avait pour symptôme caractéristique le hoquet. Personne ne savait pourquoi. Comme la grippe et le rhume, le matériel génétique d'Ebola était composé d'acide ribonucléique, ou ARN. D'autres virus, comme la variole ou l'herpès, étaient constitués d'acide désoxyribonucléique, ou ADN. Les virus à ARN avaient pour trait particulier de se renouveler en permanence en ce qu'on appelait une « population mutante ».

Ebola n'était rien de plus qu'un brin d'ARN recouvert de protéines et emballé dans une enveloppe de lipide. Le virus développait parfois des ramifications ou s'enroulait sur lui-même, comme une esperluette ou une clé de sol. Il était transmissible aux humains via différents animaux sauvages, notamment les singes et les chauves-souris. Il passait jusqu'à trois semaines dans le corps avant que les symptômes n'apparaissent, donc une véritable épidémie pouvait demeurer indétectable jusqu'à ce qu'elle ne tombe d'un coup, telle la lame d'une guillotine. Si le virus n'était pas traité, le taux de mortalité pouvait flirter avec les quatre-vingt-dix pour cent, même si des soins palliatifs permettaient de diviser ce chiffre par deux. À la différence de la grippe et de la rougeole, Ebola n'était pas transmissible dans l'air. Il ne se propageait qu'au contact de fluides corporels – dans le cadre de rapports sexuels, de baisers, de contacts physiques, et surtout quand on s'occupait des malades et des morts. C'était une maladie qui ciblait tout particulièrement l'amour et la compassion. Quand Henry la rencontra pour la première fois, il sut qu'il avait affaire à un adversaire de taille, qui occuperait sans aucun doute ses pensées jusqu'à la fin de sa carrière.

Le personnage hors du commun qui façonna l'approche de Henry en matière d'épidémiologie fut son premier patron au CDC, le docteur Pierre Rollin, un Français au regard jovial qui dirigeait la branche des agents pathogènes spéciaux. Henry l'avait vu donner ce que Pierre appelait un cours d'initiation à Ebola dans une mosquée guinéenne durant l'épidémie de 2014. Des imams étaient venus de tout le pays. Le virus était un phénomène nouveau et terrifiant, mais la manière d'agir calme et précise de Pierre permit de juguler la panique, qui s'avère parfois plus contagieuse que la maladie. Un jour, dans un hôpital de campagne reculé, Pierre et son équipe essayaient d'aider une communauté très méfiante à contenir l'épidémie. Les membres des familles se sentaient obligés de laver le corps de leurs proches décédés, même si les cadavres excrétaient encore le virus. Après la mort d'un jeune garçon, ses parents avaient demandé à récupérer sa dépouille, ce qui risquait certainement de les tuer, eux et beaucoup d'autres. Les tensions étaient telles que Pierre, alors âgé d'une soixantaine d'années, se saisit d'une pelle et creusa lui-même la tombe. Cette démonstration d'humanité et de compassion constituait un modèle que Henry cherchait à reproduire.

Une fois qu'il eut décidé de dédier sa vie professionnelle à l'étude des virus, il fut intimidé par la taille et la diversité du monde viral, et choqué par le manque de connaissances scientifiques. Vingt ans plus tôt, personne ne savait qu'il existait des virus dans les océans, mais la recherche avait depuis prouvé qu'un simple litre d'eau de mer en contenait environ cent milliards. Curtis Suttle, virologiste marin à l'université de la Colombie-Britannique, avait récolté de l'eau des océans du monde entier et découvert que quatre-vingt-dix pour cent des virus qu'il analysait était inconnus de l'homme. Pourtant, chacun d'entre eux portait le code génétique des protéines, ce qui signifiait qu'ils avaient tous un but. La nature de ce but demeurait un mystère.

En 2018, Suttle et d'autres scientifiques partirent explorer des sommets montagneux en quête de traces virales dans la troposphère libre, la couche où circulent les avions, située juste en dessous de la stratosphère. Ils cherchaient à comprendre pourquoi on trouvait parfois des virus quasi identiques dans des régions du monde très éloignées les unes des autres et des environnements très différents. Se pouvait-il que les virus se retrouvent balayés dans l'atmosphère – dans la poussière et les embruns, mettons – et transportés d'un continent à l'autre ? Les scientifiques placèrent des seaux au sommet de la sierra Nevada, en Espagne, et attendirent pour voir si la pluie contiendrait des virus. Ils furent stupéfaits par ce qu'ils découvrirent. D'après leurs calculs, plus de huit cents millions de virus se déposaient chaque jour sur le moindre mètre carré de la surface terrestre. La plupart d'entre eux s'attaquaient uniquement aux bactéries, et non aux humains. On estimait le nombre total de virus sur la planète cent millions de fois supérieur au nombre d'étoiles dans l'univers.

Quand un virus infecte une cellule, il y insère ses propres gènes et utilise l'énergie de celle-ci pour se reproduire – transformant ainsi la cellule en une usine virale. Une fois sous le contrôle génétique du virus, ladite cellule produit de nouveaux agents infectieux jusqu'à ce qu'elle éclate et meure, libérant des milliers voire des dizaines de milliers de nouvelles particules virales dans l'organisme de l'hôte afin d'envahir de nouvelles cellules. À l'inverse, le virus et la cellule apprennent parfois à coexister, comme c'est le cas avec l'herpès, et l'infection dure indéfiniment.

Ce qui surprenait le plus Henry au sujet des virus, c'était le rôle de force directrice qu'ils jouaient dans l'évolution. Si l'organisme infecté survit, il garde parfois une portion du matériel viral dans son propre génome. L'héritage d'infections passées est visible dans huit pour cent du génome humain, y compris les gènes en charge de la mémoire, du système immunitaire et du développement cognitif. Sans eux, nous ne serions pas ce que nous sommes.

6

Henry prend les choses en main

Sept jours après son exposition, une fois sa quarantaine terminée, Henry ouvrit le rabat de sa tente et sortit sur le terrain boueux. Le soleil fit une brève apparition, changeant l'air en un brouet tiédasse. Il portait un pantalon bleu à rayures et une chemise de ville blanche, les mêmes vêtements qu'il avait sur lui au cocktail d'inauguration à Genève dix jours plus tôt. Comme sa canne avait été incinérée avec le reste de ses habits de rechange, Henry avançait péniblement sur le terrain détrempé, pieds nus – il avait aussi dû sacrifier les seules chaussures qu'il avait emportées dans ce qui devait être un simple voyage de trois jours en Suisse.

Des lumières avaient été installées sur des pieds tout autour du camp pour que l'équipe puisse travailler jour et nuit. Deux nouvelles tentes MSF étaient occupées par des collègues des médecins décédés. Une délégation de Mercy Corps se trouvait sur place. La Croix-Rouge avait envoyé un camion remorque. Des agents du Service des renseignements épidémiologiques, vêtus de blouses jaunes, s'occupaient des patients dans une grande tente d'infirmerie. Une antenne relais se dressait au-dessus du camp, et les toits des caravanes de l'OMS étaient équipés de panneaux solaires. Chaque agence capable de monter une équipe était soit là soit en route. Rien de tel qu'une petite épidémie bien sexy pour les voir pointer le bout de leur nez. Les choses pourraient bien tourner à la guéguerre administrative, se dit Henry. Comme pour Ebola.

La caravane de l'OMS renfermait un labo de terrain minimaliste, mais qui avait au moins le mérite de contenir le matériel de première nécessité. On y trouvait une boîte à gants de fortune – une caisse en plexiglas avec des trous fermés par d'épais gants en latex noirs, qui permettaient au technicien du laboratoire de manipuler les échantillons viraux à l'intérieur sans craindre la contamination. On tamponnait le virus sur des plaques 96 puits – des petits plateaux avec des cavités à intervalles réguliers – contenant des cellules humaines en milieu liquide. Une fois infectées, les cellules faisaient croître le virus. D'autres techniciens essayaient de dupliquer des séquences via l'amplification en chaîne par polymérase. Si la source de l'infection était un virus inconnu, un séquençage plus large devrait sûrement être réalisé à Atlanta.

Un certain nombre de virus causaient des saignements, comme Ebola, le Marburg, la fièvre de Lassa, la dengue, la fièvre jaune, les hantavirus et la fièvre hémorragique de Crimée-Congo. Ils tuaient tous rapidement et implacablement, et – à l'exception de la fièvre de Lassa, qui pouvait se soigner à la ribavirine dans les premiers stades de la maladie – il n'existait aucun traitement efficace. Mais aucune de ces pathologies n'avait sur les poumons l'effet dévastateur que Henry avait observé. S'il ne se trompait pas, ce qui se répandait à Kongoli était soit une mutation d'un de ces ennemis bien connus, soit un tout nouveau virus, qui était entré par effraction chez l'homme et avait déjà fait près d'une centaine de victimes.

« Te revoilà », dit Marco. C'était l'agent de terrain du CDC parfait : courageux, intuitif, pas marié. Son bras gauche était orné d'un tatouage représentant une jeune fille qui danse, souvenir de l'épidémie de rage à Bali sur laquelle Henry et lui avaient travaillé ensemble. Marco parlait même un peu malais, ce qui pouvait s'avérer utile.

« Qui est aux commandes ?

– Tout le monde », répondit Marco.

Exactement ce que Henry craignait.

« Est-ce que quelqu'un contrôle les hôpitaux ? Les cliniques ?

– Terry s'en occupe. Rien à signaler pour l'instant.

– Et les morgues ?

– Quelqu'un est sur le coup. La Croix-Rouge, il me semble.

– Il faut qu'ils nous tiennent au courant tous les jours, dit Henry. Le moindre décès suspect doit être étudié.

– C'est déjà le cas. Tu ne veux pas un bilan de ce qu'on a déjà trouvé ?

– C'est viral, et c'est nouveau. Probablement aviaire.

– Punaise, Henry, comment tu sais tout ça ?

– Je veux une réunion de toutes les délégations dans une demi-heure. On n'a pas le temps pour que tout le monde se marche dessus. On a du pain sur la planche, et il va falloir bosser vite.

– Je vais les prévenir.

– Et fais-moi aussi voir les rapports du labo.

– D'accord, mais d'abord, est-ce que je peux me permettre une suggestion ? Tu aurais vraiment, vraiment besoin d'une douche. »

Cette remarque n'aurait pas pu être plus vraie. Marco pointa du doigt une grosse valise dans un coin, que Henry reconnut soudain avec grand plaisir.

« Jill t'a fait envoyer des vêtements propres », dit Marco.

Fraîchement décrassé et revigoré, Henry se tenait sous le porche de la maison de l'officier. Ce dernier et les gardes qui surveillaient le camp avaient eux-mêmes été placés en quarantaine de l'autre côté de la clôture avec le reste des personnes exposées.

Les représentants d'une dizaine d'organismes de santé internationaux s'étaient rassemblés devant Henry. Debout autour des caravanes et des tentes se trouvaient une cinquantaine de travailleurs médicaux venus de différents pays. Il reconnaissait certains visages de conférences ou de pandémies précédentes. C'étaient surtout des jeunes, d'une trentaine d'années en moyenne – la même tranche d'âge qui constituait le pic de mortalité sur le graphique de la maladie. Au fil des ans, Henry avait remarqué une nette augmentation du nombre de femmes sur le terrain lors de ce genre de crises. Quand il était plus jeune, presque tous les agents de l'EIS étaient des hommes. Aujourd'hui, ceux-ci représentaient une minorité, comme à la Croix-Rouge. Certains des infirmiers portaient des combinaisons de protection intégrales, et d'autres s'étaient enveloppés de sacs-poubelles scellés avec du gros scotch. Une fois de plus, Henry fut ému par la noblesse de ces jeunes gens talentueux qui se mettaient en travers du chemin d'un péril inconnu.

Parmi les visages dans la foule, Henry repéra la ministre de la Santé, Annisa Novanto. Elle semblait inquiète, voire paniquée. Impitoyable était le pays dans lequel elle vivait.

Aux yeux de tous les gens présents sur ce terrain détrempé qui ne le connaissaient pas, l'apparence de Henry – courtaud et légèrement voûté – devait sembler singulière. Qui était-il pour prendre ainsi le commandement de cet impressionnant déploiement de médecins talentueux ? Certains des plus jeunes remarquèrent la déférence dont faisaient preuve les anciens du groupe à son égard, mais tous étaient curieux de voir comment ce type au physique ingrat allait gérer cet ensemble d'organismes hautement compétitifs et souvent en désaccord, tous déterminés à atteindre la gloire médicale.

Quelque chose dans le ciel attira soudain l'attention de Henry ; un son étrange et lointain. Il chercha patiemment des yeux en l'air, sans bruit, jusqu'à ce que tout le monde sur le camp ait levé le nez pour voir ce qu'il regardait.

« Des oies, dit-il. Je me demande où elles vont. Vers le nord, j'imagine. En Chine ou en Russie. Intéressantes créatures, les oiseaux migrateurs, songea-t-il presque pour lui-même mais d'une voix qui portait jusqu'à l'autre bout du camp. Ils volent en formation. C'est bien plus efficace, d'après les gens qui étudient ce genre de phénomènes. Ils arrivent plus vite à destination, ils perdent moins d'énergie, et chaque oie a son utilité dans la formation. »

Sa voix s'endurcit soudain.

« On va faire exactement pareil. »

Tous les yeux du camp se posèrent à nouveau sur lui.

« Première chose : les gens du monde entier vont s'inquiéter de ce qui se passe ici. Nous allons devoir être francs, mais il va surtout falloir parler d'une seule et même voix. La moindre information que nous transmettons au monde doit d'abord passer par la ministre Annisa, si cela lui convient. »

La surprise et la gratitude se lisaient sur le visage de celle-ci. D'un seul coup, Henry avait enrôlé sa principale antagoniste dans son équipe. En lui donnant ce qu'elle voulait par-dessus tout, il plaçait la ministre ainsi que tout le gouvernement indonésien sous sa direction. Ce qui avait été accordé pouvait aussi être retiré : il venait de s'octroyer ce pouvoir.

Henry demanda les rapports sur la progression de la maladie. L'équipe estimait que la moitié des détenus présentaient des symptômes, et, parmi ceux-là, la mortalité dépassait les soixante pour cent. Tant qu'ils ignoraient les causes de la pathologie, les médecins ne pouvaient pas donner grand-chose aux malades, hormis du paracétamol pour la fièvre et des fluides pour éviter la déshydratation. À part ça, il n'y avait que les paroles rassurantes et les hypothèses hasardeuses. L'OMS et le CDC présentaient des chiffres différents concernant les cas possibles, probables et avérés, mais ils tombaient d'accord sur le fait que le nombre de morts diminuait grâce aux soins palliatifs. Aucun cas n'avait été signalé en dehors du camp. Pour l'heure, la quarantaine semblait fonctionner.

Peut-être que la maladie allait s'éteindre d'elle-même, se dit Henry. Bon nombre de pathologies nouvelles disparaissaient aussi vite qu'elles étaient apparues. Pendant des milliers d'années, la nature nous avait envoyé de nombreuses menaces, comme les météorites qui se consumaient dans l'atmosphère jusqu'à l'arrivée de celle que tout le monde connaît, celle qui terrassa les dinosaures et la majeure partie des êtres vivants sur Terre à l'époque. On ne sait jamais.

Marco annonça qu'ils essayaient d'envoyer des échantillons de sérum au laboratoire P4 le plus proche, en Australie, mais qu'ils avaient du mal à obtenir de la glace carbonique pour geler les prélèvements de tissus, et les compagnies aériennes refusaient de prendre les échantillons à bord des vols commerciaux. La ministre Annisa s'engagea immédiatement à ce que l'armée indonésienne affrète un avion spécial pour transporter les prélèvements là où il le faudrait. Problème résolu.

L'EIS, service de renseignements du CDC, avait tenté de mettre la main sur le patient zéro – la personne qui avait importé l'infection dans la communauté. Les entretiens n'avaient rien donné ; la plupart des premiers touchés étaient morts. Retrouver cet individu pourrait permettre de comprendre d'où provenait la maladie : l'avait-on déjà rencontrée auparavant ? Était-elle transmissible entre humains avant d'arriver au camp ? Ou bien est-ce que le patient zéro l'avait contractée au contact d'un animal – le porc, par exemple, qui partageait de nombreux gènes avec l'homme – avant de devenir sans le savoir le laboratoire dans lequel le germe s'était transformé en maladie humaine ? Henry jugea la piste du cochon improbable, puisque la majorité des détenus étaient musulmans et ne mangeaient pas de porc.

Il se dit aussi que l'identité des premières victimes

– des homosexuels atteints du VIH – risquait sans doute de déclencher une autre sorte de pandémie chez le grand public : l'hystérie générale.

Henry relut attentivement les notes de la docteure Françoise Champey. Elles dataient de l'arrivée de MSF au camp durant la dernière semaine du mois de janvier. Une forte épidémie de VIH se propageait sur place, bien plus forte que ce que les médecins avaient anticipé, et les cas atteints par le nouveau virus furent traités comme une simple grippe. La dizaine de patients qui présentaient les symptômes au cours des dix premiers jours avaient été traitée au paracétamol et au Tamiflu. Ils s'étaient rétablis, puis tout avait changé.

Le patient Luhut Indrawati présente une forte fièvre, 40,5 °C. Gêne respiratoire. VIH-1 asymptomatique jusqu'au 31/01, puis rapide progression de la fièvre, forte léthargie. Possible VIH stade 3. Apparition rapide difficile à expliquer. Importants saignements du nez et des oreilles.

Elle décrivait le patient comme un riziculteur originaire de Sumatra. Deux jours plus tard, elle reprenait laconiquement :

Le patient Luhut est mort à 08:19. Cyanose. Cause inconnue. Cinq nouveaux cas.

Elle travaillait sans aucun matériel de laboratoire ni le moindre appareil diagnostic de base, mais même si elle y avait eu accès, elle aurait été tout autant dans le noir que Henry à ce moment précis. Tandis que les médecins français traitaient le VIH, ils furent exposés à quelque chose de nouveau, quelque chose en pleine évolution ; et quel meilleur laboratoire pour l'évolution d'une nouvelle maladie transmissible à l'homme qu'un camp rempli d'individus immunodéprimés incapables de se défendre contre une infection inconnue.

« *Qu'avons-nous mal fait ?* » se lamentait la docteure Champey la veille de sa mort. Elle pensait que la maladie pouvait être une nouvelle souche du VIH. C'était logique : il en existait de nombreuses sous-catégories et le virus avait la capacité remarquable de se recombiner. Mais comment ses collègues et elle-même avaient-ils été infectés ? Ils avaient suivi le protocole. Le VIH se transmettait par rapports sexuels ou en partageant une seringue, pas en se lavant, en se touchant et en mangeant les uns avec les autres. Pas par les moustiques. D'après les conclusions de Henry, la propagation était si rapide qu'il ne pouvait pas s'agir d'autre chose que d'une maladie transmissible par l'air, ce qui éliminait le VIH et toutes ses variantes.

Henry reçut un appel de Luc Barré, supérieur hiérarchique de la docteure Champey à Paris, qui lui proposait d'envoyer de l'équipement et du personnel supplémentaire. Pour le moment, il y avait déjà trop de gens à gérer sur le camp au goût de Henry. « Bien sûr, le véritable problème commencera si l'épidémie se propage en dehors », dit Henry. Il suggéra à Barré de tenir ses intervenants prêts à agir au moindre signe d'évasion de la maladie en dehors de la quarantaine.

Avant de raccrocher, Henry demanda à Barré de lui parler de Françoise Champey.

« Ses notes sur les patients m'ont été d'une grande utilité, dit-il. Méticuleuses, perspicaces. Elle a visiblement été bien formée. »

Barré commença à répondre, mais sa voix se mit à trembler et il marqua une pause.

« Ah, Françoise. Oui, elle faisait partie des meilleurs, dit-il d'une voix rauque.

– J'imagine qu'elle était sportive.

– Oui, elle était passionnée d'équitation. Le saut d'obstacles, vous voyez ? Un sport dangereux. Les médecins soignent souvent des gens qui se blessent à cheval, et elle en connaissait les risques, mais je crois qu'elle aimait trop ça pour arrêter. C'était une personne sûre d'elle. Elle demandait toujours les missions les plus périlleuses. Pour être franc, je ne pensais pas que celle-ci serait trop dangereuse pour elle. On a tout le temps affaire au VIH, et je ne savais pas que je l'envoyais à la mort. Vous savez, c'était ma fiancée… »

L'officier élancé qui avait empoché le pot-de-vin de Henry tremblait de fièvre. Son corps était couvert d'hématomes, trahissant des hémorragies internes, mais il s'accrocha tant bien que mal tandis que Henry lui posait des questions sur la nature de la maladie.

« Chahaya », lut-il sur le dossier médical.

L'officier sourit faiblement.

« C'est moi. Ou ce qu'il en reste.

– Comment vous sentez-vous ?

– J'ai du mal à respirer. Comme si j'avais été écrasé par une montagne. »

Il toussa, et un filet de bave mousseux lui coula sur le menton. Henry l'essuya avec un mouchoir, qui serait ensuite incinéré.

Il lui posa des questions sur les autres soldats sous ses ordres. Sept d'entre eux étaient des femmes, confinées dans une enceinte différente. Aucune d'entre elles ne présentait de symptômes. L'officier Chahaya dit qu'elles avaient été postées à l'extérieur du camp. Plusieurs hommes étaient morts. Certains semblaient bien partis pour survivre à l'infection. Henry n'aurait pas parié que Chahaya soit de ceux-là.

Quand Henry sortit de l'infirmerie, il croisa un policier indonésien prêt à faire son rapport. Henry avait demandé aux autorités du pays de rassembler tous les gens qui avaient été en contact avec les détenus depuis le début de l'épidémie. Un service de restauration avait été engagé pour livrer les repas au camp. Les chauffeurs et même les cuisiniers avaient été placés en observation dans un hôpital local. La ministre Annisa cherchait à minimiser la panique ; les rumeurs se propageaient déjà concernant une infection homosexuelle qui ravageait Jakarta. Les hôpitaux commençaient à se remplir de gens anxieux en parfaite santé, qui se rendaient aux urgences pour se plaindre de symptômes imaginaires et exigeaient un vaccin pour une maladie qui n'avait pas encore été identifiée.

« Et le fossoyeur ? demanda Henry.

– Lui mort, monsieur. »

Henry se sentit traversé par une onde de choc sourde.

« Il y a combien de temps ?

– Cinq jours, monsieur. »

Mort depuis cinq jours, probablement contaminé depuis dix. Dieu sait combien de gens cet homme avait contaminés entre-temps. Il fallait déployer au plus vite une équipe d'intervention pour interroger les membres de sa famille et tous les gens avec qui le fossoyeur ou eux-mêmes avaient été en contact en dehors du camp. Cela pouvait facilement représenter des milliers de personnes. L'épidémie avait peut-être déjà commencé à Jakarta et n'allait pas tarder à se faire connaître.

« Et mon chauffeur, M. Bambang Idris ?

– Lui parti, monsieur.

– Parti où ?

– M. Bambang, lui parti pour le hajj. »

7

Le pèlerin

Avant de quitter Jakarta, Bambang Idris alla payer ses dettes, première étape du pèlerinage. Il devait donc régler la question de la Toyota avec son beau-frère. Les femmes de Bambang l'aidèrent en préparant son ihram – le linge blanc que doivent porter les pèlerins – et en confectionnant des paniers garnis pour le ramadan. Il implora leur pardon pour tout le tort qu'il avait pu leur causer. Il demanda aussi pardon à ses enfants de les avoir trop punis ou pas assez choyés. Il arrêta de fumer les cigarettes au clou de girofle auxquelles il était accro depuis des décennies. Pour rencontrer Dieu, il fallait une âme immaculée et rien d'autre que la liste de ses bonnes actions.

L'étrange expérience de vivre son premier voyage en avion, de s'envoler dans les airs et regarder d'en haut l'archipel indonésien – sa terre natale, ensemble d'îles verdoyantes éparpillées, qui disparurent si vite dans le vaste océan gris – vint s'ajouter à la sensation de sainteté qui s'emparait de lui. Après le repas servi à bord, Bambang se rendit aux toilettes pour enfiler ses habits de pèlerin ; deux morceaux de tissu-éponge blanc, l'un drapé sur son épaule et l'autre autour de sa taille. Le vêtement était conçu pour ressembler à un linceul. Bambang se sentait nu en dessous.

Il enleva ses chaussettes et ses chaussures et les troqua contre une simple paire de sandales. Dans une telle tenue, on ne pouvait différencier les riches et les pauvres, comme cela devait être au regard de Dieu. Enfin, Bambang retira à contrecœur son chapeau, qu'il ne quittait jamais autrement, exposant son crâne chauve et luisant à la vue de tous.

Il se sentait coupable d'avoir abandonné le médecin occidental ; quel homme courageux, de se rendre ainsi dans un lieu habité par la mort ! Bambang était troublé par le sentiment d'avoir trahi un étranger, un grave péché dans l'islam. Était-il vraiment digne de partir en pèlerinage ? Si seulement il n'avait pas eu si peur. Si seulement il n'avait pas fui, terrorisé. Mais il était en sécurité à présent, et ne fallait-il pas être reconnaissant pour ça ? Dieu ne serait-il pas satisfait de sa dévotion ?

Bambang avait rassemblé les prières de toute sa famille et ses amis pour le jour où il gravirait le mont Arafat, où Dieu avait le plus de chances d'exaucer de telles requêtes. La plupart de ces prières touchaient à la santé et la prospérité. Il prierait pour que sa fille célibataire la plus âgée trouve un mari. Il prierait pour que son neveu sorte de prison. Il prierait pour devenir une meilleure personne durant le court moment qu'il passerait sur Terre.

Il avait dû étudier certaines de ces prières. L'une d'entre elles était dédiée aux morts. Parmi les immenses foules de croyants qui se rendaient au hajj, qui comprenaient de nombreuses personnes âgées, des gens allaient sûrement mourir. C'était à souhaiter. Mais des catastrophes se produisaient chaque année. Des accès de panique générale inopinés causaient de soudains mouvements de foule, tuant des milliers de personnes d'un coup. Bambang avait entendu parler de pèlerins qui se faisaient happer dans le sable pendant leur sommeil. Il y avait aussi les maladies, bien sûr, qui venaient des quatre coins du globe pour former un gigantesque bazar aux infections international. On avait suggéré à Bambang d'acheter des petits citrons verts pour se prémunir des virus.

L'arrivée à Djeddah était un phénomène grisant. Les avions en provenance de nombreux pays différents transportaient des musulmans vêtus d'habits blancs identiques. Bambang sentait déjà qu'il faisait partie d'une grande procession, sans distinction de race, de classe, de nationalité, d'ethnicité, et de toute autre trace d'individualité – comme un flocon de neige, peut-être ; il n'en avait jamais vu, mais c'est l'image qui lui vint en tête en apercevant toutes ces tenues blanches. Son cœur chantait de joie. Il se trouvait parmi ses frères et sœurs de foi. Tous ces gens étaient comme lui, l'âme immaculée, prêts à rencontrer Allah, pensa-t-il. Leur visage – comme le sien, sans doute – exprimait l'espoir et l'excitation, même alors qu'on les parquait dans une grande salle et qu'on leur indiquait d'attendre les bus qui les emmèneraient à La Mecque.

Bambang attendit. La nuit tomba. Il n'y avait aucune nourriture disponible à part les dattes, les barres chocolatées et les bouteilles d'eau que des marchands avides vendaient à prix d'or. Il s'allongea sur le béton, épuisé, mais aussi contrarié de devoir salir ses habits impeccables. Il se sentait perdu, dans l'expectative, à la fois euphorique, déçu et énervé, s'accrochant à l'espoir de se voir bientôt transformé spirituellement.

Un jeune homme maigre et nerveux s'assit près de lui. Bambang le salua du peu d'arabe qu'il parlait.

« Je ne parle pas cette langue, dit le jeune homme. C'est anglais ou rien.

– Tu es britannique ? demanda Bambang.

– Exact, dit-il. De Manchester. »

Il s'appelait Tariq. Ils discutèrent un moment de football, parce que Bambang soutenait Manchester United.

Tariq fouilla dans sa valise, en sortit un paquet de cigarettes et en offrit une à Bambang.

« C'est interdit, dit-il, même s'il mourait d'envie de fumer.

– Hé, l'ami, on n'est pas encore à La Mecque. Officiellement, le pèlerinage n'a pas encore commencé, hein ? Pour l'instant, on est juste assis sur notre cul et on ne va nulle part. »

Ce manque de respect fut aussi inopportun que la cigarette. Bambang se sentait revenir à la vraie vie ; scandalisé, mais également amusé et reconnaissant.

« Tu as pensé quoi de l'action de nos frères à Rome ? » demanda Tariq.

Bambang ne suivait pas les informations.

« Tu n'as pas appris la nouvelle ? Ils ont massacré six cents mécréants, dit Tariq. À Rome ! »

Au ton du jeune homme, Bambang comprit que Rome était un endroit spécial, particulièrement hostile à l'islam. Il n'entendait pas grand-chose au terrorisme. Il considérait l'islam comme une religion de paix, mais il connaissait de jeunes Indonésiens qui avaient rejoint Daesh. Son neveu avait été arrêté au cours d'une rafle contre les membres présumés d'une cellule terroriste qui préparait un attentat contre les élections. Bien d'autres familles avaient connu des histoires similaires. Bambang était choqué que Tariq cautionne avec désinvolture ce qui avait bien pu se passer à Rome. Six cents personnes. Comment est-ce qu'on tue six cents personnes ? Et pourquoi ?

« À lire la presse, on croirait qu'ils n'ont tué que les putain de chevaux ! » Le jeune homme se rappela que Bambang ne savait pas de quoi il parlait, et expliqua rapidement :

« Des chevaux dressés, en costume et tout. Pour une quelconque cérémonie catholique, vu que c'était à Rome. »

Bambang gardait le silence. Il lui vint à l'esprit que ce jeune homme n'était peut-être pas qui il prétendait être, mais un agent des renseignements envoyé pour le piéger et le pousser à faire une remarque compromettante. Peut-être était-il au courant pour son neveu radicalisé. Il se trouvait en terrain glissant.

« C'était un vrai miracle, dit Tariq. Et ce n'est que le début. Il y aura plein d'autres miracles à venir, tu n'y croiras même pas. Qu'Allah soit loué. »

Tariq écrasa son mégot sur le béton et s'allongea. Il s'endormit instantanément.

Bambang dormait aussi quand les bus arrivèrent, juste avant l'aube. Il s'éveilla sur le trottoir, raide, froid et endolori. Il attendit que Tariq monte dans un bus, puis il en choisit un autre.

L'autoroute en direction de La Mecque était encombrée de pèlerins à bord d'autocars, de voitures et même de limousines, alors qu'il n'y avait pratiquement aucune circulation dans l'autre sens. Bambang n'avait jamais vu de désert auparavant. Celui-ci était d'un orange sombre, accidenté et dépourvu d'arbres, mais l'on voyait émerger de la nuit une chaîne de montagnes bleues, projetant de longues ombres sur le sable. Quelques étoiles s'attardaient dans le ciel sans nuages.

Ils passèrent sous la porte de La Mecque, arche monumentale qui marque l'entrée de la région sainte, où seuls les musulmans avaient le droit d'entrer. Une représentation du Coran, ouvert en direction des cieux, trônait au sommet de l'arche. Les pèlerins s'étreignirent les uns les autres. Bambang ne sentit même pas les larmes qui lui coulaient sur les joues. Pour lui, le hajj avait commencé.

8

Salvador

« En Arabie Saoudite », disait Henry au téléphone. Son chauffeur était avec lui dans le camp, puis il était parti en pèlerinage religieux. Il n'aurait jamais dû avoir l'autorisation de quitter l'Indonésie. Henry se sentait coupable.

« Mais comment peux-tu penser ça ? demanda Jill. Tu lui as expliqué à quel point la situation était dangereuse. Tu lui as dit d'aller se laver et de brûler ses affaires.

– Oui, mais est-ce qu'il l'a vraiment fait ?

– Tu m'as dit que tu avais demandé à la police de le retrouver, non ? Tu ne peux pas sauver le monde tout seul. »

Elle aurait tout aussi bien pu s'adresser aux vêtements de Henry dans le placard.

« Sérieusement, tu te tourmentes à propos d'un problème qui n'existe probablement pas.

– Trois millions de personnes, venues des quatre coins du globe, dit-il. C'est le pire scénario possible.

– S'il est vraiment malade. »

Henry ne se le pardonnerait pas. Il était en route. Il l'appellerait dès qu'il pourrait.

Le coup de téléphone avait ébranlé Jill. De nature, Henry évitait de céder à certaines émotions et ne s'apitoyait jamais sur son sort. Il avait un mental d'acier, ce qui était presque un prérequis dans son milieu professionnel. La douleur, la souffrance, la mort : voilà de quoi était fait son quotidien, mais il rangeait tous ces éléments dans une armoire émotionnelle. Jill ne savait pas le faire. Les émotions avaient bien trop de contrôle sur sa vie. Parfois elle admirait la retenue de Henry, mais parfois elle lui en voulait de ne pas partager les choses qui lui faisaient du mal.

Il avait longtemps cru qu'aucune femme ne voudrait de lui à cause de sa difformité. Il n'était pas puceau au moment de leur mariage mais, à l'âge de trente-six ans, Henry était toujours inexpérimenté sexuellement et intimidé par l'enthousiasme de Jill en la matière. Il ne se considérait clairement pas comme un partenaire séduisant, mais il était devenu un amant très attentionné. Il faisait tout pour la satisfaire, et Jill était ravie de lui servir de guide dans le monde du désir charnel. Par un accord tacite, ils avaient fait de leur plaisir sexuel un grand secret, une liaison qui durait depuis des années.

Jill avait l'impression de ne pas comprendre Henry entièrement. Il gardait tellement de choses pour lui. Il ne parlait que rarement de son enfance, même si, en tant qu'enseignante, Jill imaginait très bien comment il avait été traité à l'école. Bon nombre de ses élèves vivaient dans la pauvreté, n'avaient pas de parents ou souffraient d'un handicap. La vie était particulièrement difficile pour eux, et ceux qui s'en sortaient se voyaient anoblis par leurs efforts ; ils étaient peu nombreux.

Henry lui avait dit que ses parents avaient été missionnaires en Amérique du Sud et qu'ils étaient morts dans un accident d'avion quand il avait quatre ans. Elle avait supposé que c'était la raison pour laquelle Henry avait un avis très tranché sur les dangers de la religion. Jill, qui avait grandi à Wilmington, en Caroline du Nord, avait toujours eu un bon rapport à l'Église, même si elle ne s'était jamais beaucoup impliquée, tandis que la religion semblait être la seule chose dont Henry ait vraiment peur. La science lui servait de mécanisme de défense contre la tentation de la foi.

« Tu ne t'ouvres pas à moi », lui avait-elle dit le jour de leur premier anniversaire. Ce devait être un rendez-vous romantique, mais Henry avait l'esprit ailleurs, hors de sa portée.

« Je suis désolé, qu'est-ce que tu veux savoir ? » avait-il répondu, sincèrement perplexe. Le restaurant, situé dans une ancienne église sur Ponce de Leon Avenue, arborait de splendides vitraux, et les serveurs et serveuses étaient vêtus comme des nonnes et des moines. C'était probablement la première fois de sa vie d'adulte que Henry se trouvait dans un lieu de culte. Jill avait cru que ça l'amuserait.

« Quelque chose te dérange.

– Tout va bien, dit Henry. Je passe un bon moment avec toi.

– Raconte-moi ce que tu as fait aujourd'hui.

– J'étais au labo, comme d'habitude.

– C'est tout ?

– Je suis aussi allé à l'hôpital Emory pour donner un coup de main avec un patient. »

Jill avait bu trop de vin. Elle devenait agressive. Elle se sentait en droit de savoir pourquoi Henry n'était pas entièrement avec elle pour leur anniversaire. Et l'intuition faisait partie de ses points forts.

« C'était qui, ce patient ?

– Un garçon de neuf ans.

– Comment s'appelle-t-il ?

– Pourquoi tu veux savoir ça ?

– Tu connais le nom des gens que tu soignes, au moins ? Ce sont encore des individus, ou juste des patients ?

– Il s'appelait Salvador, dit Henry. Salvador Sánchez.

– Il "s'appelait" ?

– On n'a pas pu le sauver.

– Bon Dieu, Henry, pas étonnant que tu sois si distant. Qu'est-il arrivé à ce garçon ?

– On ne devrait pas parler de ça, surtout pas ce soir », dit Henry en tendant la main pour attraper celle de Jill. Mais elle ne voulait pas le laisser se défiler. Elle voulait savoir ce qu'il y avait vraiment à l'intérieur de lui.

« Raconte-moi, insista-t-elle.

– Il avait une maladie rare appelée fasciite nécrosante.

– Qu'est-ce que c'est ?

– On l'appelle aussi bactérie mangeuse de chair. C'est très rare chez l'enfant. L'hôpital m'a demandé d'intervenir. »

Jill eut un mouvement de recul, mais elle était déterminée à entrer dans la tête de Henry. Elle se disait que, si elle arrivait à voir le monde comme lui le voyait, ne serait-ce que le temps d'une seule soirée, elle connaîtrait enfin l'homme qu'elle aimait.

« Ça ressemble à quoi ?

– Ne fais pas ça, Jill.

– Je veux entendre les moindres détails. »

Henry recula dans son siège. Il prit le même ton qu'il avait employé pour enregistrer ses observations après la mort du garçon. Il décrivit un enfant qui se faisait littéralement dévorer vif. Son corps était enflé, plein d'abcès de sang et de taches noires de gangrène. L'équipe médicale avait excisé de gros morceaux de tissus et amputé une jambe, mais il n'y avait que peu d'espoir de le sauver. Une dizaine de membres de sa famille se trouvaient dans la salle d'attente. Henry leur avait parlé. Il leur avait demandé comment l'enfant avait été infecté – une morsure de chien, apparemment –, et la famille lui avait raconté à quel point Salvador était spécial, à quel point sa mort était une perte pour le monde. Ils voyaient bien que Henry était dévasté aussi, et ils essayaient de le consoler, comme ils le faisaient avec les enfants, en répétant que Salvador était au paradis à présent, qu'il était un ange, une étoile parmi les constellations.

Quand Henry avait eu fini de raconter son après-midi, Jill pleurait si fort que l'une des nonnes-serveuses était venue à leur table pour voir si elle pouvait faire quelque chose. « Vous voulez que j'appelle un médecin ? » avait demandé la bonne sœur et, à travers ses larmes, Jill s'était mise à rire.

Cette nuit-là, elle avait vraiment commencé à comprendre Henry.

Jill devait trouver quelque chose à dire aux enfants pour expliquer où se trouvait leur père. Elle les emmena au Rosario's, un restaurant mexicain de quartier à Little Five Points. Helen imagina tout de suite le pire scénario.

« Papa est malade, dit-elle.

– Non, non, il va bien, dit Jill. Ils ont dû l'isoler une semaine juste pour être sûrs, mais il va bien. Vous connaissez votre père, il ne tombe jamais malade. »

Ce n'était pas vrai. Le système immunitaire de Henry n'était pas spécialement bon, mais Jill s'en servait comme mécanisme de défense pour masquer ses propres angoisses.

« Mais il doit aller en Arabie Saoudite parce qu'il a peur que la maladie se répande.

– Pourquoi est-ce que papa doit y aller ? demanda Teddy.

– Teddy, je me suis posé la même question un million de fois, répondit Jill. J'aurais aimé que quelqu'un d'autre au monde puisse faire ce que votre père fait, mais il faut croire qu'il a un talent unique. Imaginez que c'est un policier. Il y a des fois où les gens ont besoin d'être protégés du danger, et c'est ce que fait votre père, il nous protège de la maladie. Il nous protège tous. »

Helen ne répondit rien, mais, à ce moment précis, elle décida de devenir médecin elle aussi.

9

Comet Ping Pong

Entre autres griefs, Tildy Nichinsky regrettait notamment qu'il n'y ait aucun endroit sûr pour discuter à Washington, et pourtant les gens continuaient de balancer des informations confidentielles à tous les coins de rue. Comment s'en sortaient-ils en toute impunité ? Et où le faisaient-ils ? Il y avait un célèbre bar au sous-sol de l'hôtel Hay-Adams, ironiquement appelé Off The Record – d'après l'expression utilisée pour faire des révélations confidentielles –, où se tenaient de nombreuses conversations illicites. La salle du Mandarin. Un banc public près du Tidal Basin. En les passant en revue, elle trouvait tous ces lieux tellement clichés.

Même de son haut perchoir à la Sécurité intérieure, Tildy n'avait pas vue sur l'intégralité du monde des renseignements. Personne ne pouvait le voir dans son entièreté. Il n'y avait pas que les seize bureaux officiels qui composaient la communauté du renseignement, tous régis de façon incompétente par un réseau bureaucratique tentaculaire : le Bureau du directeur du renseignement national. Il fallait aussi composer avec les sous-groupes, les structures indépendantes, disséminées dans toute la ville et sa banlieue – le long de l'autoroute près de l'aéroport de Washington-Dulles, par exemple, ou dans les imposants bâtiments de verre à McLean, où d'anciens gros bonnets de la CIA et du Pentagone venaient chercher leurs primes. Ces bases top secrètes étaient cachées à la vue de tous, comme dans un centre commercial de Crystal City ou sur une colline boisée du nord de la Virginie appelée Liberty Crossing, où se nichait le Centre national du contre-terrorisme. Tout un monde d'espions. Chaque jour, ils noircissaient des tonnes de rapports, pour la plupart inutiles ou inexploitables, qui venaient encombrer les bureaux de la communauté du renseignement. Après le 11-Septembre, la peur avait fait office d'hormone de croissance et transformé l'Amérique en un État sécuritaire. Aujourd'hui, celui-ci se nourrissait de l'immobilisme et de la cupidité dont Washington était devenu la capitale.

Elle avait donc beaucoup réfléchi aux différents lieux de rendez-vous envisageables dans cette ville infestée d'espions. Elle savait très bien que les sbires du gouvernement se tenaient prêts à bondir pour lyncher quiconque parlait à la presse. Tildy avait autrefois fait partie de ceux-là. Elle avait un sourire sardonique en se remémorant à quel point elle avait pu se montrer protocolaire il y a toutes ces années, quand les secrets du gouvernement étaient encore sacro-saints et qu'on ne se les refilait pas comme des cartes de base-ball à collectionner. Sa rigueur de l'époque lui venait des juifs ashkénazes – comme elle – traînés dans la boue, depuis Julius et Ethel Rosenberg, qui avaient trahi les États-Unis en remettant des plans d'armes nucléaires aux Soviétiques. Ils ne leur avaient pas donné que la bombe atomique, mais aussi des informations sur le sonar, le radar et le moteur à réaction – tous les plus grands secrets militaires sur lesquels l'Amérique avait encore le monopole. Pour ça, ils furent condamnés à la chaise électrique. Ethel, moins coupable que Julius, dut subir cinq décharges. Sa tête se mit à fumer. Cette image était gravée dans l'esprit de Tildy : voilà ce qui arrivait aux traîtres – et surtout aux traîtres *juifs*. Pourtant, depuis son plus jeune âge, elle se savait capable de dépasser les bornes. La différence entre Ethel Rosenberg et elle, c'est qu'Ethel avait nui à l'Amérique, alors que Tildy voulait la sauver.

Son plus grand secret, c'était son ambition. Elle ne faisait pas partie des personnalités de Washington que les gens reconnaissaient. Personne dans cette ville ne se retournait sur la secrétaire adjointe à la Sécurité intérieure. Elle était invitée de temps à autre sur les plateaux de C-SPAN ou « PBS NewsHour », et avait même fait un ou deux passages sur Fox News. Les stratégies politiques banales, les besoins en infrastructures, les nouveaux critères de sécurité dans les transports : l'ennui mortel. Elle se disait parfois qu'on la faisait entrer en scène uniquement parce que le gouvernement voulait que sa réponse passe inaperçue. Au moins, elle servait à quelque chose. Ils auraient du mal à trouver quelqu'un d'aussi fiable et inintéressant. Elle incarnait la bureaucrate ringarde que les gens esquivaient dans les soirées, mais aussi celle qui donnait les conseils les plus pragmatiques et les plus sensés dans les moments de crise. Dans ces instants-là, ses supérieurs chérissaient ses raisonnements logiques et son implacable sens du devoir ; qualités qui, le reste du temps, constituaient ses défauts les plus exaspérants.

Personne ne la suspecterait jamais.

Elle prit un taxi, qu'elle paya en liquide. Elle ne mit pas ses lunettes et s'enroula un foulard autour de la tête, ce qui n'attirait pas les soupçons en cette période de grand froid. Des gants aussi. Elle se plongea dans un rapport Brookings sur le développement durable. Elle aurait pu être n'importe qui dans ce flot de conseillers politiques, la personne la moins mémorable que vous ayez jamais croisée. Être elle-même constituait un déguisement suffisant.

Elle entra dans la librairie Politics and Prose et fit semblant de parcourir les rayons – c'était la couverture qu'elle avait choisie pour expliquer ce qu'elle faisait dans le quartier si par le plus grand des hasards on la repérait. Elle acheta un livre sur le jardinage – alors qu'elle vivait en appartement –, puis elle remit son foulard et se dirigea vers une pizzeria au coin de la rue, au fronton vert orné de guirlandes lumineuses, Comet Ping Pong. Un restaurant familial. Des enfants qui jouaient au baby-foot dans l'arrière-salle. Des nappes à carreaux rouges et blancs. L'Amérique moyenne, l'innocence, tout le contraire d'un lieu de rendez-vous à la James Bond.

Pourtant, le Comet Ping Pong faisait office de champ de bataille dans la guerre pour l'avenir du pays. En décembre 2016, un jeune père de famille du nom d'Edgar Maddison Welch s'était rendu sur place. Il aurait pu venir avec ses deux filles s'il avait été en vacances, mais il était en mission. Tout comme Tildy, il essayait de sauver l'Amérique. « Je ne peux pas vous laisser grandir dans un monde aussi corrompu par le mal sans au moins essayer de me battre pour vous », expliquait-il dans une vidéo à l'intention de ses enfants filmée sur son portable alors qui roulait depuis Salisbury.

Welch avait gobé tout un ramassis de mensonges. Peu de temps avant les élections présidentielles cette année-là, la Twittosphère se déchirait à cause d'un rapport affirmant que Hillary Clinton, la candidate démocrate, faisait partie d'une cabale sataniste de pédophiles qui s'en prenaient à des enfants dans le sous-sol de la pizzeria. Welch avait entendu Alex Jones et d'autres conspirationnistes propager cette étrange rumeur, et il prit l'initiative d'aller découvrir la vérité d'une façon ou d'une autre. Pour protéger ses filles. Pour sauver l'Amérique.

Dès le départ, Tildy supposa qu'il s'agissait d'un coup de Poutine. On retrouvait sa marque de fabrique : une idée ridicule tout droit sortie du dark web – où les sociopathes fabriquaient leurs mèmes – récupérée par des punks moscovites. Ils se faisaient appeler « Fancy Bear », mais ils avaient bien d'autres noms encore. Elle avait vu comment ils fonctionnaient par le passé, mais à l'époque ils n'étaient que des adolescents à tendances antisociales. Cette fois-là, ils avaient commencé par s'attaquer à la Pologne, la Géorgie et la Syrie. Ils avaient sabordé le réseau électrique ukrainien. Pleins d'assurance, ils avaient ensuite perturbé les élections françaises, ainsi que les gouvernements turc et allemand. Leur but était simple : détruire toute forme de confiance. Un concept tellement moderne, presque comme briser une amitié, s'était dit Tildy. Était-ce faisable ? En fait, c'était même très simple. Toutes les vertus – la loyauté, le patriotisme, le courage, l'honnêteté, la foi, la compassion, et j'en passe – ne sont que des constructions sociales, des pièces pour cacher la barbarie nue qui se loge dans nos cœurs. Fancy Bear avait injecté dans des ordinateurs du monde entier un incroyable logiciel espion, baptisé X-Agent, pour enregistrer la moindre frappe de clavier, saboter les données et contrôler les événements en exploitant l'aspect influençable de la nature humaine. Une fois la vérité massacrée, tout le reste s'effondrait avec une facilité déconcertante.

Oh, comme Tildy les haïssait. Le fait qu'ils soient si doués lui fendait le cœur. Ils prenaient du plaisir à détruire le monde. Fancy Bear avait infiltré les serveurs électroniques de la campagne de Clinton, récupéré toutes les archives concernant John Podesta, le directeur de campagne, envoyé tous ses e-mails à WikiLeaks et laissé les trolls de Reddit et 4chan les décortiquer. Trouver l'idée la plus absurde possible et voir si l'on pouvait persuader les gens de sa véracité était devenu un véritable sport. Quelqu'un proposa le terme « pizza au fromage » comme nom de code pour désigner la pédopornographie. John Podesta était un client régulier du Comet Ping Pong. La suite, on la connaît. Même le conseiller à la Sécurité nationale de Trump avait tweeté que Podesta buvait du sang humain au cours de rituels sataniques et que Hillary Clinton avait des relations sexuelles avec des enfants, et tout cela dans le sous-sol du Comet Ping Pong.

Pauvre Edgar Welch. Une victime si moderne. Tildy

l'imaginait en train d'entrer dans la pizzeria à cet instant précis, puis passer devant les groupes d'enfants réunis pour des anniversaires, l'équipe féminine de volley de l'université George-Washington et les hommes accoudés au bar pour regarder un match des Clippers contre les Cavaliers. Que penseraient-ils en voyant arriver Edgar, petit homme barbu vêtu d'un jean et d'un tee-shirt, agitant son AR-15 (l'arme de prédilection des fusillades dans les écoles), un .38 Special à la ceinture ?

Edgar tira trois fois. Personne ne fut blessé. Une balle fit sauter le verrou d'un placard dans lequel il pensait trouver le passage vers une pièce secrète à la cave. Il était en quête de la vérité. Mais la vérité, c'est qu'il n'y avait ni pièce secrète, ni sous-sol. La vérité, c'est qu'Edgar n'était qu'un pigeon. Pauvre homme. Jeter sa vie en l'air pour tenter de devenir un héros. Très vite appréhendé, incarcéré. Ses filles n'avaient plus de père, et Edgar, l'aspirant sauveur, croupissait en prison.

Tildy risquait de connaître le même sort. Quelle idiote je fais, moi aussi.

Ce n'était pas Edgar qui passait la porte, mais Tony Garcia, du *Post*. Un léger sourire transparaissait sur son visage, comme s'il s'apprêtait à passer un bon moment. Il devait avoir une petite quarantaine d'années, d'après elle ; plus jeune que ce à quoi elle s'attendait. Veste bleue, pantalon en laine gris, à l'ancienne. Il gardait sûrement son calepin dans sa poche de chemise. Elle allait devoir lui confisquer son portable.

Garcia jeta un coup d'œil aux visages des inconnus attablés. Tildy leva son livre de jardinage. Il se glissa sur la banquette en face d'elle et se présenta.

« Vous savez qui je suis ? demanda Tildy.

– Je peux prétendre que non si vous préférez », répondit Garcia. Il l'avait déjà cataloguée dans sa tête : bureaucrate de carrière, probablement mère de plusieurs chats, d'apparence négligée mais vaniteuse intellectuellement, prête à se plaindre de son idiot de patron.

Il avait raison sur toute la ligne, sauf pour les chats.

« Vous ne pouvez rien dire sur moi. Ni mon nom, ni mon poste, ni mon âge. Même pas si je suis un homme ou une femme. »

Garcia accepta. Il renégocierait si les informations s'avéraient assez croustillantes à son goût.

« Je suis venu ici avec ma femme avant qu'on soit mariés », dit-il.

Cette gentille petite phrase anodine, à travers laquelle il se confiait, contenait en réalité une question : « Pourquoi ici ? »

Tildy ne releva pas.

« Vous étiez en Russie », dit-elle d'une voix sèche.

On aurait dit une accusation.

« Pendant quatre ans. Directeur du bureau de Moscou.

– Maintenant, vous vous occupez de la culture, du cinéma, des livres et de la pop culture.

– À vous entendre, on croirait que j'ai été rétrogradé.

– Ils vous ont fait tomber de l'échelle, non ? »

Tildy prononça cette phrase de sa voix de procureur.

« Vous grimpiez petit à petit, des affaires courantes à la politique. Ils vous ont confié la campagne de Romney. Vous avez obtenu un poste de choix à l'étranger, et vous étiez en bonne voie pour devenir un gros bonnet. Et puis vous vous êtes fait rattraper par un fantôme du passé. Une jeune fille que vous aviez sûrement oubliée. Mais elle, elle ne vous avait pas oublié, n'est-ce pas ? »

Le visage de Garcia se ferma.

« Ce qui s'est passé entre elle et moi est censé être confidentiel. Si elle raconte sa version des faits sur tous les toits, il y aura des répercussions. »

Il semblait peu sûr de lui, un peu affolé. Tildy avait visé juste.

« Et puis qu'est-ce que ça peut vous faire ? demanda

soudain Garcia, montant sur ses grands chevaux. C'est pour ça que vous m'avez fait venir dans une putain de pizzeria ?

– Vous pensiez que c'était un secret, hein ? Ce n'est pas facile de garder un secret dans cette ville. Et vous-même, vous n'avez pas réussi à la boucler complètement. Sandra – c'est bien ça, son prénom ? – n'a pas enfreint l'accord de confidentialité qu'elle a signé. Vous avez gardé votre poste... enfin, un poste : les critiques cinéma, les restaurants. Vous lui avez donné un peu d'argent et elle est partie. Mais les fantômes du passé ne vont jamais très loin, n'est-ce pas ? Alors, de temps en temps, vous en avez parlé à vos camarades de vestiaire, votre avocat, votre psy peut-être. Le FBI vient contrôler vos antécédents pour un potentiel poste au gouvernement et vous avouez la vérité. Tant mieux pour vous. Mais vous gardez ce secret dans un sac troué. Vous n'êtes pas très doué pour ça, si ? »

Le visage de Garcia luisait de sueurs froides.

« Qu'est-ce que vous me voulez ?

– Je veux que vous rendiez un service à votre patrie. Un service qui pourrait peut-être vous remettre sur les bons rails professionnels, si vous jouez bien votre jeu. Mais qui, si vous vous plantez, pourrait nous détruire tous les deux. »

À ce moment-là, un serveur vêtu d'une chemise rayée rouge et blanc apparut, tout sourire.

« On va prendre la Spéciale Yale. »

Elle faisait référence à la pizza aux palourdes, mais elle montrait aussi à Garcia qu'elle en savait plus sur son passé.

« Et comme boisson, monsieur va prendre une DC Brau. »

Garcia cligna des yeux en silence. Elle connaissait même sa marque de bière préférée.

« Je voudrais que vous obteniez des informations, dit Tildy. Je ne peux pas vous les donner directement, il va falloir que vous vous débrouilliez. » Elle était obligée de lui parler de manière à pouvoir passer au détecteur de mensonges sans sourciller. « On va juste avoir une conversation normale.

– Pour parler de quoi ?

– De la Russie. »

Garcia acquiesça sans discuter.

« Quatre années étranges. »

Tildy s'adressa à lui en russe.

« On dit que les femmes de Saint-Pétersbourg sont les plus belles du monde. Vous partagez cet avis ?

– C'est clairement ce qu'elles pensent, en tout cas. »

Le niveau de langue de sa réponse suffit à la convaincre.

« Ça a dû être dur pour vous de ne pas céder à leurs avances. À moins que…

– Je partais du principe que chaque femme qui m'abordait était une espionne. Certes, vous savez que je n'ai pas toujours été doué pour ça, mais je n'ai jamais trahi aucun secret. Je n'ai jamais révélé la moindre source. J'ai conservé mes notes et mes enregistrements à l'abri. J'ai fait attention. Très attention.

– Vous avez écrit sur les hackers. Sur Fancy Bear. Vous étiez l'un des premiers à en parler. J'étais impressionnée.

– Moi, je vous ai impressionnée ?

– Parfois, dans le monde des renseignements, on rêve de tomber sur de bons journalistes, pour pouvoir transmettre au public des informations que nous ne pouvons révéler nous-mêmes. Fancy Bear représentait un danger important.

– C'est toujours le cas.

– Ça vaudrait peut-être le coup de jeter un œil à ce qu'ils font en ce moment.

– Je m'occupe de la rubrique cinéma maintenant, je vous rappelle. J'écris des critiques de livres. Pourquoi vous ne demandez pas à Jarrell Curtis ? C'est lui qui s'occupe des renseignements, pas moi.

– Je n'ai aucun contrôle sur lui », répondit sèchement Tildy.

Garcia recula, la bouche tordue par l'humiliation.

« Oh, ne le prenez pas comme ça. C'est la méthode. Je dois assurer mes arrières. Vous représentez un risque, mais vous connaissez bien la question. Si vous me causez du tort, je vous le rends bien. On joue à armes égales.

– Pourquoi est-ce que ça vous intéresse tant ?

– Vous vous souvenez des cyberattaques sur une usine pétrochimique saoudienne en 2017 ?

– Il y en a eu beaucoup cette année-là.

– Celle-là était particulière. Toutes les attaques visaient à harceler les Saoudiens, ralentir la production, et peut-être essayer d'empêcher le projet de privatisation de la Saudi Aramco. On s'y attendait. Ils ont commencé au mois de janvier en s'en prenant à la Tasnee, la société nationale d'industrialisation. Une entreprise privée. Elle s'est retrouvée dans le noir complet, et tous les disques durs ont été effacés. Du boulot typique des petites brutes iraniennes. D'autres centrales y sont passées. Ils se servaient d'un virus appelé Shamoon. Mais au mois d'août, une attaque d'un tout autre genre a eu lieu. L'objectif n'était plus simplement d'éteindre les lumières, mais de tuer. Ils avaient l'intention de faire sauter la centrale à l'aide de programmes malveillants implantés dans le système de sécurité.

– Je croyais que ces systèmes étaient conçus pour être infaillibles, qu'ils disposaient d'un triple dispositif d'urgence.

– C'est le cas, et c'est bien ça qui est préoccupant, dit Tildy. Les systèmes Triconex sont équipés de serrures. On ne peut pas y accéder à distance : il faut physiquement insérer une clé.

– Donc il y avait une taupe à l'intérieur ?

– Non, et c'est tout le problème. D'une manière ou d'une autre, ils ont réussi à infecter le système de l'extérieur. On ne sait pas comment. Par magie. Ils cherchaient à faire exploser le bâtiment, mais quelque chose s'est mal passé, sûrement une faille dans l'implant, qui a dû être réparée.

– Je ne savais pas que les Iraniens étaient capables de ça.

– Ils ne le sont pas. C'était la Russie. »

Garcia semblait perplexe.

« Pourquoi ? Enfin, je comprends pourquoi les Russes verraient en l'Arabie Saoudite un concurrent sur le marché du pétrole, mais de là à en arriver à de telles extrémités.

– Au début, nous pensions qu'ils avaient fait ça uniquement pour rendre service à l'Iran, ou pour l'argent. Maintenant, nous sommes persuadés qu'il s'agissait d'un test. Seulement, voilà : les dispositifs Triconex sont installés sur dix-huit mille systèmes à travers le monde, et notamment aux États-Unis. On en trouve dans nos centrales nucléaires, nos centrales électriques, nos raffineries, nos stations d'épuration. Imaginez ce que ça pourrait signifier : déversements de pétrole, fuites de gaz, explosions, équipements vitaux qui s'autodétruisent, et Dieu sait ce qui arriverait si une centrale nucléaire tombait en panne. On savait qu'ils s'en prendraient à nos infrastructures, mais on pensait avoir un coup d'avance, ou au moins en être au même stade. Nous avons mal calculé, et pas qu'un peu.

– Un plan diabolique, mais génial, dit Garcia. Trouver un système réputé inviolable, celui-là même qui est censé prévenir des catastrophes, et en faire une bombe. »

Tildy hocha la tête. Il avait tout compris.

« Il y a autre chose ?

– C'est à vous de le découvrir.

– En me faisant venir ici, vous sous-entendez que c'est le cas.

– Je vous suggère simplement d'envisager tout ce qui est possible en de telles circonstances. »

La pizza arriva. Garcia but une gorgée de la bière que Tildy avait commandée pour lui et attendit que le serveur s'éloigne.

« S'ils peuvent pénétrer un système aussi sophistiqué et réputé inviolable que celui-ci, qui sait s'ils n'en ont pas saboté d'autres ? Je suis sûr que vous vous êtes posé la question. »

Tildy le regarda fixement.

« Je vais prendre ça pour un oui, dit Garcia. Enfin, c'est évident. Bon sang, ils pourraient stopper tout le pays avec un seul bouton, c'est bien ça ? Et pas juste pour nous refiler une petite migraine, mais pour nous assener un coup mortel. On mettrait des années à s'en remettre. »

Tildy ne répondit pas. Elle se trouvait au bord de sa zone de confort. Elle se leva et laissa Garcia avec la pizza et l'addition.

10

Lapider le diable

Henry s'accrocha à la poignée tandis que le petit hélicoptère Boeing survolait de très près le sommet d'une montagne. Il n'avait jamais aimé les hélicoptères ; il n'était pas à l'aise en altitude.

De là-haut, il apercevait le coucher de soleil sur la mer Rouge, assombrissant le paysage au-dessous. Puis La Mecque apparut devant lui, île de lumières brillantes. Les gratte-ciel ceinturaient la Grande Mosquée, aussi éclairée que le Yankee Stadium de New York. Au centre, dans une arène qui semblait jonchée d'un sable blanc aveuglant, se trouvait une énorme boîte noire, la Kaaba, point d'ancrage des prières musulmanes partout dans le monde. Soudain, le sable se mit à bouger quand les trois millions de fidèles se relevèrent de la prière matinale.

« On peut s'approcher encore plus près ?

– Tu es musulman maintenant, Henry ? C'est interdit aux non-croyants. »

Henry se tourna vers le prince Majid, aux manettes. Celui-ci souriait. « Je peux tout à fait valider ta conversion. C'est très facile. » De façon surprenante, on entendait clairement sa voix dans le casque.

« Tu sais ce que je pense de la religion, dit Henry.

– Si tu tiens à rester un infidèle, on va devoir se poser

à l'avant-poste de police, comme je l'avais prévu. Là-bas. » Il pointa du doigt un ensemble de tentes sur une colline surplombant la ville. « On a une bonne vue de là-haut. »

Henri et Majid se connaissaient depuis 2013, quand Majid était venu à Genève pour faire un rapport sur une épidémie survenue en Arabie Saoudite un an plus tôt. Ron Fouchier, éminent virologue du centre médical Érasme de Rotterdam, avait été le premier à décrire la maladie, dite coronavirus du syndrome respiratoire du Moyen-Orient, ou MERS-CoV. Quarante-quatre personnes étaient tombées malades durant la première vague, et la moitié d'entre elles avaient succombé. La maladie s'était alors répandue en Corée du Sud, où elle avait affecté environ cent quatre-vingts personnes. Les chercheurs découvrirent que le MERS était endémique chez le chameau, même s'ils ne savaient pas qui de l'homme ou de l'animal avait contaminé l'autre. Caractéristique étrange : quatre-vingts pour cent des victimes étaient des hommes. Pourquoi ? Majid s'aperçut que le virus se transmettait par la poussière, et que les femmes voilées étaient donc partiellement protégées – une brillante déduction qui attira l'attention de Henry.

Lors de la première visite de Majid à Genève pour faire son rapport, son oncle fut licencié et il fut promu à la tête du ministère de la Santé. Il fut immédiatement confronté à la question la plus difficile qu'on puisse rencontrer à ce poste : repousser ou non le hajj cette année-là. Chaque musulman doit faire le pèlerinage au moins une fois dans sa vie s'il en est physiquement capable, et les en empêcher aurait des conséquences spirituelles. Sans parler des conséquences économiques. Au-delà du pétrole, le hajj était le seul vrai business de l'Arabie Saoudite. Le nombre de cas de MERS décroissant, Majid avait fini par décréter que seuls les personnes âgées et ceux qui souffraient de maladies chroniques devaient éviter de faire le déplacement. Il s'avéra qu'il avait fait le bon choix, même si une Espagnole avait été diagnostiquée positive en rentrant dans son pays.

Majid savait qu'il aurait pu en être autrement. Il avait eu de la chance.

Même s'ils avaient continué de travailler ensemble toutes ces années, Henry n'était jamais venu dans le royaume auparavant, et il n'en avait en tête que des images stéréotypées – du sable, des femmes en noir, des palais somptueux. Après son atterrissage à Djeddah, il avait été escorté jusqu'au luxueux terminal royal. Des femmes voilées – sûrement des princesses – fumaient le narguilé d'un air las dans la salle d'attente. Elles lui avaient jeté un regard étrange. C'était un intrus, ni arabe, ni membre de la famille royale, ni célébrité, de toute évidence.

Un groupe d'hommes vêtus de qamis était entré, comme une volée de cygnes. Des hommes beaux, bien bâtis, tous parfaitement assortis, chacun portant la même barbe noire bien taillée et la coiffe à damier rouge et blanc classique. Ils encadraient un homme vêtu de la même tenue, agrémentée d'une cape noire brodée d'or. Henry avait mis un moment à reconnaître son ami : il ne l'avait jamais vu dans son costume traditionnel, mais Majid ressemblait bel et bien à un prince. Pour la première fois, Henry arrivait à imaginer que son ami puisse un jour devenir roi.

Mais ils survolaient à présent la colline en hélicoptère tandis qu'en dessous d'eux un policier chassait une chèvre de la zone d'atterrissage. Majid posa habilement l'appareil dans le petit espace entre les Land Cruiser de la police et le camp. Il fallut un petit temps pour que Henry retrouve l'usage normal de ses jambes.

« Qu'est-il arrivé à ta canne ? demanda Majid.

– Incinérée. »

Majid le regarda d'un œil perplexe, mais il n'insista pas.

Henry repéra une tour de téléphonie cellulaire et une antenne satellite. Bonne nouvelle : la communication ne serait pas un problème. Dans l'une des tentes, il aperçut un centre de surveillance où étaient diffusées les images des caméras placées au cœur de la zone sainte. Il suivit

Majid jusqu'à la plus grande tente. Un lustre accroché en plein milieu illuminait les tapis orientaux et les tentures chatoyantes aux murs. Il n'y avait pas de chaises, uniquement des banquettes placées contre les parois, ce qui laissait un vaste espace au centre de la pièce – pour symboliser le désert, se dit Henry. Il faisait frais à l'intérieur, et le médecin réalisa qu'il s'agissait d'air conditionné.

Majid s'assit sur le tapis et s'adossa à la banquette d'un geste gracieux et naturel. Il invita Henry à faire de même, et lui tendit la main en voyant sa façon maladroite de se pencher ; Henry mit un genou à terre et se laissa tomber sur les fesses. La stabilité de sa canne lui manquait. Il allait avoir du mal à vivre sans chaise.

Un serviteur muni d'une aiguière apparut et versa une goutte de liquide chaud dans une petite tasse.

« C'est du café arabe, expliqua Majid. Tu sens ? »

Henry renifla la fumée qui sortait de sa tasse.

« Qu'y a-t-il comme épices ? demanda-t-il.

– Cardamome, clous de girofle et safran. On est accros à cette boisson. »

Il s'adressa au serviteur en arabe et celui-ci sortit de la tente en vitesse. Quelques instants plus tard, il réapparut en compagnie d'un policier. Majid le présenta comme le colonel Hasan al-Shehri – un homme mat de peau, large d'épaules, dont les traits anguleux lui donnaient l'air d'un oiseau de proie. Il dirigeait le système de prévention et de surveillance, et était chargé de repérer les symptômes susceptibles de déclencher une épidémie. Plus de trente mille agents de santé étaient en place pour accompagner le nombre considérable de pèlerins.

« À votre service », dit le colonel lorsque Majid l'informa de la renommée de Henry.

Henry lui demanda s'il avait déjà repéré des signes de maladie épidémique chez les fidèles.

« Rien de plus que la grippe du hajj habituelle. Il y a

moins de patients à l'infirmerie cette année. Principalement des cas de pneumonie.

– Il y a des morts ?

– Environ deux mille, pour le moment.

– Ils viennent ici pour mourir, expliqua Majid. Ils y voient une bénédiction. On essaye de mettre les personnes contagieuses à l'écart, mais nombreux sont ceux qui arrivent dans un état de maladie chronique avancé. Bien sûr, il faut qu'on les enterre et qu'on s'occupe de la paperasse. C'est un vrai casse-tête.

– Je dois retrouver un Indonésien du nom de Bambang Idris.

– Quand avez-vous besoin de lui ? demanda le colonel al-Shehri.

– Le plus tôt possible.

– Ça ne devrait pas être un problème. Mais pour le moment, c'est impossible. Ce soir, les pèlerins sont éparpillés, ils dorment à la belle étoile. Ils se réveilleront bientôt, avant l'aube, et ils reviendront à leurs tentes après la prière. Nous irons le chercher.

– Eh bien, c'est réglé, dit Majid tandis qu'un serviteur déroulait une couche de plastique au sol. Ce soir, on dîne, et demain on retrouve ton homme. »

Deux autres serviteurs posèrent par terre un agneau rôti et un grand plat de riz au safran, ainsi que du pain, du houmous, des dates et d'autres plats que Henry n'identifiait même pas. Majid et le colonel s'assirent en tailleur, et le médecin s'apprêtait à les imiter gauchement lorsque quelqu'un lui apporta une vieille chaise d'école munie d'une tablette amovible. Le domestique servit à Henry une assiette bien trop remplie, et celui-ci suivit l'exemple des deux autres hommes et se mit à manger avec les doigts de la main droite.

Ils prirent le thé autour d'une table de camping sur un promontoire rocheux surplombant la ville. À présent la nuit avait recouvert le ciel, constellé d'étoiles qui paraissaient très proches.

« Je comprends pourquoi les religions sont nées dans le désert, dit Henry.

– Oui, c'est bien notre problème, répondit Majid. Dieu est toujours au-dessus de nous. »

Henry se sentit soudain épuisé. Il n'avait pas arrêté depuis son départ de Jakarta. Il ne pourrait rien faire de plus ce soir, se dit-il avec soulagement alors qu'un serviteur le conduisait à sa tente personnelle, pourvue d'un vrai lit dans lequel il sombra dès que le rabat se referma. Il pensa à Jill, qui lui manquait, qu'il désirait. Des images étranges se pressaient dans son esprit tandis que ses neurones se déchargeaient de l'angoisse qui le suivait partout. Ses rêves étaient champs de bataille.

Bambang n'arrivait pas à dormir. Il avait passé la journée à prier sur un rocher sur le mont Arafat. Les pèlerins étaient dispersés parmi les pierres comme un groupe de pigeons, et Bambang avait eu la chance de trouver un endroit tranquille pour s'isoler avec ses pensées. Il avait dit les prières que sa famille et ses amis lui avaient confiées. Chacune aurait la force d'une centaine de milliers de prières en dehors de La Mecque. Parfois l'esprit de Bambang s'était égaré, et il avait peur que ses doutes aussi soient amplifiés au centuple ici, dans le lieu le plus sacré du monde.

Le soleil avait cogné fort cet après-midi-là. Sa peau était boursouflée et le sol était dur, mais il avait accepté la douleur et la démangeaison comme un sacrifice, mettant de côté son manque de confort pour se concentrer sur ses prières. Il en prononça quatre cent soixante-seize en un seul jour. Il essaya de se représenter ce que ça faisait, multiplié par cent mille. Plus que toutes les prières de sa vie. De plusieurs vies, même. Il était clairement béni.

Il repensa au moment où il avait pénétré dans la Grande Mosquée la veille. En passant sous les hautes arches pour arriver dans la cour octogonale, il s'était senti aussi insignifiant qu'une goutte de conscience dans le grand océan de l'humanité. Là, la Kaaba se dressait au-dessus des fidèles, grand cube de granite drapé de noir et orné d'inscriptions dorées. Les pèlerins faisaient sept fois le tour dans le sens inverse des aiguilles d'une montre, et à chaque tour Bambang s'était approché dans l'espoir d'embrasser la pierre noire, mystérieuse relique encastrée dans un cercle d'argent dans un coin de la Kaaba. Les adorateurs la pointaient du doigt avec respect et envie. On racontait qu'elle datait de l'époque d'Adam et Ève, et que le Prophète lui-même l'avait placée là. Lors du dernier tour de Bambang, les hommes avaient joué des coudes pour atteindre leur but, mais par chance il avait réussi à la toucher, à poser un baiser sur le saint des saints. Après, il avait prié sur l'une des plus hautes terrasses de la mosquée. Il voyait des millions de croyants devant lui, épaule contre épaule, comme les mailles d'un seul et même vêtement. À ce moment-là, Bambang s'était senti transporté, lavé du péché, plus près que jamais de devenir un esprit pur.

Il se trouvait à présent sur la plaine de Muzdalifah, à observer le visage de la création. Les étoiles pivotaient lentement suivant la marche de l'univers. Quelle majesté ! Bambang se sentait insignifiant, mais aussi rempli de joie. Soudain, il se pencha sur le côté et régurgita.

Personne ne sembla le remarquer. Les autres pèlerins dormaient. Bambang recouvrit son vomi de sable. Il était gêné, mais il se demanda si ce n'était pas un bon signe. Il avait prié pour faire sortir le mal qui vivait en lui. Peut-être que ça se passait comme ça. D'un coup. Avec violence. Il avait évacué le poids de ses méfaits. Il était sans doute purifié.

Mais sa force l'avait quitté. Il se sentait pris de vertige. Il essaya de tenir debout mais ne réussit qu'à se mettre à genoux, avant de se laisser tomber sur le dos à nouveau et regarder les étoiles tourner au-dessus de lui. Des heures s'écoulèrent. Bambang ne savait que penser de son état. Était-il en train de s'élever à un stade spirituel plus haut, en transition vers ce qui l'attendait ? Ses prières allaient sans doute le faire évoluer, et cette sensation devait être un test.

La voix du muezzin réveilla les autres hajjis. Ils déroulèrent leur tapis et récitèrent la prière du matin. Tous étaient ankylosés après une nuit passée à même le sol, donc Bambang n'avait pas l'impression de sortir du lot. Il avait à présent assez de force pour se lever, mais il n'avait aucune envie de prendre un petit déjeuner. Au lieu de ça, il se joignit au premier groupe qui se dirigeait vers le pont Djamarat, le lever du soleil étant considéré comme le moment le plus sacré pour s'y rendre. Sur des kilomètres, la route était encombrée de pèlerins qui avançaient au pas. Bambang ne voyait ni le début ni la fin de la file. Le soleil grimpait dans le ciel. Parfois, les croyants passaient sous des brumisateurs installés pour les rafraîchir. Certains étaient allongés sur les rochers, épuisés et déshydratés, peut-être même morts ; difficile à dire. Les plus chanceux portaient des ombrelles faisant la promotion d'Egypt Air. Les hélicoptères des médias décrivaient des cercles au-dessus de leurs têtes.

La procession passa à travers plusieurs tunnels sous les montagnes bleues. Les fidèles avaient été prévenus qu'il s'agissait d'un des endroits les plus dangereux du hajj, car des bousculades y éclataient souvent : quelqu'un s'évanouit, certains s'arrêtent pour l'aider, ceux qui suivent s'impatientent et poussent. La confusion s'installe, puis vient la colère. Ensuite, comme une bombe qui détone, la frénésie prend le dessus. La foule perd le contrôle. Les gens se font écraser. Des centaines – voire des milliers – de personnes meurent d'un seul coup. Enfin tout s'arrête aussi vite que ça a commencé, et personne ne sait exactement ce qui s'est passé.

Bambang portait un récipient en plastique contenant quarante-neuf cailloux qu'il avait soigneusement choisis sur le mont Arafat. Ces cailloux serviraient à lapider le diable, représenté par trois grosses colonnes érigées dans une enceinte près du pont Djamarat. Les pèlerins reproduisaient les gestes d'Abraham, qui avait résisté à la tentation de Satan en lui jetant des pierres à cet endroit précis. La route se divisait en plusieurs branches, chacune donnant sur une large structure semblable à un parking à étages. Bambang se sentait déjà étourdi, comprimé par la masse de gens qui chantaient tout autour de lui, épuisant l'oxygène de l'air qu'ils respiraient tous à la fois. Le bruit à l'intérieur de la structure résonnait sur le béton et montait en un rugissement. Un éclair d'une dangereuse énergie parcourut la foule.

Il avait espéré atteindre le toit du lieu de la lapidation, mais il fut contraint de dévier vers un étage médian. Au centre de la structure se tenait une portion des colonnes du pont Djamarat, un imposant mur de granite s'élevant d'un bassin de béton. Lorsqu'il apparaissait dans leur champ de vision, les fidèles se mettaient à pousser avec encore plus d'insistance dans le but d'arriver au bord du bassin, d'où ils pourraient jeter leurs galets en maudissant Satan. Certains lançaient aussi leurs sandales et leurs ombrelles.

Bambang se tenait prêt avec son premier caillou dans la main, mais il n'avait plus aucun contrôle de ses mouvements. Il se faisait violemment balader par la densité de la foule, qui le poussait contre la femme devant lui. La peur et l'extase s'emparèrent de lui. Au milieu du chahut, il se mit à prier : « Me voilà, Seigneur, me voilà ! Je suis à ton service. Tu n'as pas de compagnons, et me voilà. » Il se faisait déjà bombarder de cailloux mal lancés.

Puis il se retrouva acculé contre le rebord du bassin, défié par la colonne de pierre comme par Satan en personne. Les pèlerins lui criaient dans l'oreille. Il leva le bras pour jeter son premier galet, mais celui-ci n'atteignit pas sa cible. Il était sous le choc. Pourquoi était-il aussi faible ? Il essaya de se saisir d'un second galet, mais le récipient lui échappa des mains. Il le sentit tomber sur son pied, mais il ne pouvait pas se pencher pour le ramasser. Il sentait ses genoux qui cédaient, mais il ne tombait pas ; on le maintenait debout.

Il ressentit le mouvement circulaire de la foule qui le poussait contre le bassin sous une pluie de pierres. Il pensait crier, mais le rugissement alentour était trop fort pour qu'il entende sa propre voix. Il ne touchait plus terre. La cohue lui avait fait perdre ses sandales. Il pria pour qu'on vienne le secourir. Il pria pour se retrouver seul, sain et sauf. Il n'y avait plus d'air nulle part ; il pria pour reprendre son souffle. Puis une brèche s'ouvrit dans la masse tandis que les gens glissaient par-dessus le bassin et Bambang tomba au sol, remerciant Dieu de l'avoir délivré tandis que les fidèles, impuissants, piétinaient son corps.

11

Qu'est-ce que c'est ?

Tandis que Henry attendait dans la tente qui surplombait La Mecque que Majid et le colonel al-Shehri reviennent de la ville sainte, il se joignit à une conférence téléphonique avec Maria Savona à Genève, Catherine Lord, agent médical en chef au CDC à Atlanta, et Marco Perella, qui se trouvait toujours au camp de Kongoli en Indonésie. Marco avait de bonnes nouvelles : par chance, à l'exception du fossoyeur décédé, aucun autre cas n'avait été recensé à Jakarta.

Catherine Lord prit le relais.

« Nous savons qu'il s'agit d'une forme de grippe, dit-elle. Ou quelque chose de la famille des *Orthomyxoviridae*, du moins. On l'a comparé avec des centaines de séquences virales dans la base de données, mais on n'a encore rien trouvé qui corresponde parfaitement. »

Comme bon nombre de dangers de la nature, les virus grippaux étaient des créatures magnifiques, recouvertes de glycoprotéines comme l'hémagglutinine (H) et la neuraminidase (N), qui fonctionnaient comme un équipage de pirates à l'abordage. L'hémagglutinine s'accrochait à une cellule avec une sorte de grappin et y plongeait des particules virales. Une fois à l'intérieur, le virus utilisait l'énergie de la cellule pour se multiplier des milliers de fois. Quand les virus fraîchement créés bourgeonnaient dans la cellule, la neuraminidase les relâchait. Au bout de quelques heures d'exposition, la victime était infectée et libérait dans l'air des millions de particules virales à chaque éternuement ou autre quinte de toux. Les particules flottaient jusque dans les poumons des gens à proximité ou se posaient sur diverses surfaces, où elles pouvaient survivre des heures d'affilée. La grippe disposait de nombreuses stratégies pour se propager, mais sa technique la plus sournoise résidait dans sa capacité à muter, à se réinventer en permanence sous de nouvelles formes, échappant aux tentatives du corps de développer une immunité et aux efforts des scientifiques de créer un vaccin efficace.

Les virus grippaux se classaient en quatre catégories. Les plus communs et les plus présents chez l'homme appartenaient aux catégories A et B. Dans le cas du Kongoli, il s'agissait probablement d'un virus de type A, car ils étaient souvent plus virulents que ceux de type B. On avait jusque-là découvert dix-huit sous-types d'hémagglutinine et onze de neuraminidase pour les grippes A, mais seules les H1, H2, H3 et les N1 et N2 causaient des grippes saisonnières chez l'homme. La très infectieuse grippe de Hong Kong de 1968, par exemple, était un H3N2. Les virus de type B ne se trouvaient que chez les êtres humains et pouvaient également s'avérer très graves, mais ils ne causaient pas de pandémies comme ceux de type A. Les deux autres types existants, C et D, différaient des A et B car ils n'avaient pas de neuraminidase. Le type C était commun chez l'homme, surtout chez l'enfant, mais rarement mortel. Le type D touchait principalement le bétail, et plus rarement les êtres humains et les cochons d'élevage.

« Accessoirement, on n'arrive pas à faire grossir le truc de Kongoli, reprit Catherine. On a essayé les fibroblastes d'embryons de poussins, les MDCK, les cellules Vero extraites de reins de singes africains, de chauve-souris et de bébés hamsters, mais aucune lignée cellulaire classique ne semble fonctionner.

– Où est-ce qu'on en est, là ? demanda Henry.

– On commence à tester chez les furets et les poulets. C'est un vrai mystère, ce microbe.

– Maria, y a-t-il eu d'autres épidémies semblables à celle de Kongoli ?

– On a recensé des grippes saisonnières de types A et B, mais ce sont des souches connues, rien de nouveau. Pour l'instant, c'est une année plutôt ordinaire. »

La conversation transpirait l'urgence, la tension, mais aussi l'incompréhension et la frustration. Tout le monde savait ce qui était en jeu. Ils faisaient peut-être face à l'une des pandémies les plus catastrophiques de leur vie. Il fallait la contenir, et pour l'instant, à l'exception du fossoyeur, ils semblaient avoir réussi. Contrairement à l'épidémie d'Ebola de 2018 en République démocratique du Congo, où les professionnels de santé internationaux avaient été massacrés par des milices armées, les équipes médicales bénéficiaient de la protection des forces gouvernementales indonésiennes. Les autorités du pays faisaient leur travail. S'ils arrivaient à limiter la propagation à l'intérieur du camp de Kongoli pendant que les chercheurs s'attelaient à découvrir la nature exacte de la maladie, les National Institutes of Health (NIH) et les compagnies pharmaceutiques pourraient développer un vaccin. Avec un peu de chance, l'humanité échapperait à ce danger mortel. Le pèlerin égaré à La Mecque posait problème, mais c'était un cas isolé. On ne pouvait rien faire d'autre que le retrouver et le mettre en quarantaine immédiatement.

« Vous avez réussi à obtenir une image au microscope électronique ? demanda Henry à Catherine.

– Oui, on a un négatif d'un échantillon qui montre des particules virales, mais quelque chose cloche.

– Qu'est-ce qui cloche ?

– On ne voit aucune neuraminidase. »

Henry réprima un grognement. Cela voulait dire qu'ils n'avaient pas affaire à un type A, et que les seuls traitements antigrippaux répandus – les inhibiteurs de la neuraminidase, comme le Tamiflu – ne serviraient à rien. Jusque-là, les pandémies grippales avaient toujours été de type A. À présent, ils faisaient face à un nouvel adversaire, pourvu de caractéristiques jamais vues ensemble auparavant. Un virus inédit.

« Tu as envisagé la piste du type C ? demanda Marco.

– Oui, bien sûr, mais quand on passe à l'électrophorèse » – technique de séparation des molécules dans une cellule selon leur taille –, « on voit que le virus a huit segments génomiques. »

C'était une caractéristique du type A, et non des types C et D, qui disposaient de sept segments d'ARN.

« On n'a jamais rien vu de semblable », conclut-elle.

Avant de raccrocher, Catherine supplia : « Henry, on a vraiment besoin de toi sur place. Ça fait deux semaines que tu es parti. Avec Marco et toi tous les deux sur le terrain, on manque de monde au premier rang.

– Je reviens dès que je peux, dit Henry. Je veux simplement m'assurer qu'il n'y a aucune épidémie dans le royaume. Laisse-moi encore une semaine.

– Une semaine ! » dit Catherine, consternée.

Maria intervint et proposa d'envoyer une autre équipe de l'OMS pour surveiller le hajj.

« Combien de temps ça va prendre ? demanda Catherine.

– Je peux les envoyer à Djeddah d'ici trois jours », répondit Maria.

Dès que l'appel fut terminé, Henry appela Jill.

« Je serai à la maison vendredi », dit-il d'un ton triomphant.

12

Jürgen

Le spectre de la grippe de 1918, qui avait infecté cinq cents millions de personnes et tué vingt pour cent d'entre elles, planait dans l'esprit de Henry. De façon disproportionnée, les victimes étaient de jeunes et vigoureux adultes. Personne ne savait d'où elle était venue. On lui donna le nom de grippe espagnole car, durant la Première Guerre mondiale, l'Espagne était un pays neutre et la presse put librement rendre compte de l'épidémie. Plus tard, certaines enquêtes suggérèrent que les premiers cas étaient apparus dans le comté de Haskell, dans le Kansas, ou bien à l'usine Ford de Detroit, ou en Chine, ou encore en Autriche. Personne ne savait vraiment. Une fois infiltrée dans les campements militaires et les véhicules de transport de troupes, la bête avait fait rage, échappant aux tentatives d'endiguement, se propageant dans les villes et même dans les plus petits villages aux quatre coins du globe, tuant plus de personnes que la guerre elle-même. Cette maladie déconcertante – diagnostiquée à tort comme choléra, dengue, méningite ou encore typhoïde – avait été un adversaire plus redoutable que tous ceux auxquels les organismes de santé modernes avaient été confrontés jusqu'alors. Dans le cas de certaines infections, les symptômes se manifestaient au bout d'une semaine, mais certains rapports décrivaient des victimes qui se portaient très bien le midi et qu'on retrouvait mortes le soir. Tout comme le virus de Kongoli, la grippe espagnole était hémorragique. Les saignements de nez intempestifs étaient récurrents. Les poumons se dissolvaient en une écume sanglante.

L'idée que l'épidémie de Kongoli puisse disparaître d'elle-même relevait sans doute de la pure fantaisie. Cela dit, de telles situations s'étaient déjà produites par le passé. En février 1976, à Fort Dix, dans le New Jersey, une jeune recrue dénommée David Lewis tomba raide morte après une marche de huit kilomètres. Plus de deux cents soldats tombèrent malades à la même période, et les médecins découvrirent deux souches grippales de type A dans le camp. L'une d'entre elles, la H3N2 – une variante de la grippe de Hong Kong – fut identifiée comme A/Victoria, hautement infectieuse mais moyennement virulente. L'autre souche, qui avait tué le deuxième classe Lewis et peut-être infecté une autre personne, était inconnue, donc les médecins militaires l'envoyèrent au CDC.

Il s'agissait du sous-type H1N1, pourvu de la même structure génétique que la grippe espagnole. Cette fois-ci, on le surnomma « grippe porcine » car les cochons avaient servi de réservoir au virus. (En 1918, la transmission avait sûrement été inverse : de l'homme au cochon.) Les porcs étaient souvent responsables de la propagation des virus car ils constituaient un pont presque parfait entre les grippes aviaires et les maladies humaines. Une fois à l'intérieur du cochon, le virus s'adaptait aux mammifères, et une fois la barrière de l'espèce franchie, il était prêt à conquérir le monde.

En 1976, inquiet de la situation à Fort Dix, le président Ford appela à un effort collectif pour immuniser la population contre la grippe porcine le plus vite possible. Les responsabilités financières des producteurs du secteur pharmaceutique furent allégées afin d'accélérer le processus de fabrication du vaccin. Mais une nouvelle épidémie mystérieuse éclata au mois d'août lors d'une convention de l'American Legion à Philadelphie, tuant vingt-neuf personnes. Le diagnostic initial attribué à la grippe porcine était erroné – il s'agissait en réalité d'une pneumonie atypique plus tard connue sous le nom de légionellose –, mais la presse et la classe politique avaient tellement sonné l'alarme publique qu'il ne subsistait plus aucun doute quant à la nécessité d'une vaccination de masse. En septembre, les premières inoculations contre la grippe porcine commencèrent. Un mois plus tard, les gens tombèrent malades à nouveau, non pas à cause de la grippe mais du vaccin, qui entraînait une maladie paralysante appelée syndrome de Guillain-Barré. En décembre, on mit fin au programme de vaccination. Durant la période qui suivit, personne n'attrapa la grippe porcine. Ce fut un désastre politique pour Ford et une mise en garde pour les dirigeants à venir. En 1918, la grippe H1N1 avait tué entre cinquante et cent millions de personnes. En 1976, elle ne fit qu'un seul mort.

Ce qui rendait fou Henry et ses collègues, désespérément en quête de réponses, c'était le manque d'archives concernant la pandémie de 1918. Pendant des décennies, elle semblait avoir été oubliée – enfouie dans la mémoire humaine avec ses secrets. Qu'est-ce qui avait rendu ce virus si virulent ? Pourquoi s'était-il surtout attaqué aux plus jeunes et aux plus vigoureux – ceux qui auraient dû être les moins à même d'en mourir ? En 1951, le pathologiste suédois Johan Hultin se rendit à Brevig Mission, une bourgade isolée d'Alaska où la grippe de 1918 avait tué soixante-douze des quatre-vingts habitants. Ils avaient été conservés dans le permafrost, et Hultin obtint l'autorisation d'exhumer plusieurs corps pour les examiner. Incapable d'isoler le virus, il fut hanté par son échec. Près de cinquante ans plus tard, en 1997, il découvrit les travaux du docteur Jeffery Taubenberger à l'Armed Forces Institute of Pathology près de Washington. Celui-ci avait essayé de recréer la grippe de 1918 à l'aide des spécimens conservés dans la cire, prélevés sur les soldats qui avaient péri durant la pandémie. Hultin, alors très âgé, proposa de retourner à Brevig Mission pour continuer ses recherches. Il ne prit pour seul outil que le sécateur de sa femme. Cette fois-ci, il exhuma la dépouille d'une femme âgée d'environ trente ans à sa mort, qu'il appela Lucy. Ses poumons avaient été en partie préservés grâce à son obésité morbide. Hultin les découpa à l'aide de son sécateur et les remporta avec lui à San-Francisco. Il aurait tout aussi bien pu transporter une bombe nucléaire.

Hultin envoya les poumons au docteur Taubenberger. Ils étaient pleins de matériel viral, suffisamment pour créer un clone du virus qui avait tué Lucy. On s'en servit pour infecter des macaques, dont les poumons furent dévastés en quelques jours. Comme Lucy, et comme les médecins français de Kongoli, les singes se noyèrent dans leurs propres fluides – résultat d'une impressionnante réaction immunitaire.

Bon nombre de gens remirent en cause l'intérêt de faire revenir à la vie le virus de la grippe espagnole. Peu importait à quel point on faisait attention en les manipulant, les virus échappaient parfois au confinement du laboratoire. Même au CDC, l'un des labos les plus surveillés du monde, quatre-vingt-quatre scientifiques – dont Henry – avaient été exposés à une souche vivante de bacille du charbon, supposément rendue inactive. La variole s'était échappée de laboratoires anglais à plusieurs reprises, causant la mort de quatre-vingts personnes au total. La négligence représentait une menace sous-estimée envers la civilisation.

Avant d'arriver au CDC, Henry avait travaillé de l'autre côté de la maladie : il était chargé de la créer. À quatre-vingts kilomètres au nord-est de Washington, au milieu des célèbres champs de bataille de la guerre de Sécession, se trouvait un vieux corps de ferme. Les champs de la propriété avaient été clôturés afin d'assurer la plus haute sécurité. Fort Detrick, comme on l'appelait, comprenait plusieurs organismes médicaux, dont le National Cancer Institute, la National Interagency Confederation for Biological Research et le U.S. Army Medical Research Institute of Infectious Diseases. C'était là, au beau milieu de la Seconde Guerre mondiale, que les États-Unis avaient commencé leurs recherches en matière d'armes biologiques.

L'utilisation de fléaux épidémiques comme arme de guerre remontait à très loin dans l'histoire, et plus précisément au XIVe siècle, quand les Mongols catapultaient les cadavres des victimes de la peste par-dessus les murailles de Caffa, dans la péninsule de Crimée. Le programme américain consistait à tester le bacille du charbon et d'autres maladies dangereuses sur des volontaires – notamment des objecteurs de conscience. Après la Seconde Guerre mondiale, des scientifiques nazis qui avaient mené des expériences sur les prisonniers de guerre furent envoyés aux États-Unis pour participer aux recherches. Ils testèrent l'utilisation de différents insectes, comme les poux, les tiques et les moustiques, pour répandre la fièvre jaune et autres maladies. Ils prirent exemple sur les Japonais qui, durant la guerre, avaient envoyé en Chine des puces porteuses de la peste et contaminé des puits avec le choléra et le typhus, déclenchant des épidémies qui avaient duré bien plus longtemps que la guerre elle-même. En 1969, le président Nixon fit interdire le développement d'armes biologiques offensives. Les expériences sur les nouvelles maladies continuèrent ; elles furent simplement catégorisées comme mesures défensives.

Henry ne niait pas l'intérêt de telles recherches. Elles étaient vitales pour la défense nationale, en plus d'être intellectuellement stimulantes. Il avait fait partie d'un monde obscur et clandestin dans lequel lui et ses homologues – en Russie, en Iran, en Chine et en Corée du Nord – ne se connaissaient que de réputation, à travers les bruits de couloirs. Ils jouaient à un jeu où l'on montrait rarement ses cartes. Les terroristes aussi concoctaient des maladies de leur côté. Al-Qaïda avait essayé de cultiver le bacille du charbon. Les microbiologistes de la secte eschatologique japonaise Aum Shinrikyo, organisme digne d'une œuvre de science-fiction, avaient également mené des expériences sur le bacille ainsi que le botulisme. Ces maladies avaient le mérite de ne pas être contagieuses, mais il y avait peu de raisons de penser que cela arrêterait les terroristes.

Henry était doué dans ce qu'il faisait – ce n'était rien de le dire – mais il était suffisamment modeste pour reconnaître que le vrai génie qui se cachait derrière ce sombre projet n'était autre que Jürgen Stark, son charismatique patron. Pendant que leurs confrères du monde de la physique nucléaire créaient des bombes capables d'annihiler toute vie sur Terre, Henry et les autres jeunes scientifiques du labo de Jürgen faisaient à peu près la même chose, jouant avec la nature pour apprendre à détruire l'humanité.

L'équipe de Jürgen avait été réunie au National Biodefense Analysis and Countermeasures Center. Le bâtiment entier était classé top secret ; personne d'autre à Fort Detrick ne savait ce qui se passait à l'intérieur. Leur but était de concevoir des pathogènes biologiques susceptibles d'être créés par des terroristes ou des pays ennemis. En 1972, les États-Unis avaient signé avec plus de cent quatre-vingt-un autres pays la Convention sur l'interdiction des armes biologiques, qui prohibait le développement, la production et l'accumulation de toxines et d'armes chimiques. Les Soviétiques faisaient également partie des signataires, mais ils voyaient en ce traité une opportunité d'augmenter leurs stocks et obtenir le monopole des armes bactériologiques. Aujourd'hui encore, Henry le savait, les réserves d'armes chimiques russes ne cessaient d'augmenter. Poutine avait ouvertement affirmé que la Russie développait des armes « génétiques » qui seraient « comparables aux armes nucléaires ». Freinés par les contraintes légales, Henry et les autres travaillaient en secret pour tenir la cadence face aux déclarations audacieuses de la Russie dans le domaine le plus sombre de la science.

Jürgen était grand et mince, avec des yeux bleus scandinaves qui reflétaient le génie et la confiance en soi, ses deux plus grands talents. Il était très attaché à son apparence, et surtout à ses cheveux d'un blond platine, presque aussi blancs que la blouse qui flottait derrière lui tandis qu'il déambulait dans le bureau. Il les gardait si longs qu'ils lui tombaient parfois sur le front, et il les dégageait comme une collégienne vaniteuse lorsqu'il cherchait à soulever un point important. Chaque instant passé dans ce laboratoire était pénible, mais aussi très excitant et plein de sens, ce qui reflétait parfaitement les qualités qui faisaient tout le charme hypnotisant de Jürgen. C'était l'un des plus grands scientifiques que Henry ait rencontrés : créatif, impressionnant techniquement, prêt à pousser les choses à l'extrême.

À la connaissance de Henry, Jürgen n'entretenait aucune relation amoureuse. Son orientation sexuelle faisait l'objet de spéculations sans fin parmi les chercheurs. Il invitait rarement ses collègues à dîner ou boire un verre, à moins qu'il n'ait une question professionnelle en tête, et lors de ces rares occasions il se montrait irrésistible. Henry savait que ce charme était un masque que Jürgen enfilait en société, mais, malgré tout, il était fasciné par sa capacité à se métamorphoser.

Jürgen était un fétichiste de l'organisation. Henry n'avait jamais vu un laboratoire aussi propre et bien rangé. Une farce entre collègues consistait à pencher les incubateurs et les compteurs de colonies pour qu'il les réajuste compulsivement lorsqu'il passait devant. Il ne semblait jamais comprendre le truc. Un jour, Henry s'aperçut que les toilettes des hommes étaient fermées parce que Jürgen les avait fait réparer. « Les coins n'étaient pas alignés », avait-il dit. Après les travaux, Henry était incapable de faire la différence.

Une fois, alors que Henry était en train de partir, Jürgen lui demanda ce qu'il faisait ce soir-là. La question le prit au dépourvu.

« Je vais au cinéma.

– Qu'est-ce que tu vas voir ?

– *Adaptation.*

– C'est quoi ?

– Une comédie sur un type qui essaye d'écrire un film. Il paraît que c'est drôle.

– Tu y vas avec quelqu'un ?

– Non. Tu veux venir ? »

Cela semblait être le but implicite de sa question, pourtant Jürgen parut surpris, comme si l'idée ne lui avait même pas effleuré l'esprit.

« Oh non, je ne suis pas très fan de cinéma. »

Cette réponse avait quelque chose d'énervant, mais Henry se dit qu'il ne tenait qu'à lui de pousser Jürgen à faire ce dont il avait visiblement envie au fond de lui, c'est-à-dire passer du temps avec un autre être humain. Ils finirent par manger dehors après le film. C'était la première fois que Henry entendait Jürgen rire, une sorte de petit *hi hi hi* qui sonnait un peu expérimental.

Il n'entrait presque jamais dans un laboratoire quand il y avait des animaux sur la table. Il s'y passait parfois des scènes affreuses, surtout avec les singes, qui se comportaient comme des enfants impuissants mais bien conscients et prompts à chercher vengeance. Une règle consistait à ne jamais travailler sur un animal devant ses congénères. Si les cris d'un cobaye arrivaient jusqu'aux oreilles de ceux qui attendaient leur tour dans leur cage, ils se mettaient à hurler.

Jürgen ne le supportait pas. Plus d'une fois, Henry l'avait vu pleurer. Son sentiment de culpabilité transparaissait dans ses chaussures en toile, son régime végan et la voix tremblante qu'il prenait pour annoncer le besoin d'effectuer de nouveaux tests sur des animaux. Il était le plus éminent spécialiste d'une discipline qu'il méprisait, comme un grand guerrier qui détesterait tuer mais qui connaîtrait le prix de la défaite. Il croyait – et Henry en était venu à le croire aussi – que l'avenir de la civilisation, et peut-être même de l'humanité, reposait entre les mains des recherches top secrètes que Jürgen et son équipe menaient dans cette ancienne ferme du Maryland devenue Fort Detrick, et cet avenir exigeait le sacrifice de milliers et de milliers d'animaux.

Henry pouvait à peine repenser à ces années-là sans faire de fixation sur la faiblesse de caractère qui l'avait poussé à rejoindre ce qu'il voyait aujourd'hui comme une secte. Une secte scientifique, certes, pas une pseudo-religion, mais qui arborait les mêmes marques de fabrique que n'importe quelle puissante cabale, au sens où elle se présentait comme l'extrême opposé d'une prison de pensées. Ce que Jürgen Stark vendait, c'était une certaine idée de la liberté : la liberté d'imaginer, d'expérimenter et de créer n'importe quoi, peu importait à quel point cela pouvait s'avérer dangereux ou néfaste. Si l'on baisse les bras, qui d'autre va s'en occuper ? Qui d'autre possède les compétences, le jugement, la sagesse, le courage moral de s'aventurer dans les chambres les plus sombres de l'esprit humain ? Qui d'autre pourrait pénétrer dans ce placard de la mort, dans le seul but de barrer la route aux méchants qui cherchent à nous nuire ? Qui d'autre pourrait anticiper la façon de penser des forces maléfiques de ce monde afin d'être prêt à répandre un antidote lorsqu'ils découvriront – car ils y arriveront – les mêmes souches virulentes que nous manipulons ? « Nous seuls le pouvons » : un refrain que Henry avait du mal à se sortir de la tête. Ils y croyaient tous, et se rassuraient à travers la croyance les uns les autres.

13

Quelque chose de grand

Le prince Majid et le colonel al-Shehri traversaient à la hâte le vaste village de tentes de Mina, guidés par un jeune scout dénommé Mamdouh, qui esquivait les hajjis et fonçait sur les chemins de terre comme un petit cabri. Essoufflé, Majid admirait l'agilité et la témérité du garçon.

Un certain ordre régnait sur cette masse de gens. Les cent mille tentes blanches identiques, faites en fibre de verre ignifugé, étaient disposées en quartiers correspondant aux pays d'origine des pèlerins. Elles étaient numérotées, et les chemins agrémentés d'un code couleur. Chaque pèlerin devait porter un badge à la couleur de son pays avec le numéro de sa tente. En théorie, personne ne pouvait se perdre, mais des milliers de scouts comme Mamdouh étaient présents pour escorter ceux qui arrivaient quand même à s'égarer.

Mamdouh tourna dans le couloir jaune et ils arrivèrent au gigantesque campement indonésien ; un lotissement digne du pays musulman le plus peuplé du monde : un quart de million de personnes y séjournaient. Le scout consulta le GPS sur son iPad et localisa le numéro de tente correspondant au nom de Bambang Idris. À l'intérieur se trouvaient une cinquantaine d'hommes torse nu, assis en tailleur, qui parlaient à voix basse et se montraient des photos sur leurs portables.

« Bambang Idris ? » cria le colonel al-Shehri, réveillant tous ceux qui somnolaient sur les tapis de sol.

Un des hommes répondit que M. Bambang s'était retrouvé à l'écart du groupe durant la marche vers le Djamarat. Un autre pèlerin suggéra qu'il était peut-être allé à l'abattoir à l'extérieur de La Mecque pour faire sacrifier son animal, ou bien dans la ville pour se faire raser le crâne. Ces rituels devaient être effectués après la lapidation du diable. Les hommes dans la tente attendaient simplement que la foule se dissipe pour faire de même.

Majid n'avait que la photo du visa de Bambang. Le repérer au milieu d'une masse de gens tous habillés pareil ne serait pas une mince affaire. Le prince demanda à un anglophone qui connaissait Bambang de se joindre à eux pour les aider.

D'abord ils se rendirent à l'énorme abattoir, qui abritait dix mille bouchers. Ils entendaient les cris des moutons qui attendaient leur tour pour passer sous le couteau. Dans le bureau, un registre contenait les numéros de téléphone des pèlerins qui avaient acheté leur animal et recevraient un message une fois l'abattage effectué. Le nom de Bambang ne figurait pas sur la liste. Les pèlerins pouvaient également choisir de tuer l'animal eux-mêmes, alors Majid et la troupe marchèrent le long des passerelles suspendues au-dessus des enclos à la recherche d'un homme indonésien un peu rond d'une soixantaine d'années. Il n'y avait qu'une poignée de hajjis parmi les bouchers, et aucun d'entre eux ne ressemblait à l'homme qu'ils cherchaient.

Un millier de barbiers étaient alignés dans les rues et les échoppes de La Mecque, devant une horde de clients qui patientaient. Le colonel al-Shehri réquisitionna un porte-voix auprès de la police du hajj et parcourut la ville en appelant le nom de Bambang. De jeunes garçons dansaient devant le prince et les autres, se joignant à cette agitation inexpliquée. Parmi les enfants, le scout Mamdouh prenait un air important et criait lui aussi le nom de l'Indonésien. Les enfants l'imitèrent, et bientôt des dizaines d'entre eux criaient : « Bambang Idris ! Bambang Idris ! » Mais personne ne répondit.

Majid reçut un appel de son adjoint au ministère de la Santé sur son téléphone portable. Son équipe avait parcouru les dossiers des vingt-cinq hôpitaux et des deux cents centres médicaux mis en place pour le hajj. « Votre excellence, je vous assure que nous n'avons pas trouvé cet homme. »

Majid essaya de réprimer l'angoisse qui montait en lui. Elle se lisait aussi sur le visage des autres hommes. Ils suaient tous à cause de la chaleur et de la fatigue après leur marche rapide.

Il finit par demander à Mamdouh s'il connaissait le chemin de la morgue. Le scout acquiesça et se dirigea vers le quartier d'al-Muaisem, juste en dehors de la ville sainte. Lorsqu'ils arrivèrent, Majid renvoya Mamdouh à son poste ; il ne voulait pas que le garçon voie ce qui les attendait peut-être.

C'était un petit bâtiment, comparé aux dimensions industrielles de tout ce qui touchait de près ou de loin au hajj. Quand le prince et son entourage entrèrent, l'accueil était désert. Majid se retrouva face à son propre portait officiel accroché derrière le guichet. Le colonel al-Shehri emprunta un couloir et revint accompagné d'un employé tout penaud qui fumait dans une autre pièce. Il se redressa d'un seul coup dès qu'il reconnut le prince.

Majid lui montra la photo de Bambang. L'employé haussa les épaules. Il n'était pas responsable des admissions, dit-il, et le directeur se trouvait au cimetière.

« Il n'y a pas un registre de ceux qui ont été amenés ici ?

– Si, bien sûr.

– Eh bien, où est-il ?

– Sur l'ordinateur du directeur, votre Excellence.

– Alors va chercher si cet homme y figure.

– Je ne peux pas, répondit le malheureux commis. Il ne m'a pas confié le mot de passe. Il est avec son assistant. »

Majid demanda à voir la pièce où se trouvaient les corps. Le commis les escorta au bout d'un couloir sombre au sol de pierre polie, passant devant plusieurs brancards, jusqu'à ce qu'il pousse une double porte qui donnait sur une chambre froide parfaitement vide.

« Où se trouvent les dépouilles ?

– Comme je vous l'ai dit, votre Excellence, on est en train de les enterrer. »

« Ils ne marquent même pas les tombes ? demanda Henry d'un ton désespéré.

– Il est de coutume d'enterrer les morts rapidement, expliqua Majid. Nous croyons que les morts sont tous égaux, et même le roi est enseveli dans l'anonymat.

– Tu sais comment il est mort ?

– Quand on a enfin pu parler au légiste, il nous a dit qu'il s'était fait piétiner. »

Henry s'enfonça dans sa chaise d'écolier, complètement abattu.

« Autre chose, dit Majid. J'hésite à te le dire. Nous avons reçu un rapport de trois de nos hôpitaux concernant une fièvre hémorragique parmi les pèlerins. »

La nouvelle sortit Henry de sa torpeur telle une douche froide.

« Il faut que je les examine. Immédiatement.

– Henry, dit Majid. C'est une affaire délicate. Je comprends ton impatience, mais les non-musulmans ne peuvent pénétrer dans la ville sainte, et j'ai peur que les patients soient trop mal en point pour être déplacés.

– Je suis sûr que votre Dieu préfère voir ses fidèles vivants plutôt que sacrifiés à cause d'un protocole wahhabite controversé.

– Nous avons d'excellents médecins qui s'occupent déjà de la situation, dit Majid en ignorant la pique. Ils peuvent te fournir toutes les informations dont tu as besoin : examens, tests sanguins, on peut même les appeler sur Skype pour que tu participes.

– Oui, on peut regarder les échantillons de sang, on peut examiner les radios, mais il nous faut un diagnostic sur-le-champ. Combien de temps avons-nous ?

– Le pèlerinage s'achève demain.

– Je suis le seul à avoir déjà vu la maladie en personne. Je dois examiner ces patients.

– Henry ! s'exclama Majid. Ta présence dans le pays en tant que non-croyant constitue déjà une transgression majeure aux yeux de beaucoup de gens. Te faire entrer en territoire saint, ce n'est pas possible.

– Très bien, alors dis-leur que je suis musulman », dit Henry d'un ton sec.

Majid se tourna vers le colonel al-Shehri et lui demanda de quitter la tente. Une fois seuls, il parla d'une voix basse empreinte d'une certaine ardeur.

« Henry, mon cher ami, je ne te demande pas d'être hypocrite. Pour nous, ce serait pire qu'être infidèle. Nous avons déjà rencontré ce genre de problèmes. En 1979, quand des radicaux ont assiégé la Grande Mosquée et pris de nombreux otages, nous avons demandé de l'aide à nos amis français. Ils n'étaient pas musulmans, mais ils ont prétendu l'être. Dans ce cas-là, nous avons laissé des non-musulmans faire le sale boulot car tout acte de violence est interdit à l'intérieur des zones saintes. On n'a même pas le droit de couper le moindre brin d'herbe ! Il fallait pourtant éliminer ces gens, et les forces spéciales françaises s'en sont chargées pour nous.

Aujourd'hui, la situation est différente. Complètement différente ! Il y a des musulmans compétents dans nos hôpitaux. Ils ne font aucun mal, ils essayent de sauver des vies. Je reconnais que tu as un don particulier. Je ne connais personne de mieux placé que Henry Parsons pour s'occuper de cette tragédie. Mais si tu veux entrer dans la plus sainte de nos cités, tu dois le faire l'esprit pur. Je ne sais pas ce qui t'a rendu aussi aigri vis-à-vis de la religion, mais je te demande de respecter le fait que l'islam fait partie de nous. Si tu déshonores notre religion, c'est comme si tu crachais sur notre âme. »

Henry fut touché par la sincérité de son ami, mais pas par ses arguments. Toute forme de religion faisait naître en lui des sentiments difficiles à définir. Il ressentait du mépris. Il ressentait de la peur. Il ressentait de la curiosité. D'autres émotions se mêlaient à ce tourbillon, mais Henry comparait la peur et la curiosité à son aversion pour les hauteurs. Il ne voulait pas s'approcher du bord, mais il y était tout de même attiré, et cette obsession interne le terrifiait. Il était donc enclin à se déchaîner.

« J'ai énormément de respect pour toi, Majid, et je suis sûr que tu le sais, dit Henry. Et je n'ai pas moins d'estime pour l'islam que pour les autres croyances. Elles sont toutes pareilles à mes yeux. Mais dis-moi, combien de personnes sont mortes en 1979, quand vous avez laissé entrer les soldats français ?

– Des centaines, peut-être des milliers. Nous n'en parlons qu'à demi-mot. Tous ceux qui connaissent la vérité ne sont peut-être plus de ce monde.

– Tu es médecin. Tu es responsable de la santé de ton peuple. Dis-moi, docteur : combien risquent de mourir si une nouvelle épidémie se propage durant le hajj ? »

Majid garda le silence.

Henry continua son réquisitoire implacable :

« J'ai vu ce qu'il fait aux gens. Un taux de mortalité extrême. Des morts atroces. Ils étaient musulmans, eux aussi. Mais ils n'étaient que quelques centaines. Ici, ils sont des millions. Si ta religion te tient vraiment à cœur, tu dois agir. »

Majid ferma les yeux. Henry comprit qu'il priait. Une

autre émotion qui venait parfois assombrir son esprit quand il pensait à la religion n'était autre que la jalousie. Comme il devait être plaisant de croire qu'une force extérieure s'intéresse à la vie des humains, une force capable d'influencer l'issue d'un dilemme comme celui-ci – si une seule personne priait suffisamment fort et de façon assez convaincante pour attirer l'attention de la divinité. Le concept de sainteté ne signifiait rien aux yeux de Henry, mais il reconnaissait que Majid vivait en partie dans un monde surnaturel, où l'imaginaire avait la force du réel, et ce qui apparaissait comme moralement insignifiant à Henry pesait comme un lourd fardeau sur la conscience de son ami.

Majid rouvrit les yeux et appela soudain le colonel al-Shehri, qui se tenait derrière la porte. Ils parlèrent en anglais, pour que Henry puisse comprendre. « J'ai écouté Dieu, et il m'a dit que Henry était un vrai musulman », dit Majid. Al-Shehri jeta un regard plein de dédain en direction de Henry puis se retourna vers son prince. Quels que soient les doutes et l'animosité qu'il ressentait, il les mettrait de côté. Il n'existait que deux forces en Arabie Saoudite, Dieu et la famille qui possédait le pays, et il ne fallait contredire aucune des deux. Le colonel envoya chercher un Land Cruiser et les trois hommes descendirent la colline, le long de la route circulaire, jusqu'à la porte qui marquait l'entrée de la ville sainte.

« Rends-moi service, Henry, dit Majid entre ses dents. Tu es sous ma protection, alors ne provoque personne. Et comme je n'ai pas le temps de t'apprendre à prier, on doit avoir quitté la ville avant le lever du soleil. »

Henry détourna le regard tandis qu'ils entraient dans La Mecque, comme si ne rien voir était une façon de ne pas être vraiment là. Cependant, la ville lui faisait l'impression d'un lieu ancien maladroitement réaménagé pour l'adapter à l'époque moderne ; des gratte-ciel dans des rues étroites, une ville à la fois pittoresque et snob. Il ressentait aussi la désapprobation du colonel qui émanait du siège avant comme une sirène d'alarme que seuls les vrais croyants pouvaient entendre.

Une fois à l'intérieur du King Abdullah University Hospital, Henry se sentit moins comme un intrus. Le docteur Iftikar Ahmed, un Pakistanais aux cheveux blancs, les accueillit et les conduisit immédiatement en salle de préparation, où on les équipa de blouses, de gants et de masques. Le docteur Ahmed était dans un état d'anxiété avancé, les sourcils dressés en permanence. Une fine couche de sueur perlait sur son front et il parlait rapidement, d'une voix aiguë, avec un accent pakistanais chantant. « Nous avions quatre patients ce matin, mais à présent ils sont dix. Dix ! Et l'un d'entre eux est une infirmière. »

Henry prit note de la propreté des couloirs et de la tenue correcte du personnel de l'hôpital. Ils empruntèrent un ascenseur jusqu'à l'unité d'isolement au cinquième étage, qui se trouvait derrière un sas à doubles portes. Il émanait une odeur rassurante de formol. Henry s'accorda une petite dose de soulagement.

Six patients étaient dans la salle, dont deux déjà intubés. Henry demanda au docteur Ahmed quand était apparu le premier cas. « Il y a deux jours seulement, un patient venu d'Indonésie, et trois de plus hier. Six aujourd'hui, dont cet homme. » Il pointa du doigt un jeune homme maigre sous une tente à oxygène.

« D'où vient-il ?

– De Manchester, en Angleterre », dit le docteur Ahmed.

Henry regarda le dossier médical. Il s'appelait Tariq Ismail. Il avait quarante de fièvre. Un moniteur cardiaque indiquait une activité électrique minimale. On lui avait installé un drain thoracique pour extraire les fluides de ses poumons.

« Il est venu en se plaignant d'un mal à l'oreille, alors on ne l'a pas pris au sérieux. En l'examinant, on a découvert qu'il avait le tympan déchiré. On a fait une paracentèse pour réduire l'inflammation, mais le centre de la douleur a basculé derrière son orbite droite. À présent, il a complètement perdu la vue. Les dégâts sur ses poumons sont irréversibles, je le crains. Et comme vous pouvez le voir, on a un début de cyanose. »

Les lèvres du jeune homme étaient d'un bleu vif, tout comme ses doigts.

« Et les prises de sang ?

– De grosses concentrations d'interférons.

– Un choc cytokinique », dit Henry. Une réponse immunitaire incontrôlée. Les fièvres et les douleurs qui tiraient sur ses articulations indiquaient que ses globules blancs produisaient des cytokines, fantassins du corps dans la guerre contre l'infection. Un choc cytokinique se déclenchait lorsque le corps se sentait menacé de mort, et il envoyait toutes les armes à sa disposition dans la bataille. Une guerre totale. Henry avait vu le résultat sur le corps de la jeune médecin française qu'il avait autopsiée en Indonésie. Ses poumons s'étaient liquéfiés sous la violence de sa propre réaction immunitaire.

« Il y a autre chose d'étrange, dit le docteur Ahmed. Regardez les boursouflures sur la peau. » Il indiqua ce qui ressemblait à des plaques d'urticaire sur son cou et son torse. « Emphysème sous-cutané. Comme des petits ballons. Ça vient vraisemblablement de l'air expulsé par ses poumons.

– Il est conscient ? demanda Henry.

– Il l'était tout à l'heure. »

Henry se pencha sur le jeune homme. La tente à oxygène et le respirateur les séparaient, donc il y avait peu de risques d'infection. Pourtant, Henry savait que l'air de la pièce était chargé de particules infectieuses d'une maladie inconnue que personne ne comprenait bien pour le moment.

« Tariq, dit Henry. Est-ce que tu m'entends ? »

Le patient battit des paupières.

« Est-ce que tu ressens une douleur ?

– Pas de la douleur, murmura-t-il. Quelque chose d'autre. De profond. Un profond sentiment. »

Henry savait ce qu'il était en train de décrire. La mort.

« Tariq, est-ce que tu te souviens d'avoir rencontré un homme venu d'Indonésie ? Au moment de ton arrivée, peut-être ? »

Un long moment s'écoula, puis Tariq dit : « Peux pas.

– Tu ne peux pas quoi ?

– Me souvenir.

– C'est important, dit Henry. Essaye de te rappeler. Il s'appelait Bambang Idris. Tu m'entends ? Bambang Idris. Il devait avoir la soixantaine. Tu as croisé quelqu'un qui pourrait correspondre à sa description ? »

Mais Tariq demeura silencieux. Le moniteur cardiaque laissa échapper une alarme qui retentit comme un cri. Le docteur Ahmed regarda Henry, puis éteignit la machine. Avec Majid, ils récitèrent une courte prière.

« Merde ! » dit Henry, oubliant où il se trouvait.

Le docteur Ahmed et un infirmier le regardèrent d'un air étrange.

« Le docteur Parsons vient de se convertir à notre religion, expliqua Majid. Je suis son guide. »

Les autres personnes dans la pièce se mirent à sourire.
« *Mashallah*, dit le docteur Ahmed. Qu'Allah soit loué.

– Cette prière a pour but de préparer le croyant à son voyage vers la mort, dit Majid comme s'il était le précepteur de Henry. Nous demandons à Dieu d'alléger son fardeau et de faire de l'endroit où il va un monde meilleur que celui qu'il quitte. Je te l'apprendrai quand on aura un moment. »

Henry acquiesça comme un élève passionné, mais son visage bouillait de honte. Lui qui détestait toute forme de duperie, il était devenu un usurpateur. Il tenait beaucoup à son ami Majid et il venait de le compromettre, voire de le mettre en danger. Il se sentit rapetisser devant les sourires chaleureux des musulmans dans la pièce, heureux du salut qu'ils croyaient destiné à Henry. Mais celui-ci savait que le salut ne serait jamais sien.

Le docteur Ahmed le regardait avec des yeux remplis d'espoir, attendant visiblement que Henry reconnaisse sa conversion. Au lieu de ça, Henry prit un ton plus sec. « Vous avez mentionné dix patients. Il n'y en a que six, ici. »

L'expression sur le visage du docteur Ahmed changea d'un coup. « Nous n'avons pas d'autres chambres d'isolement, dit-il d'un air désolé. Il y a toujours beaucoup de patients durant le hajj, et cette saison nous avons atteint la capacité maximale, voire plus encore.

– Alors où sont les autres ? »

Le docteur Ahmed parla avec l'infirmier, puis dit : « Trois d'entre eux sont dans un service du deuxième étage, et la dernière… » Il s'interrompit pour confirmer l'information auprès de l'infirmier. « … la dernière a quitté l'hôpital. Nous pensons qu'elle est retournée auprès de sa délégation. »

Dans le silence qui suivit, le docteur Ahmed s'empressa de s'expliquer : « On ne savait pas à quoi nous avions affaire. On ne le sait toujours pas ! De quoi s'agit-il, dites-moi, d'une sorte de peste ?

– C'est une grippe, mais de type inconnu, dit Henry. Trois laboratoires sont déjà en train de tester les anticorps des survivants en Indonésie pour voir s'ils correspondent à des souches connues.

– Cet homme… » Le docteur Ahmed pointa du doigt l'homme décédé derrière eux. « … On lui a donné des antiviraux. Y a-t-il un meilleur traitement à privilégier ?

– On ne peut pas leur donner grand-chose d'autre à part des fluides et du paracétamol, dit Henry. Certains vont s'en remettre. En Indonésie, malgré les soins palliatifs, la mortalité est de quarante-cinq pour cent.

– Mais on se croirait au Moyen Âge, dit le docteur Ahmed. On n'a rien de mieux à leur offrir ? »

À ce moment-là, le docteur Ahmed reçut un appel. Henry lança un regard confus à Majid. Une nouvelle requête pesait sur son esprit, la plus sérieuse qu'il n'ait jamais envisagée.

« Mauvaise nouvelle, dit le docteur Ahmed après avoir raccroché. Très mauvaise nouvelle. Nous avons de nouveaux patients avec des fièvres hémorragiques.

– Combien ?

– Dix-sept au cours de la dernière heure. Cet appel concernait une demande du Saudi National Hospital. Ils croulent sous les patients avec des symptômes similaires. Ils veulent en envoyer ici, mais nous sommes déjà submergés ! Nous n'avons nulle part où les mettre. Une autre patiente est morte : l'infirmière dont je vous ai parlé. » Il prit une profonde inspiration. « Elle s'appelait Nour. C'était l'un de nos meilleurs éléments. »

Henry s'apprêtait à prendre la parole, mais Majid prononça le mot avant qu'il ne sorte de sa bouche : « Quarantaine. On va devoir boucler l'hôpital. Personne ne sort. J'ai peur que tous les autres hôpitaux ne subissent le même sort. »

Henry lisait la peur dans le regard du docteur Ahmed. Se retrouver enfermé avec une maladie dévastatrice était une perspective terrifiante, même pour des professionnels. La stérilisation était déjà compromise. Les couloirs regorgeaient sans doute déjà du virus avec l'arrivée en masse des nouveaux patients. L'infirmière était le premier membre du personnel à être sacrifié ; d'autres la suivraient probablement.

« On vous fournira autant de nourriture et de médicaments que nécessaire, dit Majid d'un ton encourageant. Du personnel médical supplémentaire, aussi. C'est une urgence nationale. Nous ferons tout ce qu'il faudra pour aider les hôpitaux et, bien sûr, votre courage et votre ténacité ne seront pas oubliés. En tant que médecins, nous devons parfois endosser un rôle dont personne ne voudrait, mais c'est là notre honneur.

– Pas seulement les hôpitaux, dit Henry.

– Tu as raison, Henry. Nous aurons besoin d'établir une

liste de tous les autres endroits clés. C'est une chance que tu sois là pour nous aider.

– La Mecque, dit Henry. La ville entière doit être placée en quarantaine. Ni entrées, ni sorties. »

Majid le regarda comme s'il était fou.

« Tu te rends compte de ce que tu dis ? Il y a trois millions de gens, ici ! On ne peut pas leur demander de rester, et puis quoi ? Mourir ? Ce n'est pas humain, Henry ! En plus, je ne pense pas que ce soit même possible.

– Trois millions de gens, dit Henry. Demain, ils rentreront chez eux, au Maroc, en Chine, au Canada, en Amérique du Sud, même dans les plus petites îles du Pacifique et les villages au cœur de l'Afrique. Mais ils ne voyageront pas seuls. Ils emmèneront le virus avec eux, et le monde entier sera infecté, instantanément, sans préavis, sans avoir le temps de se préparer. L'expérience que nous sommes en train de vivre en ce moment, dans cet hôpital, va se répéter encore et encore. Rien qu'une semaine, dix jours, pourraient faire la différence vis-à-vis des scientifiques aux quatre coins du monde qui font la course contre la montre pour trouver un vaccin, un antidote ou quoi que ce soit qui puisse affaiblir le pouvoir de cette maladie. Il faut qu'on gagne du temps, c'est tout ce qu'on peut faire. »

Tout en parlant, Henry voyait clairement la catastrophe se dérouler devant ses yeux.

« Il n'est pas uniquement question de contenir une pandémie, dit-il d'une voix calme et basse. Il est question de sauver notre civilisation. »

Une nouvelle alarme retentit, brisant le silence hébété. Le docteur Ahmed se dirigea vers le moniteur du patient qui venait de décéder et le débrancha.

14

Bordel de merde

Les membres du comité des adjoints n'étaient pas ravis de s'être fait réveiller aussi tôt un samedi matin. L'aube n'arriverait que dans une heure. Une jeune fonctionnaire de santé publique en uniforme de service préparait sa présentation PowerPoint tandis qu'ils entraient dans la pièce, attrapant au passage un café devant le percolateur que le mess de la Maison-Blanche avait installé à la hâte. Les gaz d'échappement des berlines alignées sur Executive Alley s'élevaient dans l'air frais de la nuit.

« Nous avons un problème, dit Tildy lorsque les adjoints s'assirent enfin. Deux, plutôt. Une potentielle épidémie de grippe en Arabie Saoudite et un accord de défense russe avec l'Iran. »

L'adjoint à la Défense prit la parole.

« La Russie a déplacé son dernier système de défense aérienne à Bandar Abbas, en soutien à la base navale iranienne du détroit d'Ormuz. C'est un point sensible du golfe Persique, une des zones géographiques les plus critiques de la planète.

– Pourquoi ? demanda Tildy. Et pourquoi maintenant ?

– Ils consolident leur emprise sur le Levant pour contrôler le pétrole du Golfe et de la Méditerranée, répondit l'adjoint au département d'État. Ils ont choisi ce moment parce qu'ils ont vu l'Arabie Saoudite faire des stocks de nos armes, et ils y ont vu une opportunité de faire une grosse vente auprès de l'Iran. »

Même dans la salle de crise, Tildy devait faire attention à ce qu'elle disait au sujet de la Russie. Les gens qui en parlaient avec trop de franchise se faisaient virer, et l'adjoint à la Défense prenait vraiment de gros risques. « C'est un gros problème pour nos stratèges, dit-il. Le nouveau système de défense aérienne russe s'appelle S-500. Ils le surnomment “Triumfator”. Il a été conçu pour abattre les F-35, nos avions furtifs les plus sophistiqués.

– Notre présence dans la région est donc compromise », dit Tildy.

La Défense acquiesça d'un air sombre.

« J'imagine que vous avez des plans pour faire face à cet imprévu, dit Tildy à l'adjoint au Comité des chefs d'état-major.

– Nous avons envisagé la situation sous tous les angles. En gros, nous avons trouvé deux solutions : la sanglante et l'autre.

– Parlez-nous de la sanglante.

– On s'occupe de la défense aérienne iranienne dès maintenant, avant qu'ils n'aient le temps de tout mettre en place. On coule leurs navires de guerre dans les ports. On mine le détroit. On bombarde les centrales nucléaires. On demande un changement de régime, sans quoi on sanctionne.

– Ça sonne comme le prélude d'une guerre avec la Russie », dit Tildy. Cette pensée ne la perturbait nullement. À ses yeux, la Russie constituait la plus grande source de mal sur la planète. Elle avait vu les plans de guerre. Elle en connaissait les dangers. Mais il n'y avait pas d'autre moyen de s'occuper de Poutine. Il fallait se montrer résolu, et peut-être un peu fou.

« Ce qui nous amène à l'autre solution, reprit l'adjoint

à l'état-major. On vit avec. Après tout, ce n'est pas la crise des missiles de Cuba.

– Les Israéliens ne resteront pas les bras croisés, remarqua la Défense.

– C'est-à-dire qu'ils bombarderont l'Iran eux-mêmes ? dit Tildy. Personne n'y croit.

– On ne peut pas mener les guerres de tout le monde à leur place, répliqua l'État. Il n'y a qu'une seule autre option : la diplomatie.

– Alors on demande simplement à Poutine de retirer ses pions ? ironisa la Défense. J'adorerais entendre vos arguments.

– Vous pensez tous que Poutine contrôle la Russie, dit l'adjoint de la CIA avec dédain. C'est plutôt un million de bureaucrates qui gèrent la boutique, et ils ne portent que peu d'attention au grand chef. C'est un pays du tiers-monde qui se fait passer pour une superpuissance. Nous leur accordons bien plus d'importance qu'ils ne le méritent. Là-dessus, nous sommes d'accord avec le département d'État. »

Encouragé par cette réplique, l'adjoint à l'État reprit : « Et puis il y a le Prince fou. L'Arabie Saoudite et l'Iran tirent tous deux sur la laisse pour entrer en guerre. Tout le monde sait que les Saoudiens ne feraient pas le poids. Leur seul atout réside dans les forces américaines. Ils sont convaincus que si le Prince fou assène le premier coup, le gentil protecteur que nous sommes sera là pour terminer le combat.

– Puis-je me permettre de dire quelque chose ? »

Tous les regards se tournèrent vers la jeune femme au fond de la pièce.

« Rappelez-moi votre nom, demanda Tildy.

– Lieutenant Bartlett, madame, du Service de santé publique. »

Elle représentait le département de la Santé.

« Vous êtes là pour nous parler de la grippe, je crois.

– Tout à fait, madame. L'administrateur de la santé

publique m'a chargée de briefer les adjoints. Il est navré de ne pas pouvoir être là en personne, il était...

– Nous n'avons pas fini de parler de la guerre avec la Russie », dit Tildy d'un ton sec en la toisant. Bartlett devait avoir une trentaine d'années, probablement sortie de l'école de médecine un ou deux ans plus tôt. Elle portait un de ces uniformes de marine bleus unisexes avec une chemise blanche et une cravate, ses cheveux blond foncé noués en un chignon réglementaire. Je lui ressemblais un peu quand j'avais son âge, pensa Tildy. D'après son accent, elle venait du Sud profond.

« Je suis désolée de vous interrompre, je sais que c'est contraire au protocole, mais cela concerne la situation en Arabie Saoudite, et bien plus encore, vraiment », dit la lieutenant Bartlett. Elle parlait très vite, comme si elle avait peur de se faire renvoyer de la salle. « Je ne voudrais pas minimiser le problème de la guerre, mais le moment est peut-être mal choisi pour passer du temps dans le golfe Persique.

– C'est votre opinion ? » demanda Tildy. Elle commençait à perdre patience vis-à-vis de la jeune femme.

« Oui, madame, je pense qu'on peut le dire, d'après ce que je sais déjà. Si vous pouviez juste m'accorder un moment... ? »

Tildy hocha la tête et l'inévitable présentation PowerPoint apparut à l'écran. La première diapositive montrait une sphère ornée de picots, teintée de rouge et de vert, comme une décoration de Noël. « Quand on parle de “grippe”, voilà de quoi il est question.

– Nous n'avons pas vraiment besoin d'une leçon sur la grippe, dit Tildy.

– Certes, madame, mais celle-là est d'un genre nouveau. Nous ne l'avons jamais vue auparavant. Elle ne correspond à aucune souche historique, et c'est un vrai problème, car la population n'a développé aucun anticorps.

– Alors on va tous attraper la grippe ? demanda l'adjoint de la CIA.

– Très probablement.

– Et vous avez un vaccin ?

– Pas de vaccin. Nous y travaillons, mais nous n'avons pas encore déterminé à quoi nous avons affaire.

– Combien de temps faudra-t-il pour développer un vaccin ?

– Si on a de la chance, on pourra avoir un traitement expérimental à petite échelle dans six mois. Nous avons déjà les séquences initiales et nous analysons le virus pour trouver un nouveau moyen d'attaquer ses défenses, qui sont plutôt impressionnantes. Nous devons faire des tests sur des animaux pendant que nous préparons les premiers essais humains. Tout cela va prendre du temps, surtout qu'il faudra préparer des millions de doses. Le problème, c'est que nous n'avons pas de temps.

– Comment ça ? demanda Tildy. De combien de temps disposons-nous ?

– Jusqu'à lundi, je crois, répondit Bartlett.

– De quoi diable parlez-vous ? »

Bartlett décrivit la situation à La Mecque. Les derniers rapports faisaient état de quatorze morts dans les hôpitaux de la ville, et ce durant les dernières heures.

« Nous n'avons aucun moyen de savoir combien de personnes sont infectées, dit-elle. Mais l'OMS poursuit ses recherches sur l'épidémie indonésienne. Ils estiment le taux d'attaque à soixante-dix pour cent, ce qui veut dire que sept personnes sur dix exposées au camp de Kongoli ont contracté la maladie. Le test n'a pas été trop compliqué à faire vu que *tout le monde* a été exposé, et la plupart sont morts. À présent, à La Mecque, nous avons une situation similaire mais à beaucoup plus grande échelle. Imaginons que mille personnes aient été exposées à l'heure où l'on parle. D'ici la fin de la journée, chacune d'entre elles aura probablement étendu la contagion à deux ou trois personnes, et ces deux ou trois personnes à deux ou trois autres. Vous comprenez à quelle vitesse le virus se propage. Et encore, il s'agit là d'une estimation basse. D'ici demain, il y aura au moins deux mille nouveaux porteurs, qui continueront de le transmettre eux aussi. Venons-en au fait : demain soir, ils monteront tous dans des avions pour rentrer chez eux. Trois millions de personnes. Je crois que parmi eux se trouvent vingt-sept mille citoyens américains. À bord des avions, ils infecteront d'autres passagers. »

Elle afficha une nouvelle diapositive.

« J'ai fait ce schéma rapidement avec les données saoudiennes, alors rien n'est sûr et certain, mais cela vous donne une idée de ce qui risque de se passer lundi. »

Le schéma indiquait les destinations probables des vingt-sept mille musulmans américains. Presque toutes les villes du pays étaient marquées de points, certaines plus impactées que d'autres – New York, Los Angeles, Dearborn, Houston. « Et voici le reste du monde, reprit Bartlett en affichant une nouvelle diapositive représentant le globe couvert de taches vertes. Une pandémie globale instantanée de la grippe la plus mortelle qu'on ait jamais vue.

– Bordel de merde », dit l'adjoint de la CIA.

Tildy avait du mal à respirer. Elle pensa immédiatement à quel point le pays était mal préparé à ça. Que faire de tous ces Américains qui s'apprêtaient à rentrer ? Pourquoi fallait-il qu'ils soient musulmans ? Elle voyait déjà les retombées politiques et sociales, mais elle mit ces réflexions de côté. Il y avait bien trop d'autres choses à envisager.

« Combien de temps pensez-vous que cette pandémie va durer ? finit-elle par demander.

– La saison de la grippe normale commence fin octobre, atteint un pic en février, et dure parfois jusqu'à mai. Cette nouvelle maladie arrive pile au moment où la grippe devrait commencer à se calmer, mais comme je vous l'ai dit, on ne sait rien de cette bestiole-là. Peut-être moins longtemps, peut-être plus. Qui plus est, la grippe est un virus qui mute à toute allure, donc celui-ci pourrait devenir moins virulent, ou plus.

– Vous allez foutre une trouille bleue aux gens quand l'info va se répandre, dit l'adjoint de la CIA.

– Ce qui est aussi un problème de santé publique, répondit Bartlett. Les gens vont piller les magasins : médicaments, nourriture, batteries électriques, gaz, armes à feu, et j'en passe. Les hôpitaux seront pris d'assaut, et pas uniquement par les malades mais aussi par tous ceux qui paniquent. L'évolution de l'infection peut varier, mais vu la vitesse à laquelle elle avance chez certaines personnes touchées, on prévoit quelques morts en route.

– Des gens qui meurent dans l'avion, dit l'adjoint au Commerce.

– Oui, et dans les aéroports, les gares…

– Il est question de fermer tout le réseau de transports ? dit le Commerce d'un ton accusateur.

– Exactement, répondit Bartlett sans relever le ton de son interlocuteur, comme si l'adjoint au Commerce venait de proposer une idée géniale.

– Autant que possible, nous devons inciter les gens à se confiner quelque part. Il vaudrait mieux faire une annonce ce matin pour qu'on ait le temps de tout mettre en place : appeler la garde nationale, renforcer la police, fermer les frontières, fermer les lieux culturels et sportifs, demander la sortie des cas non urgents dans les hôpitaux, fermer les écoles, repousser les rassemblements publics et mettre en pause les activités gouvernementales. De plus, tous les voyageurs doivent rentrer chez eux immédiatement, avant que la pandémie ne prenne racine aux États-Unis. »

Les adjoints se contentèrent de la fixer du regard.

15

À la cour du roi

Le prince Majid pilotait l'hélicoptère au-dessus des monts Sarawat. Sous leurs pieds sinuait la route qui menait de La Mecque jusqu'à un escarpement raide – cette même route que Mohammed ben Laden, le père d'Oussama, avait construite, cette route qui réunissait enfin le royaume en une seule entité, faisant du père un héros et propulsant le fils vers sa propre destinée. En haut de l'escarpement se trouvait la ville touristique de Taïf, et au-delà, le désert sans fin, comme un océan, plat et calme, seulement brisé par les longues vagues de sable sépia.

L'ombre de l'hélicoptère glissait sur le désert comme une araignée. « On ne se rend pas compte d'en haut, dit Majid. Certains endroits sont magnifiques et pleins de mystère. Mais le désert est également ce qu'il paraît être : un grand vide. Le néant. C'est l'âme de l'Arabie. Il faut que tu le comprennes pour découvrir qui nous sommes vraiment. Nous vivons encore avec l'idée que le désert attend notre retour. Pendant des siècles, nous avons vécu de rien : un chameau, une tente, des dates, on mangeait même les insectes, comme une tribu primitive qui ne sait rien des automobiles, des cuisinières, des marchés ou de l'eau courante ! Telle était la vie que mon grand-père a menée pendant la majeure partie des années qu'il a passées sur Terre, et pourtant il était roi !

Puis le pétrole est arrivé, et nous avons quitté le désert, mais lui ne nous a jamais quittés. Il vit en nous, ce vide. Il nous attend tandis que nous séjournons dans nos palais en ville. Le désert sait qu'un jour les Arabes reviendront à lui. C'est une mère patiente, mais aussi une sorte de monstre. Tout nous sera repris. On revient au désert les mains vides. »

Majid dirigea l'hélicoptère vers une autoroute qui traversait le désert, ses bordures rognées par le sable qui ne cessait de gagner du terrain. Les deux amis se sentaient enfermés, non seulement dans la cabine de l'appareil mais aussi dans une sorte de savoir interdit. Le monde en dehors de l'habitacle dans lequel ils se trouvaient était à peine conscient du péril imminent, mais la peur que les deux hommes portaient dans leur cœur serait bientôt partagée, et tout le monde serait au fait de la grave bataille que l'humanité s'apprêtait à mener.

« Bien sûr, la maladie est toujours présente durant le hajj, dit Majid. Les gens transportent des affections du monde entier. Méningite, typhoïde, choléra – nous les avons toutes affrontées. L'année dernière, on s'est félicités : un pèlerinage entier sans la moindre épidémie. Pourtant, j'ai toujours imaginé qu'un tel désastre nous guettait. C'était ma plus grande peur. Je la ressens comme une malédiction sur l'islam. La maladie vient des musulmans et elle infecte à présent notre lieu le plus saint. Nous sommes les victimes, mais le monde rejettera la faute sur nous. »

D'autres routes apparurent sur le sable, puis Riyad, la capitale, une ville basse dotée d'une poignée de gratte-ciel, se dessina à l'horizon. Majid évita le centre-ville pour se diriger vers un ensemble de bâtiments abritant le palais royal et le Conseil de la Choura, entouré par une haute muraille octogonale. Henry apercevait le dôme de la mosquée royale ainsi qu'une rangée de bâtiments et de routes intérieures, toutes disposées selon une symétrie parfaite, ce qui reflétait bien l'attachement des musulmans à la géométrie.

Majid pointa du doigt un gros trou sombre dans le sol, à moins de cent mètres du palais. « C'est là qu'un missile houthi a atterri la semaine dernière. C'était bien la peine de vous acheter tous ces missiles Patriot. »

L'héliport se trouvait juste au bord du complexe. Alors qu'ils se posaient, Henry remarqua des mitrailleuses en batteries ainsi que ce qu'il comprit comme étant les missiles Patriot dont Majid venait de parler. Le conflit entre les Saoudiens et les théocrates d'Iran était en train de dégénérer, envenimé par les Iraniens qui fournissaient aux rebelles houthis du Yémen des armes modernes en continu, dont le missile qui n'avait manqué que de peu le palais royal.

Une Rolls-Royce argentée les emmena jusqu'à l'immense palais, qui faisait paraître bien petits les édifices de la royauté que Henry avait pu voir en France et en Russie. L'éclat des tuiles ornementales du grand hall était aveuglant. Il se sentit agressé par les dimensions de l'endroit. Arrivé à une intersection, Henry voyait à cinquante mètres dans toutes les directions. L'écho de leurs pas résonnait comme si un bataillon marchait à leur suite. Aux yeux de Henry, la monarchie était une forme de tyrannie qui justifiait son existence au nom de Dieu ou de la gloire nationale, et pourtant il ressentait malgré lui un certain émerveillement devant la majesté avec laquelle le prince Majid passait devant les gardes sans rencontrer aucune résistance. Le voir dans son élément ouvrit les yeux de Henry quant à l'étendue du pouvoir dont son ami disposait.

Un garde royal les salua et ouvrit une énorme porte qui menait vers le salon privé du roi, ornée d'or tel un manuscrit médiéval. Majid fit signe à Henry de le suivre jusqu'à l'un des sièges collés au mur. Les ministres et autres officiels étaient alignés de part et d'autre du vieux roi, qui palpait un chapelet en regardant fixement les motifs du tapis. Son fils, le prince héritier, assis à côté de lui, lui chuchotait de temps à autre des choses à l'oreille – probablement les décisions qu'il venait de prendre au nom de son père.

Henry étudia le visage du prince héritier. C'était un beau jeune homme impitoyable, qui avait pour habitude d'emprisonner ou de tuer ses ennemis et de défier les condamnations de la communauté internationale et de sa propre famille, intimidée par sa soif de vengeance.

« Ils parlent de l'Iran », dit Majid entre ses dents.

Henry attendit, conscient que le temps venait à manquer. Si les ministres dans la pièce préparaient une guerre contre leur rival, ils semblaient pourtant étrangement passifs. La discussion se déroulait de façon lugubre ; le prince héritier écoutait l'un puis l'autre, accueillant chaque opinion d'un hochement de tête cérémoniel qui suggérait clairement le peu de cas qu'il faisait de leur avis. Des militaires se trouvaient aussi dans la pièce, leurs uniformes chargés de médailles, et il y avait également un religieux aveugle à la longue barbe blanche et une douzaine d'autres membres du Conseil de la Choura. Même sans parler la langue, Henry comprenait qu'une décision venait d'être prise, et tout le monde dans la chambre le savait. Il lisait également l'anxiété sur leur visage. La guerre approchait.

Le prince héritier finit par s'adresser à Majid, qui répondit de manière respectueuse mais avec un certain empressement. Il était clair que ses remarques exaspéraient le prince héritier. Henry entendit qu'on mentionnait son nom et vit que tous les courtisans du palais le jugeaient des yeux. Une fois encore, il se rendit compte de la transgression que constituait sa présence, d'abord dans un sanctuaire de leur religion, et maintenant au cœur même du pouvoir.

« Nous pouvons parler anglais maintenant, dit Majid à Henry. Bon nombre d'entre eux comprennent la langue. Je leur ai expliqué qui tu étais et ce que tu venais faire ici. »

Le prince héritier prit la parole en premier :

« Mon cousin me dit que vous craignez qu'une épidémie éclate au sein de la ville sainte. Nous rencontrons ce problème chaque année et nous avons toujours géré la situation sans l'aide des étrangers. Nous apprécions votre sollicitude, mais nous n'avons nullement l'intention d'empêcher les pèlerins de rentrer chez eux pour retrouver leur famille. Il n'en est absolument pas question. »

Il sourit, comme pour mettre fin à la discussion.

« Votre Altesse, puis-je me permettre de vous exposer toute la situation avant que vous ne preniez votre résolution ? demanda Henry. Je sais que vous serez tenu responsable des conséquences de vos décisions et je ne voudrais pas que vous passiez pour une personne têtue et négligente auprès de gens qui ne comprennent pas le dilemme auquel vous êtes confronté. Au moins, vous pourrez répondre par l'avantage d'avoir les meilleures connaissances du sujet de votre côté. »

Le sourire du prince héritier se changea en grimace. L'insulte dans la remarque de Henry était très claire pour tout le monde, tout autant que la menace qui se cachait derrière. Qu'elle provienne d'un si petit homme, qui n'était ni riche ni de sang royal, à la posture visiblement tordue, rendait ladite remarque encore plus énervante. Le roi sortit soudain de sa transe et regarda Henry droit dans les yeux. La colère se lisait sur le visage du vieil homme.

« Le monde va connaître une pandémie majeure, poursuivit Henry. Nous ne pouvons l'arrêter. Pour l'instant, nous avons réussi à la contenir en Indonésie. La Mecque, c'est différent. De nombreux Saoudiens se sont sans doute déjà rendus dans la ville pour leurs affaires quotidiennes, transportant probablement le virus dans le reste du royaume. Nous le saurons bientôt. Nous pouvons être certains qu'une bonne partie des trois millions de pèlerins est infectée, et qu'ils emporteront avec eux la maladie dans leurs pays d'origine. Personne ne pourra empêcher sa progression. Tout ce que je vous demande, c'est du temps. En plaçant les pèlerins en quarantaine, vous pouvez ralentir la propagation du virus et peut-être offrir aux scientifiques une longueur d'avance pour trouver un vaccin, ou même un remède. Cela laisserait au moins aux gouvernements du monde entier un peu de temps pour préparer ce qui va se passer.

– Combien de temps suggérez-vous ?

– Un mois. »

Le prince héritier éclata de rire.

« Mais c'est une grippe ! Nous avons affaire à la grippe tous les ans ! Tout le monde l'attrape, même les membres de la famille royale !

– Cette grippe ressemble plus à une peste des temps modernes. Le royaume sera le premier pays à ressentir toute la puissance de la maladie dès le moment où vous autoriserez les pèlerins à quitter la ville sainte. Et comme vous venez de le dire, la famille royale n'est pas immunisée. »

Pour la première fois, le prince héritier se tourna vers ses conseillers, visiblement désemparé.

Puis le religieux aveugle prit la parole, ses yeux mi-clos tournés vers le roi. Il fit une déclaration que Majid dut traduire.

« Le grand mufti dit que c'est l'Iran qui nous a fait ça.

– Si quelqu'un est responsable, il ne s'attaque pas à l'Arabie Saoudite mais à l'humanité toute entière, dit Henry.

– C'est vous qui le dites, répondit un des conseillers de la Choura. Mais comment savoir si ce n'est pas une machination iranienne pour attaquer le royaume ? Ils veulent nous retirer notre légitimité. Ils nous accusent de n'être pas les bons gardiens des lieux sacrés. Telle est l'intention cachée des autocrates chiites de Téhéran. Ils sont prêts à détruire l'islam pour arriver à leurs fins malveillantes. Alors quand vous nous annoncez qu'une peste se répand parmi les pèlerins, nous ne pouvons nous empêcher de nous demander : "À qui profite le crime ?" Et nous connaissons la réponse. »

Un autre conseiller ajouta : « L'Occident aussi aimerait bien nous détruire. »

Le mufti proféra une nouvelle phrase.

« Il dit que la preuve serait de voir si les chiites sont aussi affectés par cette maladie, dit Majid. Je lui ai dit que nous allions vérifier. » En voyant le regard de Henry, il marmonna : « Je suis désolé, mais on va devoir faire avec. »

Un des militaires, que Majid avait identifié comme le chef de la garde nationale – le général al-Homayed –, demanda à Henry comment il s'y prendrait pour faire respecter une quarantaine.

« Il y a bien plus de pèlerins que nous n'avons de policiers ou de soldats, dit-il, et la ville n'est pas fortifiée. Les gens peuvent sortir dans n'importe quelle direction. Devons-nous encercler notre ville sainte de tanks et de troupes armées, et abattre le moindre musulman qui essaye de s'enfuir ?

– Bien sûr, je ne suis pas militaire, dit Henry. Imaginez que chaque personne dans cette ville est un kamikaze. Ils ne savent pas que leur corps a été changé en arme. Ils sont certainement terrifiés. Je ne leur en voudrais pas d'essayer de fuir, mais quiconque quitte cette ville emporte la mort avec lui. Ce serait votre mission de protéger de cette maladie les gens en dehors de La Mecque.

– Et laisser tout le monde l'attraper à l'intérieur ? Dans un pays qui n'est pas le leur, loin de leur famille ? Combien de gens vont mourir si nous imposons cette quarantaine ?

– Des centaines de milliers, répondit Henry. Peut-être même un million. »

Les princes, les courtisans et le roi regardèrent Henry comme s'il était fou.

« Un million de musulmans, s'écria le mufti en anglais avec impatience, comme si ses soupçons avaient été confirmés.

– Un tout petit nombre comparé à ceux qui suivront si cette maladie demeure aussi virulente qu'elle ne l'est maintenant. Je ne saurais exagérer à quel point elle peut être dangereuse. Nous ne disposons d'aucun médicament pour soulager les symptômes, pas plus que de vaccin pour stopper son avancée. Nous pourrions en avoir, peut-être, si nous en avions le temps, mais le seul moyen d'en gagner ne serait-ce qu'un tout petit peu, c'est d'empêcher les pèlerins de rentrer chez eux et de répandre le virus partout à la fois. Des milliards de personnes mourraient.

– La situation est entre les mains de Dieu, pas les nôtres, dit le mufti.

– Pouvons-nous répondre aux besoins de tous les pèlerins jusqu'à ce que l'épidémie soit terminée ? demanda le prince héritier à l'un de ses conseillers.

– Nous pouvons essayer, votre Altesse, répondit-il, mais nos ressources sont déjà mises à mal.

– Nous ne pouvons déployer des troupes pour cela, annonça le général. Nous serions exposés aux attaques.

– Nous faisons face à un ennemi bien plus dangereux, dit Majid avec insistance. Il est déjà là. Il a envahi notre sanctuaire. Il tue des musulmans en ce moment même !

– Il nous faut du temps pour réfléchir à la question, dit le prince héritier.

– Nous n'avons pas de temps, nous devons agir immédiatement ! déclara Majid.

– Vous venez interrompre notre conseil de guerre avec cette nouvelle, dit le prince héritier. Vous nous dites que nous n'avons pas le choix. Vous nous faites peur avec vos prévisions théoriques et vous exigez que l'on vous croie. Mais nous avons de nombreuses autres responsabilités. Nous ne pouvons pas tout faire à la fois. Ces affirmations doivent être étudiées.

– Si l'on ne se décide pas à agir tout de suite, nous allons échouer, dit Majid. Tout ce que nous ferons demain ne servira plus à rien. Nous devons décider aujourd'hui. »

Les yeux du prince héritier s'étaient changés en glace tandis qu'il fixait Majid. Henry avait peur pour sa propre sécurité. Soudain, le roi prit la parole. Son ton était ferme et résolu. D'un seul coup, le prince héritier, ses conseillers et le mufti se levèrent et sortirent de la pièce, ne laissant que les militaires derrière eux. Le roi fit signe à Majid de venir s'asseoir près de lui. Il lui posa la main sur l'épaule et lui dit : « Fais tout ce que tu peux pour arrêter cela. »

Tandis qu'ils quittaient le palais, Henry se fit la réflexion qu'il valait parfois mieux qu'une seule voix compte.

16

La question des martyrs

Le temps se réchauffait enfin à Washington, et Tony Garcia décida de parcourir à pied les quelques pâtés de maisons qui séparaient les bureaux du *Post* de l'imposant hôtel Jefferson, au croisement de la 16e et de M. Street. Même dans la lumière faiblissante de l'après-midi, il sentit la température monter dès qu'il traversa pour passer de l'ombre au soleil. Les arbres bourgeonnaient sur Franklin Square. Apercevoir des jeunes femmes en robes sans manches lui remonta le moral.

Il s'était remis de l'humiliation infligée par cette femme, Tildy Nichinsky, dont il n'était pas supposé connaître le nom. Mais elle l'avait choisi, lui. Elle avait fait des recherches, elle savait de quoi il était capable. C'était pour cette raison qu'elle lui avait divulgué un scoop, une histoire capitale, qui pourrait lui valoir… eh bien, il était encore un peu tôt pour parler récompense. Mais il allait clairement revenir dans la partie.

Le Quill Bar du Jefferson était un lieu de rendez-vous célèbre pour les éminences grises de la capitale, avec ses lampes en cuivre, ses sièges en cuir somptueux et ses murs lambrissés d'acajou ornés des portraits des présidents. L'endroit empestait la richesse, l'histoire et le pouvoir. On se sentait important rien qu'en entrant dans la pièce. Même les boissons étaient belles et scintillantes, comme si elles n'étaient pas simplement des boissons mais des potions. Garcia s'avança vers le son du shaker d'un barman qui préparait un cocktail.

« J'ai rendez-vous avec Richard Clarke », dit-il.

Le barman fit un geste en direction d'un salon privé derrière le bar, que Garcia n'avait jamais remarqué auparavant. Il était rempli de livres et de lithographies du XIXe siècle représentant des natifs américains. Clarke était en train d'envoyer une série de messages très courts sur son téléphone. Il avait les cheveux blancs avec un début de calvitie, et des taches de rousseur qui indiquaient qu'il avait autrefois été roux. Il portait des lunettes, un costume bleu et arborait un sourire menaçant. Il désigna une chaise. Garcia s'assit docilement et posa son dictaphone sur la table basse en verre qui se trouvait entre eux. Clarke fit non du doigt et Garcia rangea l'appareil.

Il n'avait jamais rencontré Dick Clarke, mais il le connaissait de réputation. Celui-ci avait servi à la Maison-Blanche sous trois gouvernements différents, notamment en tant que grand ponte de l'antiterrorisme sous George Bush, à l'époque du 11-Septembre. Aujourd'hui, il dirigeait un cabinet-conseil en gestion des risques d'entreprise et renseignements stratégiques. Mais ce qui le rendait utile – et dangereux, aux yeux de ses détracteurs –, c'était la liste sans fin des petits protégés qu'il avait habilement placés à divers postes du gouvernement. Clarke avait la mainmise sur les entrailles de la bureaucratie. Peu de gens dans cette ville sauvage avaient autant entretenu les personnes qui faisaient réellement marcher le gouvernement. Et ces personnes-là le remerciaient en lui divulguant des informations.

Après deux ou trois autres réponses laconiques, Clarke posa son téléphone.

« De quoi s'agit-il ?

– Commençons par la cyberattaque de 2017 en Arabie Saoudite, dit Garcia.

– C'est une question ?

– Êtes-vous d'accord pour dire que ce sont les Russes qui l'ont fomentée ?

– C'est ce que disent les gens.

– Comment les gens pourraient-ils être au courant ? »

Clarke haussa les épaules. Garcia comprit qu'il faisait partie de ces individus qui ne révélaient les informations que par minuscules doses, jusqu'à ce qu'on leur propose quelque chose en échange.

« J'ai travaillé sur Fancy Bear, dit Garcia pour l'encourager.

– Et maintenant vous écrivez des critiques de cinéma. »

Alors c'était comme ça qu'il voulait la jouer.

Une serveuse entra. Clarke commande un Tito's Gibson. Garcia fit de même.

« Écoutez, je ne fais que suivre un tuyau que j'ai reçu. De quelqu'un du gouvernement. Très haut placé, dit Garcia avec espoir. C'est au sujet d'une infiltration russe sur les infrastructures américaines.

– Oh, l'histoire de Tildy, dit Clarke. Elle la balance à tous les journalistes qui veulent bien l'entendre.

– Eh bien, il faut croire que moi, je l'ai écoutée, répondit faiblement Garcia.

– J'aime bien Tildy. Elle est intelligente. Un peu obsessionnelle, mais c'est nécessaire dans sa branche. Alors, que voulez-vous savoir ?

– Commencez par me dire comment on en a conclu que c'étaient les Russes qui avaient attaqué la centrale saoudienne ? »

Clarke afficha un sourire plat. « La question n'est pas idiote, dit-il comme s'il proférait un compliment. Quand c'est arrivé, je pensais que c'était un coup de l'Iran, comme tout le monde. Ils avaient déjà cyberattaqué l'Aramco, en réponse au Stuxnet. Ils ont effacé toutes leurs données. Trente mille postes de travail. Les Saoudiens ont dû acheter des disques durs aux quatre coins du monde. Mais personne n'a vraiment été touché. Avec cette nouvelle attaque, on aurait dit que les Iraniens cherchaient à monter d'un cran en faisant couler un peu de sang. Mais ça, c'était avant qu'on retrouve la trace des Russes. Nous savons aujourd'hui que le code utilisé dans l'attaque de la centrale saoudienne a été écrit par le vénérable Institut de recherche scientifique en chimie et mécanique, un vieux département soviétique.

– Quel était leur motif ?

– C'était peut-être un coup d'essai. Les Russes ont beaucoup fait ça en Ukraine, avec le groupe Sandworm par exemple. Ils ont tenté différentes méthodes avant de passer aux choses sérieuses en sabotant le réseau électrique. Pareil pour Fancy Bear. Avant de s'attaquer à la sphère politique américaine, ils ont répandu bon nombre de fausses informations pour perfectionner leur technique. Ensuite, ils ont mis le piège en place.

– Je ne vois toujours pas pourquoi les Russes auraient attaqué l'Arabie Saoudite, même en prétendant être l'Iran sous un faux drapeau.

– Prenons le problème autrement, dit Clarke. Comment une guerre entre l'Arabie Saoudite et l'Iran pourrait-elle servir les intérêts de la Russie ?

– Le prix de l'essence grimperait en flèche. Cela sauverait l'économie russe.

– Creusez encore.

– Cela déclencherait une guerre entre la Russie et les États-Unis.

– J'en doute, dit Clarke. Poutine est un funambule. Il cherche à attirer les États-Unis plus profondément au cœur du Moyen-Orient sans avoir à faire la guerre lui-même.

– Pourquoi les Iraniens ne bombarderaient-ils pas simplement les champs pétrolifères saoudiens ? Ils détruiraient leur économie.

– Ce n'est pas leur objectif premier, dit Clarke. La majeure partie du pétrole saoudien se trouve dans la province orientale du pays, majoritairement chiite. Les Iraniens veulent l'annexer et prendre le contrôle des ressources saoudiennes. Ils disposent de nombreux missiles et des coordonnées de toutes les centrales électriques et usines de dessalement du royaume. Sans eau et sans électricité, il ne resterait pas grand-chose de l'Arabie Saoudite. »

Garcia prenait mentalement note de ce que Clarke disait, mais tout allait très vite. « En quoi tout cela impacte-t-il les États-Unis ? demanda-t-il.

– Nous nous retrouverions coincés dans un nouveau conflit pendant des décennies. Le pays se saignerait à blanc. Pendant ce temps-là, les Russes n'auraient qu'à couper notre réseau électrique, comme le suggère Tildy.

– Donc, on se retrouverait sans électricité pendant un temps ?

– Ce serait bien plus grave que ça. Vous vous souvenez des explosions de gaz au nord de Boston il y a quelques années ? Des maisons entières ont sauté. Les pompiers combattaient jusqu'à quatre-vingts feux en même temps. Tout ça parce qu'un technicien probablement défoncé avait envoyé trois fois trop de pression dans les tuyaux de gaz par accident, créant ainsi des fuites. À la première étincelle, boum. Imaginez les dommages que vous pourriez causer si vous contrôliez toutes les valves et les kilomètres de réseau du pays. Les centres de traitement des eaux, les centrales nucléaires. Bon nombre d'entre eux sont chapeautés par les mêmes systèmes Triconex qui étaient censés sécuriser les infrastructures saoudiennes. Ils pourraient faire sauter les transformateurs et les générateurs, et couper l'électricité pendant des mois, voire plus. Les sous-marins russes viennent renifler autour des câbles immergés. Ils pourraient couper Internet ou bien le rendre si dangereux qu'il en deviendrait inutilisable. Pratiquement tout ce qui fait marcher ce pays pourrait s'arrêter.

– Mais c'est pareil pour les Russes, non ?

– Ils ont bien plus de contrôle sur leurs infrastructures. Elles sont bien mieux réglementées. Ils disposent sûrement d'un programme pour isoler leurs systèmes de sécurité d'Internet. Ils auraient donc un avantage considérable dans une guerre cybernétique où la cible serait l'ensemble des installations qui soutiennent la civilisation.

– J'aurais le droit de vous citer à ce propos ?

– Je n'ai pas encore décidé, dit Clarke. Je vous tiendrai au courant quand vous serez plus près de publier quelque chose. »

En fin de compte, Clarke l'autorisa à citer son nom, mais ça ne fit aucune différence. L'article apparut à la une du *Post*, et il fut applaudi puis oublié.

Marco Perella était de retour au CDC à Atlanta lorsque Henry l'appela sur Skype.

« Tu te laisses pousser la barbe », remarqua Marco.

Henry se cacha le menton de manière défensive.

« J'ai tellement peu de temps, je me suis dit que j'allais en gagner en arrêtant de me raser, dit-il. Tu crois que ça plaira à Jill ?

– C'est une plutôt belle barbe, dit Marco. Je pense que tu devrais la garder. »

Henry sourit.

« Je prends note de ce conseil.

– Au fait, la lieutenant Bartlett est en ligne avec nous. »

Henry la reconnut immédiatement.

« Jane ! s'exclama-t-il. Je suis tellement content que tu fasses partie de cette aventure. »

Bartlett rougit. Henry Parsons était l'un de ses héros. Comme Marco et tant d'autres jeunes épidémiologistes, elle avait fait un stage auprès de lui avant d'entamer une carrière dans la santé publique.

« Tu es toujours en Arabie Saoudite ? demanda Marco.

– Je dois rester sur place jusqu'à ce qu'une quarantaine soit mise en place. Qu'est-ce que vous avez trouvé ?

– Quelques surprises. Tu veux essayer de deviner ?

– Des épidémies antérieures, dit Henry.

– Merde, c'est pas marrant de jouer avec toi. Comment tu le sais ?

– Ils ont fait la même découverte en 1918, comme tu le sais. Il y avait eu des antécédents. Moins violents, bien sûr. Et les personnes âgées avaient développé une certaine immunité, ce qui suggérait qu'une souche similaire avait dû circuler au XIXe siècle. Mais le virus avait muté et était devenu meurtrier.

– Dans notre cas, ça a commencé en Chine, dit Marco. Deux épidémies, une à Zhalong en octobre, et une autre au lac Poyang un mois plus tard. Nous pensons qu'elles ont fait sept morts, mais les Chinois n'ont toujours rien publié. L'OMS a envoyé des vétos pour tester les oiseaux aquatiques, et ils ont retrouvé des traces du Kongoli chez les grues. On raconte qu'il y aurait une sévère épidémie en Corée du Nord en ce moment même. Il se passe quelque chose dans les zones tribales du Pakistan, et il se pourrait que des oiseaux meurent les uns après les autres au nord de l'Iran. Et qu'est-ce que toutes ces zones ont en commun, à part un manque flagrant d'informations exactes ?

– Les routes migratoires, dit Henry.

– Exactement. On dirait bien que les oiseaux ont attrapé quelque chose en Sibérie avant d'aller au lac de Poyang, qui est la plus grande étendue d'eau de Chine et le lieu de rassemblement de millions d'oiseaux sauvages de toutes sortes. Ils passent l'hiver sur place, s'échangent des maladies, un spécimen contracte peut-être même deux virus de la grippe en même temps, ils recombinent, vu qu'ils partagent des segments génétiques, et voilà : on obtient le Kongoli, une des créations les plus mortelles de la planète.

– Mais pourquoi ne l'avons-nous jamais vu avant ? demanda Bartlett. C'est une toute nouvelle catégorie de virus grippal. L'hémagglutinine est parfaitement unique et ne correspond à aucun des sous-types connus des grippes A ou B. Sans neuraminidase, c'est difficile pour nous de l'attaquer. En plus, le gène PB1 est identique à celui de 1918. »

Elle faisait allusion à la protéine qui avait rendu la grippe espagnole aussi pathogène. « Il est très virulent, bien protégé et se développe vite. On est forcé d'admirer à quel point il est parfait.

– Comme s'il avait été conçu pour causer un maximum de décès, fit remarquer Henry.

– Vraiment, Henry, demanda Bartlett. Tu penses qu'il a été conçu par la main de l'homme ?

– Les armes de guerre biologique ont toujours fait partie de l'arsenal des grandes puissances. On ne devrait pas être trop surpris s'il s'avère que ce virus a été conçu en laboratoire. On sait que les Russes ont déjà expérimenté sur la grippe. Ils ont de bons scientifiques. Ils voulaient peut-être voir ce qui pouvait être fait, s'ils pouvaient trouver un moyen de collaborer avec Mère Nature pour mettre au point l'arme de guerre ultime, une arme qui puisse anéantir l'ennemi sans laisser d'empreintes digitales.

– Ça n'aurait de sens que s'ils ont aussi développé un vaccin, dit Bartlett.

– Ou s'ils se fichent de mourir aussi, répondit Henry. S'ils pensent qu'ils deviendront des martyrs.

– Ça semble un peu sophistiqué pour venir d'Al-Qaïda, fit remarquer Marco.

– On sait qu'Al-Qaïda a essayé d'acheter des armes biologiques, dit Henry. Et regarde la secte Aum Shinrikyo : des microbiologistes ont bien travaillé pour eux ; des scientifiques qui auraient été capables de modifier des gènes s'ils avaient eu la technologie dont nous disposons aujourd'hui. On ne doit pas sous-estimer la capacité des groupes terroristes à produire de nouveaux virus.

– Je n'arrive pas à imaginer qu'un scientifique puisse faire une chose pareille », dit Marco.

Henry ne répondit rien. Ce n'était pas une partie de sa vie qu'il souhaitait partager.

Une heure avant l'aube, le dernier jour du hajj, les pèlerins endormis s'éveillèrent sous les rugissements de centaines d'hélicoptères qui emplissaient le ciel. La plupart des fidèles avaient plié bagage et étaient prêts à partir plus tard dans la matinée. Les bus du hajj attendaient les pèlerins pour les emmener à l'aéroport, mais le temps que le muezzin appelle les croyants à la prière, La Mecque était entourée de tanks et de jeeps, et des soldats avaient installé des barrages routiers, érigé des barricades et déroulé des longueurs de fil barbelé. Les pèlerins étaient devenus prisonniers.

Pendant que Majid et le colonel al-Shehri priaient sur le promontoire surplombant La Mecque, Henry observa l'encerclement de la ville depuis leur camp sur les collines. Au lieu de prier, il réfléchissait à tout ce qu'il avait mal fait. Il avait eu tort de se rendre au camp de Kongoli aussi mal préparé, de ne prendre que le strict minimum en termes de protection, et de ne penser qu'à rentrer chez lui aussi vite que possible. Il avait eu tort de laisser le chauffeur, ce pauvre Bambang Idris, l'accompagner dans le camp, sans savoir ce qui les y attendait. Il avait eu tort de perdre Bambang de vue avant de s'assurer que l'homme n'avait pas été infecté. Il avait eu tort de ne pas insister pour que le chauffeur soit placé en quarantaine avec interdiction de quitter le pays. Toutes ces choses pesaient sur sa conscience. Il ne pouvait se permettre de gaspiller son énergie mentale à se flageller de la sorte, mais il ne pouvait pas se pardonner, et il savait qu'il n'y arriverait jamais.

À présent, à sa demande, trois millions de personnes étaient cernées et retenues captives. Beaucoup d'entre elles mourraient. Tôt ou tard, le virus réussirait à quitter la ville. Dans tous les cas, celui-ci avait déjà contaminé les populations aviaires et apparaîtrait bientôt là où les oiseaux atterriraient. Au mieux, Henry avait réussi à ralentir une inévitable pandémie historique. Des gouvernements tomberaient. Des économies s'effondreraient. Des guerres éclateraient. Pourquoi avons-nous cru que notre époque moderne était immunisée contre les assauts du microbe, fléau le plus fourbe et implacable de toute l'humanité ?

Quand la prière prit fin, Majid entra dans la tente des communications. Le message qu'il s'apprêtait à délivrer semblait lui peser physiquement.

« Frères et sœurs, nous avons été choisis pour accomplir un grand sacrifice », dit-il dans le micro. Tandis qu'il parlait, ses mots étaient traduits dans des dizaines de langues et diffusé à travers des haut-parleurs disposés un peu partout dans la région sainte. Il expliqua la contagion qui s'était répandue dans La Mecque. « Il est de notre devoir d'empêcher cette chose, cette terrible maladie, de se propager. Gardez votre calme. Tous vos besoins seront pris en charge. De la nourriture vous sera fournie. Des médecins et des infirmiers s'occuperont des malades. Nous vous protégerons. Mais vous ne devez pas essayer de partir. »

Henry observa les pèlerins qui se pressaient en bordure de la ville et regardaient fixement les troupes dans leurs véhicules et derrière leurs pièces d'artillerie. Alors même que Majid était en train de parler, un jeune pèlerin commença à s'avancer ; d'un air de défi, il se dirigea vers un endroit qui n'avait pas encore été clôturé. Nerveux, les soldats le regardèrent s'approcher.

« Je répète, dit Majid. N'essayez pas de partir. »

Soudain, le jeune pèlerin se mit à courir. Derrière lui, d'autres fidèles se précipitèrent à sa suite. À ce moment-là, Henry vit le corps du jeune homme se faire déchiqueter sous le feu des mitrailleuses. La horde de pèlerins s'arrêta net. Le son de leurs cris s'éleva jusque dans les collines.

« Que Dieu nous pardonne, dit le prince Majid. Puisse-t-il accepter notre douloureux sacrifice. »

II
La pandémie

17

Les gens ne le pardonneront pas

Jill n'avait pas eu de nouvelles de Henry depuis quarante-huit heures, ce qui n'était pas normal ; il essayait d'entrer en contact avec elle tous les jours, surtout quand il savait qu'elle s'inquiétait pour lui. À présent, elle était submergée par l'angoisse et le téléphone ne sonnait toujours pas. Pas le moindre e-mail.

Elle finit par lui envoyer un texto : « Ça va ? »

Un moment après, elle reçut en réponse : « Oui. Désolé. Plus tard. »

Ce soir-là, une fois les enfants au lit, elle était tombée sur un reportage de la chaîne MSNBC à propos du garçon qui s'était fait abattre à La Mecque. Il s'avéra que c'était le neveu d'un ayatollah de Qom. Les autorités iraniennes indignées envoyaient des menaces et réclamaient justice, même si on ne savait pas précisément quelle justice pouvait être faite dans ce cas-là. Sur CNN, une journaliste du nom de Nadia al-Nabawi, sur place à La Mecque, rapportait que les hôpitaux ne donnaient aucune information concernant la maladie, ni sur le nombre de patients et de décès. « Ils affirment qu'ils ne veulent pas créer de panique, mais l'absence d'informations fiables pousse les gens à se demander ce qui se passe, et qui croire. »

Henry finit par la rappeler un peu après dix heures.

« Bon Dieu, quelle heure est-il là-bas ? demanda Jill.

– Très tard, répondit-il. Je n'ai pas eu le temps de te parler avant.

– Je sais que tu ne me ferais pas ça si tu n'étais pas débordé, mais pour être franche, Henry, je me faisais un sang d'encre. Tu as l'air épuisé. Qu'est-ce que tu as sur le visage ?

– Je me laisse pousser la barbe, dit-il timidement. Ça m'aide à me fondre dans la masse, ici. Je la raserai si tu n'aimes pas. »

Jill regarda de plus près l'image granuleuse à l'écran.

« On peut remettre cette décision à ton retour. C'est quand, d'ailleurs ?

– Honnêtement, Jill, je n'en sais rien. Ils ont besoin de moi ici, mais bien sûr on me demande aussi à Atlanta. Le point principal, c'est que la quarantaine semble tenir bon, et, par miracle, aucun cas de grippe n'a été signalé dans le royaume en dehors de La Mecque.

– J'ai regardé certains des reportages, dit Jill. Beaucoup de gens pensent que c'est une réaction excessive.

– Qui dit ça ?

– L'ambassadeur iranien aux Nations unies prétend que ce n'est qu'une grippe ordinaire, que personne n'est malade dans sa délégation, et qu'ils veulent retourner au pays. Ils exigent qu'on les libère et qu'on leur permette de rentrer immédiatement.

– C'est un mensonge, dit Henry. Les pèlerins iraniens souffrent comme tout le monde. Ce n'est qu'une question de géopolitique, ça n'a rien à voir avec la santé de leurs citoyens.

– Je veux juste que tu quittes cet endroit.

– Je ne souhaite rien de plus, et je partirai dès que je le pourrai. Mais écoute-moi, Jill. Cette maladie ne va pas rester à La Mecque. Même si on arrive à garder les pèlerins enfermés jusqu'à ce que la vague retombe, les oiseaux portent déjà le virus. Je ne sais pas combien de temps il va mettre avant d'arriver aux États-Unis. Peut-être une semaine, peut-être un mois. Je veux que tu emmènes les enfants à la ferme de ta sœur. Emportez des provisions pour quelques mois. N'allez voir personne. Ne touchez même pas le courrier. Allez vous mettre à l'abri et attendez-moi.

– Je sais que tu t'inquiètes pour nous, mais vraiment Henry, il y a beaucoup de choses à prendre en compte. Je ne peux pas tout plaquer pour aller squatter chez Maggie pour Dieu sait combien de temps.

– Je t'en prie, Jill, je sais que la situation paraît sans risques pour le moment. Mais cette maladie progresse très vite. Je t'en supplie. Pars. Va dans un endroit isolé, aussi loin des gens que tu peux. Mets-toi à l'abri avec les enfants jusqu'à ce que la contagion disparaisse. »

Henry n'avait jamais paru aussi effrayé.

Henry aperçut Majid, seul, qui observait les lumières de la ville prisonnière. Voir son ami ainsi – tourmenté par le choix crucial qu'il venait de faire – raviva la culpabilité qu'il ressentait vis-à-vis de son incapacité à endiguer l'épidémie. Les hommes restèrent un moment ensemble en silence.

« Ce que nous avons fait, ça va nous détruire, dit Majid. Tout ça... » Il fit un geste en direction de la ville. « ... les gens ne le pardonneront pas, quelle qu'en soit l'issue. »

Il prit une bouffée d'air pour se vider l'esprit.

« Dis-moi, Henry, quelles sont les chances d'obtenir un vaccin ?

– J'ai parlé au docteur Ahmed. Il a transmis un isolat prélevé sur une victime récente. Le CDC l'a comparé avec l'échantillon que j'ai pris à Kongoli. Quelque chose a changé.

– Ça pourrait être une bonne nouvelle.

– Oui, ça pourrait. Ou alors le virus devient encore plus infectieux, plus mortel. Le problème, c'est que nous pouvons bel et bien réussir à développer un vaccin pour le virus que nous avons entre les mains, mais nous ne pouvons pas deviner où il va.

– Nous devons leur donner de l'espoir, dit Majid. Une raison d'accepter leurs souffrances.

– Mon équipe au CDC a isolé ce qu'ils pensent être le pathogène. S'ils ont raison, ils pourraient avoir un vaccin expérimental prêt à passer les premiers tests de sécurité dans deux mois.

– Trop tard », dit Majid. Il regarda en direction de La Mecque. La mosquée luisait comme un grand navire sur une mer sombre. « Vraiment, je ne sais pas si je peux faire confiance à mes propres troupes. L'idée de retenir captifs leurs frères et sœurs dans la ville sainte, de les offrir en sacrifice à cette affreuse maladie… beaucoup pensent que c'est un complot contre l'islam. »

Quelque chose dans la voix de Majid semblait vouloir dire à Henry : « Et toi, qu'est-ce que tu en penses ? »

« J'attends de voir », dit-il.

« C'est compliqué, et très incertain, expliqua Marco le lendemain matin au cours d'un appel sur Skype avec Henry. On prélève du sang sur les survivants sept jours après infection. À ce moment précis se développe un type de cellule unique, mais ça, tu le sais…

– Les plasmablastes, dit Henry en se demandant pourquoi il n'y avait pas pensé avant.

– Exact. Elles encodent les anticorps qui réagissent au pathogène qui cause l'infection.

– Et on peut alors cloner les gènes pour produire des anticorps synthétiques.

– Exactement. On va s'en servir pour simuler une réponse immunitaire naturelle.

– Combien de temps ça va prendre ?

– Quelques semaines au moins pour trouver les meilleurs anticorps pour bloquer le virus, et quelques-unes de plus pour créer une lignée cellulaire, puis un mois pour commencer la production à grande échelle. Ce n'est clairement pas un vrai vaccin, mais ça peut permettre de créer une immunité passive. Bien sûr, il ne sera disponible qu'à un petit nombre de gens, mais si on ne fait rien pour ralentir la progression de la maladie, on n'aura plus aucune chance. »

Henry tapota ses lèvres, profondément plongé dans ses pensées, à la recherche d'une solution à laquelle personne n'aurait songé.

« Il existe une étude, finit-il par dire. Quelque chose au sujet des transfusions en 1918.

– Tu te souviens du nom des auteurs ? Du journal ?

– Tout ce dont je me souviens, c'est que, il y a cent ans, ces médecins étaient dans la même position que nous aujourd'hui. Ils ont tenté quelque chose qui a fini par marcher, je crois.

– Je vais trouver », dit Marco.

Majid entra dans la tente et attendit patiemment que Henry finisse son appel. « Je peux te parler ? demanda-t-il. Il s'est passé quelque chose de nouveau. »

Le prince se laissa tomber lourdement sur le tapis, délaissant sa grâce habituelle. Les derniers jours l'avaient clairement épuisé. Aucun des deux hommes n'avait dormi plus de quelques heures durant toute cette période.

« Ce n'est pas à propos du virus, mais de ce dont le prince héritier et ses conseillers parlaient quand on les a vus, dit Majid. Je viens d'apprendre que l'une de nos cousines a été assassinée. Amira. Elle était en vacances en Sicile. Très belle, jeune, vraiment ouverte d'esprit ; pour l'Arabie Saoudite, du moins. Un de vos magazines, *Vogue*, a publié des photos d'elle qui ont beaucoup fait jaser ici. Beaucoup de gens l'ont pointée du doigt. L'Iran en particulier, qui la décrivait comme une libertine et l'exemple même de la décadence de notre famille. Peut-être qu'un musulman outré a décidé de la tuer. Mais nos renseignements nous indiquent qu'un groupe d'assassins des Gardiens de la révolution iraniens l'ont suivie et prise au piège sur la plage privée où elle nageait. Ils lui ont maintenu la tête sous l'eau jusqu'à ce qu'elle se noie.

– Tu crois que ce sont des représailles pour le jeune homme qui s'est fait abattre en essayant de fuir la quarantaine ?

– C'est fort probable. Dans tous les cas, le prince héritier et ses conseillers veulent déclarer la guerre à l'Iran. Ils demandent une présence navale accrue des États-Unis dans le Golfe. »

Le colonel al-Shehri interrompit soudain leur discussion. Henry remarqua qu'il avait un tic nerveux à l'œil droit. Ses mains tremblaient. L'homme était au bord du gouffre.

« Qu'y a-t-il, Hasan ? demanda Majid en laissant tomber toute convenance.

– Nous craignons qu'une évasion se prépare, répondit-il. Nos drones de surveillance ont aperçu quatre grands groupes se former à différents endroits. Ils n'appartiennent pas à une délégation particulière. Il semblerait que des agitateurs soient en train de prendre le contrôle de la mosquée elle-même. Les policiers à l'intérieur ne nous sont d'aucune aide, il se pourrait même qu'ils fassent partie des insurgés. »

Majid digéra cette information avec un profond soupir songeur. « Il ne faut pas les appeler “insurgés”. Ce sont des prisonniers, retenus sans charges, et probablement condamnés à mort. Dis-moi, Hasan, qu'est-ce que tu ferais à leur place ?

– Je resterais toujours loyal, Majesté, mais je crois que mon oncle se trouve parmi eux. C'est un homme bon, le frère de mon père, qui a passé de nombreuses années au sein de la garde nationale, et maintenant ses propres troupes encerclent la ville. Mais c'est plutôt courant. Bon nombre de nos hommes ont des parents ou des amis à l'intérieur. »

Majid acquiesça.

« Hasan, je ne te l'ai pas dit, mais ma sœur est également

à l'intérieur pour son premier pèlerinage, et j'ai donné cet ordre qui risque de signer son arrêt de mort. Ses enfants m'appellent sans arrêt. Que puis-je bien leur dire ? Cette histoire nous touche tous personnellement. En tant que frère, je suis révolté ! Mais en tant que ministre de la Santé, je suis leur geôlier. Je ne peux consulter ma conscience, car il n'existe pas de réponse évidente pour moi. »

Tandis qu'ils parlaient, ils entendirent un grincement provenant de la mosquée : quelqu'un essayait d'allumer tant bien que mal le microphone qui servait à diffuser des messages sur les minarets. Ce n'était pas l'heure de la prière. La voix nasillarde d'un jeune homme retentit : « Mes frères musulmans ! Devons-nous mourir tels des animaux en cage ? Nous sommes des millions. Ils ne peuvent pas nous tuer tous. Mais si nous restons ici, tout le monde mourra ! »

Majid et le colonel sortirent sur le promontoire pour observer la scène. Henry les suivit poliment. Tant de choses dépendent de ce qui va se passer maintenant, pensa-t-il. Tous les gens prisonniers de la ville aspiraient à la vie, mais certains portaient en eux la mort. Même s'ils arrivaient à s'enfuir, il n'y avait aucune issue. Où qu'ils aillent, ils apporteraient la maladie et ils la transmettraient à tous ceux qui leur étaient chers – leurs enfants, leurs conjoints, leurs professeurs, leurs amis, leurs collègues. Un baiser, une toux, une poignée de main anodine pourraient suffire à tuer. Certains survivraient à cette épreuve. D'autres, pour des raisons que les scientifiques n'arriveraient pas à expliquer, seraient immunisés, indemnes. Mais la plupart des infectés connaîtraient un tout autre destin.

La voix du jeune homme résonnait dans les collines : « C'est une conspiration contre l'islam ! Et ceux qui nous maintiennent prisonniers ici sont à la solde de nos ennemis. Ils tuent nos frères et sœurs ! À ceux-là, je le dis : c'est l'enfer qui vous attend ! »

Même à cette distance, les trois hommes qui observaient

la ville sur la colline entendirent un grondement, comme l'approche d'une grosse tempête, alors que les pèlerins prenaient leur courage à deux mains et faisaient entendre leur détermination.

« Nous devons les arrêter, dit Majid au colonel. Dites aux commandants que personne ne passe. Ouvrez vite le feu pour mettre un terme au soulèvement. Abattez les leaders en premier. »

Le colonel fonça dans la tente des communications.

Henry se demanda à quoi pouvaient bien penser les soldats en joue en contrebas. Verraient-ils cette foule comme un tas de musulmans assiégés, sans défense, retenus contre leur gré, avec parmi eux de nombreux amis et parents impatients de retrouver la sécurité de leur foyer ? Ou bien verraient-ils la mort sur leur visage, la mort qui attendrait bien plus de monde encore si les malades arrivaient à s'échapper dans la nature ?

« Levez-vous, mes frères musulmans ! » cria le jeune homme.

Une clameur se leva, et un instant plus tard des dizaines de milliers de pèlerins se rassemblèrent à la bordure de la ville en chantant « Dieu est grand ! » Bientôt, des centaines de milliers se joignirent à eux. Les chants se changèrent en rugissement quand la vaste foule se rua vers la clôture. Les plus rapides l'atteignirent et commencèrent à grimper, mais le bruit des armes automatiques retentit et les corps tombèrent au sol. Comme un seul et même organisme, la foule ralentit, mais elle ne s'arrêta pas. La masse entière se retrouvait poussée vers l'avant, par-dessus les corps des leaders morts, tandis que les mitrailleuses continuaient de tirer des salves, de moins en moins rapprochées. La force de la foule suffit à écraser ceux qui se tenaient devant les barrières, et celles-ci finirent par se renverser : les pèlerins libérés se ruèrent dans le désert et dépassèrent les soldats, qui ne tiraient plus.

18

Les oiseaux

Jill entendit la nouvelle alors qu'elle se préparait à se coucher. Une quarantaine nationale avait été imposée sur l'Arabie Saoudite. Les compagnies aériennes cessaient toute activité et les frontières étaient fermées. Les pétroliers faisaient demi-tour et abandonnaient les ports saoudiens. Des millions de pèlerins étaient coincés dans le pays.

Jill se rendit compte que Henry était bloqué aussi.

« C'est une précaution nécessaire, lui dit-il quand il l'appela enfin.

– Mais, Henry, on a besoin de toi ici ! Pas que nous, mais le pays entier ! Je reçois des appels de Catherine et Marco qui me demandent de faire *quelque chose* pour que tu rentres. Ce n'est pas qu'un message de ton épouse désespérée. Tes collègues ont besoin de toi ! J'ai besoin de toi ! Tes enfants ont besoin de toi !

– Jill, j'aimerais rentrer à la maison, vraiment ! J'ai déjà parlé à quelqu'un de notre ambassade sur place. Je pensais qu'ils auraient mis en place des vols diplomatiques, ou au moins des vols militaires.

– Et ?

– Ce n'est pas le cas. Tout est à l'arrêt. C'est à cause de cette histoire de "grippe musulmane". C'est encore une excuse pour empêcher les musulmans de rentrer dans le pays, mais ça pourrait aussi aider à ralentir la progression de la maladie.

– Henry, rassure-moi, tu n'approuves pas cette décision, si ?

– Disons qu'ils ont fait ce qu'il fallait, mais pour de mauvaises raisons. Nous n'avons pas beaucoup de ressources pour lutter contre cette chose. À chaque fois qu'on essaye de l'enfermer en quarantaine, elle trouve un moyen de s'échapper. Mais nous avons gagné un peu de temps, et peut-être qu'on peut en gagner encore. Bien sûr, ce n'est pas ça qui va me ramener plus vite à la maison. »

Tout ce à quoi Jill pouvait penser, c'était que Henry se trouvait emprisonné dans un pays avec la maladie la plus dévastatrice de leur vie.

Le visage de Marco apparut à l'écran. Au début, Henry pensa qu'il était malade. La lumière fluorescente soulignait la fatigue qui se lisait sur les petits yeux et les traits tirés de son collègue.

« Tout va bien ? demanda Henry en essayant de masquer son inquiétude.

– Impeccable », répondit Marco avec un grand sourire. Ce bon vieux Marco. « Au fait, j'ai déniché l'étude dont tu parlais. Je ne sais pas comment tu fais pour garder tout ça en mémoire. »

L'article, publié dans les *Annals of Internal Medicine* en 2006, était une méta-analyse d'un nouveau traitement contre la grippe de 1918. Les auteurs avaient examiné huit études réalisées durant la pandémie alors qu'aucun traitement efficace n'avait encore été trouvé – tout comme aujourd'hui. Désespérés, les médecins avaient envisagé l'idée de la transfusion : transférer le sérum sanguin des survivants aux patients atteints des symptômes. « Ces études sont très mauvaises, dit Marco. Aucun essai contrôlé aléatoire. Aucun dosage prescrit, rien n'est standardisé. Ils ont fait ça en temps de guerre, sous la censure, donc ils n'ont peut-être pas pu publier des conclusions négatives. Les résultats partent dans tous les sens. »

Marco était assis à son bureau dans le labo de virologie au CDC, entouré de ses collègues, là où Henry rêvait d'être. Comme pour Marco, chaque visage indiquait un manque de sommeil évident, mais une lueur d'espoir étincelait dans leurs yeux.

« Mais… ? demanda Henry.

– Mais on note une baisse tangible de la mortalité. »

La transfusion avait ses propres risques, comme chacun le savait, notamment des lésions pulmonaires qui pouvaient s'avérer fatales. C'était une mesure désespérée. Pour les transfusions ordinaires, il fallait tester le donneur et le receveur, et vérifier que le sang du donneur ne contenait pas d'agents infectieux. La procédure devait être réalisée dans un environnement hautement sanitaire. En cas de réussite, il y aurait bien plus de potentiels receveurs que de donneurs, ce qui causerait de gros problèmes de triage.

« J'ai trouvé autre chose, un peu plus récent », dit Marco. L'article en question était tiré du *New England Journal of Medicine*. En juin 2006, un camionneur chinois avait été testé positif à la grippe H5N1, véritable pandémie chez les oiseaux et très mortelle pour les quelques cas humains signalés. Le camionneur était malade depuis quatre jours quand il se rendit dans une clinique de Shenzen. On lui donna des antiviraux, qui ne suffirent pas à endiguer la progression de la maladie. En désespoir de cause, les médecins récupérèrent le plasma d'un patient convalescent qui avait survécu à la même infection quelques mois plus tôt. Le camionneur reçut trois transfusions de deux cents millilitres en deux jours. « Au bout de trente-deux heures, la charge virale était indétectable, dit Marco.

– Convie Jane Bartlett à l'appel », dit Henry.

Quelques instants plus tard, le visage de la lieutenant Bartlett apparut à l'écran.

Marco lui expliqua leur dilemme, qu'elle comprit assez vite. Les transfusions différaient des anticorps monoclonaux, qui pouvaient être purifiés, testés et produits en grandes quantités. D'un autre côté, avec la transfusion, un seul individu convalescent pouvait fournir suffisamment de plasma pour traiter plusieurs patients à la fois.

« Il est question d'un seul patient confirmé ces cent dernières années, fit remarquer Bartlett au sujet des études qu'ils venaient de mentionner. Je ne vois pas comment on pourrait se baser là-dessus pour faire un choix. Le CDC est-il prêt à recommander le traitement ? »

Marco attendit que Henry réponde.

« Pas sans essais préalables sur des humains, admit celui-ci.

– Donc pas avant six mois, fit remarquer Bartlett. Si Medicare et les assurances privées ne nous suivent pas, qui va payer le traitement ?

– Tu ne peux pas demander au département de la Santé et des Services sociaux de le valider en tant qu'urgence de santé publique ?

– Bien sûr que je peux, Henry, mais ça ne résout pas le problème des assurances. Le procédé n'a pas été testé du tout. Les études sont insuffisantes et pas fiables. Les questions de responsabilité des médecins seraient considérables, sinon ingérables.

– Mais si tu devais traiter un patient atteint du Kongoli – avec des poussées de fièvre, une charge virale qui augmente, qui ne réagit à aucun traitement –, qu'est-ce que tu préconiserais ? demanda Henry. Qu'est-ce que tu ferais ?

– *Tout ce que je peux* », répondit Bartlett, la voix tremblante.

Tout le monde reconnut instantanément cette émotion. Ils avaient tous déjà perdu quelqu'un. Ils savaient ce qui allait se passer.

Malgré la panique, il n'y avait pratiquement aucune trace du Kongoli aux États-Unis. À Minneapolis, une petite épidémie avait rapidement été contenue. Le cas index venait du Moyen-Orient, ce qui avait alimenté les théories du complot sur la maladie musulmane. Il s'avéra que le voyageur était un chrétien évangélique qui s'était rendu en Terre sainte. Comment il avait contracté le Kongoli demeurait un mystère.

En même temps, plus de mille deux cents cas de grippe saisonnière avaient été diagnostiqués à Minneapolis, pratiquement tous de la grippe A H1N1, arrière-petite-fille de la pandémie de 1918 – toujours considérée comme une souche virulente, elle avait tué quatre-vingt mille Américains en 2017, et jusqu'à un demi-million dans le monde entier. Mais seulement quatre patients avaient été testés positifs au Kongoli, y compris le voyageur, et ils avaient tous survécu, ce qui renforçait une théorie selon laquelle une autre souche concurrente fournissait une certaine immunité contre la nouvelle pandémie.

En comparaison, il y avait eu bien peu de cas de grippe à Little Rock, où une seconde épidémie avait eu lieu, mais le Kongoli y avait été beaucoup plus contagieux. Cela dit, la virulence ne dépassait pas les critères de ce qu'on considérait comme une saison grippale ordinaire. Au bout d'une semaine, les épiceries rouvrirent, et les autres commerces suivirent. La pression politique poussait à faire ouvrir les frontières et laisser l'économie respirer. Dans des endroits où la grippe n'avait pas encore été signalée, les gens se disaient que, pour le moment, ils étaient encore en sécurité.

Puis vint Philadelphie.

De toutes les villes à avoir jamais souffert du coup terrible de la contagion, Philadelphie était celle à qui l'histoire avait le mieux appris à l'endurer. En 1918, Philadelphie, une ville d'environ deux millions d'habitants, entravée par des politiciens corrompus et incompétents, avait été anéantie par la grippe espagnole. Les Philadelphiens moururent par centaines, puis par milliers – 4 597 rien qu'en une semaine d'octobre 1918 –, dix fois le nombre de citoyens morts de toutes causes confondues avant l'épidémie. Les médecins et les infirmiers travaillèrent d'arrache-pied, mais ils connurent le plus haut taux de mortalité de tous. Soit les fossoyeurs étaient morts, soit ils avaient arrêté de travailler. L'accumulation de cadavres posait ses propres problèmes sanitaires, mais, par-dessus tout, cela avait miné le moral des habitants. Les corps restaient pendant des jours dans les maisons ; les cimetières faisaient grimper le prix des enterrements, ce qui forçait les familles à creuser elles-mêmes les tombes. En fin de compte, la municipalité creusa des fosses communes à l'aide d'excavatrices à vapeur et les prêtres prononcèrent les prières aux défunts tandis qu'on balançait les cadavres dans les tranchées.

Plus d'un siècle plus tard, le Kongoli s'était glissé à Philadelphie et répandu sur la ville sans prévenir. Le dimanche de Pâques, des centaines de milliers de pratiquants assistèrent aux offices, et bon nombre d'entre eux furent exposés à des paroissiens fraîchement infectés. En quelques jours, la ville était à genoux.

Le Penn Presbyterian Medical Center était aussi bien équipé que n'importe quel bon hôpital de métropole pour répondre à une épidémie, mais pas préparé à recevoir des milliers de citoyens affreusement malades. Il en allait de même pour tous les hôpitaux des comtés voisins de Pennsylvanie et du New Jersey.

Shirley Jackson, la maire de Philadelphie, avait étudié l'histoire des pandémies. Sa mère avait été infirmière, et elle avait donc grandi dans ce milieu. Elle avait participé à un exercice de simulation à l'université Johns-Hopkins au sujet d'une potentielle épidémie mortelle. Elle connaissait le protocole, et c'était de nature une personne décidée. Dès que le virus avait été repéré en dehors de l'Arabie Saoudite, elle avait mis en place un « système de commandement en cas d'incident », qui imposait une certaine coordination entre les agents de santé locaux, les hôpitaux, les urgentistes et les agences fédérales. Elle avait contacté la lieutenant Bartlett du Service de santé publique, qui, en plus de sa mission de liaison avec la Maison-Blanche, orchestrait le plan urbain de réponses sanitaires. La maire Jackson avait demandé de l'équipement médical supplémentaire à la réserve d'urgence nationale. Elle avait appelé les directeurs des trois écoles de médecine de l'aire métropolitaine pour leur demander de former au plus vite leurs étudiants aux soins intensifs. Tous les secouristes de l'agglomération étendue avaient reçu des caméras thermiques à infrarouges qui s'attachaient à leur smartphone, afin de pouvoir détecter immédiatement la fièvre. Un espace hospitalier provisoire avait été installé dans le Wells Fargo Center, où jouait l'équipe de basket-ball des 76ers. Aucun élu à la tête d'une grande ville ne fit un meilleur boulot pour se préparer à la contagion. Elle fut même louée pour ses prises de décisions en une du *New York Times*.

Ce à quoi la maire Jackson n'était pas préparée, c'était la panique. Il y eut une hausse inquiétante du nombre de suicides et de meurtres, ainsi que de crimes racistes, surtout à l'encontre de l'importante communauté musulmane du nord de la ville. Depuis le temps, l'origine de la maladie – un camp de détention pour homosexuels musulmans en Indonésie – était connue de tous, et les conspirationnistes attisaient la peur que le Kongoli soit une machination. D'après une théorie, les musulmans avaient créé la maladie pour détruire la civilisation chrétienne. Une autre affirmait que les mêmes musulmans étaient la cible de scientifiques néonazis qui cherchaient à les éradiquer. Une troisième voulait qu'il s'agisse d'une guerre ouverte contre les homosexuels. Ces délires étaient diffusés sur les réseaux sociaux, propulsés par les bots russes et amplifiés par les colporteurs de ragots d'Internet. Ils semaient l'agitation à distance, incitant les gens à descendre dans la rue alors qu'on leur avait de nombreuses fois répété de rester chez eux. L'imam de la principale mosquée de Philadelphie avait demandé à ses fidèles d'ignorer les théories du complot, mais alors même qu'il parlait, deux grenades incendiaires furent lancées sur le bâtiment.

Jusqu'à présent, Shirley Jackson n'avait jamais été perçue comme l'une des plus grandes meneuses d'hommes de la nation. Elle était entrée en politique après que son mari, un prêtre anglican, était mort d'un cancer. Jackson s'était lancée dans la fonction publique car cela donnait du sens à sa propre souffrance. Elle savait instinctivement comment parler aux gens affligés par la peur ou le chagrin. « C'est une épreuve pour les Philadelphiens », fit-elle remarquer dans l'une des vidéos quotidiennes des réunions du conseil qu'elle avait instaurées. Elle se montrait parfaitement franche. « Nos hôpitaux sont paralysés, et pas uniquement à cause du poids que la grippe fait peser sur les médecins et les infirmiers, mais aussi à cause de la perte de techniciens, d'assistants médicaux, de thérapeutes, de pharmaciens et – clairement – d'équipes de nettoyage, qui sont tellement réduites dans certains établissements que les infections bactériennes tuent plus de patients que la grippe. » Elle continua en expliquant comment la maladie et la peur avaient ravagé le secteur des métiers du funéraire. Les ambulances privées avaient pratiquement disparu. Elle réquisitionna les camions FedEx et UPS pour servir de corbillards et transporter les morts jusqu'aux fosses communes qui avaient été creusées à la hâte dans les parcs de la ville. De nombreux cadavres n'avaient pas été découverts ni réclamés. « Nous, les habitants de cette ville, ne nous laisserons pas diviser par la peur. Philadelphie est toujours et restera la ville de l'amour fraternel. Voilà qui nous sommes. Peu importe ce que vous lisez sur Internet, peu importe l'identité de ceux que certains veulent prendre pour boucs émissaires, notre rôle consiste à aimer nos frères et nos sœurs, à les soutenir dans ces temps troublés, à unir notre communauté. Restez calmes, ouvrez vos cœurs, aidez ceux qui en ont besoin et nous traverserons cette épreuve tous ensemble. » La maire incita les Philadelphiens à relever le défi en faisant du bénévolat dans les hôpitaux locaux et en s'attelant à la tâche sinistre de se débarrasser des cadavres. Elle donna l'exemple en s'occupant des sans-abri, extrêmement touchés par cette nouvelle peste.

La mort de Shirley Jackson des suites du Kongoli, dix jours après le début de l'épidémie, porta un sacré coup au moral des habitants de la ville, qui ne s'en releva jamais vraiment. Et la contagion se répandit.

Un fermier d'Arkansas mourut du Kongoli. Sa mort ne fit pas beaucoup de bruit sur le moment. C'était un chef scout dans une petite ville de montagne, et il avait emmené sa troupe en week-end à Little Rock, et l'on crut que c'était là qu'il avait contracté la maladie. Mais aucun des scouts ne tomba malade. Une semaine après sa mort, le CDC apprit que le fermier avait un élevage de poulets. Une alerte fut transmise aux agents de santé du pays pour rester sur le qui-vive quant aux infections touchant à la volaille.

Mary Lou Shaughnessy était une vétérinaire de terrain au bureau du département de l'Agriculture des États-Unis à Saint Paul, dans le Minnesota. Son travail consistait à s'assurer de la bonne santé des animaux de ferme exportables. L'industrie entière pouvait couler en un instant. Quand la maladie de la vache folle avait été décelée chez un unique spécimen de Holstein dans l'État de Washington en 2003, plus de trente pays avaient immédiatement stoppé leurs importations de bœuf américain. Le Minnesota était particulièrement sensible au problème de la grippe aviaire, car c'était le premier producteur de dindes de tout le pays – près de cinquante millions d'oiseaux sur six cents fermes un peu partout dans l'État. Le Minnesota était aussi une escale importante pour les oiseaux migrateurs sur la voie du Mississippi – qui s'étendait de la pointe du Canada, sur l'océan Arctique, à la partie de la Côte du Golfe située en Louisiane.

Mary Lou emprunta la Route 23 avec sa partenaire, Emily Lankau, la vétérinaire de l'État. Les deux femmes avaient déjà travaillé ensemble par le passé, et elles s'étaient portées volontaires pour faire le voyage afin de passer plus de temps ensemble. Elles avaient toutes les deux fait partie de chorales a cappella à l'université, et elles adoraient chanter en harmonie pendant leurs virées en voiture. Elles se dirigeaient vers le comté de Kandiyohi, fief du secteur de la dinde, où l'épidémie de grippe aviaire hautement pathogène H5N2 avait démarré en 2015. Les oiseaux domestiques avaient certainement attrapé la maladie de leurs cousins migrateurs venus d'Asie. Plus de quarante-huit millions de dindes étaient mortes ou avaient été exterminées.

Elles passèrent devant des silos à grain et traversèrent des passages à niveau. Il n'y avait pas grand-chose à voir à cette période de l'année. Cette région du Minnesota arborait une terre plate et fertile, mais les champs étaient encore en jachère au mois de mars ; il fallait attendre un mois avant que le maïs et les graines de soja ne soient plantés.

« Autant qu'on aille d'abord chez les Stevenson, dit Emily.

– Qu'on en finisse, tu veux dire », répondit Mary Lou.

M. Stevenson – elles ne se souvenaient pas de son prénom – était un cas difficile. Il dirigeait l'une des plus grandes fermes de la région, mais il faisait également partie d'un groupe de miliciens appelés les Trois pour cent du Minnesota, qui tenait son nom de la légende racontant que seuls trois pour cent des colons américains avaient pris les armes contre l'empire britannique durant la révolution américaine. Le groupe était surtout connu pour avoir bombardé une mosquée à Bloomington, même si Stevenson n'était pas impliqué dans l'affaire.

On pouvait difficilement manquer les grilles de sa ferme, à cause du drapeau américain hissé à l'envers sur son mât – un signal de détresse qui agaçait presque tout le monde dans le comté. Stevenson avait clairement fait comprendre qu'il s'en fichait. C'était un survivaliste qui éduquait ses enfants à la maison, donc il interagissait peu avec le monde de toute façon.

Mary Lou s'arrêta devant la maison dans son Ford Explorer blanc orné du logo du département de l'Agriculture sur la portière. Emily et elle sortirent du camion en arborant sur le visage une expression chaleureuse. Stevenson se tenait déjà derrière la porte moustiquaire.

« Comment allez-vous aujourd'hui, monsieur Stevenson ? » demanda Mary Lou. Elle avait été élevée dans le Sud et savait faire preuve d'une bonhomie qui permettait de passer outre le moindre signe d'hostilité.

« Vous êtes censées prévenir, répondit-il derrière la moustiquaire. Je n'ai pas reçu de préavis. Aucun.

– Non, mais vous n'avez pas de téléphone. On en a déjà parlé la dernière fois.

– Je reçois le courrier. »

À présent, toute sa portée d'enfants était rassemblée autour de lui.

« Nous avons le droit de faire des visites sur le terrain, monsieur Stevenson. Et j'aurais préféré vous appeler, ou même vous envoyer une lettre, mais nous sommes dans une situation d'urgence. »

Son visage s'éclaira.

« Quelle urgence ?

– Bon sang, monsieur Stevenson, vous ne regardez pas les infos ? Il y a une terrible grippe. Des tas de gens sont malades, c'est affreux. Il y a eu une épidémie à Philadelphie. J'espère qu'elle ne va pas venir jusque dans le Minnesota ! Le truc, c'est que nous devons examiner les oiseaux, pour être sûres que tout va bien.

– Mes oiseaux vont bien.

– Je suis ravie de l'entendre. On va juste jeter un œil et on repart. »

Elles reprirent le camion jusqu'à une parcelle d'herbe dégagée entre la maison et les granges. Emily étendit une bâche en plastique épais et les deux femmes déchargèrent leur matériel – sacs-poubelles, glacière, écouvillons, vaporisateur de désinfectant, plus leurs tenues de protection. Étant donnée l'épidémie de grippe, elles prenaient des précautions supplémentaires. Durant la dernière décennie, la grippe aviaire avait radicalement muté et créé les nouvelles souches H5 et H7, qui n'étaient pas encore devenues pandémiques chez l'homme. Jusque-là, moins de mille cas de H5N1 avaient été signalés chez les humains dans le monde, mais la moitié des infectés étaient morts.

Les enfants Stevenson, assis sur l'herbe ou sur une balançoire, les regardaient enfiler leur équipement.

« Pourquoi est-ce que j'ai l'impression d'être une stripteaseuse ? marmonna Emily. C'est pourtant l'inverse.

– Peut-être qu'on devrait faire une petite danse, dit Mary Lou.

– Je ne crois pas, non. »

D'abord, elles enfilèrent leurs combinaisons de protection, puis une double couche de couvre-chaussures en plastique par-dessus leurs tennis. Ensuite, une paire de gants en plastique, attachée à la combi avec du ruban adhésif. Une deuxième paire de gants. Un filet à cheveux et des lunettes. Enfin, un masque respirateur N95. Elles aspergèrent leurs vêtements de désinfectant pour éliminer toute contamination extérieure. Dans cette tenue, les sens étaient affaiblis : la vision était réduite, et l'ouïe assourdie. Rien que marcher s'avérait laborieux. On pouvait facilement se sentir claustrophobe, paranoïaque et un peu ridicule. Les enfants Stevenson les suivirent jusqu'à la première grange.

C'était celle des mâles. Les femelles vivaient dans l'autre. Il y avait vingt-sept mille oiseaux en tout. Emily ouvrit la porte. L'endroit était parfaitement géré, elle devait bien l'admettre : propre, correctement éclairé, bien aéré, avec assez de litière. Cependant, elle était toujours forcée de constater à quel point les poulaillers ressemblaient à des prisons à chaque fois qu'elle entrait à l'intérieur. Les oiseaux tout blancs déambulaient autour des rangées de mangeoires comme des détenus dans une cour. Avec leur caroncule rose et leurs joues bleuâtres, ils ne ressemblaient en rien à leurs majestueux cousins sauvages au plumage vif. Leur gorge vibrait sous leurs glouglous incessants, presque à l'unisson. L'odeur était épouvantable, comme d'habitude.

L'un des enfants Stevenson, un garçon, avait enfilé des protège-chaussures et une combinaison pour les rejoindre dans la grange.

« Comment tu t'appelles ? lui demanda Mary Lou.

– Charlie.

– Quel âge ont les bêtes ici ?

– Dix-sept semaines.

– Prêtes à partir sur le marché, j'imagine.

– Oui, madame. »

Alors qu'elles avançaient parmi la masse de dindons, les oiseaux s'écartaient, formant un cercle méfiant autour d'elles. Emily remarqua les bêtes derrière elles. Les oiseaux en bonne santé étaient d'un naturel très curieux, et ils n'hésitaient en général pas a coller aux basques des vétérinaires, comme les gamins Stevenson. Pendant que Mary Lou et Charlie discutaient, Emily commença à prélever des échantillons. Elle attrapa un mâle et lui pinça les joues jusqu'à ce qu'il ouvre le bec, puis elle passa un coton sur ses muqueuses. Elle glissa ensuite le coton dans un tube en polypropylène de cinq millilitres et l'étiqueta. Elle demanda à Mary Lou de l'aider à retourner le mâle pour pouvoir glisser un autre coton à l'intérieur de son cloaque et prélever des cellules épithéliales.

« Qu'est-ce que vous faites ? »

Emily leva les yeux et aperçut une petite fille aux pieds nus, vêtue d'une chasuble sale.

« Chérie, tu ne devrais pas venir ici sans ton papa. Il ne te l'a jamais dit ? »

Elle hocha la tête.

« Alors retourne le voir, il t'expliquera ce qu'on fait. »

Comme elle rechignait, Charlie cria à sa sœur de partir. Elle lui jeta un regard furieux et marcha jusqu'à la porte, sans vraiment sortir de la grange.

Emily acheva l'examen du premier oiseau en lui prélevant du sang d'une veine située sous son aile. Elle prit ensuite des échantillons sur une dizaine d'autres volatiles plus ou moins choisis au hasard.

« Emily ! »

Elle se retourna vers Mary Lou, qui se tenait avec Charlie à l'autre bout de la grange.

« Regarde-les », dit Mary Lou quand Emily la rejoignit. Une dinde assise refusait de se lever quand on la poussait. Emily s'agenouilla pour inspecter le visage de l'oiseau. Il avait la tête tombante et les paupières gonflées.

« Charlie, est-ce que certains oiseaux sont morts récemment ? »

Charlie ne répondit pas. Il fixait la porte de la grange, où se tenait M. Stevenson, à contre-jour, les mains dans les poches de sa combinaison de protection. Son ombre s'étalait sur le sol de la grange. Il se retourna soudain et s'en alla.

Lorsque Emily et Mary Lou eurent fini de prélever des échantillons, elles retournèrent à la bâche étendue près de leur pick-up et recommencèrent la procédure en sens inverse. Elles prirent un bain de pieds et empaquetèrent leur équipement de protection dans un sac-poubelle, qu'elles aspergèrent de désinfectant. Elles passèrent également un coup de spray sur les roues de leur véhicule. Elles s'essuyèrent les mains et le visage avec du gel hydroalcoolique, puis elles foncèrent jusqu'au comptoir FedEx de Saint Cloud pour expédier leurs échantillons au labo du département de l'Agriculture situé à Ames, en Iowa.

« J'ai un mauvais pressentiment », dit Mary Lou.

19

Ce n'est pas un vaccin

« Vous nous faites le même rapport chaque jour », dit Tildy. Elle houspillait la lieutenant Bartlett, dont la présence en tant qu'oiseau de mauvais augure était devenue récurrente aux réunions du comité des adjoints – comme le Fantôme des Noëls à venir, qui exposerait ses visions macabres avec un accent du Sud des États-Unis.

« Pas de vaccin, dit Tildy en comptant sur ses doigts. Pas de traitement. Pas d'antidote. Il va bien falloir que vous nous donniez du positif ! Les Américains sont fous d'inquiétude. »

Bartlett répondit par un regard que Tildy reconnut instantanément comme de la pitié.

« Nous avons des plans, madame. Nous avons des plans depuis des années au CDC, aux NIH, à John-Hopkins et Walter-Reed. De nombreux plans. Mais on ne nous a jamais donné les ressources et le personnel nécessaires pour les mener à bien. Comme des respirateurs, par exemple. On estime qu'environ trente pour cent des patients hospitalisés montrant des symptômes de grippe aigus auront besoin d'un respirateur. Pour l'heure, nous ne pouvons équiper qu'un seul pour cent des patients qui en ont besoin. Dans le même temps, les gens meurent d'autres maladies parfaitement soignables parce que nous n'avons pas de stocks de médicaments essentiels. Ils sont tous fabriqués en Inde ou en Chine, pays qui souffrent aussi de cette pandémie. On est bientôt à court de seringues, de kits de diagnostic, de gants, de respirateurs, d'antiseptiques : tout ce qu'il nous faut pour soigner les patients et nous protéger.

– Je crois qu'il y a quelque chose que vous ne comprenez pas, mon petit. »

Une voix grave venait soudain de prendre la parole. Le vice-président était un ancien gouverneur et animateur de radio connu pour ses manières brusques. Le président l'avait désigné comme référent officiel de la pandémie, et il assistait depuis peu aux réunions du comité des adjoints. Depuis qu'il venait, la pièce était blindée de membres du personnel et de preneurs de notes.

« Il nous faut des résultats ! Et aujourd'hui ! Le président veut de l'action, et il en veut maintenant. »

Bartlett se raidit.

« Je sais ce que vous voulez tous que je dise, mais ce n'est pas ça mon métier, hein ? Je suis censé vous transmettre des informations. De vraies informations. Ce que vous en faites, ça c'est votre boulot. Cela dit, si vous aviez fait votre boulot et que vous nous aviez fourni les ressources qu'on a demandées, peut-être qu'on ne serait pas assis là à se tourner les pouces pendant que des gens souffrent, que l'économie part en lambeaux et que les cimetières se remplissent, tout ça parce que les gens comme vous se fichaient trop de la santé publique pour prêter attention à nos besoins. »

Le vice-président avait l'air de s'être pris un coup de pied-de-biche. Pendant un moment, personne n'osa prendre la parole.

« Avant tout, nous devons fournir au président de quoi transmettre un sentiment général de calme, dit Tildy. D'espoir. De progrès. Comme par exemple annoncer que les gens pourront bientôt se faire vacciner et qu'ils seront protégés. »

Bartlett secoua très légèrement la tête. Encore de la pitié. « Même si nous avions un vaccin, la question serait : pour qui ? Il faut des mois pour mettre en place la production, et elle ne commencera pas avant que les compagnies pharmaceutiques se soient protégées niveau responsabilités. Enfin, on n'a pas le temps de faire les tests standards sur des humains. Mettons qu'on arrive à produire dix mille doses la première semaine, cent mille la semaine suivante, et ainsi de suite. Il faudra quand même des mois avant d'avoir assez de matériel pour créer une sorte d'immunité de masse. Et encore, il faudra peut-être deux ou trois doses pour être sûrs. »

Le temps de regagner sa dignité, le vice-président avait mis ses lunettes et s'occupait en parcourant le dossier du briefing.

« C'est quoi cette histoire d'antisérum ? demanda-t-il.

– Les NIH sont en train d'analyser le sérum des victimes qui ont survécu pour voir si on peut s'en servir dans le but de créer une immunothérapie passive, répondit Bartlett.

– Et alors ?

– C'est possible. Temporairement. En théorie.

– Est-ce qu'on peut dire au président d'annoncer qu'un vaccin est en cours de développement ?

– Ce n'est pas tout à fait un vaccin.

– Qu'est-ce que c'est, au juste ?

– Un anticorps monoclonal. C'est quelque chose que le système immunitaire fabrique de lui-même après une infection ou une vaccination, mais on peut en synthétiser. Il pourrait permettre de développer une immunité pendant quelques semaines. »

L'imposante mâchoire du vice-président se crispa sous le coup de la frustration.

« Est-ce qu'on peut annoncer qu'un traitement prometteur…

– Ce n'est pas un traitement. Au mieux, ça permettrait de gagner quelques semaines de… »

Le vice-président tendit une main en l'air pour indiquer qu'il n'appréciait pas les interruptions de Bartlett.

« … et qu'on est en train de faire de *réels progrès.* Je crois qu'on peut en rester là. »

Il rassembla ses papiers et les passa derrière son épaule, sachant qu'un assistant se tenait prêt à lui prendre des mains.

« On ne l'a pas encore testé sur des humains, protesta Bartlett. On l'a juste essayé sur des furets.

– Mais dites-moi, répondit le vice-président, est-ce que les furets sont encore en vie ?

– Pour la plupart, oui, mais les expériences sont toujours en cours…

– Il y a plus de survivants qu'il n'y en aurait eu s'ils n'avaient pas pris le traitement ?

– Impossible à dire. Nous n'avons pas encore les résultats des tests de mortalité.

– Et vous les aurez quand ?

– Dans deux semaines, environ. »

Le vice-président retroussa les lèvres.

« Pourquoi ne pas faire de tests sur les humains ? demanda-t-il. Pourquoi ne pas commencer dès maintenant ?

– Il nous faudra plusieurs mois avant de créer un produit propre à l'inoculation humaine, et, là encore, un simple anticorps monoclonal pourrait ne pas suffire à empêcher la propagation d'un virus qui évolue rapidement. C'est très risqué. Pendant ce temps, vous devriez envisager de monter une liste prioritaire pour déterminer qui aura accès au sérum et dans quel ordre. Nous n'en aurons vraiment pas beaucoup. Les membres du gouvernement ? Les urgentistes ? Les enfants ? Les militaires ? Les femmes enceintes ? La garde nationale ? Un tirage au sort ? Ce sont des choix que vous allez devoir faire.

– Je vous l'accorde, il va falloir le faire. Mais pour le tirage au sort et l'annonce d'un planning, c'est non. Ce serait un désastre politique. Nous devrions garder le vaccin secret et…

– Ce n'est pas un vaccin, monsieur, lui rappela Bartlett. N'oubliez pas : au bout de plusieurs semaines, les gens auront besoin d'une nouvelle dose, à moins qu'on ait trouvé un véritable vaccin d'ici-là. »

Le vice-président fusillait Bartlett du regard avec toute la puissance de ses yeux bleus télégéniques.

« Nous garderons ce machin-là secret jusqu'à ce qu'on ait assuré la sécurité des éléments les plus importants de notre société, pour que les gens ne posent pas de questions du genre : "Combien d'enfants vont mourir alors que les élites ont droit aux injections ?"

– Une épidémie fait rage à Philadelphie, à seulement deux heures d'ici, dit Tildy de sa voix la plus affable. Vous comprenez bien que nous sommes un peu pressés.

– Le virus est arrivé jusqu'à Washington, madame.

– Bon Dieu, dit le vice-président. Quand ça ?

– On a reçu des signalements de trois hôpitaux de la ville ce matin. Dix-neuf cas au total, pour le moment. Si le virus se développe aussi vite qu'à Philadelphie, nous ferons face à une véritable épidémie dans trois à cinq jours. »

Tilda garda le silence. Elle regarda tout autour de la table et lut le désespoir sur le visage des adjoints, sentiment qui se lisait sûrement sur le sien aussi.

« La bonne nouvelle… » commença Bartlett. Tout le monde se pencha en avant. « La bonne nouvelle, c'est qu'avec un peu de chance, nous pourrions avoir un vaccin efficace à grande échelle dans six mois environ, juste à temps pour la seconde vague.

– La quoi ?

– D'ordinaire, lors d'une pandémie, il y a deux ou trois vagues de contagion avant que le virus ne se stabilise et devienne une grippe normale qui revient tous les ans. Elle dure alors jusqu'à la pandémie suivante. Si celle-ci ressemble à la grippe de 1918, la véritable vague va frapper en octobre. Bien sûr, on ne sait pas exactement comment elle va agir. »

Le silence fut brisé par un éternuement sonore.

« J'ai des allergies », dit le directeur adjoint de la CIA, sur la défensive.

Tout le monde le regardait bouche bée.

« Vous dites que c'est une maladie complètement inédite, dit Tildy. Quelles sont les chances qu'elle ait été créée par l'homme ? Conçue en laboratoire par des petits génies ?

– Nous n'avons pas encore pu déterminer si c'est un virus artificiel, répondit Bartlett. Il ne dispose pas des caractéristiques séquentielles habituelles chez les virus conçus en labo, mais il ne ressemble pas non plus à ceux que l'on trouve dans la nature.

– Qui serait apte à créer une telle chose ?

– Ce n'est pas mon domaine d'expertise, madame. »

Tildy se tourna vers l'homme de la CIA.

« La Russie figure en tête de liste, dit celui-ci.

– Les citoyens russes pensent que le Kongoli est un complot américain, dit l'adjoint à l'État. Ça les rend fous.

– Est-ce qu'ils ont tort ? » demanda Tildy.

La question resta en suspens jusqu'à ce que le vice-président réponde enfin :

« Ne soyez pas ridicule. »

20

On se soigne l'un l'autre

Assis devant un ordinateur dans le palais du prince Majid, à Djeddah, Henry étudiait la concentration des épidémies de Kongoli sur une carte du monde. Durant les mois qui avaient suivi la vague de contagion à La Mecque, la maladie s'était largement répandue, et ce malgré la quarantaine. Différents tons de rouge indiquaient la présence du virus. L'Arabie Saoudite et l'Irak étaient pourpres. De là, l'infection s'étendait. L'Iran apparaissait d'un rouge plus clair, qui virait au rose pâle en Afghanistan et en Turquie. La Russie paraissait étrangement intacte, à l'exception d'un petit point rose à Moscou. La Chine était plutôt pâle à l'est et rouge à l'ouest, là où vivait la majeure partie de la population musulmane ouïghoure. L'Inde était mouchetée de rose au niveau des grandes villes, mais le Pakistan était à peine touché. Une grande tache rose recouvrait le nord de l'Europe. Des points rouges de différentes densités parsemaient les États-Unis, mais le pays n'arborait aucune étendue rose ; les villes étaient les principales touchées. Le Canada n'avait connu qu'un seul épisode de contagion bénin à Toronto. L'hémisphère Sud était presque indemne. La situation changerait certainement au début de l'hiver.

« On sait que les populations aviaires transportent le

virus, ce qui pourrait expliquer quelques-unes des données aléatoires, dit Henry. Mais je n'ai jamais vu une carte de la grippe ressembler exactement à ça. »

Majid se tenait derrière lui.

« Serait-il possible que le virus ait été planté à certains endroits précis ?

– Je pensais à la même chose. Si c'est un virus artificiel, il serait logique de penser que ses commanditaires aient choisi leurs cibles. »

Majid marqua une pause, puis dit : « C'est amusant, regarde la Russie. »

Henry hocha la tête.

« Des tas de cas tout autour, mais très peu en Russie. Ils disposent d'un vaccin peu orthodoxe contre la grippe saisonnière, différent de celui qu'on trouve partout ailleurs dans le monde. Il a été conçu sur la base d'un virus actif atténué, ce qui présente certains avantages. Au lieu de l'injecter, on l'inhale. Ça coûte moins cher. Ils utilisent également un composé chimique appelé Polyoxydonium. Il semblerait que ce soit un immunomodulateur, auquel on prête des vertus surprenantes. Difficile de savoir si ça change quelque chose, mais les équipes des NIH sont en train de faire des tests.

– Si c'est ce que tu crois, je prie pour que ce soit la Russie et pas Al-Qaïda, dit Majid. Tout le monde pense déjà que tous les musulmans sont des terroristes. »

Henry se remémora en silence ses années de travail passées à contrer le programme d'armement biologique russe. Des scientifiques soviétiques très doués avaient conçu des maladies mortelles et incurables dans leurs bases de recherche militaires – principalement l'institut Vektor en Sibérie occidentale et le centre de recherche en armes biologiques d'Obolensk. Ils perfectionnaient sous forme d'aérosols les plus grands fléaux de l'histoire, comme la peste et la variole, pour les rendre résistants à tous les traitements connus, et ils en produisaient des tonnes.

Le scientifique en chef du Vektor durant l'ère soviétique s'appelait Nikolai Ustinov. Il s'était intéressé au Marburg, un membre de la famille méconnue des *Filoviridae*. Le Marburg était apparu pour la première fois chez l'homme dans la ville allemande qui lui donna son nom. En 1967, un laborantin avait trouvé la mort alors qu'il cultivait le virus dans des cellules rénales de grivets. Sept autres chercheurs qui travaillaient sur des singes infectés dans d'autres labos étaient morts également. Neuf ans plus tard, un virus parent s'était répandu au Zaïre et s'était vu attribuer le nom d'une rivière locale : Ebola.

Personne ne connaissait le Marburg mieux qu'Ustinov. Comme beaucoup de chercheurs spécialisés dans les maladies, même les meilleurs, il fut victime d'une erreur fatale. Il tenait un cochon d'Inde prêt à recevoir le virus lorsque son partenaire de labo lui enfonça accidentellement la seringue dans le doigt.

Henry avait eu la chance d'assister à une conférence de Kanatzhan Alibekov, premier directeur adjoint du Biopreparat, une branche du programme de recherche en armes biologiques secret soviétique. Alibekov avait déserté aux États-Unis en 1992 et changé son nom en Ken Alibek. C'était un homme costaud avec de grandes lunettes et un visage rond et charnu, qui reflétait ses origines kazakhes. Alibek avait raconté, avec son léger accent russe, l'histoire du docteur Ustinov. Immédiatement après son injection accidentelle, celui-ci avait reçu l'antisérum, mais la maladie avait continué de progresser. Durant les jours qui suivirent, au nom de la science, Ustinov décrivit précisément l'évolution de sa condition. Il en plaisantait même avec les infirmières, jusqu'à ce que les nausées et les maux de tête invalidants ne l'en empêchent. « Il était devenu passif et taciturne, disait Alibek. Ses traits étaient pétrifiés à cause du choc toxique. » De petites ecchymoses recouvraient son corps et ses yeux avaient viré au rouge ; il éclatait parfois en sanglots. Puis, le dixième jour, il sembla soudain aller mieux. Il retrouva le moral et demanda des nouvelles de sa famille, mais à l'intérieur de son corps le virus finissait le travail. Les bleus sur sa peau s'élargirent et virèrent au bleu foncé tandis que le sang s'accumulait sous la surface, et le liquide finit par couler de sa bouche, son nez et ses parties génitales. Il n'arrêtait pas de perdre et de reprendre connaissance. Deux semaines après l'infection, le génial Nikolai Ustinov mourut. Pendant l'autopsie, on lui enleva le foie et la rate, et on préleva son sang. Ironie du sort, le pathologiste qui s'occupa de l'autopsie connut le même sort funeste qu'Ustinov, car il se piqua accidentellement avec une seringue en essayant de prélever un extrait de moelle épinière.

Avant l'enterrement, le corps d'Ustinov fut recouvert de désinfectant et emballé dans du plastique, puis placé dans une boîte en métal scellée au fer à souder. Le virus qui l'avait tué, lui, survécut. On le préleva des organes du scientifique. Ses collègues l'étiquetèrent sous le nom de Variante U, en l'honneur du défunt. La souche Ustinov fut cultivée, stockée et chargée sur des missiles balistiques à têtes multiples.

Prisonnier de la quarantaine en Arabie Saoudite, Henry passait son temps sur le terrain avec Majid. L'impressionnant ministère de la Santé de Riyad disposait d'un centre de recherche très peu fonctionnel. Majid réquisitionna tout ce dont Henry pouvait avoir besoin pour le rendre opérationnel, mais il ne pouvait lui fournir des assistants qualifiés ayant déjà travaillé au développement de vaccins. Henry luttait contre la maladie avec la seule arme à sa disposition : l'antisérum des survivants.

Majid et lui connaissaient les risques. Le programme nécessitait de saigner régulièrement les gens qui ne présentaient absolument aucun symptôme. Chacune de ces personnes avait l'ordre (car le pays vivait sous une monarchie absolue) de remettre cinq cents millilitres de sang chaque semaine. Les tubes remplis de sang étaient placés dans des centrifugeuses afin d'éliminer les plaquettes et les globules rouges. La couche de sérum ambre qui flottait au-dessus des globules rouges contenait tous les anticorps d'un individu. Le sérum d'un seul survivant suffisait à créer une dose d'antisérum, donc les quantités étaient loin d'être idéales pour traiter les centaines de milliers d'infectés, et la pureté du liquide était impossible à déterminer. Le risque, c'était que le sérum contienne des pathogènes, dont le Kongoli, qui n'avaient pas été filtrés.

Marco et toute l'équipe du CDC essayaient de faire la même chose dans l'espoir de trouver le dosage adéquat.

« Jusque-là, on obtient de bons résultats in vitro, et on fait des tests sur des singes, dit Marco. Qu'est-ce que vous observez chez les patients humains ? »

Henry secoua la tête avec perplexité.

« Pour une raison qui m'échappe, je n'arrive pas à obtenir les dossiers du ministère de la Santé. Je vais exiger une réponse ce soir quand je verrai Majid. Il doit y avoir une explication. Il sait aussi bien que moi à quel point c'est important. »

Majid avait fait la tournée des hôpitaux toute la journée. Quand Henry revint au palais et le trouva dans son bureau, il semblait épuisé et découragé.

« Il n'y a pas la place de prendre tous les patients, dit-il. J'ai l'impression que la moitié du pays est touchée. On a transformé certains stades en centres médicaux supplémentaires, mais nous n'avons pas assez de personnel à mettre sur place. C'est un gros problème, Henry. Je ne sais pas comment le royaume va faire pour endurer un mois de plus comme ça.

– Raison de plus pour se concentrer sur le traitement à l'antisérum. Notre liste de donneurs a considérablement augmenté, mais, sans les données, nous ne pouvons pas mesurer notre réussite. Il faut que tu me dises ce qui se passe. C'est de la pure incompétence administrative, ou bien est-ce qu'il se trame quelque chose de plus grave ? »

Majid détourna les yeux, incapable de regarder Henry en face.

« J'ai tellement honte de te l'annoncer, dit-il d'une voix à peine plus forte qu'un murmure. Ma famille a réquisitionné tous le stock d'antisérum que nous avons produit jusque-là.

– Ils savent à quel point c'est dangereux ?

– Tout ce qu'ils savent, c'est qu'il y a des gens qui meurent, et ils ont peur. Puisque nous sommes des princes, ils partent du principe que nous avons le droit de nous sauver en premier.

– Si je croyais en l'existence d'une âme immortelle, ce serait à mon avis le premier organe à être contaminé par la maladie.

– Nous, les musulmans, croyons que cette maladie est une épreuve que Dieu nous impose.

– Ça ressemble plutôt à un châtiment.

– Pas du tout. Le Coran nous apprend que si Dieu devait punir l'humanité comme elle le méritait, il ne resterait plus personne sur Terre ! On nous apprend aussi que, pour chaque maladie, il y a un remède. Et c'est à nous de le trouver, mon ami ! »

Majid s'approcha de l'étagère à livres pour retrouver un passage de hadith qui viendrait appuyer son propos.

« J'ai oublié la phrase exacte, mais je vais… »

Alors qu'il disait ces mots, une lampe traversa la pièce ; Majid s'éleva dans les airs au ralenti, sa robe tournoyant autour de lui, et se retrouva projeté avec violence contre le mur. On entendit des éclats de verre et des bruits de charpente qui s'effondre, ainsi qu'un puissant rugissement qui s'acheva lorsque la lampe entra en contact avec la tête de Henry.

Quand celui-ci revint à lui, des nuages de poussière et de fumée tourbillonnaient dans la pièce. Il était en vie.

Il respirait à peine. Il n'avait pas mal, mais il se sentait engourdi et désorienté, et pendant un moment il ne sut plus où il était. Un endroit inconnu, sombre et en ruines, comme dans un rêve. Il se sentait bizarre, au ralenti, comme s'il était très vieux.

« Majid ! »

Dès qu'il aperçut son ami gisant au sol, Henry comprit tout. La porte du bureau s'ouvrit et, sans réfléchir, il se jeta sur le corps de Majid.

Il sentit une paire de mains qui le soulevaient. C'était le garde du corps du prince.

« Votre Altesse ! cria-t-il. Vous être blessé ? »

Le prince regarda son garde du corps d'un air confus et tenta maladroitement de s'asseoir. Le garde du corps voulut l'aider à se relever, mais Henry l'en empêcha.

« Non ! hurla-t-il. Il a peut-être des os cassés. »

Henry déplaça délicatement les membres de Majid et constata qu'ils étaient intacts.

« Tu saignes, fit-il remarquer.

– Tu cries, répondit Majid.

– Ah bon ? Je t'entends à peine. »

Sa propre voix semblait venir d'une autre pièce.

Majid se tourna vers son garde du corps pour qu'il lui fasse un rapport. Un kamikaze s'était approché du portail. Il était jeune, avec un accent de l'est du pays. Il avait affirmé que le prince Majid lui avait offert la charité. Les gardes avaient refusé de le laisser entrer, et il s'était fait sauter. Tous les gardes étaient morts. Voyant que Majid était sain et sauf, le garde du corps se précipita dehors pour protéger le palais en attendant l'arrivée de la police.

Majid et Henry s'assirent par terre et se regardèrent avec la stupeur que seuls les survivants connaissent, lorsque chaque détail paraît très vif et chaque nouvel instant se forme comme une plaque de glace à la surface d'un étang, fine couche tangible entre la vie et la mort.

« Où est ta trousse médicale ? demanda Henry. Il faut que je m'occupe de tes blessures.

– Je dois aller voir comment vont mes hommes, protesta le prince.

– D'abord, on répare les dégâts sur ton visage. Tu ne peux pas te balader la tête en sang, tu vas faire peur à tout le monde.

– À ce point ?

– Tu n'es pas défiguré, le rassura Henry, mais je vois quelques plaies profondes près de ton œil. Laisse-moi vérifier qu'aucun nerf n'est touché. »

Henry aida Majid à se relever. Sous le choc, le prince observa la pièce saccagée. La devanture de son palais était ouverte sur la rue. Il semblait paralysé par l'étrange beauté de la scène. L'air nocturne envahissait la chambre, et la brise inconnue qui venait leur roussir les narines transportait l'odeur des explosifs. Le lustre céda soudain et les deux hommes se jetèrent à couvert. Majid chancelait, hébété. Henry l'emmena vers un secteur plus sûr du palais.

Fort heureusement, les lumières dans la chambre du prince fonctionnaient encore. Ils s'examinèrent dans le miroir de la salle de bain. Ils étaient tous deux recouverts d'une poussière blanche qui leur donnait un aspect cadavérique. Henry remarqua du sang sur son épaule gauche et une vilaine contusion sur un côté de sa tête.

« Bien, dit Majid. On se soigne l'un l'autre. »

Pendant que Majid se nettoyait, Henry stérilisa une sonde et une pince à épiler, puis il examina les nombreuses petites plaies autour de la tempe et la narine du prince, extrayant de petits morceaux de verre à seulement quelques millimètres de son œil.

« Tu as eu de la chance, *habibi* », dit-il. C'était un terme arabe affectueux.

Henry avait honte d'enlever sa chemise. Les traces de sa maladie d'enfance étaient visibles : la scoliose qui lui avait laissé une épaule plus haute que l'autre, le pectoral protubérant, les avant-bras enflés. Henry ne se montrait jamais à personne d'autre qu'à Jill. Majid eut l'élégance de faire semblant de se concentrer sur la plaie à son épaule.

« Ah, je vais devoir te suturer, ce que je n'ai pas fait depuis l'école de médecine. »

Cet étrange interlude était chargé d'une intimité inattendue. Ils avaient déjà vécu tant de moments fatidiques ensemble, mais à travers l'expérience de survivre à ce qui aurait pu être leurs derniers instants – expérience qu'ils n'avaient pas encore digérée – ils prenaient conscience qu'ils seraient à tout jamais liés l'un à l'autre comme à personne.

Majid lui dit : « Tu m'as sauvé la vie.

– Je n'ai rien fait de tel, protesta Henry.

– Tu as essayé, en tout cas. Je n'en aurais peut-être pas attendu moins de mon garde du corps s'il avait été dans la pièce. Mais toi, tu n'as aucune obligation envers moi, et pourtant tu étais prêt à te sacrifier. Tu es une meilleure personne que moi. Tu es bien plus courageux.

– Tu m'accordes un peu trop de mérite, rétorqua Henry en faisant la grimace. Et je crois que tu ne devrais plus faire de points de suture, à l'avenir.

– C'est pour ça que je reste derrière un bureau et pas à l'hôpital. »

Tandis que le choc s'estompait, les deux hommes se mirent à trembler. Ils n'arrivaient pas à se contrôler. Ils éclatèrent de rire, avec insouciance, émerveillés d'être encore en vie. Cependant, ils n'étaient pas en sécurité dans le palais.

Le royaume était aux prises avec les insurgés avant même le début du hajj.

« Ces gens-là sont des nôtres, des chiites venus de la province d'Ash-Sharqiyah. Ils bénéficient du soutien de l'Iran pour s'en prendre à la famille royale. Ce n'est pas un coup d'essai. Il y a un mois, ils ont fait sauter des bombes au quartier général de la garde nationale. Ils sont déterminés, dangereux, et il est évident que nous allons leur répondre. » Son visage couvert de bandages se tordit soudain. « Toute cette histoire est si stupide ! Nous faisons face à un tel péril… le monde entier est en danger ! Et pourtant, ces fanatiques ne pensent qu'à tirer profit du chaos ! Cela dit, nous ne valons pas mieux qu'eux : nous tenons l'Iran pour responsable de l'épidémie en affirmant qu'il s'agit d'un complot chiite pour que les gens se concentrent sur la guerre et pas sur la révolution. »

Majid évalua d'un œil professionnel le corps déformé de Henry.

« Tu sais, cette maladie existe encore au Moyen-Orient, dit-il. Il n'y a pourtant aucune raison. Nous avons plus de soleil que partout ailleurs dans le monde, mais les gens se tapissent à l'intérieur et n'ont pas assez de vitamine D. Soixante-dix pour cent des filles de ce pays en manquent. Ce n'est pas étonnant, vu la façon dont elles s'enfouissent sous toutes ces couches de tissu noir. Les mères qui allaitent refusent de prendre des compléments et transmettent leurs carences à l'enfant. »

Henry déclara qu'un jour il raconterait son histoire à Majid, mais que ce n'était pas le moment. De toute façon, la police arriva, et le prince et son invité furent conduits en sécurité.

21

La mousse

Les granges des Stevenson étaient déjà encerclées par les camions du Minnesota Board of Animal Health, ceux des pompiers locaux et un bus de la prison d'État de Shakopee. Il y avait neuf autres exploitations de volailles à vider ce jour-là, et les pouvoirs locaux, qui manquaient cruellement d'effectifs pour une telle tâche, avaient recruté les prisonniers volontaires pour mener à bien l'éradication des bêtes dans tout l'État. Ils étaient en train de s'équiper dans la cour lorsque Mary Lou Shaughnessy et Emily Lankau arrivèrent. En tant que responsable de santé en chef, Emily avait la lourde tâche de s'occuper de M. Stevenson, assis dans un fauteuil à bascule avec un fusil sur les genoux.

« Bonjour, monsieur Stevenson, dit-elle. Je suis désolée pour vos résultats d'analyses.

– Je ne suis pas d'accord, répondit-il. Je ne suis pas d'accord du tout.

– Vous connaissez les règles. Vous toucherez des indemnités. »

Elle lui tendit un porte-bloc avec plusieurs documents, que M. Stevenson regarda à peine.

« Ils ont compté 25 673 dindes en bonne santé ce matin, dit Emily. Soixante-dix autres bêtes semblent malades. Je crois que vous avez aussi des œufs qui pourraient être couverts.

– Il y avait vingt-sept mille oiseaux avant que vous n'arriviez, dit Stevenson sur le ton de la provocation.

– Si vous le dites. Dans tous les cas, ça veut dire qu'il y a eu plus de mille morts en quelques jours. On ne paye pas pour les oiseaux morts, et on paye moins pour les malades, donc on vous propose le prix du marché pour les bêtes en bonne santé et la somme standard pour l'abattage et le nettoyage.

– Ça ne couvrira pas les pertes, loin de là, dit Stevenson.

– Vous avez raison. Et vous n'êtes pas le seul dans ce cas. On s'occupe de fermes qui sont dans la même situation aux quatre coins de l'État. Mais voilà le topo : on va tuer vos bêtes, que ça vous plaise ou non. Ensuite, on va tout nettoyer et on vous enverra la note. Si vous ne signez pas ce papier, vous ne serez pas payé. C'est plutôt clair. Aussi, j'aimerais beaucoup que vous rangiez le fusil à l'intérieur, ça met mes gars mal à l'aise.

– Vous amenez tout un tas de prisonniers dans ma cour et vous vous inquiétez de comment ils se sentent, eux ?

– Pour être franche, je ne savais pas qu'ils avaient réquisitionné des détenus, mais je suis sûre qu'ils se tiendront à carreau. »

La mâchoire de Stevenson se figea. Emily avait l'impression qu'il était sur le point de dire quelque chose qu'il risquait de regretter, alors elle lui demanda : « Monsieur Stevenson, est-ce que je peux me permettre de vous demander votre prénom ? »

Il eut l'air surpris.

« Jerome, répondit-il.

– Je peux vous appeler Jerome ? Vous savez, on est obligés de faire ce qu'on fait. Le gouvernement n'en a pas après vous personnellement. C'est une terrible catastrophe. Les gens sont en danger partout. Votre propre famille est en danger aussi. Ils vont avoir besoin qu'on s'occupe d'eux.

Vous devrez guetter le moindre signe de maladie ou la moindre fièvre et les signaler dès que possible. Allez voir un médecin ou rendez-vous à l'hôpital dès que vous le pourrez.

– Ils ne peuvent rien y faire.

– D'après ce que je sais, il faut beaucoup s'hydrater. La douleur peut être intense, et les médecins peuvent aider à l'apaiser. Les gens qui sont traités ont plus de chances de s'en sortir. Je sais que vous voulez faire au mieux pour votre famille, Jerome. Je vous demande juste de rester vigilant. Je suis sûre que vous êtes doué pour ça.

– Je le suis.

– Et pour les papiers ? »

Jerome inscrivit son nom et lui rendit le porte-bloc.

Malgré toutes les années passées dans le milieu de la santé animale, Mary Lou n'avait jamais assisté à un abattage massif. Elle n'avait pas hâte d'y être. Elle avait conduit de nombreuses inspections susceptibles de mener à un tel événement, mais elle n'avait jamais dû y participer. Les détenus avaient érigé une barricade de panneaux en plastique qui encerclait complètement l'intérieur de la grange. La barrière arrivait au menton de Mary Lou. À l'intérieur, des milliers de dindes angoissées regardaient de tous côtés les silhouettes menaçantes dans leurs combinaisons de plastique blanc qui traînaient d'épais tuyaux, également en plastique, à l'intérieur de la grange. Ces tuyaux étaient attachés à deux camions-citernes garés en marche arrière devant les portes de part et d'autre du bâtiment.

En s'approchant, Mary Lou reconnut les yeux d'Emily derrière les lunettes de protection.

« Tu es prête ? lui demanda celle-ci.

– Je crois.

– Écoute, ce n'est pas la pire des options. Parfois, ils se servent de grands trucs comme des longs sécateurs pour leur trancher la gorge, une par une. Cette méthode va bien plus vite, crois-moi.

– Ils font ça au gaz ?

– Non, avec de la mousse, dit Emily. En gros, c'est le même produit qu'utilisent les sapeurs-pompiers. Les petites bulles font juste la bonne taille pour être inhalées et se bloquer dans les voies respiratoires. Elles suffoquent jusqu'à la mort. » Mary Lou frissonna et Emily reprit : « Elles vont toutes y passer, quoi qu'il arrive. On leur offre juste une mort plus noble. »

Un homme en combinaison de protection agrémentée du logo de la société – Minnesota Foamers – sur la poitrine s'approcha d'Emily. Elle lui donna l'autorisation de commencer.

Il fallait deux hommes pour gérer chacun des tuyaux. Ils commencèrent du côté opposé de l'enclos et avancèrent lentement en suivant des chemins parallèles. Les pompes faisaient un boucan infernal, ce qui énerva les dindes avant même que la mousse ne sorte. Elle avait une légère teinte bleue et une consistance très épaisse, comme la crème fouettée que Mary Lou ajoutait sur ses tartes pour Thanksgiving. Elle s'accumulait en tas inégaux. Les dindes les plus saines s'enfuirent en voyant la mousse arriver, mais elles furent encerclées, et certaines y plongèrent la tête ou se baignèrent dedans. La curiosité avait eu raison d'elles. Bientôt, on ne vit plus que le long cou rouge des dindes qui dépassaient de la mousse blanc bleuâtre, et on n'entendit plus par-dessus le vacarme des pompes que les glouglous nerveux et de plus en plus sonores, puis les dindes du fond disparurent, là où la mousse se faisait de plus en plus haute, et on discernait dans l'agitation sous l'écume qu'elles battaient des ailes. Enfin, le rideau de mousse tomba sur les derniers volatiles. Aux yeux de Mary Lou, la scène évoquait une vague marine sous une forte brise ; puis la brise se calma, et tout s'arrêta.

Lorsque Mary Lou et Emily s'éloignèrent, elles aperçurent les enfants Stevenson dans l'encadrement de la porte de la grange : Charlie, la fille à la chasuble et deux autres.

« Retournez voir votre père, Charlie », dit Emily.

Charlie s'en retourna vers le porche où M. Stevenson était assis dans son fauteuil à bascule. Emily réalisa qu'elle n'avait jamais vu de Mme Stevenson dans les environs. Il doit être seul avec tous ses enfants et personne à qui parler. Elle voulait lui dire qu'il y aurait toujours de meilleures années à venir. Qu'il pourrait tout recommencer. Qu'il trouverait peut-être quelqu'un pour l'aider, pour le consoler dans des moments pareils. Mais elle ne pouvait tenir ce genre de promesses. Au lieu de ça, elle le salua de la main en partant et il hocha la tête.

22

Reine Margaret

Dès le début de l'importante épidémie à Philadelphie, Jill avait emmené les enfants à la ferme de sa sœur. Elle l'avait fait pour calmer Henry. Elle était habituée à ce qu'il parte dans des endroits dangereux, et elle s'enorgueillissait de sa capacité à gérer les choses en son absence. Elle savait bricoler, elle tenait les comptes, elle faisait tourner la maison sans que cela empiète sur son travail d'enseignante. Personne ne pouvait lui reprocher un manque de compétence ou d'indépendance. Mais aujourd'hui, le monde entier était devenu un endroit dangereux et Jill était terrifiée. Henry saurait s'occuper de l'angoisse qui hantait ses moindres pensées. Il n'était pas là pour la calmer et rassurer les enfants. Elle lui en voulait d'être absent, et il lui manquait terriblement, alors elle essayait de ne pas penser à lui et de se plonger dans une autre existence, celle de sa petite sœur.

Helen et Teddy adoraient leur tante Maggie et leur oncle Tim. Ils géraient une exploitation agricole de cent hectares dans le comté de Williamson, près de Nashville, l'une des plus belles régions du Tennessee. Leur ferme était une ancienne étape de diligence avant la guerre de Sécession, détail qui la faisait figurer au registre national des lieux historiques. Quand Maggie et Tim avaient traversé pour la première fois le pont couvert jusqu'à l'allée de gravier qui menait à la maison, la bâtisse était en ruines. « Les travaux ont bien failli nous couler », racontait Tim, mais aujourd'hui leur foyer était un lieu à visiter, qui était même passé dans l'émission télévisée « This Old House ». Il y avait des parterres d'azalées et d'hémérocalles, et des cornouillers de part et d'autre de l'allée.

L'unique enfant de Maggie et Tim, Kendall, avait deux ans de plus que Helen, même si celle-ci la dépassait en taille. On aurait presque dit des jumelles, toutes deux gauchères, rousses, aux yeux bleus ; deux raretés génétiques avec de nombreux gènes récessifs. Dès que Helen arriva, elles disparurent toutes les deux : elles passaient des heures dans la chambre de Kendall ou dans la grange. Kendall faisait partie du club agricole du comté de Williamson, et sa chambre regorgeait de trophées, de rubans et de photos de ses animaux de concours.

Un jour, Tim emmena Kendall et Helen à une vente aux enchères de bétail à Franklin, pour que Kendall puisse acheter un porcelet à élever.

« J'ai déjà deux berkshires, dit-elle à Helen. Cette année, je vais acheter un hampshire. Ils sont très communs, mais les jurys les adorent. »

Helen ne pouvait pas s'empêcher de s'extasier devant les petits porcelets noir et blanc avec leurs oreilles tombantes. Ils tendaient la truffe en avant dans l'espoir de grappiller quelques caresses. « Ils sont siiiiiii mignons ! » s'exclama-t-elle. Mais Kendall était à l'affût d'autres qualités. « L'angle des épaules, c'est important. La taille de la poitrine, les muscles de la longe. Tout ce qui touche à la viande, en gros. » Elle avait fini par choisir une cochette de vingt-cinq kilos. Les filles rentrèrent à l'arrière du pick-up de Tim, et Helen put serrer l'animal dans ses bras. Sur tout le chemin du retour, sa cousine et elle discutèrent d'un éventuel prénom, car Kendall affirmait que c'était important pour le jury. Elle finit par opter pour Reine Margaret, car c'était le surnom que son père donnait à sa mère. Cela amusait beaucoup les filles. Quand elles arrivèrent à la maison, Tim les envoya changer de vêtements et de chaussures pour empêcher la propagation à la ferme d'une éventuelle bactérie présente à la vente aux enchères.

Pendant que les filles étaient aux enchères, Maggie avait fait faire le tour de la propriété à Jill en tracteur, traînant Teddy dans un chariot chargé de paillis, tandis que Peepers courait derrière en aboyant avec enthousiasme. Les deux sœurs avaient beaucoup de choses à rattraper. Maggie avait eu un cancer du sein l'année précédente et se remettait encore de cette épreuve. Cependant, elle avait insisté pour reprendre le travail à la ferme. « Chaque jour, je pense à la chance que j'ai d'être là. D'être avec Tim et Kendall et d'avoir ce que nous avons tous les trois. Je suis si heureuse d'être en vie. »

Jill regarda les rangées d'épis de maïs qui atteignaient déjà un pied de haut. La vie de Maggie était si éloignée de la sienne. Elle pensa à tout ce que sa sœur avait et qu'elle n'aurait jamais – le rapport à la nature, par exemple. Maggie ne votait pas, elle n'avait même pas la télévision, mais elle reconnaissait les oiseaux à leur chant. Sa cuisine regorgeait d'herbes que Jill n'avait jamais goûtées et de variétés de tomates qu'on ne trouvait pas dans les supermarchés. D'un autre côté, Jill menait une vie bien remplie à Atlanta. Son foyer lui manquait – sa maison, son quartier, faire son jogging à Lullwater Park, écouter la voix de ses élèves face aux questions que la vie mettait en travers de leur route. Elle se sentait tellement isolée ici. Bien sûr, c'était la raison même pour laquelle elle était venue avec ses enfants : trouver un refuge. Pourtant, la grippe n'avait pas encore atteint Atlanta et il lui semblait inutile et égoïste d'avoir abandonné son poste et enlevé ses enfants de l'école par pure précaution.

« Être malade présente un avantage inattendu, disait Maggie. On en a beaucoup souffert financièrement, et j'avais vraiment très mal, mais ce qui m'a aidé à supporter cette épreuve, c'est ça… » Elle gara le tracteur devant un cabanon qui servait de séchoir. « Quand on a acheté la ferme, ils s'en servaient pour le tabac », dit-elle tandis qu'elles pénétraient à l'intérieur. Des paquets de feuilles vertes étaient suspendus à des racks.

« Qu'est-ce que c'est ? demanda Jill.

– Tu ne sais vraiment pas ? Tu ne sens pas l'odeur ? »

Jill prit une grande inspiration.

« Oh mon Dieu, c'est légal ?

– En quelque sorte. »

Jill fixa longuement Maggie tandis que Teddy et Peepers arrivaient dans le cabanon.

« Ooh, c'est quoi cette odeur qui pue ? demanda Teddy.

– C'est juste l'odeur de ces herbes », répondit Maggie en jetant à sa sœur un regard moqueur. Peepers courait dans tous les sens, perturbé par les effluves.

« Attends dehors, mon chéri », suggéra Jill à Teddy.

Maggie arracha la tête d'une des pousses qui séchaient. « Quand j'avais vraiment très mal, une amie m'a apporté de la marijuana. Ça m'a beaucoup aidée. Ensuite, j'ai découvert qu'on pouvait en faire pousser pour récolter l'huile de CBD, aujourd'hui légale dans le Tennessee. On n'a juste pas le droit d'utiliser la bonne came. Du coup, on en fait pousser pour récolter l'huile, mais aussi pour servir les braves gens. C'est la culture la plus rentable qu'on ait jamais eue. De la weed de première qualité, tu peux me croire. »

Jill était sidérée d'apprendre que Maggie vendait de la drogue.

« Tu as toujours eu la main verte, dit-elle d'un ton jovial.

– Je te le prouverai quand les enfants seront couchés. »

Maggie prépara du filet de porc pour le dîner, mais Helen refusa d'en manger dès qu'elle apprit ce que c'était. Elle avait fait le vœu secret de devenir végétarienne comme son père dès leur retour à Atlanta. L'idée de dévorer un jour Reine Margaret était trop horrible à envisager.

« Ce serait comme manger Peepers, dit-elle à Kendall quand elles furent couchées.

– Reine Margaret n'est pas un animal de compagnie.

– Mais tu l'aimes, non ? Elle est trop mignonne.

– Elle ne sera pas mignonne pour toujours. Elle va prendre un kilo par jour, et elle finira par devenir une grosse et vieille truie, et il n'y aura plus aucun intérêt à la garder à moins d'en faire une reproductrice, ce qui pourrait arriver si elle gagne le grand concours. En plus… » Elle marqua une pause. « Les cochons, c'est dégueulasse.

– Comment ça ?

– Ils font caca partout. Dans leur nourriture, dans leur eau. Il faut nettoyer tous les jours. De toute façon, en Chine ils mangent des chiens.

– C'est pas vrai.

– Si, c'est vrai.

– C'est dégueu.

– Je te parie que nos mères sont en bas en train de fumer de l'herbe.

– Tu rigoles ?

– Ma mère est une toxico. »

Helen était scandalisée. Elle avait toujours trouvé que sa tante Maggie était bien plus cool que ses parents, mais l'idée que sa mère puisse prendre de la drogue la perturbait.

« Je crois que je vais dormir, maintenant. »

Pendant que Tim rattrapait de la paperasse en retard, Maggie offrit un brownie à Jill.

« Je suis au régime, dit-elle.

– Ils sont faibles en calories, et puis c'est une tout autre sorte de brownie.

– Oh. » Elle prit une bouchée. Une petite. « C'est délicieux. » Une autre bouchée.

« J'ai déjà déposé la marque, pour le jour où ce sera légal ici : Les Brownies Magiques de Maggie.

– Tu vas gagner une fortune, si tu ne finis pas en prison avant.

– Viens, on sort pour regarder les étoiles. »

Jill suivit sa sœur dans le champ derrière la maison, où Maggie avait planté des pivoines pour l'émission de télévision. La lune n'était pas encore levée, mais la lumière des étoiles était si intense que Jill apercevait son ombre. Elles s'allongèrent dans l'herbe dans une clairière abritée par des sycomores, dont les troncs spectraux luisaient sous les astres. C'était parfait, merveilleux.

« C'est à ça que ressemblerait le monde si Dieu était Martha Stewart », dit Jill.

Maggie pouffa.

« C'est le brownie qui parle. »

Elles fixèrent la voûte céleste. Jill sentit les étoiles peser sur elle, enfonçant son corps dans le sol. Elle sentit les fragrances de la nature l'envelopper comme la fumée d'un feu de camp et la terre se dissoudre de sorte qu'elle flottait dans l'Univers. « La Voix lactée, dit-elle d'un ton rêveur. Ça faisait si longtemps. Des années que je ne l'avais pas vue. Au Camp DeSoto ! Tu te souviens des étoiles, quand on s'asseyait sur les docks après le dîner ? »

Maggie pointa du doigt les planètes et les constellations qu'elle connaissait le mieux. Jill ne connaissait qu'Orion et la Grande Casserole, mais sa sœur en avait beaucoup plus en tête. « La dernière fois que j'ai vu les étoiles comme ça, c'était quand Henry nous a emmenés dans ce voyage de fou à l'Ouest, dit Jill. Oh ! C'est une étoile filante ?

– C'est un satellite, dit Maggie. Non, attends, je crois que c'est la Station spatiale internationale.

– Waou !

– Waou ! dit Maggie en imitant sa sœur. On dirait une vraie junkie. »

Jill se mit à rire aussi. Elle faisait semblant d'être encore plus défoncée qu'elle ne l'était vraiment, ce qui les plongeait toutes les deux dans l'hilarité.

Le charme se rompit quand le téléphone de Jill se mit à sonner. C'était Henry.

« Je vais bien, dit-il d'une voix qui semblait étrangement ralentie.

– Tu quoi ?

– Je vais bien, dit-il.

– Mais je ne t'ai pas demandé », répondit Jill, encore enveloppée dans l'état d'exaltation où elle se trouvait quand il avait appelé. Elle lança un regard espiègle à Maggie. « Je ne t'ai même pas demandé : comment vas-tu ?

– Tu as l'air un peu bizarre, répondit Henry.

– Je me sens bizarre. À ce moment précis, je suis vraiment bizarre. »

Maggie arrivait à peine à se retenir de hurler de rire.

« J'imagine que tu n'as pas entendu les nouvelles, dit Henry.

– Oh, mon Dieu, les infos. Non, je suis assise dehors avec Maggie à regarder les étoiles et on est toutes les deux défoncées. Elle connaît toutes les étoiles, c'est vraiment super. Et on voit très bien Mars, et à quel point elle est rouge. »

De toute leur vie maritale, Jill n'avait jamais montré le moindre intérêt pour les drogues, quelle que soit leur forme. Elle ne buvait pas tellement non plus. C'était la dernière personne que Henry aurait imaginée défoncée. « Je crois que je ferais mieux de rappeler demain, dit-il.

– Non, je veux te parler ! Je n'ai pas de nouvelles de toi depuis deux jours. Je sais que tu es très occupé, mais quand même : dis-moi ce qui se passe.

– Il y a eu un attentat à la bombe, dit Henry avec précaution. Je vais bien. »

Vu l'état étrange dans lequel elle se trouvait, il fallut à Jill un moment pour encaisser la nouvelle.

« Il y a eu un attentat ? Mon Dieu, Henry, est-ce que ça va ?

– Oui, c'est ce que je voulais te dire. Tout va bien.

– Tu me caches quelque chose.

– J'ai une bosse sur le crâne et une égratignure, rien de grave. Je t'en dirai plus demain. Je sais que c'est perturbant. Il est tard ici.

– Henry, je veux juste que tu rentres à la maison, dit Jill, complètement dégrisée par ce qu'elle venait d'apprendre. Je sais que tu es occupé, et que ce que tu fais est important, mais on veut tous que tu rentres. Sain et sauf.

– Tu sais bien qu'il y a une interdiction de voyager. Et ils ont vraiment besoin de moi ici. Je me sens un peu responsable de tout ce bazar.

– Encore cette histoire ! Henry, je suis sûre que tu as fait exactement ce qu'il fallait à chaque étape. Personne n'est plus responsable et prudent que toi. »

Quand Henry lui dit au revoir, Jill éclata en sanglots. Maggie essaya de la consoler, mais elles se mirent à pleurer toutes les deux. Henry était à l'étranger depuis plus d'un mois, et pendant cette période le monde était parti en lambeaux. Jill se rendit compte à quel point elle se sentait soudain vulnérable sans lui.

« Maman ? »

Jill fut surprise de voir Teddy dans l'herbe en pyjama.

« Qu'est-ce qui ne va pas, chéri ? »

Il regarda Jill et Maggie d'un air confus.

« Tout va bien, on parlait juste de choses tristes, expliqua Maggie en séchant ses larmes.

– Viens ici », dit Jill. Teddy s'approcha et rampa dans les bras de sa mère.

« Regarde les étoiles. Elles sont magnifiques, pas vrai ? Tu n'as pas l'impression que tu pourrais tendre le bras et les toucher ? »

Teddy hocha la tête. Pour un petit garçon téméraire, il se faisait soudain discret. Peut-être que c'est parce qu'il m'a surprise dans un moment d'émotion, pensa Jill. Elle le berça, laissant la chaleur les réconforter tous les deux.

« Tu sens bizarre, dit-il.

– C'est le parfum de Maggie. Ça te plaît ?

– Non, c'est dégueu.

– Je n'en mettrai plus alors, mon chéri. »

Jill se promit en son for intérieur de ne plus jamais baisser la garde tant que ses enfants n'auraient pas grandi et qu'ils auraient besoin d'un modèle maternel.

« Maman, je crois que j'ai vu un fantôme.

– Vraiment ? Tu sais que ça n'existe pas, hein ? »

Teddy baissa la tête et ne répondit pas.

« À quoi il ressemblait ? demanda Maggie. À un soldat ? »

Teddy acquiesça.

« Les gens racontent qu'un soldat de la guerre de Sécession hante cet endroit, mais je ne l'ai jamais vu, dit Maggie. Tim et Kendall non plus. Il doit avoir ressenti quelque chose de spécial à ton sujet. »

Teddy assimila cette information, puis il dit : « Je veux juste rentrer à la maison. »

23

Lambaréné

Peu après que Henry avait commencé à travailler à Fort Detrick, son patron, Jürgen Stark, était venu lui poser une question.

« Plus de quarante pour cent des infectés d'Ebola meurent de la maladie, mais de nombreux soignants qui ont été testés positifs n'ont jamais montré aucun symptôme. Pourquoi ? »

Henry adorait ce genre de questions. C'était là que commençait la science.

« On est sûrs qu'ils n'avaient pas contracté la maladie auparavant ? demanda-t-il. Sinon, comment auraient-ils développé une résistance ?

– À toi de le découvrir », répondit Jürgen.

Alors Henry se rendit au Gabon, en Afrique de l'Ouest, et visita l'hôpital qu'Albert Schweitzer avait fondé en 1913 à Lambaréné. Peu de personnages historiques avaient eu autant d'impact sur l'imagination enfantine de Henry que le théologien et organiste virtuose alsacien, qui avait décidé d'étudier la médecine à l'âge de trente ans et consacré le reste de sa vie à apaiser les souffrances de l'humanité. Avec sa femme, Hélène Bresslau, il avait construit un hôpital sur le fleuve Ogooué, dans ce qui s'appelait à l'époque l'Afrique-Équatoriale française. Ils y traitaient la lèpre, l'éléphantiasis, la maladie du sommeil, la malaria et la fièvre jaune – toutes les affections de la jungle.

L'hôpital rustique de Schweitzer avait été reconstruit plusieurs fois, et quand Henry l'avait visité, il ressemblait à un ensemble de pavillons bas à toit rouge équipés de porches pour s'abriter des tempêtes tropicales. Schweitzer avait eu pour projet de fonder un village local, et non une institution, et l'idée initiale avait subsisté. La docteur Fanny Méyé, éminente spécialiste d'Ebola au Centre international de recherches médicales de Franceville, fit faire un tour des lieux à Henry. Elle dirigeait une étude sur la population gabonaise pour déterminer la proportion de gens immunisés à la maladie.

« Nous avons trouvé des anticorps dans plus de quinze pour cent des habitants de nos communautés rurales, et jusqu'à trente-trois pour cent dans certains villages, dit-elle. Ces gens n'ont jamais montré le moindre symptôme d'Ebola ! Ils n'ont jamais vécu dans des endroits touchés par des épidémies d'Ebola. On se pose la question : comment ont-ils été exposés ?

– Par les chauves-souris, suggéra Henry.

– Fort probable, mais pourquoi ne sont-ils pas tombés malades ? Comment ont-ils développé cette immunité ? » Elle expliqua que les anticorps des personnes exposées réagissaient à des protéines spécifiques au virus Ebola de la même manière que certains vaccins l'avaient fait lors d'essais cliniques. « On peut simplement en conclure que ces gens sont naturellement protégés. On ne sait toujours pas pourquoi.

– Ce pourrait être de faux positifs. Ou peut-être une épidémie de virus similaire à Ebola mais non pathogène.

– Oui, nous l'avons envisagé, mais jusque-là une telle maladie n'a pas été repérée par ici. »

Chaque nouvelle pandémie soulevait une question qui déconcertait les médecins depuis les balbutiements de la discipline : pourquoi certaines personnes étaient immunisées contre de nouvelles maladies qui se propageaient violemment parmi la population ? Vingt à trente pour cent des infectés ne montraient jamais aucun symptôme. Les études sur les travailleuses du sexe de Nairobi avaient montré que certaines prostituées étaient naturellement immunisées au VIH. Une petite partie de la population ayant des ancêtres d'Europe du Nord avait également été infectée sans jamais développer de symptômes. Dans les deux cas, il pouvait s'agir d'une mutation du gène du CCR5, nécessaire pour que le virus envahisse la cellule. Ces découvertes étaient fort intéressantes, mais jusque-là elles n'avaient jamais mené à la création d'un vaccin ou d'un traitement pour aucune des maladies.

Durant le dernier soir du séjour de Henry, la docteure Méyé l'emmena voir la modeste tombe d'Albert Schweitzer, après quoi ils dînèrent sous une ombrelle de chaume dans un petit restaurant de poissons sur les berges du fleuve.

Henry vit quelque chose qui bougeait dans l'eau.

« C'est un serpent ?

– Un oiseau. On l'appelle l'oiseau-serpent car il ressemble beaucoup à un reptile, avec sa tête hors de l'eau.

– J'ai toujours eu peur de la jungle, avoua Henry.

– Qu'est-ce qui vous effraie ? demanda-t-elle.

– Je vois les étendues sauvages comme des lieux de mort.

– Mais elles regorgent pourtant de vie ! Je crois que c'est pour ça que le docteur Schweitzer est venu ici : l'abondance de créatures vivantes, la diversité. Les gens disent qu'il se baignait dedans – c'est comme ça qu'on dit en anglais ? Il se baignait dans toute cette vie, partout autour de lui.

– C'est une façon très imagée d'envisager la chose, en tout cas. »

Henry expliqua comment il avait été influencé par l'exemple et la philosophie de Schweitzer. Même si ce dernier était un missionnaire luthérien très peu orthodoxe, et lui athée, ses idées avaient imprégné la façon de penser de

Henry. Schweitzer s'était baigné dans ce même fleuve, au milieu d'un troupeau d'hippopotames, à la recherche d'une doctrine éthique universelle qui irait au-delà des formulations religieuses. La réponse lui était venue en une seule phrase : « Les mots apparurent dans mon esprit, inattendus et inespérés : le respect de la vie », écrivit-il. Pour lui, le concept d'éthique était aussi simple que ça. « Le respect de la vie m'apporte un principe fondamental de moralité, c'est-à-dire que le bien consiste à préserver, soutenir et mettre en valeur la vie, et qu'il est mauvais de détruire, d'entraver ou de nuire à la vie. » Ces mots résonnaient dans le cœur de Henry. Les mouvements pour les droits des animaux et l'environnement étaient nés en partie dans les écrits d'Albert Schweitzer. Henry raconta qu'il partageait son admiration pour le médecin alsacien avec son patron, Jürgen Stark.

Lorsqu'il prononça le nom de Jürgen, le visage de la docteure Méyé se vida de toute expression.

« Vous le connaissez ? demanda Henry.

– On s'est rencontrés, répondit-elle. Comme vous, il est venu ici.

– Vraiment ? Il ne me l'a pas dit.

– En tant que pèlerin. Pour voir la tombe. Il y en a chaque année. Ce sont souvent des idéalistes, bien sûr, sinon ils ne feraient pas un aussi long voyage. D'ordinaire, on s'entend bien avec eux.

– Mais pas avec Jürgen ?

– Vous le connaissez mieux que moi. »

Elle reporta son attention sur le fleuve, visiblement peu encline à en dire plus. Puis elle ajouta : « Certaines personnes prennent cette philosophie trop au sérieux. Ils regardent les dommages que l'humanité cause à la nature, mais ils oublient que les humains sont des animaux aussi, et qu'ils ont également droit au respect.

– Il a une personnalité plutôt froide, je vous l'accorde.

– Je l'ai trouvé terrifiant.

– Comment ça ? »

Mais la docteure Méyé n'alla pas plus loin.

« Je l'ai à peine connu, prétexta-t-elle. J'en ai déjà trop dit. »

Quand Henry rentra à Fort Detrick, il rapporta avec lui un vilain norovirus, fléau gastro-intestinal des bateaux de croisière. C'était extrêmement contagieux, quoique moins pour les personnes appartenant aux groupes sanguins B et AB. Malheureusement, Henry était de type O. Jusque-là, personne n'avait compris ce que le groupe sanguin avait à voir là-dedans.

Dès que Henry fut suffisamment guéri pour retourner au labo, Jürgen l'interrogea sur ce qu'il avait appris.

« J'ai découvert que l'immunité demeure un mystère », répondit-il.

Il ne mentionna pas la docteure Méyé et ses remarques sur Jürgen mais, après cet épisode, il étudia son patron d'un peu plus près, à la recherche des traits de caractère qu'elle avait trouvés troublants. Peut-être partageait-il avec Jürgen certains de ces traits, notamment ceux qui l'avaient poussé à s'enrôler dans ce milieu professionnel dangereux, que certains qualifieraient de sinistre.

24

Triple jeu

« Il y a des tas de gens qui sont morts et dont ils ne nous parlent pas », dit Mildred, une enseignante de CM1, tandis que Jill et d'autres déjeunaient dans la salle des professeurs. Jusqu'à présent, elles parlaient de la chance qu'ils avaient eue qu'Atlanta ne soit pas gravement touchée. Les écoles aux quatre coins du pays avaient rouvert alors que la pandémie perdait du terrain. Les gens retournaient travailler, remplissaient les restaurants et se pressaient au théâtre et dans les stades. Ils avaient arrêté de porter des masques et inhalaient directement l'air pourtant si dangereux quelques jours plus tôt. Jill avait décidé de rentrer en ville.

« Comme qui ?

– Je suis sûre qu'Anderson Cooper est mort. Il ne passe plus à la télé.

– J'ai entendu dire que Brad Pitt était mort aussi, dit une autre enseignante.

– Oh, non !

– Tu n'en sais rien.

– Mais c'est vrai pour Taylor Swift. »

Mildred semblait excitée par la tournure de la conversation. La nature aveugle de la mort semblait attiser sa colère populiste. Durant la Révolution française, elle aurait sûrement manié la guillotine.

« Ils ont retrouvé un type dans le métro de New York qui allait très bien en sortant de chez lui, et une demi-heure après il était mort, reprit-elle. Un gars de Wall Street.

– Ils savent combien de personnes sont mortes ? demanda l'une des collègues.

– Ils parlent de plus de deux millions de victimes rien qu'aux États-Unis, dit Jill. Mais je crois que personne ne sait vraiment.

– La caisse des retraites est, genre, complètement foutue, dit Mildred.

– Mais, Mildred, on a survécu ! déclara une enseignante.

– Et on a encore notre boulot », renchérit une autre.

La nation avait survécu à la première vague de la pandémie et découvert que la Bourse avait chuté de 13 500 points et que l'économie connaissait la pire récession de son histoire. American Airlines avait fait faillite et l'interdiction de voyager menaçait d'autres compagnies, ce qui faisait trembler tout le secteur des transports. Il n'avait jamais été aussi clair que les humains vivaient en troupeaux. Du jour au lendemain, ils avaient déserté les métros, les bus et les trains, et presque aussi subitement ils y étaient retournés, quoiqu'en plus petits nombres. Le moment était venu de reprendre la vie là où on l'avait laissée.

La pandémie faisait toujours rage en Europe et au Moyen-Orient, mais, après Philadelphie, aucune ville américaine n'avait autant souffert. Certains experts sur CNN supposaient que le virus avait muté sous une forme moins nocive. Les commentateurs de la Fox applaudissaient les actions percutantes du gouvernement pour endiguer l'épidémie, notamment la très controversée défense de voyager.

Mildred ne pouvait plus s'arrêter.

« Vous avez entendu parler de la prof qui est morte dans sa salle de classe ? Devant ses élèves. Raide morte. »

Quand Jill retourna dans la classe, elle s'assit à son

bureau et observa les enfants qui revenaient de la pause déjeuner. Leur vie était plus difficile que celle des autres, du fait des obstacles qui se dressaient devant eux. Les deux Dylan, en plus de leur prénom, avaient en commun le fait que leurs pères étaient en prison. K'Neisha était la plus intelligente de la classe, et sa mère, Vicky, faisait tout ce qu'elle pouvait pour la protéger, mais les filles de sa communauté étaient désavantagées, peu importait à quel point elles étaient jolies et futées. Jill était convaincue que, malgré les problèmes familiaux et le manque de ressources, ces enfants s'en sortiraient. Certains feraient même de grandes choses. K'Neisha, par exemple.

Ne laisse rien de mal leur arriver, pensa Jill.

Plus tard cet après-midi-là, Jill sortit courir à Lullwater Park. L'endroit n'était qu'à une courte distance de marche du CDC et parfois, au déjeuner, Henry et elle pique-niquaient près de Candler Lake. Elle donnait des Fritos aux canards et au cygne goulu qui exigeait toujours d'être servi en premier. Des sentiers glaiseux formaient des boucles à travers les bois. Les étudiants prenaient le soleil au milieu des bernaches du Canada qui mâchonnaient l'herbe, et semblaient un peu trop étourdis par le beau temps pour se plonger dans la lecture de leurs livres scolaires. Jill aperçut un couple qui s'embrassait près du lac. On aurait dit une scène d'un autre temps.

Henry lui manquait plus que jamais. Elle savait que le monde avait besoin de lui. Elle n'était pas naïve quant au rôle important qu'il jouait, mais parfois elle se demandait comment ce serait quand ils seraient vieux et qu'elle aurait Henry pour elle toute seule, enfin débarrassée des longues périodes de séparation, quand le monde aurait enfin cessé de constamment monopoliser son attention. Ils avaient parlé d'acheter un chalet dans les montagnes de Caroline du Nord ou de Santa Fe. Elle imaginait d'innombrables moments à venir pour eux, mais elle savait que ce n'était qu'un rêve. Henry ne voudrait jamais s'arrêter, ni même ralentir. Elle ne l'aurait jamais rien qu'à elle.

Ils s'étaient rencontrés pendant un match de base-ball des Braves, à l'époque où elle était en master à Georgia State. Jill était venue avec Mark, son mari de l'époque, interne à l'hôpital Emory. Mark, qui connaissait Henry de réputation, discuta avec lui par-dessus Jill, assise entre eux deux. Henry était poli. Il semblait évident qu'il aurait préféré regarder le match, mais Mark avait bien l'intention de faire bonne impression. Deux choses avaient marqué Jill à ce moment-là. D'abord, Mark était clairement en admiration. Elle ne l'avait jamais vu autant admirer l'intellect de quelqu'un que celui de Henry. La conversation était plutôt technique – ils parlaient d'une pneumonie résistante aux antibiotiques qui sévissait à Emory à l'époque – mais, à en juger par la réaction de Mark, les réponses de Henry étaient originales et surprenantes. Mark avait comme défaut de se montrer parfois verbeux et intellectuellement arrogant, mais avec Henry il semblait dépassé.

Ensuite, Jill avait remarqué l'intérêt que Henry lui portait. Au début, elle avait pensé qu'il était simplement attentionné. Dans le Sud, il n'était pas rare qu'un homme demande l'avis d'une femme même s'il ne s'y intéressait pas vraiment, comme s'il lui tenait la porte. Henry ne venait pas du Sud, et il n'était pas du genre à sacrifier son intégrité au profit des usages ou de la courtoisie, pourtant, durant tout le monologue de Mark, il avait inclus Jill dans chacune de ses réponses, même si le sujet la dépassait. À un moment, l'équipe des Phillies avait un joueur à chaque base et aucun batteur éliminé. Mark continuait de pérorer mais Henry se concentrait sur le match avec impatience, à deux doigts de lui dire de la fermer cinq minutes. Le batteur des Phillies envoya la balle au ras du sol près de la troisième base, mais Jill et Henry se levèrent d'un bon quand le joueur des Braves qui défendait à ce poste posa le pied sur la dalle et envoya la balle à son coéquipier de seconde base, qui fit de même vers la première base. Impulsivement Jill prit Henry dans ses bras.

« Qu'est-ce qui s'est passé ? demanda Mark.

– Un triple jeu ! » cria Henry.

Jill n'en avait jamais vu en vrai. L'action était impressionnante, mais Jill avait trouvé sa propre réaction étrange. Pourquoi avait-elle enlacé ce petit homme qu'elle connaissait à peine ?

Mark, qui se montrait parfois oublieux des convenances sociales, remarqua cette accolade. Après le match, il convia Henry à dîner la semaine suivante, première invitation d'une longue série. Il avait une idée derrière la tête. Probablement pas un poste – il était très courtisé et n'allait pas tarder à ouvrir son propre cabinet. Il était destiné à devenir un de ces médecins qui vivaient à Buckhead dans des villas semblables à celle d'*Autant en emporte le vent* et siégeaient au conseil de grandes compagnies pharmaceutiques. Jill n'avait pas d'objection à vivre une telle vie privilégiée, et peut-être attendaient-ils tous les deux quelque chose de Henry. Mark désirait ardemment s'élever parmi l'élite de la communauté scientifique, où circulaient les rumeurs concernant les prétendants au prix Nobel. Mark lui-même ne ferait jamais partie de cette catégorie – il était lucide quant à ses propres limites – mais il pourrait devenir ami avec l'un d'eux, quelqu'un de jeune et sans attaches, quelqu'un qui apprécierait son attention. Jill savait que Mark cherchait à exploiter l'attraction qu'elle ressentait pour Henry, et lui pour elle. En un sens, elle se sentait mal pour Mark.

Mais qu'avait-elle à y gagner, elle ?

Jill se posait la question. Elle était mariée. Elle n'était pas malheureuse. Henry était une personne intrigante. Il regorgeait de secrets, ce qui la fascinait. Il avait un esprit complexe mais suffisamment versatile pour s'intéresser pleinement à un match de base-ball. Il se montrait très joueur durant leurs conversations, ce qui poussait Jill à se demander comment il était au lit. Henry n'était clairement pas un objet de désir, selon aucun standard. Un peu plus petit que Jill, il avait les jambes arquées, souffrait d'une scoliose et marchait avec une canne, mais elle ne le voyait pas comme quelqu'un de disharmonieux. Quand elle se laissait aller à penser physiquement à lui, c'était sa tête qui lui venait avant tout à l'esprit, grosse et disproportionnée par rapport à son corps, mais élégante et – selon Jill – agréable à regarder. Gracieuse, même. Ainsi, quand Mark la plaqua pour partir avec une riche héritière de fonds spéculatifs, Jill fut choquée, mais pas dévastée. Elle savait que Henry serait là. Elle croyait que, d'une certaine façon, il l'avait toujours attendue, tout comme elle l'avait attendu.

Mais si l'intellect de Henry était exceptionnel, son brillant esprit logeait dans un corps fragile, diminué. Pourtant, il ne s'énervait jamais contre ceux qui le sous-estimaient ou le regardaient avec pitié. Jill les haïssait tous. Ils ne comprenaient pas l'énorme qualité dont disposait Henry Parsons, trait qui le caractérisait dans l'esprit de Jill : sa capacité à aimer.

Il avait une autre particularité, qui obsédait sans cesse Jill. Henry avait mauvaise conscience. Quand ils s'étaient rencontrés au stade de base-ball, Henry effectuait une mission temporaire pour Fort Detrick au CDC. Il vivait dans un monde secret et ne révélerait jamais ce qui s'y passait. Peu après leur rencontre, il accepta un poste permanent au CDC. C'était il y a seize ans.

Henry était reconnaissant envers Jill de lui avoir offert cette vie, un peu comme si elle lui avait donné naissance. Il disait toujours que leur mariage était le moment le plus heureux qu'il ait jamais vécu, et elle ressentait la même chose. Mais le bonheur est une émotion capricieuse, et Jill craignait souvent qu'un tsunami de malheur ne l'attende, prix à payer pour ces années de béatitude.

Teddy se trouvait dans la cour de récréation au moment où l'enfant se mit à vomir au milieu de l'aire de jeu. Un surveillant emmena le garçon à l'infirmerie, où attendaient trois autres élèves qui saignaient du nez et souffraient de nausées. Le principal, qui venait d'apprendre la nouvelle, annonça dans les haut-parleurs qu'un Code 12 était en vigueur, c'est-à-dire que les enseignants devaient garder les enfants dans les salles de classe et évacuer les couloirs jusqu'à l'arrivée des parents. Certains parents étaient déjà au courant et se pressaient de venir chercher leurs enfants. La peur se lisait dans leurs yeux.

Au cours des dernières vingt-quatre heures, dix-huit mille Américains étaient morts du Kongoli dans dix-sept villes différentes – dont Atlanta, où plus de deux cents décès liés à la grippe avaient été enregistrés. Les nouvelles regorgeaient de faits divers : les parents raides morts en plein milieu du repas, laissant quatre orphelins derrière eux ; douze détenus décédés dans une prison de Détroit et treize autres contaminés, obligeant le comté à ouvrir les portes car ils ne pouvaient plus assurer leur sécurité. Telles étaient les histoires d'une société abîmée par un désastre que tout le monde pensait derrière eux.

La plupart de ceux qui étaient morts avaient été foudroyés par la violente réaction de leur propre corps face à l'infection. D'autres victimes avaient mis jusqu'à dix jours pour mourir, souvent des suites du syndrome de détresse respiratoire aiguë, une violente forme de pneumonie. Dans le sillage de la pandémie de Kongoli, de nouvelles souches résistantes aux antibiotiques proliféraient. Les taux de mortalité de la grippe et de la pneumonie combinés atteignaient presque les cinquante pour cent.

Jill avait dû attendre que les derniers élèves soient partis pour emmener Helen et Teddy à la maison. Son garde-manger était presque vide, et elle voulait absolument acheter des provisions avant que tout ne ferme. Elle fonça au magasin bio près de la maison en se disant qu'il y aurait moins de bousculade, mais elle tomba sur une foule déchaînée : des femmes en tenue de yoga (il y avait une salle juste à côté) qui couraient dans les rayons, des hommes d'affaires en costume qui poussaient deux chariots à la fois, d'autres qui sortaient les bras chargés de produits qu'ils n'avaient pas payés. Jill envisagea de faire pareil. Les deux employés faisaient de leur mieux pour tenir la caisse, mais ils étaient terrifiés et voulaient à tout prix s'éloigner d'une potentielle exposition.

« Uniquement en liquide, dit une jeune indienne menue avec un tilak sur le front.

– Oh, mais je n'ai pas autant d'argent sur moi !

– La machine à carte ne répond pas, dit-elle. Donc on n'accepte que le liquide. »

Jill vit que l'homme d'affaires derrière elle tenait une pleine poignée de billets. Dieu sait pourquoi, les gens étaient mieux préparés qu'elle. Dans son sac, elle trouva quarante-trois dollars. L'employé du magasin prit l'argent sans même compter les produits. Jill les mit elle-même dans un sac et quitta la boutique. Elle se sentait étourdie et avait du mal à respirer.

Quand elle arriva à la maison, Henry l'appela en FaceTime. Il était au ministère de la Santé saoudien et portait une blouse blanche ornée d'inscriptions en arabe. Étrangement, le fait de le voir confortablement au travail la rendit furieuse.

« Pourquoi tu es encore là-bas ? demanda-t-elle. Tu n'es pas à ta place. Tu es censé être ici et t'occuper de nous. Faire tourner ton labo. Au lieu de ça, tu restes en Arabie Saoudite ! »

Henry fut pris au dépourvu par la véhémence de Jill.

« Je fais tout ce que je peux pour trouver un moyen de rentrer. L'ambassadeur des États-Unis fait jouer ses relations pour moi, mais le pays est toujours en quarantaine et les avions restent au sol. Je ne sais pas quoi faire de plus. »

Jill éclata en sanglots. Pendant un long moment, Henry l'écouta pleurer. Elle avait peur. Elle essayait de protéger les enfants et ça la rendait folle. Henry aussi était au bord des larmes, et quand il reprit la parole, sa voix tremblait : « Ce n'est pas juste que tu aies à t'occuper de tout.

– *Juste*… dit-elle en crachant le mot. Tu ne sais pas comment ça se passe ici.

– Alors raconte-moi.

– Je ne pensais pas que les gens se comporteraient comme ça. Tout le monde a peur de s'entraider et personne ne sait quoi faire. Ceux qui ont accumulé des stocks de nourriture ne veulent pas la partager, tout comme l'argent. Il y avait des banques alimentaires, mais elles ont fermé, probablement parce que personne ne voulait faire la queue avec d'autre gens, ou alors parce qu'ils n'avaient plus de nourriture. C'est chacun pour soi.

– Écoute, Jill, je serai bientôt rentré, je te le promets. J'ai des contacts. Catherine fait tout ce qu'elle peut, et Maria aussi. Tout le monde veut que je rentre. Ça va arriver, je te le promets.

– Il y a des gens qui s'enfuient de la quarantaine, j'en ai entendu parler. Tu ne peux pas traverser le désert en voiture et aller dans un autre pays ?

– Les frontières sont fermées. Il y a des patrouilles aériennes à la frontière irakienne et probablement ailleurs. Je ne crois pas que la situation soit meilleure au Yémen. Ça ne peut pas durer pour toujours. Ce qui est ironique, c'est que c'était mon idée. Maintenant qu'il est trop tard pour arrêter l'épidémie de Kongoli, je me retrouve coincé ici.

– Mon Dieu, je voudrais tellement que tu sois là, dit Jill. Je sais que je suis égoïste. La seule chose importante, c'est que tu trouves un moyen d'arrêter cette maladie. C'est vraiment terrifiant. Et je sais que tu vas dire que tu n'es pas seul à agir, mais tout repose sur toi, Henry. »

25

Protéger les dirigeants

Le vice-président semblait en pleine forme. « Qu'est-ce qui s'est passé ? On avait ce virus sous contrôle, dit-il d'un ton accusateur en fixant du regard la lieutenant Bartlett.

– Visiblement pas, monsieur, répondit-elle. Il a juste disparu quelques semaines, ce qui n'est pas rare. Vous vous en souvenez peut-être, nous en avions parlé la semaine dernière quand vous avez suggéré que tout le monde reprenne le travail. »

Le vice-président la fusilla du regard, mais Tildy savait à présent que Bartlett ne versait jamais dans l'insinuation ni la menace. C'était une pure scientifique, et son allégeance à la vérité la plaçait d'office en opposition à toutes les autres personnes dans la pièce. À contrecœur, Tildy en était venue à admirer son intégrité implacable.

« En un seul jour, l'économie a perdu… combien déjà ? Deux mille milliards de dollars ? En un putain de jour ! Je ne sais pas quand on va pouvoir rouvrir les marchés. Et à vous de me dire combien de personnes sont mortes », dit le vice-président. Il tenait une fois encore Bartlett pour responsable, mais il n'attendit pas sa réponse.

« Les hôpitaux ferment leurs portes et refusent des patients ! On n'arrive pas à enterrer les gens assez vite.

Comment on a fait pour être aussi mal préparés ? » C'était une question rhétorique. « C'est un sacré merdier ! conclut-il, mettant de côté ses bonnes manières évangéliques. C'est comment votre nom, déjà ?

– Bartlett, monsieur. Lieutenant Bartlett.

– Vous avez obtenu le machin aux anticorps dont vous avez parlé la dernière fois ?

– Oui, monsieur, les anticorps monoclonaux. Nous les testons sur des furets.

– On s'en fout. À ce que vous dites, c'est notre meilleure chance de développer une forme d'immunité. Cette saloperie pullule à Washington. Il faut protéger les dirigeants. »

Quels dirigeants ? pensa Tildy. Le président avait été quasi absent du débat sur les solutions pour stopper la contagion, sinon pour accuser l'opposition d'avoir ignoré les besoins en matière de santé publique avant qu'il n'arrive à son poste.

« D'accord, Bartlett. Voilà ce qui va se passer, reprit le vice-président. Je veux que vous alliez faire un rapport à la Maison-Blanche ce soir et que vous apportiez une dose de votre machin au président. » Il réfléchit un moment. « Et aux membres de sa famille.

– Faut-il que je prenne une dose pour vous, monsieur ? »

Tildy était épatée que Bartlett arrive à poser une telle question sans le moindre sous-entendu dans la voix. Tout le monde fixa la table du regard pendant que le vice-président réfléchissait à la question. C'est le dernier canot de sauvetage du *Titanic*, se dit Tildy. Faut-il se sauver soi-même ou son humanité ?

« Combien de doses on a ? demanda-t-il.

– Environ deux cents, répondit Bartlett. Nous ne pouvons pas garantir qu'elles sont efficaces ou inoffensives pour l'instant. Tout le monde est différent, chacun a son propre niveau d'immunité. Le bon dosage n'a pas encore été déterminé.

– Deux cents. » Le vice-président tambourina des

doigts sur la table du bureau. « Deux cents. Qui sauver ? Hmmm... »

Tildy décida d'abréger ses souffrances. « Vous devriez en prendre, lui proposa-t-elle. Pour assurer la continuité.

– Non, répondit-il. D'autres personnes sont plus importantes que moi. Les chefs militaires. Les membres du cabinet. Les premiers secours. Mon Dieu, c'est une décision difficile. Il va falloir que je prie pour trouver une réponse. »

Pour la première fois, Tildy ressentit un peu de compassion pour lui.

« Encore une chose, dit-elle alors que la réunion touchait à sa fin. Je crois qu'il vaudrait mieux éviter de se revoir en personne avant la fin de la contagion. La Maison-Blanche va mettre en place des audioconférences. La lieutenant Bartlett peut peut-être nous suggérer quelques consignes à respecter jusqu'à ce qu'on soit sortis d'affaire. »

Bartlett n'avait pas grand-chose à proposer à part se mettre à l'abri quelque part, se laver les mains, ne pas sortir dans les espaces publics si ce n'était pas indispensable et, au besoin, porter un masque et des gants. « Si vous remarquez les symptômes, n'oubliez pas que les hôpitaux sont déjà pleins et que ce n'est peut-être pas le meilleur endroit pour vous, à moins que vous n'ayez besoin d'un respirateur. Si vous n'avez personne pour s'occuper de vous à la maison, demandez à au moins deux personnes de vous appeler deux fois par jour. Buvez beaucoup, et restez au lit.

– On peut prendre de l'aspirine ?

– Surtout pas ! cria Bartlett, ce qui fit sursauter tout le monde. C'est une maladie hémorragique. Vous ne devez rien prendre qui fluidifie le sang. Pas de naproxène, pas d'Advil, pas d'ibuprofène, pas d'aspirine, pas d'oxycodone : une bonne règle à suivre, c'est de ne rien prendre qui permette de se sentir mieux. »

C'était du Bartlett tout craché.

« Le paracétamol, ça va », admit-elle.

Tandis qu'ils rangeaient leurs mallettes, l'adjoint à

l'état-major demanda à l'adjoint de la CIA : « Vous avez déjà entendu parler d'un groupe appelé les Gardiens de la Terre ? Ma fille cadette fricote avec eux. Un genre de secte, si vous voulez mon avis. »

L'homme de la CIA n'en avait jamais entendu parler, et Tildy non plus.

« Je pose la question parce qu'ils sont contre la croissance démographique, et pas qu'un peu. On les voit dans les manifestations, à scander des trucs du genre : "À bas les humains !". C'est bien le genre de types qui ne verraient pas d'inconvénient à éliminer quelques millions de personnes de la surface du globe. Pas ma fille, bien sûr, mais elle les soutient.

– Le FBI a arrêté quelques membres à Los Angeles, répondit l'adjoint à la Justice. Ils étaient entrés par effraction dans une banque de sperme, figurez-vous. Ils ont tout saccagé. Ils ont éteint les frigos et détruit tout l'inventaire. »

Tildy fit remarquer que cela avait tout l'air d'un groupe dissident mené par un hurluberlu quelconque.

« On pourrait le croire, mais leur chef travaillait autrefois pour le gouvernement. Il a dirigé des tas de travaux secrets à Fort Detrick, puis il s'est fait virer et il est parti faire du sale boulot dans le privé.

– Un scientifique ? demanda Tildy.

– Oui, un microbiologiste. Il s'appelle Jürgen Stark. »

26

Les essais humains

D'après Jürgen, c'était une opportunité en or. Une chance inestimable. Un moyen de tester leur théorie. À ce moment-là, Jürgen était déjà devenu un fardeau et avait quitté Fort Detrick. Le congrès menait des enquêtes sur certaines de ses expériences, qui pouvaient difficilement être justifiées comme des mesures défensives. L'affaire se déroulait en sessions secrètes, mais quelques informations commençaient à passer entre les mailles du filet. On décida alors de mettre une certaine distance entre la CIA et les sordides opérations qui avaient eu lieu à Fort Detrick. Cela impliquait de se séparer du talentueux impresario des maladies sur mesure.

Jürgen Stark était bien connu dans le monde obscur qui gravitait autour de la communauté du renseignement, et dès qu'il fut sur le marché du travail, il reçut de nombreuses propositions d'embauche. Les entreprises de sécurité privées avaient poussé comme des champignons depuis le 11-Septembre et la guerre en Irak. Entraînés par les meilleurs – les Navy SEAL, le Mossad, les paramilitaires sud-africains –, leurs agents de terrain venaient du milieu des renseignements et de l'armée. Des consultants politiques et des universitaires étaient venus s'ajouter à l'équation, ainsi que des pirates informatiques de la NSA. En plus de louer les services de tueurs à gages, ces entreprises faisaient également office de département de la Défense ou de l'Intérieur clés en main, capables de monter une véritable armée moyennant une somme d'argent suffisante.

Jürgen offrait un avantage concurrentiel à la société qui l'avait embauché, AGT Security Associates. Ce nom était très opaque et intentionnellement banal, mais dans le monde de ceux qui agissaient dans l'ombre, AGT était le choix numéro un des initiés. Pour les sous-traitants comme eux, l'étape suivante consistait à mettre un pied dans la microbiologie. En embauchant Jürgen, ils avaient réussi un coup de maître. Il était immédiatement devenu l'enfant chéri, l'avenir de l'entreprise. Jürgen avait une philosophie et il connaissait de nombreux secrets, parmi lesquels l'intrigante découverte de Henry Parsons.

À Fort Detrick, Henry avait commencé à travailler sur des dérivés de la poliomyélite, l'un des pathogènes les plus meurtriers du début du XXe siècle. Comme la grippe, la polio était un virus à ARN, mais elle se transmettait via la nourriture et l'eau contaminées par les matières fécales humaines – ce qui explique entre autres pourquoi on met du chlore dans les piscines. Dans les années 1940 et 1950, des milliers d'enfants se retrouvaient paralysés chaque année. Les hôpitaux disposaient de séries de poumons d'acier, respirateurs mécaniques dans lesquels certaines des victimes étaient condamnées à passer le reste de leur vie enfermées. Il n'existait pas de remède contre la polio, mais la découverte d'un vaccin par Salk et Sabin rendit possible la quasi-élimination de la maladie et fut l'un des plus grands succès de l'histoire médicale. Cependant, Jürgen savait bien qu'une population entière n'ayant quasiment pas été exposée à la polio offrait une opportunité en or : le fort taux de contagion du virus et ses effets imprévisibles sur le système nerveux central le rendaient très intéressant à envisager en tant qu'arme chimique.

Henry travaillait sur une maladie infantile commune

appelée pieds-mains-bouche – aussi connue sous le nom d'entérovirus 71 –, très proche de la polio. Les symptômes étaient en général assez bénins, même si quelques cas graves apparaissaient de temps à autre (surtout en Asie) et causaient des dommages neurologiques permanents. La mission de Henry consistait à explorer la piste des entérovirus comme armes potentielles, mais, en tant que médecin, il pensait qu'en arrivant à comprendre le mécanisme qui rendait catastrophique une maladie bénigne, il aurait découvert l'un des secrets les mieux gardés de la nature.

Henry finit par trouver un moyen de combiner l'EV 71 et le poliovirus. Cet hybride avait eu un effet très singulier sur les premières souris exposées : trois jours plus tard, elles s'étaient effondrées et étaient restées inconscientes pendant plusieurs heures, puis elles s'en étaient remises sans aucun symptôme apparent. C'était une maladie passagère, bénigne. Les souris qui vivaient dans les mêmes cages mais à qui on n'avait pas inoculé l'hybride avaient eu les mêmes réactions, ce qui prouvait que le virus pouvait se transmettre entre souris ; il était extrêmement contagieux.

Jürgen vit immédiatement une utilité à cet hybride. Il couvrit Henry de louanges et lui accorda du crédit pour des idées qu'il n'avait pas encore eues. Nous changerons la façon dont nous faisons la guerre, disait Jürgen. Non pas avec des armes conventionnelles ou des bombes nucléaires, mais des germes, des virus et des toxines. Bien ciblée et correctement préparée, une version en aérosol du… comment pourrions-nous appeler ça ? un agent incapacitant ? une sorte de narcotique ?… de Henry pourrait neutraliser l'ennemi suffisamment longtemps pour l'arrêter et le rendre inoffensif. Cela permettrait d'éviter les effusions de sang et ressemblerait aux yeux de tous à un phénomène naturel. Et tout cela grâce à ta découverte, Henry, ta remarquable découverte.

Un agent incapacitant. Un narcotique. Une sorte de somnifère. Quand Jürgen le décrivait, le produit paraissait tellement anodin. En réalité, personne ne savait de quoi il s'agissait : il n'avait pas été testé sur l'homme. Mais Jürgen était pressé, et dans le privé – où l'on agissait en secret dans les déserts, les jungles et autres territoires non surveillés – on pouvait se permettre de prendre des raccourcis. Voilà une opportunité parfaite de faire les tests sur les humains dont tu as toujours rêvé, avait-il dit à Henry. Imagine : un groupe de narcoterroristes dans la forêt tropicale à la frontière entre la Bolivie et le Brésil. Des sales types, un groupe de renégats dérivés des FARC colombiens. Ils échappent aux arrestations depuis des années, ils attaquent les villages, incendient les champs, violent, pillent et font régner la terreur. Les Brésiliens sont venus nous voir pour trouver une solution, et tu viens de la créer !

Henry rencontra l'équipe d'AGT dans une base de l'armée de l'air à São Paulo, où l'opération était organisée. Elle était composée d'hommes vifs, musclés et efficaces, et personne ne doutait de leur réussite. Ils allaient charger l'« agent », comme ils appelaient l'invention de Henry, dans un aéronef agricole et atterrir sur une piste dans la forêt amazonienne près du village de Corumba. Ils attendraient la nuit tombée. La cible était isolée, donc il n'y avait aucun risque de propager l'épidémie au-delà du village. Les lumières des cabanes où se cachaient les terroristes les guideraient, et l'obscurité les empêcherait de riposter. L'avion passerait plusieurs fois au-dessus du village. Contrairement à l'anthrax, qu'il fallait ingérer directement, l'agent de Henry était contagieux et l'infection se répandrait rapidement. Trois jours plus tard, l'armée interviendrait. Jürgen et Henry superviseraient l'équipe médicale pour récolter des données sur les effets de la maladie. Tout allait bien se passer.

Henry avait eu quelques appréhensions. Cette mission n'avait rien de scientifique. D'un autre côté, il aurait bien fallu faire des tests sur des volontaires humains – l'« agent » en était arrivé à ce stade –, et paralyser temporairement un groupe de terroristes semblait être un bien meilleur usage de l'invention de Henry (si elle fonctionnait). De plus, les Brésiliens se faisaient très insistants et Jürgen était sûr qu'ils réussiraient. Mais ces pensées encourageantes ne suffisaient pas à apaiser l'esprit de Henry.

Jürgen et lui passèrent la troisième nuit dans la forêt tropicale. Une brise fort bienvenue venait chasser l'humidité et rendait l'endroit respirable. Ils buvaient du vin de maïs en écoutant les cris gutturaux des singes hurleurs. Ces derniers se faisaient décimer par une épidémie de fièvre jaune, que Jürgen attribuait au manque d'hygiène de la population humaine. Les deux hommes discutèrent des difficultés à traiter les animaux dans la nature. Henry apercevait à peine les traits de Jürgen, si ce n'était son étincelante chevelure blond platine qui reflétait la lumière des étoiles. Puis Jürgen fit une remarque que Henry n'oublia jamais : « Dans la lutte entre l'homme et la nature, je ne suis pas de notre côté. Je suis un traître envers mon espèce. »

Cette confession était sortie sous l'effet du vin et de l'obscurité, où l'on s'échangeait des détails intimes qu'on n'aurait pas osé proférer sobre et en plein jour. Henry se souvint de la phrase de la docteure Méyé au restaurant de poissons sur l'Ogooué. Elle avait dit que Jürgen était dangereux. Pourtant, rien dans ses travaux ne laissait transparaître à quel point il était subversif. Henry ne comprit que plus tard la vérité qui se cachait derrière l'aveu de Jürgen.

27

L'antisérum de Philadelphie

À six heures du soir, la lieutenant Bartlett apparut à la porte nord-ouest de la Maison-Blanche avec une trousse médicale comportant sept doses d'antisérum : cinq de Philadelphie, les deux autres de Minneapolis. Aux NIH, ils avaient discrètement discuté pour savoir laquelle donner au président. La souche de Philadelphie était plus virulente et les anticorps pourraient le protéger contre la variante la plus dangereuse de la grippe. D'un autre côté, le sérum de Minneapolis était sans doute plus sûr, même s'il n'y avait aucun moyen d'en être certain. Bartlett avait des chances de sauver le président, ou bien de le tuer. S'il s'en sortait avec une petite infection, elle serait soulagée.

On la fit monter dans les appartements familiaux du président et on la conduisit à la salle de maquillage, endroit tout blanc et bien éclairé dont elle n'avait jamais entendu parler, équipé d'une étagère pleine de cosmétiques, de brosses et d'un sèche-cheveux professionnel. Un lit de bronzage était collé au mur. Le médecin du président, un général de l'armée de l'air, avec une fossette au menton et des lunettes à l'ancienne à triple foyer, l'attendait dans la pièce. Bartlett le salua. Il répondit d'un geste vague.

« C'est moi qui dois lui administrer les injections ou

vous ? demanda-t-il. Je ne connais pas bien le protocole pour ce genre de situation.

– Il n'y a pas de technique spéciale, répondit-elle. Nous recommandons le muscle fessier antérieur, puisqu'il y a trop de liquide à absorber pour le deltoïde.

– Dans ce cas, je m'occupe du président et vous de la première dame. Il est un peu complexé par son tour de taille. Les autres, on se les répartira. »

Les enfants adultes vinrent les premiers. D'un air grave, ils essayèrent de faire quelques blagues sur la malaria. Ils n'éprouvaient aucune gêne à baisser leur pantalon pour que Bartlett les pique au côté de la hanche, juste sous la ceinture pelvienne. Elle se demanda s'ils avaient envisagé les dangers potentiels. Elle se demanda aussi s'ils savaient qu'ils ôtaient une chance de survie à quelqu'un de potentiellement plus utile qu'eux – un infirmier, un policier, une femme enceinte – ou s'ils s'en fichaient. Ou bien était-ce simplement ainsi que les choses allaient se passer : les puissants, les riches et les célébrités seraient sauvés. Elle se rendit compte à quel point elle était naïve. Bien sûr que tout allait se dérouler comme ça. Voilà ce qu'était devenu leur pays.

Elle fit son travail. Les enfants du président remirent leur pantalon et sortirent de la pièce en se frottant la hanche endolorie.

Le président entra. Il est vraiment gros, pensa Bartlett. Elle se demanda quel était son taux de triglycérides. Il jeta un regard dans sa direction et elle se retourna ; elle s'occupa en jetant les seringues et en rangeant sa trousse. Elle l'entendit dire : « Elle n'a pas besoin d'être là.

– Elle attend la première dame, répondit le général.

– Eh bien, elle ne viendra pas. Il faut croire qu'elle se méfie des gens comme vous. Aïe », dit-il alors que l'antisérum de Philadelphie pénétrait dans son corps.

28

Crème glacée

Malgré les avertissements de ne pas sortir dans les lieux publics, Jill avait décidé d'aller rendre visite à sa mère. Elle ne l'avait pas vue depuis plus d'une semaine, mais c'était la fête des Mères et elle voulait s'assurer qu'on s'occupait bien de Nora. Elle apporta des gueules-de-loup cueillies dans son jardin. Devant l'entrée du bâtiment, elle tomba sur un panneau qu'elle n'avait jamais vu auparavant : PAS DE VISITEURS.

Jill portait un masque et des gants. Elle n'avait pas réussi à joindre sa mère à l'interphone, et Nora ne se servait jamais de son téléphone portable. Jill décida que les membres de la famille ne comptaient pas comme des « visiteurs » et elle entra. Il n'y avait personne à la réception. Elle ne croisa pas un chat. Elle prit l'ascenseur jusqu'au troisième étage, où l'on avait installé Nora depuis qu'elle s'était cassé la hanche. Les couloirs étaient étrangement déserts, même si Jill voyait que les chambres étaient toujours occupées.

« Hé ! Hé, vous ! appela une voix d'homme. Aidez-moi ! »

Jill se retourna et vit un vieil homme dans sa chambre, qui la regardait, le visage en proie à une forte émotion. Elle remarqua immédiatement qu'il saignait du nez.

« Vous travaillez ici ? demanda-t-il. J'ai besoin d'aide. »

Elle fit un pas en arrière.

« Je vais vous chercher quelqu'un.

– Ils ne viendront pas. Personne ne viendra. Il faut que vous m'aidiez. Je ne me sens pas très bien et personne n'est venu me changer.

– Je suis désolée, je viens rendre visite à ma mère.

– J'ai vraiment besoin d'être changé. Il y a des couches là-bas, dit-il en pointant son doigt noueux vers un placard.

– J'aurais aimé vous aider, vraiment », répondit-elle en s'éloignant à la hâte.

Elle entendit sa voix qui l'appelait pitoyablement : « Aidez-moi ! Personne ne va venir m'aider ? »

Nora regardait la télévision lorsque Jill entra. « Qu'est-ce qui t'a pris tant de temps ? dit-elle d'un ton sec. J'ai faim.

– Maman ? C'est moi, Jill. Ta fille. »

Nora la fixa du regard ; les souvenirs en éclats se réorganisaient dans sa tête après cette nouvelle information. Elle était en meilleur état, d'habitude. Peut-être qu'elle avait été déstabilisée par le masque. Jill entendait d'autres voix qui criaient, venant s'ajouter au chœur plaintif dans le couloir, comme des chiens hurlants.

« Comment tu te sens, maman ?

– Je te l'ai dit. J'ai faim.

– C'est bien, c'est bon signe, dit Jill. Ils ne t'ont rien apporté ? »

Nora émit un son dédaigneux.

« Tu sais quoi ? dit Jill en plaçant les gueules-de-loup dans le vase que Helen avait peint en colonie de vacances. Je vais descendre à la cuisine te chercher quelque chose. De quoi tu as envie ? Des céréales ? De la crème glacée, peut-être ?

– De la crème glacée, répondit Nora.

– Parfait ! Je reviens tout de suite. »

Jill avait bien compris que les résidents avaient quasiment été abandonnés. Les bureaux de la direction semblaient déserts, mais la porte du bureau du directeur était ouverte, et Jack Sperling se trouvait à l'intérieur. De larges cernes noirs soulignaient ses yeux.

« Jack, tu es tout seul ici ? demanda Jill.

– Nous avons perdu la majorité du personnel avec les premiers cas de grippe, répondit-il. Je crois que certains sont vraiment malades, mais la plupart ont juste eu peur. Ils ne sont pas formés pour ce genre d'urgence médicale.

– Mais qui s'occupe de tout le monde ?

– Il reste deux ou trois personnes. Faire la tournée complète, ça prend du temps. Je suis désolé, ta mère n'a peut-être pas encore été nourrie.

– Il reste de la nourriture ?

– On reçoit de l'aide du département de l'Agriculture, mais il nous manque l'essentiel : les aliments mous, comme le beurre de cacahuètes, le fromage industriel, le chocolat au lait – tout ce qu'ils aiment. Nous n'avons plus du tout de boissons protéinées. Mais le vrai problème, c'est les médicaments. » Il fit un geste en direction d'une pile de documents sur son bureau. « La plupart de nos résidents sont sous traitement vital, mais toutes les pharmacies que j'ai appelées rationnent leurs stocks. J'ai passé la journée à essayer de récupérer des médicaments pour le cœur et contre le diabète. Certains ont cruellement besoin d'anti-dépresseurs, mais ils devront attendre qu'on se soit occupé des cas critiques d'abord. Il y a bien d'autres problèmes encore, mais je ne veux pas t'embêter avec ça.

– Comme le Kongoli, par exemple », dit Jill.

Sperling soupira.

« Le troisième étage et le service gériatrie sont infestés.

– Pourquoi tu ne m'as pas prévenue ?

– Dis-moi, Jill, tu aurais vraiment préféré que je le fasse ? Tu veux ramener ta mère à la maison ? Si oui, je t'en prie, vas-y. On serait ravi d'avoir une bouche de moins à nourrir, un corps de moins à laver, à emmener aux toilettes, à réveiller au milieu de la nuit pour prendre ses médicaments.

Tu nous rendrais un fier service, mais peut-être pas à ta famille, vu qu'elle a été exposée au virus. Réfléchis bien. »

Au sous-sol, Jill trouva la cuisine. Une cuisinière remuait du porridge dans plusieurs marmites. Elle fit un léger mouvement que Jill interpréta comme : ne t'approche pas de moi.

« De la crème glacée ? » demanda Jill.

La femme secoua la tête.

« Il n'y en a plus depuis longtemps, répondit-elle. Le porridge est prêt, si vous voulez. »

Jill en porta un bol dans la chambre de sa mère, avec une cuillère en plastique. Heureusement, Nora avait oublié l'histoire de la crème glacée. Jill s'assit au bord du lit de sa mère et la nourrit.

« Je t'ai raconté mon séjour chez Maggie ? »

Elle vit dans son regard que sa mère cherchait ce nom dans sa mémoire.

« On a beaucoup parlé de toi. Tu serais fière d'elle, de ce qu'ils ont fait de la ferme avec Tim. C'est une merveille ! »

Elle continua ainsi, comme si Nora assimilait tout ce qu'elle disait. Jill savait que le plus important consistait à créer un sentiment de familiarité, même si les noms et les détails s'étaient évaporés depuis longtemps. Mais tandis qu'elle parlait, une autre voix s'exprimait dans un coin de son esprit : « Oh, maman, qu'est-ce que je vais faire de toi ? »

Maintenant que les enfants avaient dû quitter l'école et étaient coincés à la maison, Henry se mit à les appeler tous les matins à dix heures à Riyad, pour que Jill puisse sortir un peu. Trouver de l'argent et faire les courses était devenu une véritable lutte quotidienne. La plupart des commerces avaient fermé, mais des marchés noirs étaient apparus dans différents quartiers, et l'on y vendait de tout. Le gouvernement fédéral disposait d'une grande réserve d'argent liquide qu'il essayait de réinjecter dans l'économie, mais cette réserve était principalement composée de billets de deux dollars, la coupure mal-aimée que les distributeurs ne pouvaient fournir. Les marchés fonctionnaient sur la base du troc. Jill échangea un collier de perles contre un sac de tomates et cinq cents grammes de rigatoni.

La contagion avait détruit le moindre sentiment de communauté. Jill se souvenait des autres catastrophes naturelles, comme les ouragans en Caroline du Nord quand elle était enfant. La ville de Wilmington s'était transformée en une machine humanitaire bien huilée à l'époque. Son père avait un hors-bord de pêche et, lors des inondations, il allait secourir les voisins coincés dans leur maison. Nora préparait des paniers-repas avec ses filles. Jill et Maggie adoraient ces périodes dramatiques, lourdes de sens, durant lesquelles les gens se rassemblaient et où tout le monde semblait veiller les uns sur les autres.

Avec la maladie, tout était différent. Les voisins avaient peur les uns des autres. Ils stockaient de la nourriture. On aurait dit que tout le monde était armé – les magasins d'armes avaient été les derniers à fermer boutique. Les gens les plus audacieux étaient devenus les avides trafiquants du marché noir. Jill n'avait aucun doute sur le fait que la plupart des produits qu'ils vendaient étaient volés. Les vendeurs avaient bien compris que c'était le moment pour eux de faire des affaires. Une fois l'épidémie passée, ce seraient eux les rois. Il leur suffisait de survivre.

Le gouvernement essayait en permanence de tranquilliser les citoyens en affirmant qu'il faisait tout ce qui était en son pouvoir, mais ses mensonges rassurants ne faisaient qu'alimenter les théories du complot les plus infâmes. Comme chacun avait peur des autres, les gens avaient commencé à se désengager des rituels sociaux qui permettent d'ordinaire de préserver une communauté en pleine tempête. L'absence de vérité et l'effondrement de la confiance avaient ouvert la porte à la terreur, ce qui déchirait la société.

Un matin, Jill saisit l'opportunité d'aller faire son jogging habituel à Lullwater Park. Le sentier était encore humide car il avait plu récemment. Elle se sentait comme dans un film de zombis, où la ville était déserte et les gens qui restaient se trouvaient dans un état instable entre la vie et la mort. Pour l'instant, je suis en vie, pensa-t-elle. Comme il n'y avait personne aux alentours, elle enleva son masque.

Après la première colline, elle tomba sur un oiseau mort. Elle s'arrêta un moment pour l'examiner. Jaune et vert olive, à tête et gorge noires. Magnifique. Une sorte de fauvette, se dit-elle. Maggie aurait su. Peut-être qu'on en trouvait beaucoup dans ces bois-là, mais Jill n'en avait jamais vu auparavant. Si je survis, pensa-t-elle, je ferai plus attention aux détails.

Elle se souvint de l'hiver précédent, lorsque le lac avait gelé en partie. Il ne se solidifiait plus complètement de nos jours. Elle était allée se promener avec les enfants, et Teddy fut le premier à remarquer le chien sous la glace. « Pauvre bête, il a dû essayer de marcher dessus », avait dit Jill. Elle s'était rendu compte que c'était le premier contact de Teddy avec la mort. En se rappelant cette conversation, elle se demanda ce qu'elle aurait pu dire de plus à ce sujet à Teddy et Helen. Ils étaient terrifiés, mais elle aussi. Elle avait envie de retrouver sa foi perdue, les quasi-certitudes qu'elle avait concernant Dieu et le paradis quand elle avait l'âge de ses enfants. Ils n'ont rien de tout ça, se dit-elle. Nous ne leur avons pas donné. La religion était peut-être un tissu de mensonges ou de mythes construit sur la peur de la mort qu'elle ressentait en ce moment même. Elle avait éprouvé une certaine fierté à vivre loin de la superstition, dans un monde de faits démontrables. Henry était tellement hostile à la religion qu'elle n'aurait jamais abordé avec lui le sujet du désir de spiritualité, mais elle le ressentait à présent et elle ne savait pas quoi en faire.

Quand elle arriva près de l'allée principale du parc, elle aperçut plusieurs personnes en tenue de camouflage qui donnaient à manger aux canards, debout à l'endroit où elle se tenait quelques jours plus tôt, avant que le monde change. Quelque chose d'étrange chez eux la frappa. Elle observa la pente douce de la colline derrière le lac et vit une volée de bernaches du Canada, toutes étendues sur le sol.

« Qu'est-ce que vous faites ? » cria-t-elle à l'une des personnes qui nourrissaient les oiseaux. Elle remarqua un badge sur sa veste.

« Ah, madame, je suis désolé, pas la peine que vous voyiez ça.

– Vous tuez les oiseaux ?

– C'est un ordre. On ne fait pas ça par plaisir. »

En parlant avec les exterminateurs, elle aperçut un cygne qui sortait du lac avec difficulté et montait sur le trottoir. Jill le reconnaissait : d'ordinaire, il grignotait ses chaussures et battait des ailes avec une dédaigneuse majesté quand elle ne lui apportait pas des chips ou des miettes de pain. Aujourd'hui, il titubait tel un ivrogne, la tête penchée comme un poids mort. Il s'effondra dans l'herbe, de l'autre côté de la route.

Une fois Jill sortie, Helen et Teddy racontèrent à Henry sur FaceTime leurs projets et les livres qu'ils lisaient. À son tour il sortit se promener dans les rues désertes d'Arabie Saoudite en début de soirée, quand la chaleur se faisait moins étouffante, et il montra aux enfants à quoi ressemblait ce pays austère où tout le monde vivait cloîtré à l'intérieur, comme à Atlanta.

Teddy était en colère la plupart du temps, ce qui ne lui ressemblait pas.

« Tu t'en fiches, dit-il lorsque son père lui posa des questions sur le récepteur à cristal qu'il fabriquait.

– Non, ça m'intéresse beaucoup, répondit Henry. J'ai essayé d'en faire un quand j'étais au lycée et il n'a jamais fonctionné. »

L'idée que Henry ait échoué à quelque chose intrigua

Teddy, et il posa alors la question : « Pourquoi tu n'arrives pas à guérir cette maladie ? C'est pas censé être toi, la personne qui sait comment on fait ?

– Si, je crois bien, et je fais tout ce que je peux. Mais c'est très dur. »

Son tour venu, Helen aussi avait un problème à partager. « Maman ne va pas bien. Elle est tout le temps fâchée. Elle fait comme si elle avait les choses en main, mais elle pleure beaucoup. Pas devant nous.

– C'est un moment douloureux, dit Henry. Les gens doivent faire face à des difficultés qu'ils ne pensaient jamais rencontrer. Je sais que c'est vrai pour toi aussi, mais je sais que tu es forte, Helen. Peut-être même la personne la plus forte de la famille. Maman et Teddy peuvent compter sur toi. Tu le sais, n'est-ce pas ? »

Helen répondit d'un timide : « Je crois.

– J'aimerais pouvoir te traiter comme ma petite fille chérie, et nous aurons peut-être à nouveau cette chance bientôt. Mais pour l'instant, tu vas devoir te comporter comme une adulte. »

Helen encaissa le coup, puis elle dit : « Papa, est-ce que tu crois au paradis ? »

Henry vit que son regard fuyait l'écran, sans doute parce qu'elle était gênée d'avoir posé si brutalement la question. Elle avait peut-être peur de la réponse.

« Je ne suis pas convaincu qu'il n'existe pas.

– Dis-moi ce que tu en penses vraiment. Arrête de me traiter comme une enfant. »

Henry se rendit compte qu'il éludait une des plus importantes questions que Helen lui ait jamais posées. « Je ne suis pas quelqu'un de religieux, tu le sais. Je suis un scientifique. Je vois l'univers comme un mystère que je cherche à résoudre. Mais plus j'en apprends sur la vie, moins je la comprends. Pourquoi existons-nous ? On ne sait pas, et on ne saura sûrement jamais. Y a-t-il un Dieu ? Souvent, quand je regarde une forme de vie infiniment petite à travers un microscope, je suis tellement sidéré par sa beauté et son utilité que je suis obligé de reculer pour reprendre ma respiration. Comment sommes-nous venus à la vie ? Pourquoi sommes-nous capables d'avoir une conversation pareille, plutôt que d'être comme le robot de Teddy, qui ne sait que recevoir des ordres de son maître ? J'essaye de t'exprimer des pensées que je ne me suis jamais vraiment formulées à moi-même. Disons qu'à la surface, je vois la vie comme quelque chose de merveilleusement simple. On connaît le nom des couleurs, par exemple. Quand on goûte quelque chose, on reconnaît les saveurs. Quand on entend du bruit, on sait immédiatement si c'est de la musique ou non. Quand on regarde dans le miroir, on voit quelqu'un et on se reconnaît.

Mais si l'on regarde à l'intérieur de cette personne – si tu regardes à l'intérieur de Helen –, ce que l'on y trouve est très complexe. Helen a commencé avec une seule petite cellule, mais elle en est maintenant composée de milliers de milliards, qui proviennent toutes de la première et qui ont des fonctions différentes. Même si Helen vit jusqu'à devenir une très vieille dame, à chaque minute des milliards de ses cellules meurent et de nouvelles sont créées. Pourtant, elle reste la même Helen.

– Où vont ces cellules ? demanda Helen.

– Elles sont absorbées dans le corps et leur énergie sert à en créer de nouvelles. Mais ce sont toutes les cellules de Helen. Si tu regardes à l'intérieur de ces cellules, les choses deviennent plus complexes encore. Tu te souviens du microscope électronique que je t'ai montré dans mon bureau ?

– Oui, oui.

– Je peux agrandir une cellule des millions de fois. Tu imagines ? Plus j'explore, plus je suis fasciné. Pourtant, je tomberai toujours sur une porte que je n'arrive pas à ouvrir. Il y a un secret derrière que je n'arrive pas à percer. Si j'ouvrais cette porte, je trouverais peut-être quelque chose comme une âme.

– Et le paradis ?

– Je ne sais pas. Honnêtement, personne ne sait. J'ai entendu parler de patients qui étaient morts sur la table d'opération et qui avaient été ramenés à la vie, et certains d'entre eux racontaient avoir vu leurs proches et leurs amis décédés. Je prends ça comme un point de référence, intéressant mais impossible à prouver. J'aimerais pouvoir te dire qu'il y a une vie après la mort, que tous les gens que tu aimes s'y retrouveront, et qu'on sera ensemble pour l'éternité. Je ne peux le prouver d'aucune façon. »

Helen hocha la tête. Henry avait peur de l'avoir déçue. Puis elle dit : « Moi, je crois au paradis. Je pense qu'il est dans nos rêves.

– Comment ça ?

– Dans nos vies, on connaît des tas de gens et d'expériences, et dans nos rêves on réarrange tout et on crée de nouvelles expériences, et parfois on rencontre de nouvelles personnes et on se lance dans de grandes aventures, et c'est comme le paradis, et parfois il nous arrive des choses horribles ou on fait des cauchemars, et c'est comme l'enfer. Je veux dire : pourquoi est-ce qu'on devrait croire que le paradis est un endroit où on ne peut aller qu'après la mort ? Et si on vivait la moitié de notre vie éveillés sur Terre et l'autre moitié au paradis, et qu'on finissait par vivre pour de bon au paradis quand on mourait ?

– C'est une très belle théorie », dit Henry avec admiration.

29

Les petits pains de grand-mère

Jill retourna voir sa mère à la maison de retraite. Cette fois, Nora la reconnut dès qu'elle arriva.

« Mets des gants », dit-elle immédiatement. Jill attrapa une paire de gants jetables dans la boîte posée sur le rebord de la fenêtre, puis elle en enfila une paire à Nora. Elle prit la main de sa mère.

« Je vais t'emmener à la maison, dit Jill.

– Non, ne fais pas ça.

– Ça fait combien de temps que tu n'as pas mangé ?

– Je n'ai pas faim.

– Écoute, je t'ai apporté quelque chose. »

Jill fouilla dans un sac en plastique et en sortit une boîte de crème glacée à la vanille. Elle lui avait coûté vingt-quatre dollars, soit tout l'argent liquide qu'elle avait pu rassembler.

« Tu ne devrais pas être là, dit Nora.

– Fais-moi plaisir, maman, je suis d'humeur à te donner à manger. »

Nora sourit. C'était la première fois depuis des mois que Jill la voyait sourire. Elle mit une cuillerée de glace dans la bouche de sa mère.

« Vanille, c'est bien ton parfum préféré ? »

Nora acquiesça. Après la première bouchée, l'appétit lui vint.

« Tes enfants... dit-elle vaguement.

– Helen et Teddy. Ils vont bien. Ils s'ennuient. Ils ont hâte que tu rentres à la maison avec moi.

– Je les aime fort.

– Je sais. Et ils le savent aussi.

– Je ne peux pas partir maintenant.

– Maman, je ne peux pas te laisser ici.

– Je ne peux pas partir. Je suis malade. »

Jill essaya de rester calme, mais son cœur se mit à battre à tout rompre.

« Maman, je veux m'occuper de toi.

– Tu ne devrais même pas être ici, dit Nora, le menton tremblant. J'ai les papiers du testament et tout le reste quelque part. Toi et ta sœur... »

Nora fixa furieusement les dalles du plafond.

« Maggie.

– Toi et Maggie héritez de tout. »

Elle réfléchit un moment.

« Est-ce que j'ai encore une voiture ?

– Ne parlons pas de ça maintenant, maman.

– Je ne veux pas de grosse cérémonie pour l'enterrement.

– D'accord.

– Je veux être à Oakland, à côté de ton père. On a acheté le caveau, tu sais. »

Elle se souvenait de détails les plus surprenants ; ou bien était-ce les seules choses qui importaient pour elle à présent ? Elle voulait que son pasteur – Jill savait de qui elle parlait, celui de l'église méthodiste Glenn Memorial – fasse l'éloge funèbre. Jill se garda de lui dire que ce ne serait pas possible, même si l'église était encore en fonction et que le pasteur était encore en vie.

« Je t'aime, maman, dit-elle, les larmes aux yeux.

– Je sais bien. »

Jill donna une autre cuillerée de glace à la vanille à sa mère.

Trois jours plus tard, Jill enterra Nora au cimetière d'Oakland, un vieil endroit charmant au sud de la ville. Ce n'était pas son caveau. Il y avait tellement de corps à enterrer qu'on avait fait creuser une tranchée. Comme la plupart des autres défunts, Nora était enroulée dans un drap. Les morgues avaient fermé par peur de l'infection et par manque de cercueils. Les corps arrivaient dans des camions de location. Quelques cadavres avaient eu droit à un linceul. Certains portaient des habits de nuit, d'autres étaient nus. Les employés, vêtus de combinaisons de protection, chargeaient les dépouilles sur des palettes et les faisaient descendre dans la tranchée grâce à un chariot élévateur. Seules quelques personnes étaient venues faire leur deuil ; cette cérémonie n'était pas faite pour être vue.

Pendant un instant, les pensées de Jill furent emportées par le gazouillis d'un merle moqueur. Assis dans un magnolia, il chantait ses joyeuses mélodies. La vie est magnifique, se dit Jill, elle continue avec ou sans nous. Puis elle éclata en sanglots.

Elle sentit soudain une main se poser sur son épaule. Il lui fallut un moment pour reconnaître le visage derrière le masque : c'était Vicky, la mère de K'Neisha, son élève préférée. Elles n'échangèrent pas un mot. Jill vit l'un des hommes en combinaison se saisir d'un petit paquet dans le coffre de la Nissan de Vicky et le déposer sur la palette avec les autres corps.

Les doigts de Jill avaient enflé. Elle n'arrêtait pas de lâcher tout ce qu'elle attrapait. Elle renversa des lentilles sur la cuisinière.

« Maman, on n'en a pas déjà mangé hier ? » demanda Helen.

Jill se retint de lui aboyer dessus.

« Ce soir, c'est différent : on mange des lentilles à la sauce piquante.

– Oh, super. »

Jill jeta un œil dans le garde-manger. Il devait bien y avoir quelque chose pour agrémenter les lentilles. Elle avait peur de ne pas nourrir assez les enfants, mais elle se sentait obligée de rationner leurs stocks jusqu'à ce que le fléau disparaisse, les magasins rouvrent, les distributeurs de billets fonctionnent à nouveau, et tout le monde reprenne une vie normale. Il y avait des boîtes de conserve dans le placard et quelques produits dans le congélateur – des esquimaux, un sachet de petits pois surgelés, une truite qui était là depuis une durée indéterminée –, mais pas assez pour tenir plus de quelques jours.

Au fond du réfrigérateur, Jill repéra un sac de farine. Sa mère insistait pour la garder au frais afin d'éviter d'attirer les charançons du cotonnier, selon une vieille habitude sudiste. Il restait juste assez de graisse alimentaire pour faire des petits pains. Combien de fois Jill et Maggie étaient-elles montées sur des tabourets quand elles étaient petites pour aider Nora à étaler la pâte à tarte, à cookies et surtout à petits pains. Chauds et friables, ils emplissaient la cuisine d'une bonne odeur que Jill arrivait parfaitement à sentir dans sa mémoire. Ses genoux flanchèrent et elle dut se rattraper au plan de travail pour ne pas tomber.

« Il n'y a plus de lait, dit-elle sans conviction.

– Ça va, maman ? demanda Helen, toujours attentive aux humeurs de sa mère.

– J'allais faire des petits pains, mais il n'y a plus de lait.

– Il faut forcément en mettre ? » demanda Teddy d'un ton coupable. C'était lui qui avait bu ce qui restait.

« Si tu veux les petits pains de grand-mère, oui. »

Helen proposa une solution que Jill redoutait.

« On peut peut-être demander à Mme Hernandez si elle veut bien nous échanger du lait contre des petits pains. »

Autrefois, Helen et Teddy voyaient Mme Hernandez comme une sorcière.

« Qu'est-ce qui te fait croire qu'elle a du lait ?

– Elle a des chats, donc elle a du lait. »

Jill tendit à Helen un verre mesureur.

« Emmène Teddy avec toi. Allez voir si elle veut bien nous prêter quinze centilitres. »

Helen ne pensait pas y aller elle-même, mais les mouvements erratiques de sa mère l'inquiétaient. Elle voulait à tout prix remonter le moral de Jill. Quelque chose de grave planait tacitement dans l'air.

Dès que les enfants quittèrent la pièce, Jill s'assit à la table de la cuisine et se mit à pleurer.

Tout le monde l'appelait Mme Hernandez, mais personne dans la famille ne savait si elle avait déjà été mariée. Jill supposait qu'elle vivait de la sécurité sociale et d'une retraite modeste, qui – au vu des bouteilles et des boîtes dans sa poubelle à recyclage – servait principalement à acheter de l'alcool et de la nourriture pour chats. Son poste de télévision beuglait à toute heure de la journée. Elle se faisait souvent livrer des pizzas et des courses, du moins autrefois. Elle possédait une petite Ford Focus qui quittait rarement le garage. Jill la soupçonnait d'être agoraphobe.

Teddy prit la main de Helen tandis qu'ils gravissaient l'escalier dans l'obscurité. Mme Hernandez n'était pas la meilleure pour changer les ampoules. Les enfants n'étaient montés que deux fois dans leur vie, pour Halloween, et Mme Hernandez leur avait donné des barres Mars. En haut de l'escalier se trouvait une porte pourvue d'un carreau de verre. Helen toqua. Ils entendirent le plancher grincer sous les pas de la voisine qui traversait la pièce pour venir leur ouvrir. La femme dodue aux cheveux blancs apparut, vêtue d'une robe de chambre bleue.

« Bonjour, les enfants ! dit-elle. Oh, Blackie ! »

Un gros chat venait de se faufiler derrière eux dans l'escalier. Il resta immobile, hésitant.

« Elle va revenir dans une minute, dit Mme Hernandez. Elle ne fait qu'explorer.

– On fait des petits pains, dit Helen. Vous en voulez ?

– Oh, c'est très gentil.

– Mais on n'a plus de lait. »

Un chat tigré vint se frotter contre la jambe de Teddy. Il semblait étrange que Mme Hernandez ait encore les stores fermés par une si belle journée.

« Du lait ? Tu dis qu'il vous faut du lait ? Mais mes chats en ont besoin. »

Mme Hernandez fixa Helen d'un regard sévère.

« Combien de petits pains me proposes-tu ?

– Combien vous en voulez ?

– Six, répondit Mme Hernandez.

– Quatre.

– Vous ne pouvez pas faire de petits pains sans lait.

– Et vous ne pouvez pas faire de petits pains sans farine ni beurre, dit Helen.

– Cinq.

– Quatre », répondit obstinément Helen.

Durant la pause qui suivit, elle fit mine de partir et d'emmener Teddy avec elle.

« Combien de lait ?

– Vingt-cinq centilitres, maman a dit. »

Teddy allait la contredire, mais Helen lui donna un coup de coude et il garda le silence.

Mme Hernandez ouvrit son frigidaire. Helen vit qu'elle avait trois bouteilles de lait, mais pas grand-chose d'autre. Hernandez versa exactement vingt-cinq centilitres. « Quatre petits pains, dit-elle en tendant le verre à Helen. Bon, où est passé ce chat noir ? »

Blackie était en train de griffer la porte extérieure, à la recherche d'un moyen de s'échapper. Mme Hernandez le prit dans ses bras.

Une fois le dîner terminé et la vaisselle faite par Helen, Jill demanda à ses enfants de venir dans le salon. Il fallait qu'ils parlent.

Jill savait qu'elle avait dû paraître inquiétante, mais elle n'avait pas pu s'en empêcher.

« Vous savez bien que cette terrible grippe est très dangereuse, n'est-ce pas ? »

Helen et Teddy acquiescèrent.

« Vous connaissez des gens qui sont malades ?

– Au moins quatre garçons de ma classe, dit Teddy. Je crois qu'il y en a d'autres.

– Il y en a d'autres, dit Helen. Plein d'autres.

– J'imagine, répondit Jill. On entend parler de tellement de cas à la télé. Des gens tombent très malades aux quatre coins du globe.

– Papa va bien ? » demanda Helen.

Elle avait bien vu le sous-entendu.

« Oui, ma chérie, il va bien. Il fait ce qu'il peut pour que tout le monde aille bien. Il y a de quoi être fiers de lui, tu ne trouves pas ? »

Helen hocha la tête d'un air grave. Teddy dit : « Ça m'énerve qu'il ne soit pas là.

– Je sais, dit Jill. J'aimerais tant qu'il soit avec nous, moi aussi. Il saurait quoi faire. C'est quelqu'un de très avisé.

– Qu'est-ce qui ne va pas, maman ? » demanda Helen avec insistance.

Jill avait répété ce moment.

« Vous savez que beaucoup de gens tombent malades, et certains ne s'en remettent pas. Certains en meurent. Vous comprenez ce que ça veut dire, n'est-ce pas ? »

Les enfants acquiescèrent. Jill lisait l'appréhension dans leurs yeux.

« Tante Maggie m'a appelée. C'est votre cousine Kendall. Elle est tombée malade. Elle n'allait pas bien du tout. »

Helen devint toute blanche.

« C'est arrivé lundi. Elle est tombée gravement malade, et on ne pouvait rien y faire.

– Comment elle est tombée malade ? demanda Teddy.

– Personne ne le sait, Teddy, mais certains disent que c'est à cause des cochons.

– Est-ce que Reine Margaret est malade ? demanda Helen.

– Elle est morte aussi », dit Jill.

Elle omit de leur dire que Maggie avait rassemblé tout son bétail dans un champ reculé et qu'elle avait abattu les bêtes. Elle ne leur dit pas non plus qu'oncle Tim était malade lui aussi et qu'elle avait enterré leur grand-mère le matin même. Une chose à la fois.

30

Qu'est-ce que tu préconises ?

Le virus avait évolué. Plus fort que jamais, il était revenu avec une violence qui avait découragé les chercheurs face à leur incapacité à le maîtriser.

« On s'est plantés à chaque étape, dit Henry à son équipe lors d'un appel sur Skype. Vous avez jeté un œil au vaccin universel des NIH contre la grippe ?

– Il ne marche que sur les types A et B, et il en est encore à la phase de tests, dit Marco.

– Eh bien, est-ce que les volontaires sont encore en vie ? Ça pourrait indiquer qu'il existe un croisement exploitable pour neutraliser le Kongoli.

– On va vérifier.

– Et le vaccin de Pfizer ? » demanda Henry à Susan, une jeune interne qui venait de prendre la place de l'une des meilleures personnes de l'équipe. Cette personne avait arrêté de venir au labo. Personne ne savait ce qui lui était arrivé.

« Les premiers essais sur les animaux semblent prometteurs, répondit Susan.

– Vous n'en êtes que là ? dit-il d'un ton sec. Ça fait déjà deux jours !

– Nous n'avons pas...

– Aucun point de référence, aucun...

– Nous n'avons rien de tout ça ! répondit Susan au bord des larmes.

– On se tue tous à la tâche, Henry, dit Marco. Personne ne dort depuis des jours. On ne voit plus nos familles, la moitié d'entre nous campe au labo. On fait tout ce qu'on peut.

– Je sais, je sais. Je suis désolé, dit Henry. Je sais que vous êtes aussi frustrés que moi. »

Inutile de dire qu'il leur fallait plus de temps. Tout le monde le savait, et tout le monde savait qu'ils allaient en manquer.

Tildy s'installa sur le canapé avec Baskin, son plus vieux pékinois, pour assister à un moment capital de l'histoire américaine. Elle savait déjà ce que le président allait dire : le lendemain, les troupes fédérales s'installeraient dans les villes des États-Unis pour protéger les biens et les bureaux du gouvernement. La couverture médicale serait nationalisée. Des tentes d'infirmerie seraient installées sur les parkings des centres commerciaux. La Croix-Rouge allait mettre en place un grand programme de bénévolat. Les compagnies pharmaceutiques auraient pour ordre de se concentrer sur le développement d'un vaccin – non pas juste contre le Kongoli, mais aussi contre toute autre forme de grippe, afin d'être protégé à vie. Le président évoquerait la victoire des Alliés durant la Seconde Guerre mondiale et l'élimination de la variole comme autant de succès qui paraissaient impossibles à leur époque. Il promettrait que le gouvernement américain allait mettre tous les puissants moyens à sa disposition afin de protéger ses citoyens et les autres peuples du monde contre le plus grand fléau que l'humanité ait jamais connu.

Toutes les chaînes relayaient le discours du président, diffusé depuis le bureau ovale. Sur CNN, tous les commentateurs du panel portaient des masques blancs et des gants en caoutchouc, ce qui allait forcément faire jaser car les hôpitaux en manquaient cruellement. Ils parlaient d'un ton grave, mais il semblait évident qu'ils étaient excités d'être là à cette occasion. Des années plus tard, ces images de journalistes masqués seraient incluses dans de nombreuses rétrospectives. Les commentateurs seraient liés à jamais à ce moment historique. On en parlerait dans leur éloge funèbre.

Enfin, le président apparut derrière le célèbre Resolute desk du bureau ovale. Il paraissait étrangement bronzé, soit parce qu'il avait passé trop de temps au solarium, soit parce qu'on lui avait mis beaucoup de fond de teint. Pourtant, il avait l'air agité, se dit Tildy. Il était peut-être ému par le challenge qui se présentait à lui. Il était également au courant du scandale causé par un article du *Post* rencardé par Tildy au sujet de la vaccination des membres de sa famille.

« Mes chers compatriotes, dit-il un demi-ton plus haut que d'habitude. Une fois encore, nous sommes confrontés à un défi colossal. Une fois encore, le monde a les yeux rivés sur l'Amérique, parce que nous sommes les seuls à pouvoir le surmonter. Et nous allons y arriver : nous vaincrons cette maladie, je vous le garantis. »

Le président chassa de la main une mouche qui l'agaçait.

« Ce soir, je tiens à vous annoncer des changements majeurs dans le fonctionnement de notre pays face à cette terrible crise. Tout d'abord, je vous assure que notre système constitutionnel va survivre à cette épreuve. »

Il commença à réciter la litanie de mesures qu'il mettait en place, et il sembla soudain pris d'un regain d'énergie.

« La loi martiale, dit-il en tapant du poing sur la table. Je sais, je sais ce que cela évoque, mais comme l'a un jour déclaré un grand homme, assis derrière ce même bureau : nous n'avons rien à craindre que… »

Tandis qu'il parlait, une larme lui coula sur la joue. Il l'essuya furtivement, mais il en sentit une deuxième et, à cet instant précis, Tildy, le président et tout le peuple américain se rendirent compte que ce n'étaient pas des larmes, mais du sang. Le président pleurait du sang. Avant qu'il ne puisse finir sa phrase, la retransmission s'interrompit.

Vingt secondes plus tard, le téléphone sécurisé de Tildy sonna. « Nous mettons en place le COOP », dit une voix. Elle faisait référence au plan de continuité des opérations, ayant pour but d'assurer le bon fonctionnement du gouvernement américain dans des circonstances exceptionnelles. Le président était encore en vie, mais jugé inapte à gouverner, alors le vice-président allait prendre sa place. À ce moment-là, les plus hauts responsables de son cabinet et lui-même se faisaient escorter à Mount Weather. Enfouie sous les Blue Ridge de Virginie se trouvait une ville miniature équipée d'une vingtaine de bureaux souterrains, certains hauts de trois étages. En plus de disposer de son propre système d'égouts et de centrales électriques, Mount Weather comprenait un studio de radio et de télévision (partie intégrante de l'Emergency Alert System), un crématorium, et des appartements pour le président, les membres du cabinet et les juges de la Cour suprême. On les achemina par avion sur les soixante-quinze kilomètres depuis Washington. Plusieurs d'entre eux refusèrent d'abandonner leur famille, et l'un était déjà trop malade pour faire le déplacement (aucune personne présentant des symptômes n'était admise dans un cas pareil). Le porte-parole de la Chambre des représentants, prochain en lice pour succéder au président, fut transféré à Camp David, où se trouvait un autre bunker – juste au-dessous d'Aspen Lodge, la loge présidentielle – qui donnait sur un énorme complexe du département de la Défense, creusé dans le flanc de Catoctin Mountain, dans le Maryland.

Tildy apprit plus tard que, comme le vice-président avait été exposé à la maladie du président, il fut placé dès son arrivée à Mount Weather dans une grosse bulle de plastique, utilisée dans les ambassades pour se protéger contre les attaques biologiques. Le vice-président, désormais l'homme le plus puissant du monde, se faisait nourrir à travers un tube, et il dirigeait l'Amérique à l'intérieur d'un ballon aseptisé.

De la fenêtre de son appartement au bord de l'eau, Tildy apercevait les quais déserts, le fleuve qui avançait avec indifférence, la nature qui tournait le dos à l'humanité.

III
En profondeur

31

Idaho

L'été précédent, sur un coup de tête qui ne lui ressemblait pas, Henry avait acheté une Chevrolet Suburban de la taille d'un petit bus scolaire, l'avait chargée de sacs de couchage, de tentes, de glacières et de cannes à pêche, et avait emmené sa famille à travers le pays. Ils avaient dormi dans des Holiday Inn puis campé dans les parcs nationaux une fois arrivés dans les montagnes. Jill apprit à cuisiner sur un réchaud, à préparer des pancakes aux myrtilles sur un gril en fonte. Le soir, ils faisaient rôtir des pommes de terre sur les braises du feu de camp et griller les truites que Henry avait pêchées dans des ruisseaux si clairs qu'il était difficile de voir où commençait l'eau. Helen avait ses humeurs, mais elle était fascinée par la nature. Elle partait dans son coin pour lire ou écouter de la musique, ce qui inquiétait Jill, car elle voulait toujours garder un œil sur ses enfants. Mais Helen finissait par rentrer au camp avec des fleurs dans les cheveux.

La beauté était omniprésente, mais le danger aussi – sous une forme que cette famille très urbaine n'avait jamais vraiment connue –, même si c'était exactement ce que recherchait Henry en les emmenant dans la nature reculée. Il était convaincu que le fait de se confronter aux difficultés à petites doses permettait de se prémunir des épreuves plus rudes encore que la vie mettrait sur leur chemin. Vivre à la dure à Mountain West – loin de Netflix, du Wi-Fi, des frigos, des toilettes et de tous les autres accessoires de la civilisation – faisait ressortir les ressources naturelles de chacun. Comment peut-on découvrir de quoi on est fait autrement qu'en mettant de côté la technologie et en dormant à la belle étoile ? « C'est comme dormir sous un sapin de Noël », avait dit Teddy durant la première nuit qu'ils avaient passée dans un petit campement au pied du pic Uncompahgre, dans le Colorado. Helen s'était réveillée en hurlant parce qu'un faon était venu lécher le sel sur son visage. Tout un troupeau de cervidés effrayés avait alors disparu dans les bois, comme une vision venue d'un autre monde.

La civilisation nous éloigne tant de notre vraie nature que nous ne savons jamais vraiment qui nous sommes. Du moins, c'était ce que croyait Henry. Il apprit donc à Teddy et Helen comment tailler du bois, faire des nœuds et allumer un feu. Teddy était scout et connaissait déjà les bases, et Helen, de quatre ans son aînée, rattrapa bien vite son retard. Henry avait ses propres inquiétudes. Il n'avait pas peur des morsures de serpent, ni de tomber d'une falaise, mais d'exposer sa famille au danger et ne pas réussir à la protéger.

Cependant, il avait insisté pour aller encore plus loin, là où s'arrêtaient les routes sur la carte. Après Yellowstone et Grand Teton, il s'éloigna des grands parcs nationaux, avec leurs douches agréables, leurs toilettes et leurs lieux de campement à réserver à l'avance. À la place, il s'aventura sur les sentiers des forêts nationales qui s'étendaient sur une bonne partie de l'ouest du pays. Les zones vertes sur la carte indiquaient les propriétés de l'État, étendues infinies qu'ils pouvaient explorer à loisir. À cause de son handicap, Henry ne pouvait pas marcher sur de longues distances, mais il avait le don de trouver les chemins accessibles en voiture non signalés, juste assez larges pour être praticables au volant de l'énorme Suburban. Jill avait toujours peur que Henry casse la transmission ou une autre pièce importante du châssis, et qu'ils se retrouvent coincés au milieu de nulle part, mais tant qu'il avait de l'essence dans le réservoir, Henry s'en fichait. Il n'avait pas peur de se perdre ; on aurait même dit que c'était ce qu'il cherchait. À la place passager, Jill lui marmonnait de ralentir ou de faire demi-tour, mais ils finissaient par arriver devant d'immenses champs d'épilobes ou de chrysopsis. Il y avait quelque chose d'exaspérant dans la façon dont Henry tombait toujours par hasard sur des endroits spectaculaires, tous différents dans leur splendeur, que ce soit des champs de fleurs, des montagnes ou un lac glaciaire qui venait de se former. Tout le monde était grisé, épuisé, en manque de sommeil, et ils mouraient d'envie d'un bon bain.

Une fois en Idaho, Henry avait eu l'idée de louer des chevaux et de traverser la forêt des Nez-Percés. Il avait étudié une carte routière et repéré que la route s'arrêtait à un endroit au nom attrayant d'Elk City, vestige d'une ancienne ville minière, avec un saloon, un café et pas grand-chose de plus – tout ce que Henry avait espéré. Ils rencontrèrent un équipementier natif qui accepta de les guider de l'autre côté d'un col et de les conduire jusqu'à un endroit isolé appelé Meadow Creek, « le plus bel endroit que vous ayez jamais vu », d'après lui. « Certains disent que c'est un lieu sacré. » Il lui manquait une incisive et quelques doigts, mais, pour une raison inconnue, on le surnommait Lucky.

Ils partirent avant l'aube, mais, même dans l'obscurité, les chevaux connaissaient le chemin. Il y avait sept montures en tout, cinq pour les cavaliers et deux pour porter la tente, les sacs de couchage et le ravitaillement pour une semaine. Ni Teddy ni Helen n'étaient déjà montés à cheval auparavant, et les pieds du garçon ne touchaient pas les étriers ; raison de plus aux yeux de Henry pour entreprendre cette aventure. Il faisait abstraction des avertissements de Lucky concernant les ours, les élans, les plantes vénéneuses et les loups, tout un catalogue de dangers qui avait conduit Henry dans la région. Jill, elle, faisait très attention, et l'idée de se retrouver coincée dans les montagnes, coupée de toute civilisation, cernée par des écueils inconnus, ne lui disait rien qui vaille. Elle ne comprenait pas l'obsession de Henry, et tandis que les chevaux grimpaient en chancelant le long du chemin escarpé à travers les forêts d'épicéas, de pins et de sapins, son angoisse ne faisait que monter, tout comme sa colère contre Henry qui mettait en danger leurs enfants. Le fait que Lucky porte un pistolet la rendait également nerveuse, d'abord parce qu'elle n'aimait pas être en présence d'armes à feu, ensuite parce qu'eux-mêmes n'en avaient pas au cas où ils en auraient eu besoin. Au bout de quelques heures, elle avait eu mal aux fesses à cause de la selle et elle fut obligée de descendre pour marcher à côté de son cheval. Henry la connaissait suffisamment pour savoir qu'il ne valait mieux pas essayer de la calmer.

Henry avait observé Lucky, sa façon habile de s'asseoir sur la selle, ses connaissances de la nature, sa capacité à vivre pleinement chaque moment. À l'inverse, Henry cherchait encore à fuir ses responsabilités. Il désirait vraiment s'échapper de ses distractions et s'adonner corps et âme aux joies de l'aventure et à l'amour de sa famille. C'était clairement une des raisons qui l'avaient poussé à s'enfoncer toujours plus loin dans la nature sauvage.

Ils s'arrêtèrent pour déjeuner près d'un puits artésien qui jaillissait d'un rocher. Lucky montra à Teddy comment coller sa tête contre la mousse pour y boire. Teddy voulait tout faire comme Lucky, et il laissa l'eau de la cascade lui ruisseler sur le visage. Il en ressortit en gloussant, puis Helen essaya, et bientôt tout le monde s'était rafraîchi sous la source froide ; la nature ne semblait alors plus aussi menaçante. L'eau fraîche et pure avait fait office de baptême vers une autre vie.

Quand ils se remirent en selle, Lucky demanda à Jill

de prendre la tête, suivie par ses enfants, afin de pouvoir discuter discrètement avec Henry.

« Même moi, j'ai un peu peur ici tout seul, dit Lucky. Une semaine, c'est drôlement long. »

Henry savait que ce conseil était judicieux, mais il avait comme idée fixe qu'une semaine dans la nature sauvage représentait la dose exacte d'aventure nécessaire pour sauver sa famille de... quelque chose.

«Je peux venir vous chercher dans trois jours et vous faire une ristourne », proposa Lucky.

Henry réfléchit à la question, puis il dit : « Cinq jours, ça me paraît pas mal.

– Bien, m'sieur, ça me semble mieux comme durée. Vous n'avez pas besoin de plus. »

Henry espérait que Jill se détendrait devant sa bonne volonté à faire un compromis.

Quand les enfants commencèrent à s'agiter, Lucky se mit à chanter. Il avait une voix grave et plaisante, et sa chanson rappelait vaguement quelque chose à Henry.

Over hill, over dale
As we hit the dusty trail
And the caissons go rolling along
In and out, here them shout
Counter march and right about
And the caissons go rolling along.

« C'est quoi un caisson ? demanda Teddy.

– Je ne sais pas exactement, répondit Lucky. C'est juste une chanson qu'on chantait quand j'étais dans l'armée.

– Je crois que c'est un fourgon de munitions, dit Henry.

– Oui, m'sieur, je crois bien que vous avez raison. »

Il la chanta encore deux ou trois fois, et Teddy se joignit à lui en l'imitant, et ils se mirent tous à chanter en chœur pour passer le temps, repoussant les appréhensions qui menaçaient de faire capoter la grande expérience de Henry.

Henry n'avait jamais connu les parents de son père, et se fichait d'en apprendre plus à leur sujet. Ils ne l'avaient jamais soutenu en aucune façon. Il avait grandi dans la maison de ses grands-parents maternels, Ilona et Franz Bozsik, des réfugiés hongrois de la révolution de 1956 que les Soviétiques avaient matée brutalement. Franz avait porté Agnes, la mère de Henry, alors âgée de deux ans, sur ses épaules pour traverser un champ de mines jusqu'en Autriche. Il était convaincu qu'il valait mieux risquer de perdre la vie plutôt que d'être sûr de perdre sa liberté.

Ilona et Franz perdirent tout ce qu'ils avaient, à part Agnes. Ils apprirent des langues étrangères, traversèrent différentes cultures, et, au gré des aléas de la vie, ils se retrouvèrent à Indianapolis. Franz, qui enseignait autrefois l'économie à l'université de Budapest – où la révolution avait commencé – devint ébéniste. Ilona enseigna le piano. Ils ne parlaient pas beaucoup, sûrement parce que leur anglais n'était pas excellent. Lorsque Henry arriva dans leur vie, ils avaient déjà une petite soixantaine d'années et la santé fragile. Henry avait quatre ans. Ils n'étaient pas prêts pour s'occuper d'un nouvel enfant.

Ilona était gentille mais passive, traumatisée parce que la vie qu'elle avait planifiée était partie en fumée. Elle ne savait pas où ni comment s'intégrer. Sa stratégie consistait à encourager les autres. Henry grandit en l'écoutant féliciter ses étudiants, les récompenser avec des cookies aux noix ou de la brioche, même quand ils n'avaient pas révisé. Elle faisait pareil avec lui ; c'était une vraie source de compliments, qui menait une toute petite vie. Cependant, elle avait ses petits plaisirs : le jardinage, la cuisine, mais surtout la musique. La maison en était toujours emplie, que ce soit les étudiants qui déchiffraient les sonatines du catalogue Schirmer ou Ilona elle-même qui jouait les Hongrois – Liszt ou Bartók – avec une passion qui ne transparaissait dans aucun autre aspect de sa vie. Son compositeur favori était Schubert, le Viennois mélancolique. Elle écoutait Vladimir Horowitz jouer avec solennité un de ses impromptus et elle se mettait à pleurer. D'une certaine façon, sa gentillesse représentait une façon noble d'exprimer son chagrin.

Franz, lui, faisait peur à Henry par sa rudesse et son amertume. Peut-être regrettait-il la vie qu'il avait imposée à sa famille. Il devait ressentir de la rancœur d'avoir perdu la situation dont il jouissait à Budapest, professeur très apprécié à un poste stable. Il attendit la fin de sa vie pour parler à Henry du bon vieux temps, et on aurait dit qu'il se remémorait un amour perdu. La perte semblait être un élément clé de la famille Bozsik. Ils avaient tous perdu la mère de Henry.

Franz avait transmis deux choses à Henry, qui le marqueraient pour le restant de ses jours. La première, c'était sa haine de la religion, qu'il pointait du doigt pour avoir perverti l'esprit de sa fille et l'avoir menée à la catastrophe. « Ils me l'ont volée ! Comme des bandits, ils l'ont enlevée », disait-il de son anglais teinté d'une pointe d'accent. Il en parlait de la même façon qu'il racontait la chute de la Hongrie face au communisme – avec une rage confuse contre les croyances dangereuses susceptibles de gangrener la pensée des braves gens.

La deuxième chose qu'il avait apprise à Henry, c'était d'être toujours prêt. Franz savait que Henry était petit, frêle et plein de peurs, mais il voyait également de la force en lui. Il voyait de la force et de l'intelligence. Henry en vint à supposer plus tard que sa mère devait posséder elle aussi ces mêmes qualités. « Ta mère, elle était brillante et talentueuse », lui disait Franz. Il ne prononçait jamais son nom. Il cherchait à s'assurer que Henry soit armé contre la violence de la vie. Henry devrait devenir fort physiquement. Il devrait faire preuve de scepticisme et de rigueur intellectuelle. Il devrait entreprendre une carrière qui lui permettrait de toujours aider les gens.

Par-dessus tout, Henry devrait affronter ses peurs. Il sursautait pour un rien et fuyait toute confrontation. Même quand Henry était très jeune, Franz le taquinait, lui criait « Bouh ! » ou le lançait dans les airs. Plus tard, il s'en prenait aux idées de Henry et le forçait à résister aux moqueries. Franz souffrait d'une maladie de cœur, et ses leçons s'avéraient parfois cruelles et trop ardentes. Il savait que le temps viendrait à manquer. Il mourut lors de la deuxième année de lycée de Henry.

Toute sa vie, Henry avait perdu les personnes les plus proches de lui. Il en avait tiré comme leçon que les autres ne pouvaient pas nous protéger. C'était exactement ce que Franz avait voulu lui apprendre. Comme lui, Henry ressentait le besoin de réparer le passé, qui était irréparable. La mort de son grand-père le conduisit vers la médecine. Sans le sou, il se devait d'être le meilleur, et ainsi il excella dans les études et reçut des bourses jusqu'à arriver à Purdue et à l'école de médecine de l'université Johns-Hopkins. Henry n'aurait pas été l'homme qu'il était devenu si ses parents avaient survécu. Franz et Ilona lui avaient appris à vivre.

La période passée avec les Bozsik avait été très courte, mais ces derniers lui avaient au moins donné une certaine idée de ce qu'était une famille. Henry savait qu'il n'était pas quelqu'un de très empathique par nature. Il était plus heureux au labo ou à lire dans son fauteuil. Comme de nombreuses personnes à l'intelligence extraordinaire, il lui arrivait d'être tellement absorbé dans ses pensées qu'il se mettait en retrait de la vraie vie autour de lui. Il pouvait rester assis dans un café bruyant et faire des calculs mentaux sans prêter la moindre attention aux conversations juste derrière son épaule. Il aurait très facilement pu vivre seul. Il croyait même qu'il y était destiné, mais il rencontra Jill et ils commencèrent une nouvelle vie ensemble, les enfants arrivèrent et l'amour invita enfin Henry à entrer dans le monde.

Le col était encore enneigé au début du mois de juillet. Lucky pointa du doigt des traces d'animaux, et Henry se rendit compte qu'il ne connaissait presque rien à la nature en dehors de son laboratoire. Par bien des aspects, il vivait en miniature et voyait la vie à travers un microscope. À présent, c'est lui qui se sentait microscopique, éclipsé par les arbres, les montagnes et la tâche ardue qu'il avait entreprise et qui commençait à ressembler à un piège.

La forêt devenait de plus en plus clairsemée et le sentier sillonnait en plusieurs grands virages d'un côté et de l'autre. Les chevaux avançaient à travers un champ parsemé de rochers, entre lesquels les pikas jouaient à cache-cache.

« Si vous avez un peu de chance, vous verrez un loup, dit Lucky. Si c'est le cas, vous pourrez me remercier.

– Pourquoi ? demanda Jill.

– C'est mon nom indien : Loup jaune. De nombreuses personnes de ma tribu s'appellent Loup quelque chose. Nous voyons M. le Loup comme un être sage et rusé. »

Enfin, les arbres disparurent et le paysage s'ouvrit sur une vaste plaine de hautes herbes et de fleurs. La chaîne de Bitterroot s'étendait à l'horizon, irrégulière, couverte de neige, splendide. Jill prit une grande inspiration.

« C'est magnifique, dit-elle.

– C'était comme ça avant qu'ils ne trouvent de l'or et que tout change », répondit Lucky.

Il attacha les chevaux à un poteau sous une rangée de sapins et conduisit la famille à l'endroit où le ruisseau se déversait dans un vaste bassin, remué par les ombles qui se nourrissaient dans l'alevinière. Il aida Henry à installer la tente, puis il attacha une corde autour de la glacière de nourriture et la suspendit par-dessus une branche à quatre mètres du sol.

« Elle sera tout juste hors de portée si un grizzli venait à passer par-là, dit-il.

– Il y a des grizzlis ? » demanda Jill.

Elle n'avait pas envisagé ce problème.

« Pas vraiment, mais des ours noirs, si. Il y a peut-être eu un signalement de grizzli ou deux, mais on ne les voit jamais. Ils sont plutôt timides. Cela dit, mieux vaut laisser la nourriture hors de portée. Ne les tentez pas. »

Lucky devait retraverser le col avant la nuit, alors il rassembla les chevaux et laissa Henry, Jill, Helen et Teddy seuls. C'était exactement ce que Henry voulait, même si, sans les chevaux, ils étaient en quelque sorte coincés dans ce paradis ; lui l'était, du moins.

Le premier soir, ils s'assirent sur des fauteuils de camping et observèrent les animaux qui venaient au ruisseau. Un troupeau d'élans piétina les herbes sur l'autre rive, puis un mâle avec des bois d'un mètre quatre-vingts d'envergure se jeta à l'eau. Henry n'avait jamais réalisé à quel point ces bois pouvaient être mortels ; ils ressemblaient à des mains ouvertes, aux doigts acérés, lesquels pouvaient mesurer jusqu'à trente centimètres. L'élan annonça sa présence d'un brame sonore et, en cette première nuit, les enfants se précipitèrent dans la tente. Il revint tous les soirs au crépuscule en poussant le même cri. Teddy le surnomma Bullwinkle, en hommage au personnage du dessin animé. Un pygargue perché sur un rocher voisin faisait sa toilette, indifférent à leur présence. Tous les animaux montraient un certain détachement princier, comme s'ils toléraient le séjour de la famille Parsons. Ils rendaient aux humains leurs regards intrigués. Nous sommes tous des animaux ici, semblaient-ils exprimer.

La troisième nuit, une forte pluie tomba et des éclairs, si brillants qu'ils illuminaient la tente comme une ampoule, explosèrent juste au-dessus de leur tête. Helen s'enfonça dans son sac de couchage, mais Teddy profitait du spectacle, jusqu'à ce que la foudre vienne frapper si près de leur tente qu'ils sursautèrent tous. Jill colla son corps contre celui de Henry et les enfants rapprochèrent leur duvet du sien. Henry resta éveillé telle une sentinelle jusqu'à ce que l'orage passe et que le tonnerre aille gronder au loin dans les montagnes. En s'endormant enfin, il se dit que c'était exactement ce qu'il était venu chercher : une expérience qui les rapprocherait et qui leur apprendrait que ce qui fait peur n'est pas forcément mortel.

Teddy lui demanda : « Je suis comme Lucky, pas vrai ? »

Henry et son fils ramassaient du bois après la pluie. Henry montra à Teddy comment tailler l'écorce des bâtons mouillés, qui étaient encore secs en dessous.

« Tu veux dire que vous êtes indiens tous les deux ? »

Teddy acquiesça.

« Eh bien, oui, vous appartenez au même groupe ethnique, mais vous êtes très différents par ailleurs. Les Nez-Percés vivent à des milliers de kilomètres de ta tribu du Brésil.

– Mais la tribu de Lucky, elle est encore en vie ?

– Oui. Bon nombre d'entre eux vivent encore dans la région, j'en suis sûr.

– Comment s'appelle la mienne, déjà ?

– Les Cinta Larga. Ça veut dire “grande ceinture”. »

Teddy fit une grimace.

« C'est bizarre, comme nom.

– J'imagine qu'ils aimaient bien en porter, mais je crois qu'ils n'ont pas eu tellement le choix du nom que les étrangers leur ont donné. Je ne sais pas vraiment comment ils s'appelaient eux-mêmes. Tu crois que les Nez-Percés portent ce nom parce qu'ils aiment se mettre des bijoux sur le visage ?

– Est-ce que mon peuple est encore en vie ?

– Il reste des gens éparpillés dans les jungles du Brésil. Je ne sais pas combien. Tu voudrais y retourner un jour pour les rencontrer ?

– Je ne crois pas, dit Teddy. Je pense qu'ils sont tous morts.

– Pourquoi tu dis ça ?

– C'est ce que tu as dit à maman, non ? Tu as dit qu'ils étaient tous morts et que j'étais le seul survivant.

– Elle t'a raconté ça ? »

Teddy hocha la tête.

« Je crois qu'elle voulait dire que tous les gens de ton village étaient morts. Pas toute la tribu. Ils ont eu une maladie.

– Et tu n'as pas pu les sauver. »

Henry voulut répondre, mais aucun son ne sortit. Il se mit à tailler un autre bout de bois.

Il se réveilla en sursaut, comme s'il venait de ramasser un charbon ardent.

« Qu'est-ce qui ne va pas ? murmura Jill avec insistance.

– Rien, dit-il. Un mauvais rêve.

– Tu es trempé de sueur.

– Rendors-toi. Ça va. »

Elle savait que ça n'allait pas. Durant les premières années de leur mariage, Henry avait du mal à dormir, souvent secoué par de violents cauchemars, mais ceux-ci avaient fini par céder à la gravité d'une vie normale. À ce moment-là, il se retourna et fit mine de s'endormir, et Jill finit par sombrer.

Étendu là, à écouter sa famille respirer à l'unisson, Henry se rendit compte que quelque chose d'autre l'avait conduit dans la nature sauvage, quelque chose qui n'avait rien à voir avec sa femme et ses enfants. Il luttait encore contre les souvenirs affreux qui menaçaient de le replonger dans ses plus grandes peurs. Il refusait de laisser les traumatismes de son passé le paralyser – mais alors, pourquoi avait-il traîné sa famille dans un voyage qui consistait en réalité à faire face à ses propres craintes et ses échecs ? Jill l'avait prévenu dès le début. Combien de fois avaient-ils discuté de la raison qui le poussait à faire ça ? Il avait répondu que l'aventure endurcirait les enfants et renforcerait les liens de la famille. Il s'était laissé croire qu'il fallait préparer Jill et les enfants aux malheurs imprévus qui les attendaient – quand un jour il ne serait plus là –, comme le lui avait appris son grand-père. Ils n'avaient ni l'instinct ni les compétences nécessaires pour se protéger des dangers inopinés. Dans leur belle maison de brique à Atlanta, ils étaient choyés, en sécurité. Mais Henry n'avait pas été honnête envers Jill, ni envers lui-même. Il était là pour ses propres raisons. Retourner dans la nature allait forcément faire ressurgir des souvenirs remplis d'horreur.

Jill resta allongée dans la tente jusqu'à ce que l'odeur du café vienne la réveiller. Elle avait beaucoup appréhendé le fait de se retrouver coupée de toute civilisation, mais elle était admirative de Henry pour avoir organisé ce périple. Elle sentait en elle quelque chose de nouveau. La famille n'avait jamais été aussi soudée. Chacun avait gagné en assurance. Étendue dans son duvet, elle devait bien reconnaître que le plan de Henry avait marché. Chaque matin, ils allaient se balader ou pêcher, et l'après-midi tout le monde prenait un livre ou restait assis seul pendant quelques heures. Teddy, lecteur précoce, avait commencé le deuxième tome de la saga *Harry Potter*, Helen était plongée dans *Hunger Games* et Henry avait apporté une nouvelle biographie de Pierre et Marie Curie. Jill, elle, avait déjà dévoré les deux romans d'Iris Murdoch qu'elle avait espéré faire durer tout le séjour, et elle passait des heures très agréables à dessiner des fleurs sauvages. Elle songeait aux Nez-Percés qui devaient autrefois partir en quête spirituelle dans ces montagnes, seuls, à la recherche d'un gardien sous la forme d'un animal ou d'un oiseau, qui les protégerait pour le restant de leurs jours. Elle se demanda si c'était toujours le cas. Elle se demanda si Lucky les avait menés à cet endroit-là pour une raison précise.

Elle finit par sortir de la tente avec une serviette sur l'épaule ; son allure échevelée ne déplaisait pas à Henry. Elle insistait pour rester propre, et chaque matin, avant que les enfants se lèvent, elle bravait le froid et plongeait dans le ruisseau. Elle se lavait les cheveux au savon écoresponsable et les brossait près du feu.

« Tu as veillé tard hier soir », dit Henry.

C'était le quatrième matin. Lucky viendrait les chercher le lendemain.

« J'ai eu mes règles, répondit-elle. Et tu sais quoi ? Helen aussi.

– Helen ? Déjà ?

– Elle a onze ans. Ça n'a rien d'inhabituel.

– C'est curieux que vous ayez toutes les deux…

– Je sais.

– Elle va bien ?

– Elle est mortifiée. Je crois qu'elle est un peu fière aussi, mais tu sais à quel point elle déteste faire ses besoins dans les bois, et maintenant elle doit gérer ça en plus. Demain soir, on dort dans un motel. »

C'était un ordre.

Henry alluma le réchaud pendant que Jill préparait la pâte à pancakes, puis il alla réveiller les enfants. C'était leur dernière journée entière, alors ils se lancèrent dans une randonnée ambitieuse immédiatement après le petit déjeuner. Henry troqua sa canne contre un bâton de marche qu'il avait taillé dans une branche de bouleau, ce qui lui donnait l'air d'un prophète de l'ancien testament. Il était encore suffisamment tôt pour entendre les oiseaux piailler comme des fous. Les pins jaunes répandaient une forte odeur de résine après la tempête. Henry marchait d'un pas hésitant, mais la route qu'ils avaient choisie descendait en pente douce le long de Meadow Creek en direction du nord, là où le ruisseau terminait sa course dans la Selway River. Ils marchèrent dans la vallée entre les sommets de la chaîne des Bitterroot et les monts Clearwater. Quand Henry dut faire une pause, Jill et lui s'assirent sur la rive tandis que les enfants ramassaient des airelles et pataugeaient dans le courant. À cet instant précis, il n'existait plus rien au monde que cet endroit.

Le ruisseau s'élargissait au fur et à mesure que la pente devenait plus raide. Henry descendit à l'aide de son bâton sur les parties les plus escarpées. Ils commençaient à entendre les cascades droit devant ; un rugissement faible mais constant, comme la circulation sur une autoroute, qui gagna en intensité jusqu'à ce qu'ils arrivent à l'endroit où les eaux se rejoignaient et se répandaient en bouillonnant à travers l'ancien chenal taillé entre les collines de granit noir. La rivière s'écoulait à toute vitesse parmi les débris des éboulements et les arbres abattus, au-delà des tourbillons et des longues étendues de rapides ; de manière frénétique, comme une foule qui fuirait un désastre inconnu.

La famille descendit par un chemin accidenté jusqu'à un endroit où ils pourraient voir les cascades de plus près, et Teddy repéra des saumons qui sautaient en remuant la queue pour se propulser dans les airs. Les poissons étaient énormes – certains mesuraient entre quatre-vingt-dix centimètres et un mètre vingt – mais le torrent semblait prendre le dessus sur eux.

« Ils ont déjà commencé à frayer, dit Henry.

– Ça veut dire quoi ? demanda Teddy.

– Ils pondent leurs œufs à l'automne, mais d'abord ils retournent à l'endroit où ils sont nés. Ils font tout le chemin depuis l'océan Pacifique et nagent un millier de kilomètres à contre-courant. Ensuite, ils font des bébés et ils meurent. C'est leur dernier voyage.

– Waou ! » cria Helen tandis qu'un énorme poisson sautait dans les airs. Il sembla flotter en apesanteur, défiant la gravité, avant de retomber dans le torrent.

« Vous êtes peut-être la dernière génération à voir ça, dit Henry. Les barrages le long de la rivière et le réchauffement des océans ont eu de lourdes conséquences pour les saumons. Ça fait mal au cœur, quand on voit à quel point ils sont courageux. »

Tandis que Henry parlait, un balbuzard arriva comme une flèche entre les parois du canyon et attrapa un saumon qui venait d'arriver dans la partie supérieure de la rivière. Le poisson qui gigotait paraissait plus gros que l'oiseau, mais les puissantes ailes du volatile suffirent à les soulever tous les deux au-dessus du canyon jusque dans la forêt.

Sur le chemin du retour au camp, les enfants étaient bien silencieux. Helen avait la larme à l'œil. Cette nuit-là, ils mangèrent les derniers hot-dogs, et quand Helen et Teddy se glissèrent dans leurs sacs de couchage, les parents restèrent assis une heure à boire du bourbon et admirer les étoiles qui peuplaient l'univers. Si Henry avait été un peu plus lucide, il aurait hissé à nouveau la glacière dans l'arbre, mais il restait tellement peu de nourriture qu'il ne jugea pas nécessaire de le faire.

Il ne dormait jamais à poings fermés dans la tente, et le bruissement le réveilla aussitôt. Aucun doute, il y avait bien un ours dehors. Celui-ci balançait la glacière dans tous les sens pour essayer de l'ouvrir et poussait des grognements de frustration et de ce qui ressemblait à de la colère aux oreilles de Henry.

« Papa ! chuchota Teddy avec inquiétude.

– Chut ! »

Ils étaient tous réveillés à présent. L'ours était tellement près d'eux qu'ils percevaient le moindre de ses pas. Ils l'entendirent faire ses griffes sur l'arbre et envoyer valser la glacière à nouveau. Il n'y avait plus rien à l'intérieur que des céréales et du lait en poudre. Henry espérait simplement que l'ours arriverait à l'ouvrir malgré le loquet de sécurité, ce qui finit par se produire – ils entendirent le bruit du plastique rigide déchiré par des griffes puissantes, un son d'une violence inouïe. De l'autre côté de la tente, un grognement vint répondre à l'animal qui haletait et grondait, suivi par un rugissement qui les glaça tous de terreur. Henry comprit qu'il y avait deux ours dehors, rendus fous par la faim, qui se battaient pour les restes de leur lait en poudre.

Puis les ours se turent. Les Parsons les entendaient tourner autour de la tente. Henry décida d'un plan d'action. Il allait baisser la fermeture éclair de la tente et courir jusqu'au ruisseau pour attirer les bêtes aussi loin que possible de sa famille. Il se saisit de la lampe de poche, dont il se servirait comme d'une massue, jusqu'à la fin.

Un des ours se pencha juste devant la tente et colla son museau contre le tissu. Son souffle chaud traversa le nylon, puis il se mit à hurler ; c'était le bruit le plus fort que personne n'ait jamais entendu. Un autre rugissement vint lui répondre de l'autre côté de la tente.

Soudain, Teddy se mit à chanter :

Over hill, over dale
As we hit the dusty trail
And the caissons go rolling around

Un des ours rugit à nouveau, mais Teddy continua de chanter, et le reste de la famille se joignit à lui, d'une voix forte et ferme :

Then it's hi, hi, hee !
In the field of artillery
Shout out your numbers loud and strong !
For where'er you go
You will always know
That the caissons go rolling along.

Ils continuèrent à chanter jusqu'à ce qu'ils n'entendent plus un son à l'extérieur.

Lucky arriva le lendemain vers midi. Il parcourut le camp en observant les traces et secoua la tête de stupéfaction. La glacière était déchiquetée. Les empreintes indiquaient la présence d'un mâle et d'une femelle grizzli, dit-il. C'était la fin de la saison des amours. Les traces de pattes du mâle mesuraient plus de soixante centimètres du talon à la pointe, sans compter les griffes. Il n'en revenait pas.

« Qu'est-ce que vous avez fait ? demanda-t-il.

– C'est Teddy qui a commencé, dit fièrement Helen. Il s'est mis à chanter.

– Il a chanté ? dit Lucky.

– Oui. La chanson que tu nous as apprise », dit Teddy.

En chevauchant du camp jusqu'à la civilisation, ils gardèrent tous un air solennel. Ils avaient survécu, mais tout avait changé. Ils ne savaient pas encore qui ils étaient vraiment. Quand ils arrivèrent enfin à Elk City, Lucky refusa qu'ils le paient.

« Ce n'était pas de votre faute, dit Henry. J'insiste. »

Il tendait l'argent et essayait de le glisser dans la main à trois doigts de Lucky.

« Ce n'est pas ça, dit Lucky. Ce que vous avez vécu est considéré comme sacré chez nous. » Il ajouta : « Nous parlerons de vous pendant longtemps. Nous vous appellerons la Famille des Ours. »

32

En mémoire de moi

« Mon peuple a toujours scruté le ciel à la recherche de présages », dit Majid, l'œil collé à un télescope, lorsque Henry vint le retrouver sur le toit du palais de son cousin à Taïf, où ils s'étaient retranchés. Les étoiles brillaient à en donner le vertige.

« Et alors, tu apprends des choses ?

– En ce qui me concerne, ces messages tournent souvent autour de mes échecs personnels. Les astres me font office de belles-mères. »

La guerre n'attendait plus qu'un nouvel affront pour éclater, et les Saoudiens avaient sauté le pas en envoyant des missiles sur le dépôt pétrolier iranien de l'île de Kharg. Ils avaient agi en réponse à l'attentat suicide contre le palais du prince Majid et l'attaque sur le quartier général de la garde nationale. Les contre-torpilleurs iraniens étaient venus obstruer le détroit d'Ormuz pour bloquer le passage du pétrole en provenance du golfe Persique. La guerre était déclarée.

« Tu as été très attentionné envers moi, dit Henry. Mais j'ai encore une faveur à te demander. Je dois trouver un moyen de rentrer à la maison. J'ai tout essayé. Je sais que tu as fait tout ce que tu pouvais, mais je ne peux plus attendre. J'ai besoin de rentrer chez moi, tout de suite. »

Majid le regarda, le visage empli de tristesse.

« Je suis d'accord, tu dois partir, c'est trop dangereux ici. Cette guerre va être très violente. Nous attendons ce jour depuis des centaines d'années, et à présent les fanatiques veulent en finir, même si cela doit détruire l'islam. Pour ce qui est de t'aider à rentrer chez toi, je te prêterais bien mon avion personnel, mais l'interdiction de voler est toujours en vigueur, et mon pilote est mort du Kongoli. Je t'aurais emmené moi-même s'il n'y avait pas cette guerre absurde.

– Il doit bien y avoir un moyen, dit Henry d'un ton désespéré.

– Je ne garantis rien, mais si tu arrives à rejoindre Bahreïn, tu trouveras une base navale américaine. Ils pourront peut-être t'aider. J'ai hésité à t'en parler parce que c'est en pleine zone de guerre. Les Russes ont massivement renforcé les troupes iraniennes. C'est encore plus dangereux dans le Golfe qu'ici. »

Le danger ne voulait plus dire grand-chose aux yeux de Henry.

« Comment je fais pour m'y rendre ?

– Je comptais te dire au revoir ce soir au dîner. Je dois conduire un bataillon à l'est du pays, dans la province d'Ash-Sharqiyah. Une fois là-bas, ce n'est plus très loin. Si tu veux vraiment prendre ce risque, prépare tes affaires, on part avant le lever du soleil. Je suis désolé de ne pas pouvoir t'aider plus, mais au moins nous avons encore quelques heures à passer ensemble. »

Henry essaya de dormir durant un court moment avant l'aube, mais il était assailli d'images de sa famille. Il ressentait une culpabilité viscérale et incessante d'avoir été absent si longtemps. Il n'aurait jamais dû venir en Arabie Saoudite. À quoi cela avait-il servi, après tout ? L'infection aurait suivi son inévitable parcours de toute façon. Autant essayer d'arrêter un tsunami. Il n'y avait rien d'autre à faire que de se pelotonner avec ceux qu'on aime et prier.

Il ressentit un choc en réalisant que l'idée de prier lui

était venue à l'esprit – signe de désespoir. Tous les gens à qui il tenait étaient en danger. Ils souffraient. Ils avaient besoin de lui, et il était si loin d'eux.

Majid toqua à la porte un peu après quatre heures du matin. Henry avait rassemblé ses quelques affaires dans la valise que Jill lui avait envoyée – était-ce il y a seulement six semaines ? Le prince portait un uniforme militaire. Là encore, il ne ressemblait plus du tout au médecin vêtu d'habits occidentaux que Henry avait rencontré des années plus tôt, ni au prince en robe blanche avec lequel il avait travaillé jour et nuit dans le royaume. À présent, c'était un soldat. «Je ne pars pas en guerre, mais bien pour lutter contre la guerre elle-même», dit-il en conduisant une jeep décapotable en direction de la base de la garde nationale, où un petit bataillon l'attendait déjà à bord de véhicules de transport de troupes.

«Je ferai ce qu'il faut pour arrêter cette folie, mais, au bout du compte, c'est de ma famille qu'il s'agit.»

Le temps que le soleil apparaisse à l'est sur l'horizon, le convoi que menait Majid était déjà loin dans le désert voluptueux. Ils fonçaient droit vers le danger qui les attendait, chacun pour ses propres raisons. Durant ces heures d'angoisse, les deux hommes échangèrent des histoires qu'ils n'avaient jamais racontées auparavant.

« Ma mère était une esclave, confia Majid. Le terme adéquat serait plutôt "concubine", mais comme mon père était très pieux, il l'épousa dès qu'elle tomba enceinte. C'était sa quatrième épouse, détestée des trois autres. Il arrêta bien vite de s'intéresser à elle, mais entre-temps je suis né, alors il continua de subvenir à ses besoins même après le divorce. Quand je parle de lui aujourd'hui, on dirait que je lui en veux, mais, à dire vrai, je l'adorais. C'était un homme de notre culture, ni plus ni moins. J'aurais pu finir comme lui si je n'avais pas reçu l'éducation que j'ai reçue. Ces années passées à Cambridge et Swansea ne m'ont pas seulement appris la médecine. J'ai aussi appris de nouvelles façons de voir la vie, et j'ai vu ce que le monde pensait de nous en dehors du royaume.

Je te le dis, Henry, j'ai de nombreuses fois envisagé de ne jamais retourner en Arabie. Vivre à nouveau sur le sable avec rien d'autre qu'un horizon plat entre soi et l'éternité – pourquoi revenir à ce que j'avais enfin réussi à fuir ? J'aurais pu m'installer à Mayfair et pratiquer la médecine interne, entouré d'amis charmants et raffinés qui en savaient plus sur le monde que je n'aurais pu le concevoir. Tandis qu'ici… » Il fit un geste en direction du désert. « … les esprits sont aussi arides que le sable, et pourtant nous croyons bénéficier d'un traitement de faveur de la part de Dieu. Pourquoi donc ? On s'éduque à travers la religion, les rumeurs et le folklore, et, malgré notre ignorance, Dieu nous récompense avec le plus beau cadeau du monde ! Trois cents milliards de barils de pétrole ! Qu'avons-nous fait pour mériter un tel présent ? Une seule réponse possible : nous avons été récompensés pour notre piété. Alors nous sommes devenus encore plus pieux. Le Coran nous apprend que la véritable piété consiste à croire en Dieu, aider ceux qui sont dans le besoin, libérer les asservis et se montrer patient face aux malheurs, mais pour les fanatiques c'est devenu une compétition. Il ne suffit plus de s'occuper des autres, d'œuvrer pour la liberté. Non. On doit annihiler tous ceux qui pensent différemment ou qui croient moins que nous. Ceux que nous appelons les hérétiques doivent être punis, alors on gaspille notre précieux cadeau, on se sert de notre richesse pour nettoyer le monde et le rendre aussi vide que les esprits de ces fanatiques. »

Après cet accès de colère, le prince Majid se tut. L'amertume avait pris le pas sur son humeur, aspect que Henry n'avait jamais vu chez son ami.

« Alors pourquoi es-tu revenu ? demanda-t-il.

– Je me pose souvent la question, dit Majid. Je rêve de retourner à Londres, mais c'est impossible, étant donné qui je suis.

– J'imagine que faire partie de la famille royale implique de nombreuses obligations.

– On dit que chaque bénédiction contient une malédiction. Alors oui, je suis prince. J'ai des dizaines de milliers de cousins comme moi. Certes, nous sommes riches. Nous avons du pouvoir. Mais nous vivons en sachant qu'un jour notre tribu sera renversée. Cela va arriver, nous le savons. Il y a cependant deux choses que nous ignorons : quand cela aura lieu et ce qui se passera après nous. On préfère fermer les yeux sur ces questions. Nous sommes comme des voleurs qui entendent les sirènes de police mais qui n'ont nulle part où fuir.

– Pourquoi ne t'es-tu jamais marié ? demanda Henry avec audace.

– Je nourrissais le fantasme très commun d'épouser une Occidentale blonde aux yeux bleus avec des goûts excellents et une bonne éducation. Et c'est exactement ce que j'ai fait.

– Tu ne m'as jamais dit que tu étais marié !

– Je suis divorcé. Elle s'appelait Marian. Elle faisait partie du tableau : la maison de ville à Mayfair, le cabinet médical prospère, du thé et des crumpets l'après-midi, une vie civilisée à l'ombre des arbres dans les rues pleines de brouillard avec des amis bien élevés. Le vrai rêve de tout expatrié ! Mais comme je l'ai dit, chaque bénédiction contient une malédiction. Pour moi, ça a été de comprendre que je ne ferais jamais vraiment partie de cette vie, que je serais toujours dehors à regarder par la fenêtre, comme un espion. J'aimais ma femme, mais il y avait un fossé entre le monde de Marian et le mien. Je me suis regardé à travers leurs yeux et je n'y ai vu qu'un Arabe. Un musulman. Voilà tout ce qu'ils voyaient. Ni un prince, ni un médecin. Après le 11-Septembre, je ne pensais qu'à ça.

Puis il y a eu les explosions du 7 juillet. Tu te souviens des attentats suicides dans le métro de Londres ? Plus de cinquante morts. Sept cents blessés, dont ma belle femme blonde aux yeux bleus bien élevée. Ils lui ont amputé le bras droit juste au-dessus de l'épaule. Je l'aimais, je le jure. Je l'aime toujours. Mais elle ne pouvait plus vivre avec moi. Ce n'était pas parce que j'étais arabe ou musulman. Marian ne pouvait plus vivre avec ma honte.

– Que lui est-il arrivé ?

– Oh, elle s'est remariée à un autre médecin, un de ces Britanniques avec un nom composé, un homme charmant. Je suis toujours reconnaissant qu'il s'occupe si bien d'elle. Ils ont deux adorables enfants. Je vois leurs photos sur Facebook.

– Ton histoire me fait réaliser à quel point j'ai de la chance, dit Henry. J'ai reçu bien plus que ce que je mérite. Ma famille constitue mon plus grand bonheur, mais j'ai toujours eu peur qu'on me l'enlève et que ce soit ma faute – et c'est exactement ce qui est en train de se passer.

– Les chiffres jouent en ta faveur, Henry. La plupart des gens survivent à cette contagion.

– Je ne peux rien faire. Ça me tue de ne pas pouvoir les secourir.

– Est-ce qu'il t'arrive de prier, mon ami ? demanda Majid.

– Jamais.

– Tu en as déjà ressenti le besoin ?

– La nuit dernière, quand j'essayais de m'endormir, l'idée de prier m'est apparue, mais uniquement pour me prouver que j'avais complètement échoué.

– C'est peut-être un message : le grand mystère qui vient frapper à ta porte.

– J'espère que tu ne le prendras pas mal, mais j'ai renoncé à toute forme de superstition, y compris la religion. Je n'ai rien de plus contre l'islam que contre les autres croyances.

– Tu es tellement musulman, Henry.

– Pas du tout. Je suis un pur athée.

– D'un côté, tu supposes que tu ne mérites pas les bénédictions que tu as reçues, et de l'autre tu te crois responsable de tout ce qui t'arrive de mal. C'est parfaitement islamique, comme attitude.

– Ne te fais pas trop d'illusions », dit Henry.

Le soleil brillait dans leurs yeux comme un projecteur. Majid tendit à Henry un foulard pour se protéger de ses rayons impitoyables.

« Tu vois ? Tu as même l'air d'un vrai Saoudien maintenant, dit Majid avec satisfaction.

– Je me sens plus comme un homard en train de bouillir. »

Majid rit.

« J'ai déjà rencontré de nombreux athées. À Londres, il n'y a que des païens ! Ils ne pensent jamais aux choses dont je m'inquiète tout le temps. Nous les croyants, nous affirmons que nous sommes bons parce que nous croyons. Mais les non-croyants que j'ai rencontrés sont aussi de bonnes personnes, pour la plupart, comme les musulmans, les chrétiens et les juifs. Du coup je me demande si ça change vraiment quelque chose de croire ou non.

– Un ami m'a dit un jour qu'il n'y avait rien de surprenant à voir les bonnes personnes faire le bien et les mauvaises personnes le mal, mais qu'il fallait que la religion s'en mêle pour voir de bonnes personnes faire le mal.

– Je crois qu'il a vu en toi une plaie qui ne peut guérir. »

Le soleil se trouvait juste au-dessus de leurs têtes et emplissait le ciel d'une chaleur blanche. Les ombres disparaissaient et le désert se changeait en une simple plaine toute plate, véritable poêle à frire faite de sable. Derrière eux, le convoi militaire s'étendait sur des kilomètres le long de l'autoroute. Devant, une guerre qui n'allait pas s'arrêter de sitôt faisait rage. Henry se demanda si son ami y survivrait. Il n'imaginait pas qu'une personnalité aussi vive et précieuse que Majid puisse disparaître dans la folie d'une aventure militaire, mais, au beau milieu de toutes ces morts arbitraires, l'horizon de tout un chacun semblait anormalement près. Ils étaient tous les deux conscients qu'il s'agissait peut-être de leur dernière conversation.

« Je t'ai promis il y a quelques jours que je te raconterais mon histoire, dit Henry. Ce que je m'apprête à te dire, je ne l'ai révélé qu'à très peu de personnes. Elles se sont montrées tellement inquiètes que j'ai décidé de ne plus jamais en parler. Je déteste que les gens aient pitié de moi ou me jugent, alors je fais semblant d'oublier des détails de mon enfance, ou bien je m'invente une histoire alternative que les gens acceptent sans poser de questions. Même les personnes les plus proches de moi ne connaissent pas toute la vérité. Qui s'amuserait à mentir sur ses parents et la maladie qui l'a marqué pour la vie ? Moi j'ai menti, à maintes reprises, comme si les mensonges allaient effacer la vérité.

Les preuves de la négligence de mes parents sont évidentes. Ils me laissaient mourir de faim. Pas intentionnellement. Ils ne cherchaient pas à me faire du mal, au contraire. C'étaient deux idéalistes qui se sont retrouvés absorbés dans un mouvement : justice sociale, égalité raciale, non-violence, telles étaient les doctrines de leur groupe, un mélange de marxisme et d'évangélisme. Ils allaient créer un paradis sur Terre, du moins c'est ce que leur gourou leur avait laissé croire. C'était un type grandiose, paranoïaque, qui fuyait des ennemis imaginaires. Il installa le mouvement à San Francisco, puis dans un petit pays d'Amérique du Sud. Dans la jungle où je suis né.

Mes parents étaient de vrais croyants. À leurs yeux, le gourou était un véritable prophète, comme Jésus ou Mahomet. C'étaient des gens bien, j'en suis sûr – gentils et attentionnés –, mais ils n'avaient pas le temps d'élever un enfant, ils étaient trop occupés à sauver le monde. Ils me laissaient souvent à la garderie de la colonie, mais il arrivait qu'ils m'oublient simplement – du moins, c'est ce que je crois. Je ne me souviens que de la solitude, de la faim et de la peur que personne ne vienne me chercher.

En y repensant aujourd'hui, en tant que médecin, j'arrive

à diagnostiquer le problème. Imagine : on était sous les tropiques, mais j'ai passé la majeure partie de mes premières années enfermé dans une hutte à manger des bananes et du porridge. Je n'ai pas grandi. Mes jambes se sont arquées, mes os se brisaient facilement et souvent. Personne dans le camp n'aurait été capable de repérer ou de traiter une maladie aussi désuète que le rachitisme. Un jour, on m'a conduit devant le gourou pour qu'il me soigne. Je ne me souviens que de ses yeux noirs terrifiants qui me fixaient tandis qu'il faisait des incantations dans une sorte de langage censé redresser mes membres et me faire grandir. Bien sûr, ce n'est jamais arrivé, et je suis devenu une source de honte, un affront envers les pouvoirs guérisseurs du gourou. Enfin, quand j'ai eu quatre ans, on a décidé de m'envoyer à Indianapolis, où vivaient mes grands-parents. C'est ça qui m'a sauvé – ma maladie a fini par provoquer mon salut. J'imagine qu'on pourrait dire que cette malédiction portait en elle une bénédiction. Deux mois plus tard, tout le monde au camp était mort. Mes parents avaient dû faire partie des premiers à périr.

– Qu'est-ce qui s'est passé ?

– Suicide au cyanure. Ils en ont tous ingéré. Plus de neuf cents personnes.

– Mais c'est de Jonestown dont tu parles !

– Oui, répondit Henry. C'était Jonestown.

– Oh, Henry. »

Les yeux de Majid s'emplirent de larmes. Il ne savait pas quoi dire d'autre.

« Je t'en supplie, ne sois pas désolé pour moi. J'ai gardé cette histoire secrète pendant des années parce que je sais qu'elle change la façon dont les gens me regardent. C'est comme si je disais que mes parents étaient nazis, lépreux ou pire. Je suis qui je suis malgré mon passé. Je ne veux pas qu'on me considère comme une victime impuissante. J'ai appris qu'il valait mieux garder cette partie de ma vie dans l'ombre. »

Majid était encore trop stupéfait pour répondre. Il voulait se montrer réconfortant, mais il était submergé par la peine qu'il éprouvait pour son ami. Il finit par dire : «Je ne peux pas m'empêcher d'en vouloir à tes parents. Je suis désolé, Henry, je suis furieux contre eux pour ce qu'ils t'ont fait.

– C'est mon fardeau, pas le tien. Un jour peut-être, je pourrai leur pardonner, mais plus je vieillis et plus je retrouve leurs défauts en moi. C'est ça le plus difficile : je m'aperçois que je suis comme eux. Je sais ce que c'est de se soumettre à une idée ou une personnalité forte. On croit tous avoir des positions morales solides, mais ces mêmes instincts qui nous conduisent à faire le bien dans le monde peuvent nous conduire aux actes les plus ignobles. »

Henry et Majid continuèrent de partager leurs expériences intimes à travers toute la péninsule arabique. Au bout d'un moment, le convoi arriva face à un ensemble de collines de sable rouge, et devant eux s'étendit soudain le champ pétrolifère de Ghawar, le plus grand du monde, luisant sous les rayons obliques du soleil couchant. Des chevalets de pompage s'étendaient à perte de vue dans le désert, et les torchères éclairaient les réservoirs tels des réverbères. Henry remarqua une autre source de lumière perçante dans le ciel, juste au-dessus de l'horizon, comme une sorte de comète basse, difficile à identifier. De prime abord, Henry se dit qu'il s'agissait d'un élément normal dans ce paysage exotique.

Soudain, Majid freina fort et tendit une main ferme pour faire arrêter le convoi derrière lui. « Missile ! » hurla-t-il.

Sous le regard de Henry, les forces de défense saoudiennes envoyèrent une série de projectiles antimissiles à l'encontre de la roquette iranienne qui fonçait sur les véhicules, laissant derrière eux des traînées de fumée tandis qu'ils virevoltaient pour rejoindre leur cible. Une grosse boule de feu orange s'enflamma comme un soleil, suivie quelques secondes plus tard par le vacarme tonitruant de l'explosion. Un autre missile apparut à un autre endroit sur l'horizon, puis un autre, déclenchant des dizaines de tirs antimissiles supplémentaires. La fumée de la première explosion dériva en direction du convoi et les enveloppa d'un nuage âcre.

Majid contacta par radio le commandant à bord du Humvee derrière lui.

« Dispersez-vous ! ordonna-t-il. Nous sommes des cibles lentes sur cette route. »

Un des missiles iraniens perça les lignes de défense du champ pétrolier et atteignit un réservoir, provoquant une énorme déflagration.

Henry était subjugué par le spectacle qui se jouait sous ses yeux, splendide et défendu, et il comprit immédiatement l'attrait du combat. Puis il remarqua un missile qui fonçait dans leur direction en rase-mottes au-dessus du sable ; il faisait des embardées pour les chercher à travers la fumée. C'était un instrument de mort rapide, intelligent, impossible à ignorer, pourtant Majid garda le pied sur l'accélérateur comme s'il se lançait à sa rencontre. Un son sortit de la bouche de Henry mais il n'entendit pas sa propre voix. Soudain, Majid fit une embardée dans le sable et le missile explosa sur le bord de la route juste à côté d'eux. Le choc secoua la jeep, mais Majid retourna immédiatement sur l'autoroute. « On sera plus en sécurité quand on aura dépassé ce champ pétrolifère, dit-il. Il faut le protéger à tout prix, mais nous, nous pouvons être sacrifiés. »

Il faisait sombre à présent et les lumières de Dammam clignotaient au loin. Tandis que Majid aboyait des ordres à la radio, Henry aperçut la raffinerie de Ras Tanura à l'est sur l'horizon. La ville, conçue pour des machines, était dépourvue de charme et de confort. Les missiles trouvaient leur cible ou explosaient en vol. Les réservoirs de pétrole et les têtes de puits brûlaient avec une grande intensité ; le brasier passait du rouge à l'orange, puis au jaune et au blanc au plus près de la source de carburant, jusqu'aux flammes les plus basses, aussi bleues qu'un lac glaciaire. Au sud, l'horizon était noirci par les feux du centre de traitement d'Abqaïq.

« Henry, j'ai de mauvaises nouvelles, dit Majid. La chaussée qui mène à Bahreïn a été détruite. Je peux te déposer au port de Dammam. C'est tout ce que je peux faire. »

Henry acquiesça. L'idée de rentrer à la maison, ou même de vivre un jour de plus, lui semblait de plus en plus inutile.

Le convoi militaire continua en direction de la garnison de Ras Tanura pendant que Majid et Henry s'éloignèrent seuls dans les rues désertes de la ville industrielle de Dammam, fraîchement détruite. Ils passèrent devant un immeuble qui avait été éventré aussi proprement que s'il avait été traversé par un couteau, laissant apparaître les cuisines, les chambres et les placards dans lesquels pendaient encore des vêtements sur des cintres. La scène évoquait à Henry une maison de poupée qu'il avait fabriquée pour Helen des années auparavant. Majid pointa du doigt une pile de gravats.

« C'était notre principale usine de dessalement de ce côté de la péninsule », dit-il, puis il se tut en réalisant ce que cela impliquait.

Quand ils arrivèrent au port, les quais étaient déserts et les superpétroliers s'étaient réfugiés en pleine mer. Il n'y avait personne dans la guérite pour lever la barrière et aucun navire en vue.

« Je ne peux pas te laisser là, dit Majid, la bouche ferme et droite. Mais je ne peux pas t'emmener avec moi.

– Je trouverai un moyen, dit Henry. Bahreïn, ce n'est pas très loin, si ?

– D'ici, à environ quatre-vingts kilomètres. Il doit bien y avoir une solution ! »

Majid passa sous la barrière. Henry le suivit sur l'un des quais, devant les amarres géantes. Deux garçons pêchaient dans les eaux sombres qui luisaient de taches de pétrole.

Majid leur expliqua d'un ton ferme qu'ils étaient en danger, mais ils rirent de lui. Henry lisait dans les yeux de son ami le choc d'avoir été méprisé aussi nonchalamment. La guerre avait envoyé valser toute notion d'autorité, de devoir et de respect. L'Arabie Saoudite ne serait plus jamais la même.

Au bout de la jetée obscure se trouvait un petit boutre à deux mâts, presque invisible avant qu'ils n'arrivent à sa hauteur. Majid appela quelqu'un par trois fois, mais personne ne répondit. « Henry, tu sais naviguer ? » demanda-t-il.

Soudain un petit homme enturbanné apparut sur le pont, un pistolet à la main. Majid et Henry reculèrent avec inquiétude. Majid s'adressa à l'homme en arabe, mais celui-ci lui répondit en anglais.

« Vous comptiez voler mon bateau ! cria-t-il.

– Non, mon ami, nous avons l'intention de te payer, dit Majid.

– C'est ce que vous dites maintenant, mais vous aviez l'intention de le voler. »

À son accent, Henry se dit qu'il devait être indien ou bangladais. La peur se lisait dans son regard furtif, ce qui rendait le pistolet dans sa main encore plus menaçant.

« C'est vrai, je n'ai pas d'autre solution, reconnut Henry. Je dois absolument rentrer aux États-Unis. Je ferai n'importe quoi pour revoir ma famille.

– Vous pensez que ce bateau peut aller jusqu'en Amérique ?

– J'ai simplement besoin d'atteindre la base américaine de Bahreïn. »

Majid enleva sa montre et la lui tendit.

« Monsieur, cette montre vaut aussi cher que votre boutre. Je vous l'offre si vous emmenez mon ami. »

Le propriétaire baissa son pistolet pour examiner la montre. Il hocha la tête à l'intention de Henry.

« D'accord, mais je vous dépose seulement, dit-il. Pas d'aller-retour. »

Henry accepta et se retourna vers Majid.

« Merci, mon ami. Je ne sais pas si on se reverra un jour.

– Notre destin est déjà écrit, répondit le prince. Tous les musulmans le savent. »

Il fouilla dans la poche de son uniforme.

« Je t'offre ceci, en mémoire de moi. C'est une version anglaise du Coran. Tu n'es pas obligé de le lire, mais si tu le faisais, tu pourrais y trouver de bons conseils, et peut-être même du réconfort. Quoi qu'il en soit, tu te souviendras de notre amitié, et ça me suffit. »

Ils s'étreignirent et Henry monta à bord.

33

Rentrer à la maison

Le ministre des Affaires étrangères russe était un grand homme élégant, le parfait diplomate, taillé dans un matériau dur comme celui dont sont faites les statues de l'île de Pâques qui résistent aux typhons du Pacifique, satisfait de savoir que la moindre tempête finissait par passer et que les mensonges n'avaient que rarement de conséquences.

« Nous ne sommes pas en Iran pour des motifs politiques, insista-t-il durant son interview avec Chris Wallace de Fox News. Nous leur avons vendu de l'équipement pour lequel nous fournissons aussi l'entretien, et c'est notre seule obligation.

– Si les États-Unis soutenaient l'Arabie Saoudite dans le conflit qui l'oppose à l'Iran, quelle serait la réponse russe ? » demanda Wallace.

Le ministre secoua la tête dédaigneusement.

« Non, non, cette question implique que nous choisissions un camp dans cette guerre. Nous ne ferons pas ce choix.

– Les renseignements américains prétendent le contraire, dit Wallace. Un rapport du *Wall Street Journal* indique que des Su-57 ont été positionnés à Tabriz et à Mehrabad, en

Iran. Il s'agit là de vos avions de combat furtifs les plus sophistiqués, n'est-ce pas ?

– Ce sont bien nos avions les plus modernes, mais tout le reste est faux. Nous ne les déployons pas en dehors des frontières russes.

– Vous voyez cette image à l'écran ? demanda Wallace en pointant du doigt la photo satellite d'un aérodrome. Le rapport affirme que ce sont vos avions, stationnés au sol à Tabriz. »

Le ministre des Affaires étrangères fixa le journaliste comme s'il était un petit chien qui lui retenait l'ourlet.

« Vous nous accusez de fournir de fausses informations, de mentir, dit-il, mais nous, nous accusons les États-Unis d'avoir menti au monde concernant le Kongoli, le plus grand fléau que la Terre ait jamais connu.

– Quelles sont vos charges, au juste, monsieur ? »

Le ministre plissa les yeux.

« Nous avons des informations. Nos scientifiques ont analysé le virus. Il n'a rien de naturel. Il vient d'un laboratoire. Il n'y a qu'un seul endroit au monde où l'on puisse créer une maladie aussi abominable : votre Fort Detrick.

– Vous affirmez que les États-Unis ont fabriqué le virus ? Plus de dix millions d'Américains sont morts. Des centaines de millions de gens à travers le monde. Pourquoi aurions-nous fait cela ?

– La raison, nous ne pouvons que la deviner. Peut-être était-ce une erreur. Ce genre de choses arrive. Mais nous sommes sûrs qu'il s'agit d'un produit américain.

– Dans les années 1990, le gouvernement soviétique se cachait derrière une campagne de désinformation appelée Opération Infektion, dit Wallace. De faux articles scientifiques accusaient les États-Unis d'avoir inventé le VIH/le sida dans le cadre de notre programme d'armement biologique à Fort Detrick. Le directeur du KGB lui-même a affirmé plus tard qu'il s'agissait d'une campagne de propagande. Où sont vos preuves quant à cette nouvelle accusation ?

– La preuve est évidente, répondit le ministre en croisant les bras d'un air indigné. Le virus a été créé par la main de l'homme. Nous ne l'avons pas créé. Qui d'autre au monde aurait la capacité de concevoir un pathogène pareil ? Uniquement vous, les Américains, dans vos laboratoires de mort à Fort Detrick.

– Ils ont été fermés il y a des années, fit remarquer Wallace.

– C'est vous qui le dites.

– Les Américains meurent en bien plus grand nombre que les Russes, observa Wallace. De notre côté de la barrière, nombreux sont ceux qui affirment que ce sont les Russes qui ont conçu le Kongoli. Sinon, comment auriez-vous pu mettre au point un virus capable de vous procurer une certaine immunité ?

– Ce n'est pas une surprise, dit le ministre. La médecine russe est bien plus avancée que celle de l'Occident.

– Et pourtant, les scientifiques américains et européens qui ont examiné le vaccin le jugent inefficace. Ils affirment que les pandémies n'ont pas la même virulence selon les continents.

– Il faut bien qu'ils disent quelque chose pour expliquer leur incapacité à fabriquer un vaccin efficace, répondit le ministre. Tissu de mensonges. Informations fallacieuses. »

Dès que le prince Majid pénétra dans le poste de commandement du quartier général d'Al-Jubail, au nord de Ras Tanura, il se rendit compte de la dangereuse dynamique de la pièce. Son oncle, le prince Khalid, vieux ministre de la Défense en train de superviser les plans, n'avait jamais fait la guerre auparavant. Il faisait partie des membres les plus pieux de la famille royale et avait été nommé à ce poste surtout pour apaiser les religieux. Les généraux dans le bunker essayaient de passer outre son influence, mais

Khalid était un vieil homme imprudent qui cherchait à se tailler une réputation. Comme bon nombre de princes âgés, il nourrissait le rêve de devenir roi avant de mourir.

Majid regarda autour de lui pour trouver quelqu'un capable de contenir son oncle impulsif. Il n'y avait personne. Les officiers faisaient preuve de déférence à son égard et ils regardaient tous Majid d'un air implorant. Celui-ci ne prétendait pas savoir comment mener une guerre – il n'était là que pour donner des conseils sur la santé des troupes –, mais il était le seul autre membre de la famille royale dans la pièce. Le général al-Homayed de la garde nationale prit Majid à part et lui chuchota à l'oreille : « Il a l'intention de frapper Téhéran et Ispahan immédiatement.

– Pourquoi les villes ?

– Elles sont moins protégées que les bases, et il compte anéantir la population.

– Le roi est-il au courant ?

– Le prince Khalid l'affirme, mais nous n'en sommes pas sûrs.

– Et le prince héritier ?

– Malheureusement, il approuve cette décision. »

Majid était sous le choc. Il n'y avait personne auprès de qui plaider à part son oncle, qui se tenait devant une carte topographique du Golfe, drapé dans sa suffisance, les forces iraniennes et saoudiennes étalées en ordre de bataille devant lui. Les navires d'attaque rapide de la garde républicaine, équipés de missiles, prenaient d'assaut la flotte saoudienne et avaient déjà coulé une frégate et deux corvettes. Le champ de Ghawar était en flammes. Les derniers missiles antiaériens Hawk s'étaient avérés inefficaces contre les nuées de drones iraniens. De leur côté, les avancées saoudiennes en Iran avaient été rapidement repoussées par les défenses antiaériennes russes.

« Nos F-15 ont réussi à atteindre Arak et bombarder le réacteur et l'usine d'eau lourde, mais à quel prix, dit le général de l'armée de l'air qui dirigeait le briefing. Nous avons aussi vu des bâtiments de débarquement se regrouper à Bandar Abbas.

– Mais que font les Américains ? demanda Majid.

– Ils arrivent ! s'exclama le prince Khalid. Nous devons d'abord provoquer les Russes sur le terrain. Le président des États-Unis nous a promis que l'Iran serait détruit. La Russie ne peut les sauver.

– Cette action ne doit pas être lancée avant d'avoir le consentement du roi, dit Majid sur un ton inquiet. Ce n'est pas seulement un crime de guerre que d'attaquer la population, mais aussi un crime contre l'islam. Cela voudrait dire que ce conflit n'aura pas de fin avant que l'une de nos deux nations soit exterminée.

– C'est à moi qu'on a confié cette décision », répondit impérieusement le prince Khalid.

Il ne s'était jamais montré patient envers Majid, qui venait d'une lignée maternelle différente mais tout aussi importante, ce qui faisait de sa branche de la famille un concurrent pour le pouvoir.

« Le roi m'a donné tout pouvoir pour défendre notre terre sacrée. Le choix est fait, et l'issue est déjà écrite. Dieu nous a donné ce pouvoir et nous devons nous en servir. » Le vieux prince se tourna vers le général de l'armée de l'air et lui dit : « Vous connaissez mes ordres. »

Majid resta un moment debout, sous le choc. Puis il sortit du bunker.

La nuit s'était rafraîchie. Il retourna à sa jeep et enleva son uniforme pour enfiler un simple qami saoudien. Il chaussa des babouches et se rendit jusqu'à la grille devant la foule de marins agités, en direction de la ville déserte. Une brise soulevait le sable à travers les rues poussiéreuses.

En bordure de l'agglomération se trouvait un cercle d'officiers équipé d'un terrain de courses de chameaux. Majid entra dans l'étable et sentit l'odeur familière et rassurante de l'avoine et des bêtes. C'étaient de splendides animaux, qui ne méritaient pas de mourir. Il ouvrit la porte de l'étable et les fit sortir dans la nuit. Les chameaux avaient peur. Ils ne le connaissaient pas, et la liberté leur était étrangère, mais ils grognèrent et acceptèrent leur destin à contrecœur.

L'une des bêtes regarda Majid d'un air interrogateur ; c'était la plus curieuse du troupeau. Elle pencha la tête pour qu'il puisse la gratter entre ses grands yeux.

« *Marhaba habibti*, lui dit Majid. Tu veux bien m'emmener loin d'ici ? »

Il trouva une couverture et une selle, puis monta sur la chamelle. Elle était grande et puissante. Ensemble, ils tombèrent sur l'un des vieux chemins qui menaient au désert.

Les bruits de la guerre empêchaient Henry de dormir. Tandis que le boutre fendait les eaux phosphorescentes du Golfe, des avions militaires rugissaient au-dessus de leur tête, laissant dans leur sillage des bangs supersoniques. Henry avait l'impression d'observer la guerre depuis un autre élément, sous l'eau, alors que de lointaines explosions éclairaient l'horizon des deux côtés de la baie. Certaines étaient relativement petites, et d'autres – sûrement des stocks d'armement ou des raffineries – immenses, gigantesques, emplissant le ciel comme un lever de soleil. Tant de choses seraient détruites en un rien de temps, des années de travail et une richesse inimaginable perdues en un instant, un prélude à des décennies de misère. On ne comparait jamais vraiment le coût de la guerre à celui d'une vie paisible et ordinaire, sans conflit. Même les vainqueurs se retrouvaient ruinés de façon inéluctable. Henry se dit qu'il était peut-être en train d'assister à la fin de l'âge du pétrole.

Sous le ciel éclairé, Henry aperçut l'émirat insulaire à la proue du bateau. Les gratte-ciel surplombaient la petite pointe de terre tels des passagers debout dans un canoë. Henry se demanda combien de temps encore ces arrogants bâtiments tiendraient quand la guerre déborderait inévitablement sur les pays voisins. Chaque nation de la région avait déjà choisi son camp. La neutralité n'existait pas, et, quoi qu'il arrive, la nature même de la guerre exigeait qu'elle s'étende et consume tout ce qu'elle pouvait atteindre.

Le boutre se dirigea vers un vaste port entouré de raffineries et de docks. Le capitaine, qui s'appelait Ramesh, lui indiqua ce qui ressemblait à un grand complexe industriel, droit devant. « Les Américains », dit-il.

À ce moment-là, Henry aperçut deux bateaux de patrouille qui fonçaient à toute vitesse dans leur direction. Henry leur fit des signes, mais il comprit très vite que ce n'était pas un comité de bienvenue. « Faites demi-tour ! Faites demi-tour ! cria une voix à travers des haut-parleurs. Vous entrez dans des eaux interdites. Nous tirerons à vue si vous vous approchez ! » La menace fut répétée en arabe.

« Je suis américain ! » cria Henry, mais on ne l'entendait pas ; et même si on l'avait entendu, ça n'aurait pas changé grand-chose.

Ramesh réagit lentement, mais lorsqu'une salve de balles vint remuer l'eau devant son bateau, il fit brusquement demi-tour, toutes voiles dehors.

« Non, attendez ! » lui cria Henry. Mais Ramesh n'avait nullement l'intention de se faire tirer dessus à nouveau.

Henry réfléchit un court instant, puis il sauta par-dessus bord.

Il ne nageait pas très bien. Il regarda le vent gonfler les voiles du boutre qui le laissait seul au milieu du chenal. Ramesh lui lança un coup d'œil rapide, sans remords. Henry était horriblement loin de la côte. Au bout d'un moment, l'un des bateaux de patrouille rentra à la base en vrombissant, et Henry flotta dans les vagues laissées sur son sillage. L'autre bateau restait immobile sur l'eau. Deux jeunes officiers navals qui portaient des lunettes de soleil le fixaient, le visage vide. Henry se mit à nager dans leur direction et le pilote enclencha doucement la marche arrière pour maintenir une distance prudente. Ils vont me regarder couler, se dit Henry, alourdi par ses chaussures et ses vêtements. Il continua de nager comme un petit chien – que pouvait-il faire d'autre ? Finalement, le pilote repassa au point mort et laissa Henry s'approcher assez près pour qu'ils puissent parler.

« Qu'est-ce que vous fichez, monsieur ? demanda-t-il.

– J'essaie de rentrer chez moi.

– Avec tout le respect que je vous dois, monsieur, vous avez de la chance de pas vous être déjà pris une balle. Si vous nagez dans cette direction… » Il indiqua un bout de terre qui semblait à environ trois kilomètres de là. « … vous serez en territoire émirati, et ils pourront s'occuper de vous.

– Vous savez très bien que je n'y arriverai jamais.

– C'est votre choix, pas le nôtre. Nous sommes dans une zone de guerre. Il y a des règles, monsieur. Nous sommes sous quarantaine stricte. Personne ne sort, personne ne rentre. C'est pour votre bien. »

Henry n'essaya même pas de discuter cet avertissement absurde.

« Je vous en prie, je suis américain, dit-il. Je suis docteur. Je veux juste rentrer chez moi. »

Le ton du pilote changea subitement.

« Vous êtes docteur ?

– Oui.

– Docteur en médecine ?

– Oui. »

Le pilote lança un coup d'œil vers son camarade, puis il se retourna vers Henry.

« Montez à bord, monsieur. Il y a des gens chez nous qui ont cruellement besoin d'un médecin. »

Henry nagea jusqu'à l'échelle à l'arrière du bateau. Dès qu'il sortit de l'eau, il se mit à grelotter ; à cause du froid ou bien de la peur qu'il avait réussi à contenir jusque-là. L'autre officier lui tendit un gilet de sauvetage et le pilote mit les gaz en direction de la base, plus vite que n'importe quel bateau sur lequel Henry était jamais monté. Il claquait des dents de manière incontrôlable.

« Vous voyez ce sous-marin, monsieur ? »

Celui-ci était grand, gris, racé, semblable à une baleine et pourvu d'un aileron qui dépassait de façon improbable de sa tête comme une croix métallique.

« Il doit partir pour Kings Bay. Ils ont demandé de l'assistance médicale, mais on leur a interdit l'entrée de la base.

– Kings Bay, en Géorgie ? » demanda Henry.

On aurait dit un miracle.

« Le Kongoli est présent à bord.

– Je prends le risque.

– C'est vous qui voyez, monsieur, mais sachez qu'il est mortel. »

Henry ne pensait plus qu'à une seule chose : il allait enfin rentrer à la maison.

34

Les gueules-de-loup

Jill était morte depuis une semaine quand Helen trouva enfin le courage de l'enterrer. Elle attendit que Teddy soit couché et sortit dans le jardin pour creuser la tombe. Elle n'arrivait pas à croire à quel point c'était difficile. Plus elle creusait profond et moins le sol était meuble. Elle tomba sur une énorme racine d'arbre qui la força à s'arrêter. Elle s'assit dans l'herbe et fondit en larmes. Le trou était si peu profond. Quand elle descendait à l'intérieur, la terre ne lui arrivait même pas aux genoux.

Il faisait très sombre dehors. Les lumières s'éteignirent chez les voisins. Helen n'avait vu personne d'autre que Teddy depuis des jours. Elle avait besoin d'aide, mais elle ne savait pas à qui demander. Peut-être que plus personne ne viendra jamais à mon secours, se dit-elle. Peut-être que tout le monde est mort. Je n'ai plus qu'à attendre de devenir l'adulte que je ne suis pas prête à être. Elle était furieuse contre ses parents – contre son père absent et sa mère morte, la laissant seule pour s'occuper de Teddy, et à présent l'enterrer.

Son père était sûrement mort lui aussi. Il l'avait trahie, il lui avait laissé croire qu'il ne l'abandonnerait jamais, puis il avait disparu. « On n'a plus jamais entendu parler de lui. »

C'est ce qu'elle dirait aux gens un jour. Cette phrase lui restait en tête comme une chanson qui ne veut pas partir.

À une époque, Helen avait eu honte de son père. Elle avait pris conscience de la façon dont les autres le regardaient. Helen était belle ; c'était un élément clé de sa vie. Henry, non. Helen voulait sortir du lot, être perçue comme quelqu'un de beau et bien fait, et pas associée à un être pitoyable. Henry comprenait. Il lui laissait de l'espace en public pour qu'elle ne soit pas vue avec lui, et c'était cette noblesse qui avait fini par briser le cœur de Helen. Elle pleura en pensant à quel point elle l'aimait. Elle se sentait coupable d'avoir eu honte de lui. Aujourd'hui, il n'était plus là et elle n'aurait plus l'opportunité de se rattraper pour ses horribles pensées. Elle se haïssait d'avoir été distante avec lui, d'avoir méprisé son infirmité. Elle n'imaginait pas ce que ça faisait de vivre sans être parfait. Pourtant, à l'intérieur, elle se sentait laide. À l'intérieur, elle se sentait petite et déformée, et son père était grand et beau. L'homme le plus intelligent du monde.

Mais il n'avait pas réussi à sauver Jill.

Creuser la tombe de sa mère devint la chose la plus importante que Helen ait jamais faite. Si elle y arrivait, elle serait capable de survivre. Elle deviendrait le genre de personne capable de faire des choses de grands, comme creuser une vraie tombe, une tombe que les animaux ne pourraient pas déterrer facilement. Cette pensée lui donna la chair de poule.

Elle trouva une hache dans le garage et commença à attaquer la racine avec une fureur et une détermination qui semblaient provenir d'un endroit qu'elle ne connaissait pas. Elle avait à peine conscience qu'elle pleurait. La racine mesurait le diamètre de sa tête. D'abord, elle donna des coups de hache au même endroit, encore et encore, puis elle se rappela de Henry qui coupait du bois pour le feu. Il lui avait montré comment incliner la hache légèrement vers la droite puis vers la gauche, de manière à tailler un

V dans le bois. Les copeaux s'envolèrent jusqu'à ce qu'elle tombe d'épuisement.

Elle jeta sur la racine un regard plein de haine. Celle-ci se trouvait sur son chemin et l'empêchait de faire ce qu'elle avait à faire. Ce n'était pas juste. C'était une épreuve bien trop grande. Elle devrait tailler le bois de part en part, et quand elle aurait fini, elle devrait encore creuser le sol, qu'elle haïssait et qui le lui rendait bien.

Ses yeux s'étaient ajustés à l'obscurité, mais il faisait encore plus sombre dans le trou, alors elle retourna à la maison pour allumer les lumières de la cuisine, qui brillaient jusque dans le jardin. À l'intérieur, l'odeur de sa mère morte l'enveloppa. Il y avait une lampe de poche dans un tiroir, qu'elle emporta dehors et posa au bord de la tombe.

Les lumières de la cuisine et de la lampe projetaient une ombre géante et grotesque sur le garage du voisin. Elle imagina Teddy qui riait avec elle, mais elle se demanda si quelqu'un rirait à nouveau un jour. Elle avait honte de trouver la situation un tant soit peu amusante. Mais elle se sentait rebelle, sombre, mauvaise, ce qui lui donna la force de donner des coups de hache jusqu'à ce qu'une des extrémités de la racine cède.

Elle resta allongée dans l'herbe un moment, couverte de terre et de sueur. Tout ce qui avait été merveilleux dans sa vie était devenu étrange et affreux. Au moins je suis en vie, se dit-elle. Mais Kendall est morte. Maman est morte. Papa est probablement mort aussi. Et la vie continue comme si notre existence ne voulait rien dire du tout. La seule chose qui compte, c'est de creuser ce trou pour y enterrer ma mère. Elle jeta un œil à la petite cabane que son père avait construite pour elle quand elle avait trois ans. Elle avait passé des heures à jouer à l'intérieur. Si inconsciente. Il y a si longtemps.

Il aurait été idiot de penser qu'elle avait jamais été parfaite. Elle était grande, la plus grande fille de sa classe, plus grande que la plupart des garçons. Condamnée à devenir une géante. Un jour, elle avait demandé à Henry pourquoi elle était si grande. Son père était petit, et sa mère de taille moyenne. Helen les avait dépassés tous les deux à l'âge de onze ans. « Tu tiens ta taille de mon côté », avait répondu Henry. Helen ne s'était jamais posé de questions sur la famille de son père. Il n'avait aucune photo à l'exception de celles de ses grands-parents, et il ne parlait jamais de ses vrais parents.

« Mais toi, tu n'es pas grand, dit-elle.

– Mes gènes le sont, répondit Henry. C'est la maladie qui m'a rendu petit. Je ne me souviens pas de la taille que faisaient mes parents, mais les gens remarquaient souvent que ma mère faisait près d'un mètre quatre-vingts. Mon père mesurait quelques centimètres de plus. Il n'y a rien de surprenant à ce que tu aies l'avantage considérable d'être bien visible aux yeux de tous.

– Elle était belle, ta mère ?

– Je crois. Ma grand-mère avait des photos d'elle enfant. Elle était très jolie. Sur la seule photo d'elle adulte que j'aie jamais vue, son visage est caché par une sorte de sombrero, donc je n'ai pas pu me rendre compte. Mon père était impressionnant. Il avait des traits prononcés et des cheveux roux comme les tiens. Quoi qu'il en soit, il n'existe pas de gène de la beauté. Ça ne marche pas comme la taille.

– C'est si triste qu'ils soient morts.

– Oui, c'est vrai.

– Ils ont eu un accident d'avion, ou un truc comme ça ?

– Un truc comme ça. »

Tant de secrets. Henry était sorti de la pièce. Maintenant, elle ne le saurait jamais.

Elle tailla. Elle creusa. Le ciel commença à s'éclaircir. Elle tailla. Elle creusa. Elle pleura.

Henry n'avait jamais cru en Dieu, mais Helen si ; c'était sa petite rébellion secrète. Dieu représentait son vrai père, parfait, attentif, présent. Mais ça, c'était avant. Ce n'était plus le cas. Le magnifique lever de soleil ressemblait à un message de Dieu qui disait : « Et alors ? Je n'ai pas besoin des humains dans mon monde. » Voilà ma nouvelle religion, pensa Helen : Dieu existe, et il nous déteste.

Elle était épuisée. La racine était encore plus épaisse de ce côté-là. Évidemment. Telle était la volonté de Dieu : rendre la tâche impossible. Chaque coup de hache visait à lui donner tort. Un oiseau, qui n'avait pas encore été exterminé, chantait. Si elle avait eu un fusil, elle l'aurait abattu. C'étaient eux, les porteurs, ils contaminaient même les animaux de compagnie. Peepers était mort. Elle aurait aimé le câliner et croire que l'amour avait encore de l'importance.

Elle voulait finir avant que Teddy se réveille. Elle se laissa aller à penser : pourquoi est-ce que Teddy n'est pas mort à la place de maman ? Pourquoi c'est moi qui écope des responsabilités ? Teddy ne sert à rien, c'est un vrai fardeau. Mais elle ne voulait pas être seule.

Lorsque la racine céda enfin, Helen tomba au sol. Elle ne savait pas combien de temps elle avait dormi, mais quand elle se réveilla, elle avait le soleil dans les yeux et elle était allongée dans la tombe de sa mère.

Elle creusa avec une fureur renouvelée. Son estomac lui faisait mal, mais elle ne pouvait pas s'arrêter. Quand le sol devint trop dur, elle y donna des coups de hache et elle enleva la terre. Elle savait que les tombes devaient mesurer un mètre quatre-vingts de profondeur, mais c'était impossible. Elle n'arriverait même pas à s'extraire d'un trou aussi profond. Elle commença à marchander avec sa conscience. Jusqu'où une jeune fille de douze ans était censée creuser ? Le trou lui arrivait à la taille à présent. Elle avait voulu lui donner une forme parfaite, mais ce n'était pas le cas.

« Qu'est-ce que tu fais ? »

Teddy, sur les marches du porche, en pyjama.

« Tu te sens bien ? » demanda-t-elle. Il hocha la tête. « Tu as faim ? » Il hocha la tête à nouveau. « Il reste des céréales. J'ai bientôt fini. »

Teddy rentra à l'intérieur, sa question toujours sans réponse. Pourtant, il savait.

Helen se remit à creuser. Il faisait très chaud, mais la terre sous ses pieds était fraîche. La sueur lui coulait dans les yeux. Soudain, elle s'assit, totalement épuisée. Elle avait besoin de manger. Elle avait besoin de boire de l'eau. Jill lui aurait dit ces choses-là. Elle entendait presque la voix de sa mère. Helen serait rentrée après avoir fini de jouer et le déjeuner aurait été prêt sur la table. Mais cela n'arriverait plus jamais. À cause de Dieu.

Elle laissait pendre ses pieds dans la tombe. Celle-ci était assez profonde.

Helen alla dans la cuisine.

« Il reste des céréales ? »

Teddy secoua la tête d'un air coupable. Helen pensa aux sandwiches tomates mayonnaise de sa mère, sans croûte. Des yaourts au chocolat. Des Pringles. De la soupe de nouilles au poulet. Rien de tout ça. Il n'y avait rien dans le garde-manger à part des lentilles, et le stock ne durerait que quelques jours. Il y avait un morceau de jambon dans le frigidaire et un morceau de Vache qui Rit. Tout ce qu'elle mangerait serait autant de privation pour Teddy, mais elle s'en fichait. Ou peut-être pas. Elle ne savait plus où en était sa relation avec son frère, maintenant qu'il n'y avait plus personne d'autre.

Teddy la regardait avec une expression qu'elle identifia comme de la stupeur, ou quelque chose comme ça. De la stupéfaction. Probablement parce qu'elle était toute sale. Puis il détourna les yeux et fixa le fond de son bol vide.

« Merci d'avoir enterré maman, dit-il.

– Je ne l'ai pas encore enterrée.

– Je sais. »

Quand Helen eut fini le fromage, Teddy et elle retournèrent dehors et regardèrent la tombe.

« Elle n'est pas assez profonde, dit Helen.

– Je pense que si.

– C’est vrai ? »

Teddy hocha la tête.

Helen rentra dans la maison. Une fois de plus, elle fut accueillie par l’odeur. Elle attrapa un torchon sur la poignée du four et l’enroula autour de son visage comme un bandit.

« Ne viens pas, dit-elle à Teddy. Reste dans ta chambre un moment. »

Helen traversa le couloir et ouvrit la porte de la chambre de ses parents. Sa mère avait la bouche ouverte. Elle était aussi bleue que la lampe en porcelaine sur sa table de chevet. Une trace de sang s’étendait sur les draps, et des petits ruisselets séchés coulaient de ses yeux, ses oreilles et son nez. Voilà ce que Dieu a fait à ma mère, se dit Helen.

La main de Jill était très froide, comme si elle avait été au congélateur. Comment un corps pouvait-il être aussi froid ? Tout son être semblait glacé, rigide, comme riveté au lit. Helen tira le drap. La robe de chambre de sa mère était toute débraillée. Elle commença à la couvrir, mais elle se dit : Ce n’est plus ma mère. Ce n’est plus qu’un objet encombrant, mort, qui sent mauvais.

Helen attrapa les talons de Jill et la tourna vers elle. Son corps entier se déplaçait comme une planche de bois. Ses bras reproduisaient un geste étrangement familier, comme si elle allait recevoir un cadeau ou prendre quelqu’un dans ses bras. Helen tira sa mère vers elle, détournant le regard tandis que la robe de chambre de Jill dévoilait son corps. Soudain, le cadavre glissa du lit et s’écrasa au sol. La tête de Jill heurta le sommier si fort que Helen entendit son crâne se fracturer. Elle avait envie de hurler, mais elle se dit : Ce n’est pas ma mère. Ce n’est pas ma mère.

Quand elle arriva dans le couloir, elle pivota le corps de Jill et le traîna dans la cuisine jusqu’au porche arrière. Elle se reposa un moment, puis elle alla chercher le casque de football américain de Teddy dans le placard de l’entrée. Elle l’enfila sur la tête de sa mère et elle traîna le corps dans l’escalier. Le casque rebondit à chaque marche.

Elle s'arrêta au bord de la tombe. Elle ne voulait pas faire rouler sa mère à l'intérieur, car elle avait peur qu'elle atterrisse face contre terre, ce qui ne serait pas correct. Elle descendit dans le trou et tira Jill vers elle. Le corps de sa mère glissa lentement le long de la pente de terre creusée, puis il sauta sur Helen, comme s'il revenait à la vie. Elle bascula en arrière et se retrouva à moitié enfouie sous le cadavre, clouée au sol dans la tombe étroite près des jambes bleues et raides de sa mère. Helen se tortilla, repoussa Jill et se libéra de son poids. Avant de grimper hors de la fosse, elle réarrangea la robe de chambre. Puis elle se saisit de la pelle et elle envoya un premier tas de terre sur le visage de Jill, qu'elle ne voulait plus voir.

Il faisait presque nuit quand elle finit de remplir la tombe. La terre recouvrait le corps de Jill en un monticule semblable à une miche de pain fraîchement sortie du four. Tandis qu'elle se tenait là, Teddy s'approcha d'elle. Il tenait un bouquet de gueules-de-loup qu'il avait cueilli sur le parterre devant la maison. Ils les déposèrent sur la tombe de Jill.

35

Chaque vie est précieuse

Les gouvernements du monde entier se mouraient sous les assauts du Kongoli. Il n'y avait rien d'étonnant à ce que les régimes les plus instables tombent, d'abord au Liban, en Irak et en Afghanistan, l'un après l'autre. L'anarchie suivait la course de la contagion, tuait les forts et repoussait les faibles. Lorsque l'Italie et la Grèce s'effondrèrent le même jour – le 30 juin –, la fragilité de la société occidentale fut mise à nu. La civilisation, tout comme les calottes glaciaires amaigries par des décennies de réchauffement climatique, était en train de fondre. La France n'allait pas tarder à suivre.

Mais lorsque le comité des adjoints se réunit à nouveau lors d'une visioconférence sécurisée, l'ordre du jour portait en priorité sur la guerre au Moyen-Orient. Lors d'un combat aérien entre un SU-57 russe et un F-22 Raptor américain au-dessus des monts Zagros, les deux appareils avaient fini par être abattus par des missiles à guidage radar très avancé. Cet incident ne fit qu'amplifier la guerre entre les États-Unis et la Russie, avec leurs pays alliés respectifs. Les champs pétrolifères saoudiens brûlaient toujours. En Iran, la majeure partie de la vieille ville d'Ispahan avait été détruite. Les morts à Téhéran se comptaient en dizaines de milliers. Les deux camps étaient entrés en guerre déjà affaiblis par la maladie, et, comme en 1918, les armées contribuaient à la propagation du virus. Les hôpitaux, qui débordaient déjà des victimes de la grippe, ne pouvaient soigner qu'une petite partie des blessés. Pourtant, la guerre faisait rage, ramenant les deux pays et leurs voisins à un âge préindustriel. Il ne leur restait plus grand-chose de moderne, à part les armes.

Le premier choc de cette guerre, c'était de constater – comme toujours – le peu d'impact qu'on pouvait avoir sur son issue.

« Nous avons détruit la base navale iranienne de Bandar Abbas, mais nous avons perdu quatre avions supplémentaires face aux défenses russes », rapporta l'adjoint à la Défense.

Il faisait un exposé sur les rapports de forces dans la région. « Très favorables pour nous, mais les choses changent. La cinquième flotte a été déployée à Bahreïn, et l'Air Force dirige les opérations au Qatar depuis la plus grande base américaine du Moyen-Orient, équipée de B-52 prêts à annihiler l'Iran et potentiellement à portée de la Russie elle-même. La flotte du Pacifique russe se dirige vers le Golfe, la Russie a envoyé en Iran des avions très avancés supplémentaires, et il y en a d'autres qui arrivent. La Russie a pour avantage de défendre un allié local bien plus puissant. Le plan des Saoudiens, nous le savions déjà, consistait à nous laisser nous occuper du combat.

– Les conséquences sur l'environnement sont également très graves, renchérit l'adjoint à l'État. Des milliers de gens sont morts après avoir inhalé des fumées toxiques dans la province d'Ash-Sharqiyah. Les vents puissants transportent la fumée vers l'ouest. Le ciel est noir jusqu'au sud de l'Espagne. »

L'adjoint au Commerce prit la parole pour exprimer une pensée impie : « Est-ce que ça vaut vraiment la peine de défendre le royaume ? Il faudra des années avant que n'importe lequel de ces pays-là revienne au premier plan de l'économie mondiale. »

L'adjoint à l'État acquiesça.

« L'Iran c'est une chose, mais est-ce qu'on veut vraiment risquer une guerre ouverte avec la Russie ?

– Ils doivent être en train de se poser les mêmes questions », dit l'adjoint à la Défense.

Les États-Unis et la Russie vivaient en pleine fièvre de paranoïa et de haine, à la recherche d'un quelconque final orgasmique qui s'approcherait d'une guerre nucléaire totale. Pourtant, Tildy y voyait l'opportunité idéale pour remettre les Russes dans leur cage.

« Qu'est-ce qu'on gagne à attendre ? demanda-t-elle. Attaquons maintenant, avant que leur flotte atteigne la mer d'Arabie. Chassons-les du Golfe. Avec Poutine, rares sont les moments où l'on a un net avantage. »

À la fin de la réunion, un rapport fut envoyé au conseil des directeurs : déployer les B-52, détruire les défenses russes et bloquer leur flotte du Pacifique. Si la Russie voulait continuer la guerre, elle allait en payer le prix fort.

Cette nuit-là, Tildy s'installa avec son plat réchauffé au micro-ondes pour regarder les informations, son chien Baskin à ses côtés. Au plus fort de la pandémie aux États-Unis, les services du gouvernement avaient fermé et le Congrès avait arrêté de se réunir. Le nouveau président, toujours à l'abri dans le grand bunker de Mount Weather avec les membres importants de son cabinet, fit une déclaration rassurante via l'Emergency Alert System pour annoncer qu'un traitement se profilait à l'horizon, que les magasins allaient rouvrir, que le championnat de base-ball reprendrait – un tissu de mensonges, tout le monde le savait, mais le message était tout de même scrupuleusement retransmis.

« Ce soir, nous apprenons par un rapport spécial le sabotage des laboratoires de recherche biomédicale de l'Institut Whitehead au MIT il y a deux semaines », déclara

Wolf Blitzer. Ils montraient des images du Whitehead, que Blitzer décrivit comme l'un des plus importants centres de recherche sur les animaux au monde. Comme tous les laboratoires biomédicaux, le Whitehead avait été réquisitionné pour participer au développement d'un vaccin contre le Kongoli. Les employés avaient reçu des échantillons du CDC et cultivaient le virus sur des singes, des furets et des souris humanisées. La plupart des chercheurs vivaient dans les labos et dormaient dans les couloirs dans des sacs de couchage, cherchant à percer les secrets du nouveau pathogène. À cause de la pandémie, la sécurité des laboratoires n'était plus vraiment assurée. L'institut ne disposait pas d'autant de clôtures, de caméras et de scanners que Fort Detrick. Un matin, un groupe de personnes – cinquante-deux d'après les caméras de surveillance – équipées de masques filtrants, de blouses et de gants était arrivé en bus. « On a cru que c'était une équipe venue pour nous aider, ou du personnel de sécurité », raconta l'un des scientifiques. Ils avaient traversé sans rien dire les couloirs jusqu'aux ascenseurs. « Ils connaissaient les codes, expliquait le scientifique. Personne ne leur a posé de questions. Les gens ne peuvent normalement pas entrer sans autorisation, mais eux ne se sont pas gênés. »

Ils étaient descendus là où se trouvaient les animaux. Il y avait quatre pièces, deux avec des furets et une avec des singes verts et des souris. La quatrième était vide. Ils entrèrent sans enfiler de combinaison, ce qui était incroyablement dangereux. Chacun des individus masqués emporta deux cages, privilégiant les singes. Les animaux restants furent relâchés dans les couloirs et contaminèrent tout ce qui s'y trouvait. Les furets couraient partout. La plupart d'entre eux s'allongeaient de manière apathique sur le carrelage des labos, trop malades pour bouger. Les souris disparurent dans les bureaux, derrière les bibliothèques et sous les tables. Une vidéo montrait que les primates enlevés avaient été libérés à Harvard Square. Blitzer interviewa le chef de la police de Cambridge, qui raconta comment ses hommes, aidés par des membres de la garde nationale, avaient traqué les singes toute la nuit pour les abattre à vue. Les deux derniers furent attrapés dans un tunnel du métro sur la Red Line.

« La police soupçonne les leaders de cette opération d'appartenir à une organisation de défense des animaux appelée les Gardiens de la Terre », dit Blitzer. Leur chef, Jürgen Stark, se trouvait dans le studio. Il nia toute implication des membres de son organisation et de lui-même dans l'attaque de l'Institut Whitehead, même si certains d'entre eux s'étaient déjà introduits dans les labos par le passé. De toute évidence, Blitzer ne croyait pas à son démenti.

« Ils avaient les codes de sécurité, dit-il. Ils savaient exactement où aller.

– Oui, c'est étrange, répondit Stark de manière évasive.

– Vous ne pensez pas qu'il s'agit d'un crime contre l'humanité ?

– Que les choses soient claires, dit Stark. Ce que les gens font subir aux animaux, pas seulement au Whitehead et à Fort Detrick mais dans d'autres centres du pays, est un crime contre la nature. Ces animaux de laboratoire ne nous ont fait aucun mal. On les torture et on les tue au nom de la science. Je sais, je l'ai moi-même fait autrefois, et c'est ma plus grande honte. Les avantages pour l'être humain valent-ils le sacrifice de tant de vies animales ? Pour moi, c'est non.

– Mais pour la plupart des scientifiques, c'est oui, fit remarquer Blitzer. Des millions de personnes dans le monde sont déjà mortes du Kongoli. Il est impossible de savoir précisément combien, mais nous avons compilé les chiffres présents dans les rapports, et pour l'instant le nombre de victimes s'élèverait à trois cents millions.

– Sur une population de huit milliards, c'est une portion minime », répondit froidement Stark. Il examina ses lunettes et essuya une poussière. « Prenons les oiseaux, par exemple.

Combien en avons-nous massacré ? Vous le savez ? Vous avez “compilé les chiffres” ? Et tout ça pour quoi ? Je vais vous dire ce qui se passe quand on renverse l’équilibre de la nature : on déclenche une catastrophe, bien plus grande que celle qui nous frappe en ce moment. On aurait pu croire qu’on avait retenu la leçon.

– Pensez-vous que toutes les vies sont égales ?

– Chaque vie est précieuse, dit Stark. Comment pouvez-vous poser la question ?

– Je me demandais simplement : si vous deviez choisir entre sauver la vie d’un bébé humain et celle d’un bébé chimpanzé, que feriez-vous ?

– C’est une question intéressante, mais je n’ai plus à faire ce genre de choix. Ça fait partie de mon passé.

– Croyez-vous que la vie d’un virus est aussi précieuse que celle d’un humain ?

– Les virus ne “vivent” pas.

– Mais ils font partie de la nature.

– Oui, ils sont essentiels.

– Pas les humains ? »

Stark fixa Blitzer d’un air hésitant, pesant ses mots.

« Les humains sont devenus un problème, dit-il enfin. En tant qu’être humain, j’espère égoïstement que notre espèce va perdurer. Mais il ne fait aucun doute que la planète se porterait mieux sans nous. »

36

Le capitaine Dixon

Dès son arrivée dans le sous-marin, Henry ressentit le malaise ambiant. L'équipage de l'USS *Georgia* n'était pas ravi d'avoir un médecin à bord. Le précédent était porteur du Kongoli, et à cause de lui le sous-marin était en quarantaine. À présent, cinq membres sur les cent soixante-cinq étaient malades et le corps du médecin gisait dans la chambre froide. Le sous-marin regorgeait de jeunes marins courageux, mais ils étaient cernés par un ennemi contre lequel ils ne pouvaient pas se battre.

D'ordinaire, les besoins médicaux étaient traités par un aide-soignant de l'armée, formé aux premiers secours et aux urgences mineures. Il y avait une petite infirmerie avec une porte horizontale permettant de transférer un patient directement d'une civière à la table d'opération, car il n'y avait pas la place de manœuvrer dans le couloir. Dans l'armoire à pharmacie, Henry découvrit des cartons de bendamustine et d'ibrutinib, ce qui expliquait ce que faisait le précédent médecin à bord.

Les sous-marins étaient des terrains fertiles idéaux pour les maladies. L'air était recyclé en permanence et tout le monde le respirait. « Si quelqu'un a un rhume, on l'attrape tous, lui dit l'aide-soignante, la second maître Sarah

Murphy, en lui faisant visiter les lieux. On ne peut pas échapper à l'exposition. »

Tout le monde l'appelait « Murphy » ; les compagnons de bord s'appelaient souvent par leur nom de famille. Elle était méthodique, un peu collet monté, ce qui semblait être la norme à bord. Dix femmes seulement vivaient sur le bateau, et elles se coiffaient toutes en un chignon serré, ce qui rendait leur visage aussi saillant que celui de leurs collègues masculins au crâne rasé. Murphy était une fille de fermiers originaire de Duluth, dans le Minnesota, et elle avait l'accent qui allait avec. « Minnesooota », comme elle le prononçait. Les marins la taquinaient parce qu'elle trayait les vaches. Mince et souple, elle descendait les échelles avec l'aisance d'une gymnaste, obligée de ralentir pour attendre Henry. Elle passa par une trappe circulaire qui ressemblait à la porte d'un grand coffre-fort. Celle-ci menait à une longue chambre qui contenait vingt-quatre tubes lance-missiles peints en rouge vif, chacun desquels étant conçu pour accueillir un Trident intercontinental de douze mètres de long.

« On est équipés un peu différemment, dit Murphy. On a des missiles de croisière Tomahawk à la place, rien de nucléaire. »

Entre chaque tube se trouvait un dortoir de neuf personnes avec des lits superposés trois par trois. Henry n'imaginait pas pire environnement pour contenir une maladie respiratoire.

Les sous-mariniers infectés devaient rester dans leurs quartiers. S'ils passaient en phase terminale, on les amenait à la cantine, sous la salle de contrôle, pour que leurs compagnons ne les voient pas mourir. L'odeur métallique du sang imprégnait la pièce.

« Comment les traitez-vous ?

– Avec des perfusions de sérum physiologique, dit Murphy.

– Et les antiviraux ?

– Aucun effet. »

Dans la cantine se trouvaient trois patients en phase terminale ; deux hommes et une femme. Murphy souleva le drap de l'un d'eux. Il avait les pieds noirs.

« Comme le médecin, dit-elle. Pieds noirs, visage bleu. »

Un des patients était suffisamment conscient pour remarquer la présence de Henry.

« Vous êtes docteur ? » demanda-t-il.

Henry hocha la tête.

« Je vais mourir ? »

C'était un adolescent. Il avait les lèvres bleues. Henry lisait clairement sa destinée.

« Je crois que tu vas t'en sortir », dit-il.

Parfois, on n'avait rien de mieux à offrir que de l'espoir, ne serait-ce que faux, mais il s'en voulut d'avoir menti.

Le jeune marin se mit à pleurer. Murphy essuya son visage fiévreux avec une lingette.

« J'ai eu si peur », dit-il.

Après s'être éloignés pour ne pas qu'il entende, Henry demanda à Murphy : « Que faites-vous des corps ?

– Maintenant, le protocole veut qu'on les renvoie au port de rattachement. On a de la place dans la chambre froide, mais honnêtement ça devient un problème. »

Henry hérita des quartiers du médecin décédé : un matelas par terre au fond de la chambre à missiles, à côté du réacteur nucléaire qui alimentait le sous-marin. Un drap lui servait de paravent. Au moins, il avait un sentiment d'intimité. Henry recouvrit son coin de gel hydroalcoolique. Les quelques affaires de son prédécesseur étaient rangées dans un sac plastique accroché au mur, et ses vêtements étaient étendus sous le matelas. Une paire de baskets suffit à faire comprendre à Henry que ces habits ne lui iraient pas. Il portait toujours la tenue dans laquelle il avait sauté à l'eau. Murphy fouilla dans la garde-robe des marins à l'agonie et lava un sac plein de sous-vêtements et de chaussettes.

Le sous-marin était entré au port pour réparer un piston endommagé. La pièce manquante n'était pas disponible, et le navire allait devoir entreprendre la longue traversée de l'Atlantique avec un piston bruyant, la dernière chose dont un sous-marin furtif ait besoin.

Il n'y avait aucune impression de mouvement à bord, mais Henry sentit ses tympans craquer quand le sous-marin s'immergea. Il se retrouvait dans des positions étranges à chaque fois que le bateau changeait d'allure. Les marins ne semblaient pas affectés par les moments où ils n'étaient pas à la perpendiculaire. Henry se dit qu'il finirait par s'habituer à ce monde étroit et renfermé et ses mouvements subtils, mais il devait résister à ses angoisses. Il dormit par intermittence, perturbé par des rêves troublants qui ne laissèrent aucune trace dans sa mémoire.

Le premier matin, il se réveilla en sentant l'odeur du petit déjeuner. Il n'avait pas encore réalisé à quel point il était affamé. L'ambiance du mess évoquait celle d'un club-house, avec ses souvenirs de différents ports, ses fanions de marine et sa photo de Jimmy Carter, ancien gouverneur de Géorgie et seul sous-marinier à avoir jamais été élu président. Les marins remplissaient leur assiette d'œufs brouillés, de saucisse et de petits pains avec de la sauce. Ils étaient tous si jeunes, pensa Henry. Il prit trois toasts et un bol de granola sans lait.

Murphy finissait son repas quand Henry s'assit.

« Bonjour, monsieur. Je pensais que vous alliez manger dans la grande salle avec les officiers, dit-elle.

– La nourriture y est meilleure ?

– Clairement pas.

– Je crois que le commandant me voit comme un invité indésirable, et il a sûrement raison, dit Henry. Je n'ai jamais été sur un navire auparavant, et encore moins un sous-marin. Je me sens totalement perdu.

– Un bateau, monsieur. Le sous-marin est le seul vaisseau de la marine que nous qualifions de bateau. Quant au commandant, c'est bien son rang, mais il occupe le poste de capitaine, et c'est comme ça qu'on l'appelle. Il faut essayer de le comprendre. Il loge tout le monde à la même enseigne, et il peut se montrer salaud parfois, mais c'est le meilleur officier sous lequel j'aie jamais servi. »

Elle rougit un peu en disant ces mots.

« Il a l'air un peu trop grand pour faire ce boulot. »

Murphy rit.

« Même moi, je me cogne toujours dans les tuyaux et tout ça, et je ne suis pas une géante. On a beaucoup de blessures à la tête. Cela dit, je ne voudrais pas être à sa place.

– Qui sont tous ces gens ? demanda Henry en indiquant les vingt et quelques personnes qui prenaient leur petit déjeuner.

– Des engagés volontaires, comme moi, monsieur. C'est nous qui faisons marcher le bateau, sans vouloir manquer de respect envers les officiers. Ces gars-là… » Elle pointa du doigt un groupe de jeunes hommes assis à une table. « … ce sont les opérateurs des missiles. On espère que ce sont les plus sains d'esprit d'entre nous. Cela dit, je les observe, et ils sont humains comme tout le monde. Si l'un d'entre eux reçoit une mauvaise nouvelle de sa famille, comme un décès ou un divorce, il est déprimé comme tout le monde.

– Et qu'est-ce qu'on fait dans ce cas ?

– Ma mère est psychologue pour enfant, et elle a des petites boules de poils avec des yeux en plastique qu'elle confie aux petits quand ils ont le cafard. Vous avez peut-être vu à l'infirmerie un bocal plein de ce qui ressemble à des boules de mammouth. On les surnomme les "petites peluches". Je sais que ce n'est pas de la vraie médecine, mais elles servent beaucoup ces temps-ci.

– C'est toujours bien d'avoir quelque chose à offrir. Et qui sont ces types très costauds là-bas ?

– Des Navy SEALs. Nous avons un contingent à bord pour faire de la reconnaissance, et parfois nous débarquons une équipe. Ils ne font pas grand-chose à part manger et faire du sport. Ils sont adorables, mais bon… vaut mieux pas les embêter. » Elle leur jeta un regard compatissant. « Ils sont arrivés sur le bateau en jouant les Superman, comme s'ils n'avaient peur de rien, mais cette grippe les a calmés. Vous voyez comme ils sont silencieux ? Ils semblent plus vulnérables que les autres.

– Et vous, vous n'avez pas peur ?

– Bien sûr que si ! Tout le monde appelle le sous-marin “le bateau de la mort”. Et c'est le cas. Nous sommes pris au piège. Je me sens totalement impuissante. J'en suis réduite à distribuer des petites peluches. J'espère que vous pourrez nous aider. »

Après le petit déjeuner, Henry alla ausculter trois membres de l'équipage de plus présentant des symptômes ; sans compter celui qui était mort dans la nuit.

Le sous-marin lui avait paru étrangement spacieux quand il était arrivé à bord, mais le sentiment de confinement ne tarda pas à le rattraper. Il n'était pas claustrophobe de nature, mais l'exiguïté, combinée avec la curieuse sensation de vivre sous l'eau, l'emplissait d'angoisse, amplifiée par la peur qui rongeait l'équipage maudit. Henry trouva rapidement son rythme. Il travaillait à l'infirmerie avec Murphy et faisait ce qu'il pouvait pour dissiper la terreur, distribuant le stock de Valium et de Xanax pour calmer les troubles paniques les plus préoccupants, mais il n'y avait aucun moyen de lever le voile d'anxiété qui enveloppait le bateau. L'équipage semblait drogué au désespoir. Ils connaissaient tous les probabilités de survie. Pour l'instant, seuls quelques patients présentaient des symptômes, mais tout le monde était exposé. La plupart de ceux qui tomberaient malades mourraient.

Le deuxième jour, Henry fut convoqué dans le compartiment privé du capitaine Vernon Dixon, un homme bien trop large pour un sous-marinier, grand et costaud malgré son âge, avec une voix sonore et chantante.

« Nous n'accueillons pas de vrais médecins à bord, d'habitude, dit-il. Les équipages de sous-marin sont souvent très sains. On ne peut pas partir en mission si l'on a la moindre maladie, et nous essayons d'être aussi prudents que possible dans les ports, mais ce n'est pas toujours faisable. »

Tandis qu'il parlait, il donnait à manger des graines et des fleurons de brocolis à des petits oiseaux colorés nichés dans une cage sur son bureau, près de l'ordinateur.

« Avant cette satanée grippe, nous avons dû abandonner quelques andouilles qui s'étaient fait tatouer à Djibouti et qui avaient attrapé une hépatite. Nous étions donc déjà en manque de bras quand votre prédécesseur est arrivé à bord avec la maladie. Eh ben dis donc, tu as drôlement faim, toi », dit-il à l'un des oiseaux.

Pendant que Dixon remplissait le bac d'eau de la cage, Henry jeta un œil sur certains des clichés épinglés sur le casier du capitaine : un jeune homme et une jeune femme noirs en toges à une cérémonie de remise des diplômes, que Henry identifia comme étant les enfants de l'officier, mais aucune épouse en vue ; des photos de groupe des équipages avec qui il avait servi ; et un portrait de Vernon Dixon jeune et vêtu d'une tenue de football américain de l'université de Californie du Sud.

« Oh, mais vous êtes *LE* Vernon Dixon ! » s'exclama Henry.

Dixon se détourna de ses oiseaux et le fixa du regard sans sourciller, visiblement agacé d'avoir été interrompu, puis il éclata d'un rire sonore.

« Bon sang, vous avez bonne mémoire, dit-il.

– Je me souviens de la fois où vous avez traversé tout le terrain au Rose Bowl de Pasadena. »

Dixon rayonnait de plaisir.

« Quelle journée ! dit-il. Bien sûr, on a quand même failli se faire aplatir par l'équipe d'Ohio State. »

Les oiseaux étaient magnifiques, aux couleurs vives et variées, avec le dos vert, la tête noire ou rouge, la queue bleue, le ventre jaune et la poitrine violette – comme s'ils avaient été assemblés avec des morceaux de différents volatiles qui n'étaient pas assortis.

« Ce sont des diamants de Gould, expliqua Dixon. Je les ai récupérés dans un souk à Doha. Ça égaye la pièce, vous ne trouvez pas ? »

Il attrapa l'un des oiseaux dans sa main géante et lui tailla délicatement les griffes avec une paire de ciseaux minuscules.

« Celui-ci s'appelle Chuckie. C'est le chef de la bande, d'après moi.

– Ils sont incroyablement beaux.

– C'est une espèce menacée, à ce qu'on m'a dit. J'imagine que tous les oiseaux le sont, de nos jours. J'ai l'impression de leur rendre service. Un peu comme l'arche de Noé. »

Ils observèrent les diamants qui sautaient en pépiant d'un perchoir à l'autre ou donnaient des coups de bec sur un épi de maïs.

« Écoutez, mon vieux. J'ai un équipage malade. Un équipage terrifié. Mon navigateur principal est mort. On a besoin du personnel au complet pour faire tourner le bateau, et on est déjà en sous-effectifs. Notre sécurité est menacée. Je sais qu'il n'y a pas beaucoup de ressources à votre disposition, mais est-ce que vous pouvez faire quelque chose ? N'importe quoi ? Je ne peux pas me permettre de perdre encore du monde.

– Et l'équipage ne peut pas se permettre de vous perdre, répondit Henry.

– Chaque sous-marinier à bord est indispensable, dit Dixon d'un ton sévère.

– Mais aucun n'est aussi à risque que vous. J'ai vu l'ibrutinib dans l'armoire à pharmacie. J'ai lu votre dossier médical. Quand avez-vous commencé la chimiothérapie ? »

Les épaules du géant s'avachirent légèrement.

« Il y a un mois environ, répondit-il. Ils ont dit que c'était une leucémie.

– Une leucémie lymphoïde chronique, dit Henry. Comme vous devez le savoir, elle met du temps à se développer, mais elle apporte son lot de complications. Vu que c'est une maladie qui touche les globules blancs, elle vous rend plus vulnérable à la contagion et moins apte à combattre l'infection.

– Ouais, c'est ce qu'ils m'ont dit. Normalement, ils n'auraient jamais laissé monter un malade dans un sous-marin, mais ce n'est pas contagieux. Ils n'avaient pas assez d'officiers haut gradés pour prendre ce poste, alors j'ai fait pression sur eux et je leur ai forcé la main pour retourner à bord. Après cette mission, j'imagine qu'ils me mettront au rancart.

– Je ne suis pas oncologue, dit Henry, mais nous pouvons discuter des traitements possibles. En attendant, je voudrais que vous portiez ça. »

Il tendit au commandant un masque et des gants en plastique. Dixon les regarda d'un air méfiant.

« Vous en avez pour le reste de l'équipage ?

– Dix masques et une boîte de gants. Mais ça peut être utile. Ça n'arrêtera sûrement pas l'épidémie, mais ça vous protégera un peu. »

Dixon les rendit à Henry.

« Tout le monde à bord risque l'infection, je ne suis pas le seul. N'importe qui pourrait mourir. Je prends le risque, comme les autres.

– J'admire votre courage, mais pas votre logique. Vous courez plus de risques que quiconque à bord, et vous êtes plus important.

– Un bateau, c'est comme un orchestre, répondit le

commandant. Chaque instrument est utile. Je ne suis que le chef d'orchestre – sans doute l'élément le *moins* important, à condition que tout le monde suive la partition. Trouvez un moyen d'aider mon équipage, ensuite vous pourrez vous inquiéter pour moi tant que vous voudrez. »

37

Dolly Parton et John Wayne

Henry s'habituait au rythme étrange de la vie dans un sous-marin. L'éclairage y imposait un sentiment de jour artificiel ; les lumières des parties communes étaient tamisées durant la « nuit » et fortes durant le « jour ». Certains sous-marins se calaient sur l'heure du méridien de Greenwich – l'heure « Zoulou » en langage militaire –, mais le capitaine Dixon préférait respecter les fuseaux horaires locaux au fur et à mesure de la traversée de l'Atlantique, ce qui signifiait que les montres seraient remises à l'heure neuf fois d'ici leur arrivée sur la côte est des États-Unis. Le rythme circadien de Henry était toujours un peu chamboulé. Il avait beaucoup de temps libre à bord, entrecoupé de périodes d'activité intense. Le médecin décédé avait laissé derrière lui une liseuse, et Henry fut ravi de découvrir la longue liste de classiques qui y figurait. Il se plongea dans la lecture de *Guerre et paix* à l'endroit où son collègue s'était arrêté, au moment où Pierre arrive sur le champ de bataille en queue-de-pie.

Un jour, Murphy lui offrit une salopette bleu marine qu'elle avait retouchée à sa taille.

« J'ai simplement eu à faire un ourlet et quelques ajustements par-ci par-là », dit-elle, dépréciant son cadeau si attentionné.

Henry fut très touché. Quand il l'enfila, il se rendit compte qu'il avait vraiment besoin d'une coupe de cheveux, maintenant qu'il s'intégrait dans l'équipage. Le coiffeur à bord était un second de cuisine qui coupait les cheveux sur son temps libre. Il s'appelait Thislethwaite, mais tout le monde le surnommait Cookie.

« Qu'est-ce qu'on fait, doc ? On rafraîchit un peu ?

– Je veux une vraie coupe de Marine, lui dit Henry.

– On rase la barbe aussi ?

– Non, je la garde. Mais on peut la tailler un peu. »

Après coup, dans sa couchette, Henry s'observa dans le miroir. On aurait dit un autre homme. Son cuir chevelu presque à nu le piquait et son visage semblait agrandi, comme s'il se voyait à travers une loupe. Sa barbe était courte et bien taillée. Il pensa : je vais rester comme ça pour le restant de mes jours.

Quand il retourna à l'infirmerie, il trouva Murphy en compagnie d'un sous-marinier qui grimaçait de douleur. Il devait avoir dix-neuf ans et souffrait d'une éruption de boutons rouges.

« Fièvre ? demanda Henry à Murphy.

– Dents de sagesse. »

Henry la prit à part dans le couloir.

«Je ne suis pas dentiste, dit-il.

– Je sais, monsieur.

– Et lui, il le sait ?

– On n'a jamais eu de dentiste à bord, donc oui, je pense qu'il s'en doute. »

Henry retourna à l'intérieur. Le jeune homme le regardait, la peur dans les yeux. Son insigne indiquait le nom MCALLISTER.

« Comment tu t'appelles, mon gars ?

– Jesse.

– Et comment tu qualifierais ta douleur, Jesse ?

– Très forte, monsieur, sinon je ne serais pas là.

– Ouvre la bouche et laisse-moi regarder. »

Henry prit un abaisse-langue et inspecta la bouche de McAllister. Il apercevait les gencives enflées et infectées sous les molaires inférieures, poussées en avant par les dents de sagesse enfouies qui sortaient de travers. Il était évident qu'il fallait les extraire. Celles du haut aussi sans doute, mais elles n'étaient pas infectées, donc Henry pouvait s'abstenir d'y toucher. Il appuya sur la gencive gonflée avec une sonde et McAllister bondit de douleur.

« Murphy, est-ce qu'on a de la lidocaïne en stock ?

– Oui, monsieur. Si vous souhaitez opérer, nous devrions aller dans le carré. Il y a plus de lumière. »

Henry jeta un œil aux outils chirurgicaux. Il ne disposait que d'un kit élémentaire adapté aux opérations mineures : deux scalpels, une canule, des curettes, une pincette pour maintenir le tissu en place, des pinces, des forceps, un porte-aiguille pour les sutures et plusieurs rétracteurs ; suffisant pour répondre à ses besoins. Cependant, il y avait longtemps qu'il n'avait pas réalisé d'opération.

Le capitaine jouait aux cartes avec un premier maître dans le carré quand Henry et Murphy débarquèrent avec leur patient souffrant. Sans un mot, les officiers rangèrent leur jeu et Murphy dégagea la table avant d'allumer la lampe chirurgicale au-dessus de celle-ci. Henry était impressionné par l'intelligente économie d'espace.

Heureusement, Murphy savait faire les injections, et elle anesthésia les gencives de McAllister, mais le patient suivit Henry des yeux tandis qu'il se saisissait du scalpel.

« Jesse, avec un peu de chance, tu ne sentiras rien, dit-il. Je serai aussi délicat que possible. Ne me mords pas la main, d'accord ? »

McAllister émit un léger son qui s'apparentait à un rire.

Henry fit une incision derrière puis devant la gencive enflée, révélant la dent saillante. Il écarta le tissu pendant que Murphy aspirait le sang et le pus. Henry sentit l'odeur de l'infection alors qu'il creusait plus profond à la recherche de la racine de la molaire. Le corps de McAllister tremblait d'angoisse. Il y avait fort longtemps, Henry avait choisi de renoncer à la chirurgie parce qu'il détestait infliger la douleur.

Il tira la dent sans trop de problèmes, mais la mâchoire était infectée. Sans fraise dentaire ou autre outil similaire, Henry dut ciseler l'abcès au niveau de l'os. McAllister poussait des grognements d'horreur tandis que Henry enfonçait toujours plus profond l'instrument dans sa mâchoire, encore et encore, jusqu'à ce que la plaie sanglante soit enfin saine et propre.

« Eh bien, ce n'était pas si méchant ? » dit-il fièrement en recousant le trou pendant que Murphy plaçait du coton autour de la plaie.

McAllister hocha la tête d'un air inquiet, conscient de ce qui allait arriver.

« Allez, on passe à l'autre côté », dit Henry.

Ce soir-là eut lieu l'un des épisodes les plus gênants de la vie de Henry : il entra par mégarde dans les douches des femmes. Il portait les tongs et le peignoir trop grands pour lui du médecin décédé, ainsi qu'une serviette autour du cou, comme il avait vu faire les sous-mariniers. Il entra dans la pièce où se trouvaient trois femmes, dont Murphy, qui se lavaient et se séchaient. L'espace d'un instant, Henry resta figé sur place. « Dégagez de là », lui ordonna l'une d'elles, et il retourna en vitesse à sa couchette, rouge de honte.

Une demi-heure plus tard, on toqua doucement à la porte. C'était Murphy.

« Oh mon Dieu, dit Henry. Je suis vraiment désolé.

– Ce n'est pas grave, monsieur. Ce n'est pas votre faute. Personne ne vous a expliqué le code. Aux douches, il y a des horaires différents pour les hommes et les femmes, indiqués par la photo sur la porte.

– Je n'ai pas fait attention.

– Dolly Parton pour les filles, John Wayne pour les garçons. Tout le monde sait que vous n'avez pas fait exprès. C'est notre faute, on aurait dû vous prévenir. »

Quand il arriva au mess, où l'équipage regardait *Black Panther*, Henry comprit que tout le monde était au courant de sa mésaventure dans les douches des femmes. Ils se donnaient des coups de coude et échangeaient des remarques sarcastiques à voix basse au sujet du « passager » – c'est-à-dire lui, l'étranger. En un rien de temps, il avait hérité de la réputation de bouffon, ou de pervers. Il n'avait aucune idée de ce qu'ils disaient à son sujet, et il s'en fichait.

« Hé, doc ! » l'alpagua un des SEALs. Ses camarades essayèrent de le faire taire mais il les ignora.

« Mon pote est mort ce matin.

– Lequel ? demanda Henry.

– Le maître de seconde classe Jack Curtis. Vous lui aviez dit que tout irait bien. »

Henry lisait la colère et le chagrin sur le visage du jeune homme.

« Je suis désolé, je n'ai rien pu faire.

– Alors qu'est-ce que vous foutez ici, pendant que cette putain de maladie nous extermine un par un ? »

Henry n'avait rien à lui répondre.

38

Mme Hernandez

« Tu veux un peu plus de soupe au ketchup ? » demanda Helen à Teddy.

Elle en avait marre de s'occuper de lui, mais elle n'avait personne d'autre à qui parler. Elle pouvait appeler ses amies sur le téléphone de sa mère, et de temps en temps quelqu'un venait leur déposer de la nourriture sous le porche, mais ça ne suffisait pas. Ils n'avaient plus de lentilles. Les placards sont vides, se dit-elle, comme dans les contes de fées.

Teddy ne répondit pas. Il avait la tête plongée dans l'ordinateur de Jill.

« Qu'est-ce que tu fais ?

– J'essaye de trouver les mots de passe de maman.

– Pour quoi faire ?

– Pour retirer de l'argent au distributeur.

– Son code ne sera pas écrit sur l'ordinateur.

– Je crois que je le connais déjà.

– C'est quoi, alors ?

– Ta date d'anniversaire. 2503.

– Qu'est-ce qui te fait croire ça ?

– Elle utilise des anniversaires pour tous ses mots de passe. Parfois elle les écrit, comme ici. »

Il lui montra la page Internet indiquant les codes de la carte de fidélité des magasins Target.

« Le mot de passe, c'est 25 mars, et le code de sécurité, 2503. »

Helen regarda Teddy. Quel drôle de petit bonhomme, se dit-elle. Un vrai génie, ou pas loin. Comment faisait-il pour trouver tout ça ? Ils étaient si différents. Il était petit et basané, et elle grande et blonde. Il était intelligent et réservé, et elle jolie et populaire. Helen avait l'habitude de répertorier leurs différences pour souligner à quel point ils n'avaient rien en commun. Maintenant qu'ils étaient seuls au monde, ils avaient tout en commun.

Même si la maladie avait déjà atteint son pic à Atlanta, les gens hésitaient encore à sortir. Certains commerces avaient rouvert, mais les restaurants gardaient porte close et les étals des épiceries étaient quasiment vides. Helen avait fait une liste au cas où ils trouveraient un moyen d'acheter des provisions. Sur cette liste, elle avait marqué : beurre de cacahuètes, crème glacée aux cookies, macaronis au fromage, Cheerios goût miel et noix, Froot Loops et papier toilette.

Les enfants retournèrent la maison à la recherche d'argent liquide. Le portefeuille de Jill était vide. Il y avait des cartes de crédit dans son sac, mais elles ne marchaient sûrement plus, et les enfants n'auraient de toute façon pas eu le droit de les utiliser. Jill avait été tellement déboussolée durant les derniers jours de sa vie qu'elle n'avait pas préparé sa mort.

Ils se rendirent à vélo à Little Five Points, où se trouvait un distributeur de la Bank of America. Dehors, l'étrange atmosphère rappelait à Helen les jours de tempête de neige, où les rues étaient désertes et magiques, et il n'y avait pas école. C'était exactement pareil, mais sans la neige.

Le distributeur de billets était vide, tout comme celui sur Ponce de Leon Avenue.

« On pourrait voler des choses, dit Teddy. Tout le monde le fait.

– J'ai peur qu'on se fasse attraper.

– Mais si on se fait attraper, ils s'occuperont de nous, non ? »

L'argument paraissait logique. Il y avait un supermarché Kroger sur Caroline Street, mais Helen prit peur en apercevant les gardes armés. Teddy voulait entrer, mais elle remonta sur son vélo et se dirigea vers la maison.

« Qu'est-ce qu'on va faire maintenant ? » demanda Teddy.

Helen fouilla à nouveau les placards. Il ne restait plus grand-chose d'autre que le bourbon de leur père dans le bar. Helen la fixa du regard.

« On va faire du troc, dit-elle à son frère en brandissant la bouteille. Mme Hernandez est alcoolique, et pas qu'un peu. Elle nous donnera n'importe quoi en échange. »

Teddy fit la grimace.

« Moi non plus, je n'ai pas envie, dit Helen, mais il faut bien faire quelque chose. »

Ils restèrent tous les deux figés en bas de l'escalier. « Mme Hernandez ? » appela Helen d'une voix bien trop faible. Aucune réponse.

« Peut-être qu'elle n'est pas là ?

– Sa voiture est garée en bas. Et elle ne sort jamais, de toute façon. »

L'ampoule de l'escalier n'avait toujours pas été changée, et les marches émettaient des craquements sinistres. Helen toqua à la porte du haut, mais il n'y eut aucune réponse, aucun bruit de pas. Elle attendit un moment, puis elle tambourina. « Mme Hernandez ! » Teddy l'imita et ils crièrent tous deux « *Mme Hernandez ! Mme Hernandez !* »

La porte était fermée à clé. Helen regarda Teddy avec appréhension, puis elle cassa un carreau à l'aide de la bouteille de bourbon. Elle passa la main à l'intérieur et ouvrit le loquet.

Un cadavre de chat empestait le salon.

Les enfants restèrent plantés là, incertains, le cœur battant à tout rompre.

« Mme Hernandez ? » dit Helen, à peine plus fort qu'un murmure. Elle commençait à perdre patience, mais Teddy prit les devants. Au bout du couloir se trouvait la chambre de Mme Hernandez. La porte était entrouverte. Une forte odeur à présent familière s'en échappait.

« Mme Hernandez ? »

Teddy poussa la porte. Ils eurent du mal à comprendre ce qui se passait exactement, puis Helen se mit à hurler. Le chat noir qui était en train de dévorer le visage de Mme Hernandez se retourna et feula. Teddy referma la porte, et les deux enfants se précipitèrent vers l'escalier.

Soudain, Helen s'arrêta. Quelque chose de plus profond que la peur prit le contrôle en elle. Elle voulait survivre. Elle voulait que Teddy survive. Peu importe le prix. Elle n'abandonnerait pas.

Elle se força à retourner dans la cuisine de Mme Hernandez pour inspecter le garde-manger. Elle y trouva des céréales de grandes personnes, de la confiture, du pain rassis et environ vingt boîtes de pâtée pour chat. Le frigidaire contenait plusieurs bouteilles de vin, de lait, trois canettes de Dr Pepper, des carottes et une demi-boîte d'œufs probablement périmés. Helen sortit un sac de courses et commença à tout mettre dedans. « Va chercher son sac, dit-elle à Teddy. Elle a peut-être de l'argent. »

Ils fouillèrent tout l'appartement et volèrent tout ce dont ils pensaient avoir besoin, mais aucune trace du sac à main. Enfin, ils retournèrent dans la chambre. Cette fois, le chat déguerpit de la pièce. Ils ne regardèrent même pas ce qui restait de Mme Hernandez. Teddy attrapa le sac posé sur le bureau. Le porte-monnaie se trouvait à l'intérieur, ainsi qu'une brosse à cheveux et un pistolet. Teddy ne dit pas un mot. Il donna le porte-monnaie à Helen et mit le pistolet dans sa poche.

39

Satan en liberté

Le président s'empressa d'annoncer la victoire américaine contre les Russes au Moyen-Orient. Une attaque surprise de missiles de croisière sur les bases où les avions russes étaient stationnés détruisit au moins la moitié des Su-57 et toutes les pistes, effaçant ainsi l'intégralité de leur présence aérienne dans ce conflit. La flotte du Pacifique des Russes se retrouva bloquée par une armada de vaisseaux américains et britanniques alors qu'elle contournait les Maldives. Pour Poutine, cette retraite sonnait comme une humiliation. Au cœur du Kremlin, des rumeurs affirmaient que la fin de son règne était proche.

Tildy Nichinsky savourait ce moment comme l'un des meilleurs de sa vie. Le président avait suivi son conseil, et ça avait payé. Il l'avait informée qu'il la nommait au poste de conseillère à la Sécurité nationale – un signal pour indiquer aux initiés que le temps où l'on brossait le dirigeant russe dans le sens du poil était révolu.

On jugea enfin prudent de faire sortir le président de son bunker de Mount Weather et le réinstaller à la Maison-Blanche, puisqu'il avait survécu à la maladie avec la majeure partie de son cabinet. Le secrétaire au Commerce était mort, ainsi que deux juges de la Cour suprême. Au moins quarante membres du Congrès avaient péri. Il faudrait des semaines avant que les services de transports reprennent et que les gens se sentent suffisamment en sécurité pour sortir de leurs abris. Bien sûr, le nombre d'enterrements battait tous les records.

Juste à ce moment-là, alors que le nombre de cas de grippe signalés commençait à décliner dans la plupart des pays et que la reprise s'annonçait imminente, les lumières s'éteignirent. Tildy se réveilla tard car son réveil ne s'était pas déclenché. Quand elle alla pour se brosser les dents, elle s'aperçut que l'eau ne coulait pas. Il n'y avait plus de gaz dans la cuisinière. Elle essaya d'appeler le standard de la Maison-Blanche, mais elle n'entendit aucune tonalité, ni sur son téléphone fixe, ni sur son portable. Sa ligne sécurisée n'avait pas encore été installée depuis l'annonce du président.

Pas lavée, les cheveux coincés sous une casquette des Astros, Tildy prit le chemin de la Maison-Blanche à pied. Il pleuvait ; c'était bien sa veine. Elle remonta la Septième Rue en direction du National Mall, sous le vent qui secouait son parapluie. Des chiens couraient dans tous les sens. Elle remarqua les magasins dévalisés et l'absence de police. Les seules personnes dans les rues étaient des adolescents à l'air patibulaire, sans doute membres de ces gangs d'orphelins dont elle avait entendu parler. Elle entendit plusieurs coups de feu. Cette nuit-là, il y avait eu des explosions. Tildy se rappela qu'elle était à présent l'une des personnes les plus puissantes de ce pays, mais dans son appartement, seule, elle se sentait comme une vieille femme apeurée.

La pluie tombait à verse et remplissait les nids-de-poule. Il n'y avait plus d'éclairage urbain ni de feux de signalisation. Trois camions de pompiers bloquaient l'intersection de D Street. Au coin de la rue, plusieurs maisons mitoyennes n'étaient plus que des tas de gravats. « Explosion de gaz », expliqua l'un des pompiers en faction ; la pluie gouttait de son casque. « Il y en a partout en ville. » Ils étaient en train d'extraire les corps.

Au moins, il y avait encore des pompiers, donc il y avait encore un gouvernement, donc une civilisation. Le fait de devoir penser à des choses pareilles lui paraissait fou.

La Maison-Blanche tournait sur son générateur de secours, qui permettait de maintenir un semblant de normalité, mais à l'intérieur tout était en pleine transition. La plupart des membres du cabinet du président étaient encore en poste – ceux qui avaient survécu et qui étaient en état de travailler –, mais le nouveau président voulait ses propres hommes près de lui, et Tildy fut accueillie par une nouvelle cheffe de cabinet.

« Je sais qu'il va vouloir vous voir, dit-elle à Tildy. On n'arrive pas à joindre tout le monde. Vous avez bien fait de venir directement. »

Elle tendit à Tildy une étole pour couvrir ses épaules trempées. La nouvelle cheffe avait marqué l'histoire en devenant la première femme à occuper ce poste – si toutefois l'histoire existait encore, pensa sombrement Tildy. Pratiquement personne en dehors d'un petit cercle à Washington ne savait ce qui se passait. Internet ne fonctionnait plus. Il n'y avait ni télévision ni radio. Seuls quelques journaux pouvaient encore imprimer leurs titres. Petit à petit, tous les éléments de la vie moderne disparaissaient.

Tildy attendit, enroulée dans son étole, en regardant les photos de famille de l'ancien chef de cabinet encore exposées sur l'étagère derrière le bureau. Elle savait que l'un des enfants sur les photos était mort. Elle se dit qu'à l'avenir, on regarderait tous les portraits de famille de cette manière : ceux qui avaient survécu et ceux qui avaient péri.

La cheffe du cabinet revint et lui fit signe d'entrer dans le bureau ovale.

Le président regardait par la fenêtre, bloc-notes en main. La pièce était vide. La présence de son occupant précédent avait été entièrement effacée : même le bureau avait été changé. Celui-ci s'appelait le Theodore Roosevelt.

« Tildy », dit-il tout bas en désignant les canapés dorés. Ils s'assirent l'un en face de l'autre.

« Alors ?

– Ce sont les Russes. »

Le président acquiesça.

« Ils en ont certainement les capacités.

– Combien de systèmes sont en panne ?

– C'est irrégulier, mais environ la moitié du pays vit sans électricité. Le Texas s'en sort bien, ils ont leur propre réseau. Le réseau hydraulique et le gaz posent de vrais problèmes un peu partout. Des virus ont envahi la majeure partie d'Internet. Les données du Cloud ont été effacées. Les industries privées sont en ruine. La Bourse est fermée. Nous étions déjà entrés dans la pire dépression depuis les années trente. Je ne sais pas quand ni comment on va réussir à remettre tout le monde au travail. C'est le bazar total.

– Quelle est votre préoccupation principale ? demanda-t-elle.

– Je m'inquiète vraiment pour nos sites nucléaires. J'ai reçu un rapport indiquant que le système de sécurité de la centrale de Bellefonte, en Alabama, avait été corrompu. Nous n'avons encore aucune nouvelle des autres centrales. Le barrage de Grand Coulee est grand ouvert et toute la zone en aval est inondée. Ce n'est peut-être pas le seul. Des gens vont se noyer. Des maisons explosent parce que les lignes de gaz sont en surcapacité. Les hôpitaux n'ont plus d'électricité. Ils ont vraiment choisi le pire moment pour appuyer sur l'interrupteur.

– Qu'allons-nous faire à ce sujet, monsieur le président ?

– Nous devons réagir. Mais il va nous falloir des jours pour tout préparer, pour établir un système de communication sécurisé pour que je puisse parler avec mes commandants.

– Et s'ils attaquent avant qu'on ait le temps ?

– Nos systèmes d'urgence sont suffisamment performants pour contre-attaquer sans problème. Nous pouvons rayer la Russie de la carte, mais est-ce vraiment dans notre intérêt ? Pour être franc, on ne peut rien faire tant qu'on n'a pas de GPS. Nous sommes en grand danger. » Tildy vit qu'il avait commencé à écrire une liste sur son bloc-notes. « Attaque nucléaire » figurait en haut de celle-ci.

Elle avait suffisamment travaillé avec des hommes puissants pour savoir qu'elle devait attendre qu'il lui demande son avis. Le président se rongeait les sangs et cherchait des réponses. Elle n'avait jamais eu un profond respect pour lui, mais elle le voyait à présent comme un homme plein de morale, alourdi par une énorme responsabilité qu'il aurait espéré ne jamais avoir à porter : se venger et probablement tuer plus de gens que n'importe quel autre personne dans l'histoire en une seule décision. Pour son premier acte en tant que président.

Il dit enfin : « Qu'est-ce que je dois faire d'après vous ?

– Avez-vous la capacité d'arrêter les infrastructures russes ? demanda-t-elle.

– Pas aussi bien que ce qu'ils ont fait chez nous. J'ai peur que ça nous donne l'air faible. Poutine a l'avantage d'utiliser un système qui ne dépend pas autant de la technologie que le nôtre.

– Et puis il y a la grippe.

– Vous pensez qu'il est derrière tout ça ?

– Il semblerait que le taux d'immunité au Kongoli soit plus élevé en Russie que n'importe où ailleurs. Cela suggère qu'ils ont sans doute préparé un vaccin contre le virus avant de le répandre sur le monde. »

Le président regarda Tildy, la bouche entrouverte, puis il secoua la tête. « Je suis convaincu que le mal existe, mais seraient-ils prêts à s'abaisser à ce niveau ? Satan se promènerait-il en liberté sur la planète ?

– Je ne sais pas, monsieur.

– Nous devons également penser à l'avenir. Je ne sais pas combien de temps il faudra avant que la société retrouve son niveau d'avant. D'après les estimations qu'on m'a faites, la population mondiale a diminué d'environ sept pour cent. L'impact économique est impossible à mesurer, mais imaginons que, chez nous, le PNB ait chuté de quarante pour cent. Nous sommes déjà dans une nouvelle ère. Devrions-nous franchir l'étape suivante ? »

Tildy connaissait Poutine. Il cherchait toujours à repousser les limites et mettre en place des pièges. L'extinction du réseau avait été préparée depuis des années. C'était enfin le moment pour lui de prendre les États-Unis de court, et il comptait bien ne pas rater sa chance. C'était une façon de se venger de l'humiliation subie en Iran. La méthode de Poutine, dirigeant au visage impénétrable, reposait sur de nombreux niveaux de mensonges et de démentis, mais il fallait absolument que les États-Unis agissent.

« Pour commencer, vous devriez le faire assassiner, dit-elle. C'est la réponse la moins coûteuse à court terme. »

Le président médita là-dessus un moment, puis il ajouta une nouvelle ligne sur sa liste.

40

Suez

Henry se trouvait à l'infirmerie quand il entendit un cri. Il fonça dans le dortoir d'où provenait le son. Les membres de l'équipage présents essayaient de maîtriser un marin paniqué, qui se débattait. « Lâchez-moi ! Je suis malade, je suis malade ! » cria-t-il. Tous les hommes reculèrent immédiatement.

Il s'appelait Jackson. Henry le convainquit de l'accompagner à l'infirmerie pour l'examiner. Il n'avait pas de fièvre, ni de ganglions lymphatiques, aucun symptôme à part une pression sanguine élevée due à son état de stress.

« Alors je ne suis pas malade ? demanda-t-il, incrédule. Je me sentais bizarre. Je n'arrivais plus à respirer. J'avais l'impression de suffoquer.

– Pour le moment, tes signes vitaux sont normaux.

– Vous pensez que j'ai simplement eu peur ?

– Tout le monde a peur. »

Jackson secoua la tête en regardant le sol.

« Je suis un putain de lâche, dit-il. Je l'ai toujours su, et maintenant tout le monde le sait. Je n'arriverai plus à regarder les autres en face.

– Ce qui effraie le plus les gens, c'est de n'avoir aucun contrôle sur la situation, dit Henry. Moi aussi, ça me fait peur. Peut-être même encore plus qu'à toi parce que j'ai été formé à combattre ce genre d'ennemi et que je n'y arrive pas. »

Une fois encore, Henry dormit d'un sommeil agité, maintenu éveillé par le grincement du piston endommagé. Il repensa au capitaine Dixon qui lui avait demandé de sauver son équipage inquiet, au SEAL accablé par le chagrin dans le mess, au pauvre Jackson mort de peur. Chaque jour le nombre de marins infectés augmentait, et de plus en plus de corps étaient stockés dans la chambre froide. C'étaient des jeunes gens vigoureux, qui auraient dû être les plus résistants à l'infection, mais leur puissante réponse immunitaire était en train de les tuer, comme en 1918 ; leurs poumons se remplissaient de fluides pour combattre l'infection, les noyant au passage.

Henry fouilla sa mémoire et parcourut tout ce qu'il savait ou pensait savoir sur le traitement de la grippe. Il envisagea de prélever les sécrétions nasales des patients contagieux, de les passer au micro-ondes pour tuer le virus, puis de tamponner le virus inactivé dans le nez des sous-mariniers sains. Mais il n'y aurait qu'un à dix millions de particules virales par microlitre, au mieux, ce qui serait bien loin de créer une réponse immunitaire, même par injection.

Il se remémora l'exemple de la variole, une des maladies les plus infectieuses que l'humanité ait jamais connues, et aussi l'une des plus impitoyables. Une fois inhalé, le virus se déplaçait des poumons et des ganglions jusque dans le sang et la moelle épinière. Au début, les symptômes ressemblaient à ceux de la grippe : toux, fièvre, douleurs musculaires, suivies de nausées et de vomissements. Deux semaines après infection, des points rouges apparaissaient sur la langue, la gorge et les membranes muqueuses. Toutes ces lésions grandissaient et faisaient éruption, de nouvelles taches constellaient le front puis s'étendaient sur tout le corps, formant des pustules enflées qui donnaient l'apparence d'un corps entièrement recouvert d'abeilles. Quand les pustules s'asséchaient, elles formaient des croûtes. Chez les survivants, ces lésions devenaient les cicatrices disgracieuses caractéristiques de la variole.

En 1796, un médecin anglais du nom d'Edward Jenner se rendit compte qu'une catégorie de personnes jouissait d'une étrange immunité à la variole : les femmes qui trayaient les vaches. Jenner ne savait rien des virus à l'époque – comme tout le monde – mais il était persuadé que le secret de l'immunité se trouvait chez ces femmes qui avaient été exposées à la vaccine, une maladie similaire à la variole mais bien moins grave et qui sévissait chez les animaux. La maladie avait été signalée chez les humains qui avaient touché les pis des vaches infectées. Jenner était tellement certain de sa théorie qu'il préleva du tissu de la main d'une trayeuse infectée du nom de Sarah Nelmes et l'injecta à James Phipps, un garçon de huit ans. Il appela ce processus « vaccination ». Le mot provient de *vacca*, la « vache » en latin. Six semaines plus tard, pour prouver sa théorie, Jenner injecta au jeune Phipps du pus infecté à la variole. Le garçon ne tomba pas malade. Ce geste, quoique imprudent et contraire à l'éthique, marqua un tournant dans l'histoire de la médecine. Pour comprendre la décision prise par Jenner de risquer la vie du garçon, il faut savoir que la variole tuait environ quatre cent mille personnes par an rien qu'en Europe. À un certain moment, près de dix pour cent de la population mondiale était morte de la maladie. Un tiers des survivants avait perdu la vue.

Fléau européen, la vaccine n'était pas répandue en Amérique. Après une sévère épidémie de variole dans les colonies espagnoles, le roi Charles IV ordonna qu'on dépêche une corvette pour apporter le vaccin jusqu'au Nouveau Monde. À l'époque, il n'existait aucun moyen de transporter le virus vivant de l'autre côté de l'océan. Le médecin de la cour suggéra qu'une personne infectée parte en compagnie de personnes saines, qui seraient tour à tour exposées au virus, transmettant le pus d'une victime à la suivante, afin que la vaccine se reproduise et reste utilisable à son arrivée aux Amériques. Il recommanda un médecin espagnol, Francisco Javier Balmis, pour mener l'expédition, et le roi fournit à Balmis les recrues dont il aurait besoin pour la mission : vingt-deux orphelins, âgés de huit à dix ans. Après avoir livré le vaccin en Amérique, Balmis et son équipage continuèrent leur expédition dans les Philippines, à Macao et à Canton, avec pour seule cargaison une bande d'orphelins infectés.

Henry se sentait comme ce médecin navigateur d'autrefois, à bord d'un bateau avec une maladie infectieuse. Sauf que Balmis voyageait avec un remède.

Henry s'assoupit et se réveilla quelques heures plus tard avec une violente érection. Il avait rêvé des femmes dans la douche. L'image était gravée dans sa mémoire, et elle ne s'effaçait pas : trois jeunes femmes, belles dans leur nudité – surtout Murphy, qu'il n'avait jamais considérée comme un être sexué jusqu'à ce moment, quand il avait vu à quel point elle était magnifique, à quel point ses membres, sa poitrine et le creux de ses reins étaient bien faits. Il essaya de ne plus y penser, mais il se rendit compte que c'était le corps de Jill qu'il imaginait, et non celui de Murphy.

L'avait-il perdue ? Elle avait sans doute disparu, et avec elle toute relation sexuelle qu'il pouvait espérer avoir avec une femme – lui, le laid, le déformé. Et ses enfants, étaient-ils encore en vie ? L'idée de les perdre lui transperçait le cœur comme une stalactite. Tout ce qui comptait pour lui avait disparu. Il était désespéré, désemparé. Pour la première fois, il envisageait la mort comme une porte de sortie.

« Bonjour, monsieur. »

Henry rougit lorsque Murphy s'assit à la table du petit déjeuner.

« C'est un grand jour, dit-elle. Nous allons passer par le canal de Suez.

– Ça a l'air palpitant, dit faiblement Henry.

– Ça veut dire qu'on va faire surface. Avoir des nouvelles. Les résultats sportifs, ce genre de choses. De l'air frais. »

Henry s'égaya sur-le-champ.

« Je pourrais passer un coup de téléphone ? Ou envoyer un e-mail ?

– Les membres de l'équipage peuvent recevoir de courts e-mails, mais pas y répondre. C'est une question de sécurité. On reste un peu plongé dans l'ignorance, mais au bout de quelques mois on finit par ne plus y penser. Ce n'est pas productif, à ce qu'ils disent. »

Henry passa les heures qui suivirent le petit déjeuner à faire tout ce qu'il pouvait pour ralentir la transmission de la maladie. Il se souvint d'une expérience réalisée sur des cochons d'Inde à l'école de médecine de Mount Sinai. Des cages de cobayes infectés étaient placées près de cages contenant des animaux sains, et on envoyait de l'air depuis les premiers vers les derniers. En variant la température et l'humidité ambiante, les chercheurs apprirent que le taux de transmission baissait quand la chaleur et la moiteur augmentaient. Quand la température atteignait 30 °C, il n'y avait plus aucune transmission. Cela pouvait-il fonctionner dans un sous-marin ? Henry augmenta le chauffage et monta les humidificateurs à plein régime. Tout le monde se mit à suer à grosses gouttes. « C'est un putain de sauna, ici ! » aboya l'un des officiers. Mais Henry avait la bénédiction du capitaine, et tout le monde le savait, et ils priaient pour que leur transpiration ralentisse l'avancée implacable de la maladie.

Henry repensa à sa propre maladie quand il était enfant, causée par un manque de vitamine D. Sans les rayons ultraviolets du soleil, le corps n'en produit pas, ce qui limite le nombre de globules blancs disponibles pour combattre les infections. Pourtant, l'absence de soleil faisait partie du quotidien des sous-mariniers. Ils étaient tous blancs comme des cachets d'aspirine. Même si Henry détestait encourager la consommation de protéines animales, il demanda au chef de cuisiner des aliments contenant de la vitamine D, notamment des jaunes d'œufs, du thon, du lait de soja enrichi en calcium et du foie de bœuf. Il ajouta discrètement de l'huile de foie de morue dans la sauce piquante et la vinaigrette.

Tandis qu'il mettait en place ces nouveaux protocoles, Henry sentit le bateau tourner de manière inhabituelle. Le capitaine ordonna l'ouverture des écoutilles, et Henry comprit que le sous-marin avait fait surface. Du bon air frais entra à l'intérieur.

Henry monta sur le pont des missiles, où les membres de l'équipage étaient réunis sous le soleil égyptien réparateur. Henry se sentait un peu nauséeux ; probablement à cause du mal de mer car il n'avait pas l'habitude que le bateau tangue.

« Docteur ! »

Henry leva les yeux et aperçut le capitaine Dixon sur le pont au-dessus de lui. « Montez ! »

Henry gravit les étroites marches et se glissa à travers l'écoutille en se demandant comment le géant Dixon avait réussi à passer par là. « Dites, vous m'avez collé une drôle d'odeur dans tout le bateau, dit-il. On se croirait dans un foutu vestiaire.

– Vous m'avez demandé de faire tout ce que je pouvais pour arrêter l'infection.

– Eh bien, ce n'est pas dans les douches des femmes que vous trouverez des solutions », répondit Dixon en ricanant.

Il vit que Henry était mal à l'aise et il changea de sujet.

« Vu votre statut de civil, je ne devrais pas vous le dire, mais comme vous faites à présent partie de l'équipage, autant que vous soyez au courant. Les mauvaises nouvelles viennent des quatre coins du globe. Il n'y a plus Internet nulle part. On ne sait pas pour combien de temps. C'est en partie dû à une cyberattaque de masse sur les infrastructures aux États-Unis et en Europe occidentale. Ce bateau pourrait être mis à contribution si les choses partent en vrille et les gros bonnets décident d'appuyer sur le bouton.

– Vous croyez qu'ils le feront ?

– C'est possible. Je peux vous laisser à Port-Saïd si vous trouvez un autre moyen de rentrer chez vous, dit Dixon.

– Y a-t-il un autre moyen ?

– Dieu seul le sait.

– Je crois que je vais rester à bord, si vous le voulez bien. »

Henry scruta l'étendue du paysage égyptien à l'horizon. Le canal traversait le désert en une autoroute bleue, si peu naturelle dans sa linéarité. Devant eux se trouvait un bateau que le capitaine Dixon identifia comme un contre-torpilleur russe, qui faisait partie d'un convoi.

« Qu'est-ce que ça vous ferait ? demanda Henry. De devoir lancer des missiles nucléaires pour de vrai ?

– J'essaie de ne pas y penser.

– Mais vous y pensez.

– En tant qu'homme de foi, du moins en tant qu'aspirant croyant… » Il se tut. Henry attendit qu'il reprenne. Le capitaine finit par dire : « Je me demande si j'irai en enfer.

– Donc vous obéiriez aux ordres.

– Je ne suis pas sûr que saint Pierre tienne compte de cette donnée. Je suis content que ce ne soit pas de mon ressort. Ces Tomahawk sont des armes formidables, mais ce n'est pas la fin du monde. J'ai été commandant en second sur un boomer. C'est comme ça qu'on appelle les sous-marins équipés de missiles nucléaires Trident. Le moindre de ces engins peut rayer à lui seul la moitié de la civilisation. On s'entraîne, on s'entraîne, mais on ne sait jamais vraiment ce qu'on va en penser si on reçoit cet ordre un jour.

– Je ne suis pas quelqu'un de religieux, dit Henry, mais je me dis souvent que si c'est Dieu qui nous a créés tels que nous sommes, alors il a conçu un animal qui menace de détruire toute sa création. D'un autre côté, si c'est la nature qui nous a faits – comme je le pense –, nous avons évolué en une espèce quasi divine à tous les niveaux. Tout le pouvoir que nous avons, toute la créativité, toute la sagesse ! Malheureusement, il y a un morceau de code génétique en nous qui exige que nous fassions tout sauter. »

Tandis que le sous-marin entrait en mer Méditerranée et retournait sous l'eau, Henry étudiait les échantillons de tissu des patients qui avaient survécu au virus. Cinq sous-mariniers étaient morts durant les dernières vingt-quatre heures. La chambre froide regorgeait de cadavres enveloppés dans des draps. À ce rythme-là, la majeure partie de l'équipage serait morte avant d'atteindre les côtes de Géorgie.

Il fallait que Henry intervienne.

Il recensa une nouvelle fois le stock de l'infirmerie. Murphy avait déjà essayé le Tamiflu, complètement inefficace. Il repéra un reste de FluMist, un vaccin antigrippal par pulvérisation nasale qui contenait des souches vivantes atténuées de deux virus de type A : le H1N1, descendant de la grippe espagnole, et le H3N2, ainsi que deux virus de type B. Si le Kongoli avait appartenu à l'un de ces types, Henry aurait pu espérer que les virus du FluMist échangent des gênes avec lui, créant ainsi un virus concurrent et – il l'espérait – moins mortel. Mais le Kongoli ne rentrait pas dans les cases habituelles.

Privé des nombreux appareils de laboratoire sophistiqués dont bénéficiait la médecine moderne, Henry dut faire un bond dans le passé, des centaines d'années plus tôt, à une époque antérieure aux grands vaccins du XXe siècle qui avaient anéanti les fléaux d'autrefois – la typhoïde, la varicelle, le tétanos, la rubéole, la diphtérie, la rougeole, la polio –, une époque où les médecins devaient travailler à l'instinct, avec peu de ressources et aucune des avancées scientifiques qui permirent plus tard de découvrir les secrets de nombreux pathogènes. Ils apprenaient à retourner la maladie contre elle-même.

Henry repensa au XIXe siècle, quand Louis Pasteur, père de la microbiologie qui avait perdu trois de ses enfants à cause de la typhoïde, trouva les preuves de la théorie des germes. Alors qu'il étudiait le choléra chez les poulets, l'assistant de laboratoire de Pasteur avait oublié d'injecter une nouvelle dose de bactéries aux oiseaux avant de partir un mois en vacances. À son retour, la virulence de la bactérie avait diminué, mais l'assistant fit tout de même une nouvelle injection. Quelques jours plus tard, Pasteur remarqua que les oiseaux n'avaient développé qu'une version bénigne de la maladie d'ordinaire mortelle. Une fois les poulets complètement guéris, il leur inocula de nouvelles bactéries, mais ils ne tombèrent pas malades. Pasteur en conclut que la forme amoindrie de la maladie avait réveillé le système immunitaire et lui avait donné le temps d'apprendre à combattre l'infection. Plus tard, il développa les premiers vaccins contre la maladie du charbon, puis contre la rage, ce qui le hissa au rang de héros national. Cela dit, Pasteur avait bien plus de ressources à l'École normale supérieure dans le Paris du XIXe siècle que Henry dans son sous-marin du XXIe siècle à trois cents mètres sous la surface de l'océan Atlantique. Même Edward Jenner avait la vaccine à disposition pour créer le vaccin contre la variole. Tout ce que Henry avait sous la main, c'était la maladie et son intuition.

Des médecins de différentes cultures avaient observé que les survivants de la variole bénéficiaient d'une immunité à vie contre toute seconde infection. Une technique utilisée en Chine consistait à réduire en poudre des croûtes de variole et les souffler dans le nez des individus sains, qui contractaient généralement une version bénigne de la maladie. Durant la révolution américaine, George Washington, survivant de la variole (et, plus tard, de la maladie du charbon également), ordonna qu'on inocule la maladie à ses troupes, ainsi qu'à sa femme. À l'époque, la procédure nécessitait de faire une entaille dans le bras, d'insérer une croûte d'une pustule provenant d'une victime infectée, et de refermer avec un bandage – un procédé appelé « variolisation ». Typiquement, les gens qui recevaient cette inoculation contractaient une version moins virulente de la maladie, mais mettaient parfois plus d'un mois à s'en remettre. John Adams reçut une variolisation avant son mariage, mais sa période de guérison fut marquée par « des maux de tête, de dos, de genoux, des haut-le-cœur, des fièvres et des cratères sur la peau ». Environ trois pour cent des patients mouraient. Cependant, pendant que John aidait à la rédaction du premier jet de la Déclaration d'indépendance, sa femme Abigail emmena leurs quatre enfants à Boston pour les faire inoculer. L'un des fils dut répéter l'opération à trois reprises, parce qu'il avait apparemment développé une résistance immunitaire à la maladie.

Henry partit du postulat que la grippe entrait normalement dans le corps par la bouche ou le nez – voies rapides jusqu'aux poumons, où les dégâts avaient lieu. Et si l'infection passait par un autre chemin ? Au lieu d'être inhalée, et si on l'injectait par intraveineuse pour qu'elle passe par le cœur et déclenche le système immunitaire ? Le temps que le virus atteigne les poumons, les défenses du corps seraient peut-être assez fortes pour repousser l'envahisseur pathogène. Ce n'était bien sûr qu'une hypothèse, très dangereuse à prouver.

Henry comprenait bien les risques, mais il ne voyait aucune alternative. Une fois qu'il eut décidé d'un plan d'action, il sut qu'il n'avait plus de temps à perdre. Il alla trouver le capitaine Dixon, qui dormait profondément dans sa cabine. Les horaires des membres de l'équipage changeaient en fonction de leur équipe, et chaque semaine le capitaine devait modifier son rythme de sommeil afin de se rendre disponible pour une équipe différente. Comme tous les sous-mariniers, il était entraîné à se réveiller au moindre coup frappé à la porte.

« Henry ? dit-il d'un ton somnolent.

– J'ai besoin d'un service, dit Henry. Un service que j'aurais préféré ne pas demander.

– De quoi s'agit-il ?

– Je me lance dans une expérience, mais elle est très risquée, et elle va nécessiter un immense sacrifice de votre part.

– C'est-à-dire ?

– Je vais être obligé de tuer vos oiseaux. »

41

Les diamants

Henry et Murphy rendirent visite aux membres de l'équipage les plus récemment infectés. Ils étaient tous très malades, et leur fièvre dépassait les 39,4 °C. Clairement, le virus n'avait pas perdu de sa vigueur. Parmi les patients se trouvait Jesse McAllister.

« Comment vont tes dents ? demanda Henry.

– Ça va, répondit prudemment McAllister.

– Ne t'inquiète pas, je ne suis pas là pour une nouvelle opération chirurgicale. Je viens juste récupérer des prélèvements nasaux. »

Murphy tendit des cotons-tiges à Henry, dont il se servit pour extraire de grosses quantités de morve des narines de McAllister, puis il retourna à l'infirmerie, où les diamants de Gould du capitaine voletaient de perchoir en perchoir, vibrants d'énergie ; un véritable kaléidoscope de couleurs. Ils tenaient leur nom du grand ornithologue John Gould, qui avait catégorisé les cinq cents espèces d'oiseaux rapportées par Charles Darwin de son voyage à bord du HMS *Beagle*. Les oiseaux du capitaine Dixon n'allaient pas tarder à devenir les derniers animaux en date à souffrir et mourir pour la science. Vu le nombre limité d'individus, Henry décida de leur faire une injection sous-cutanée, en un procédé similaire à la variolisation.

S'il avait été en laboratoire, Henry aurait filtré la morve pour nettoyer la bactérie, mais il n'y avait rien dans le sous-marin qui fasse l'affaire. L'une des raisons pour lesquelles il avait choisi McAllister était que le jeune homme prenait encore un traitement antibiotique après son opération des dents, ce qui pourrait offrir une certaine protection. Henry dilua les résidus de morve dans dix fois leur volume de sérum physiologique et injecta le produit au premier oiseau. Le deuxième reçut un échantillon dilué vingt fois, et ainsi de suite jusqu'à ce que six oiseaux aient reçu une dose de virus appauvri. Les diamants avaient des couleurs si variées que Henry se contentait de dire à Murphy « Tête rouge, poitrine violette » ou « Dos bleu, tête noire » avant de noter les doses que chaque oiseau recevait. Si l'expérience se passait bien, les animaux ayant reçu les plus fortes solutions allaient mourir, ceux qui avaient reçu les plus faibles ne seraient pas infectés, et, entre les deux, on obtiendrait deux oiseaux qui tomberaient malades mais s'en remettraient.

Mais vingt-quatre heures plus tard, cinq diamants sur les six étaient morts. Ils gisaient au fond de la cage, leur plumage chatoyant étendu en un petit tas obscène. Il ne restait plus que Chuckie : apathique, les yeux chassieux, clairement malade mais pas mort. Chuckie but de l'eau que Murphy lui administra à l'aide d'un compte-gouttes. Une fois de plus, Henry était sidéré de constater la virulence brute du Kongoli, même sous sa forme diluée. Cela rendait plus difficile encore la décision qu'il s'apprêtait à prendre.

Le capitaine Dixon resta interdit en voyant Henry revenir avec un seul oiseau.

« Qu'est-ce que ça veut dire ? demanda-t-il.

– Je crois que le système immunitaire de Chuckie a eu juste assez de temps pour empêcher la maladie de devenir mortelle.

– Vous “croyez” ?

– Il n'y a aucun moyen de confirmer cette théorie. Si nous disposions de plus d'oiseaux et de plus de temps, je leur injecterais le virus de celui qui a survécu pour voir s'il a muté. Mais nous n'avons ni l'un ni l'autre.

– Alors qu'est-ce qu'on fait, doc ?

– J'ai choisi un volontaire humain qui servira de cobaye pour recevoir le virus. S'il survit, on travaillera en partant du postulat que nous avons trouvé un moyen de réduire la mortalité de la maladie.

– Je veux que ce soit moi, dit Dixon.

– Vous n'êtes pas éligible. Votre système immunitaire est trop endommagé pour servir de référentiel.

– Qui est le marin qui s'est porté volontaire ?

– Eh bien, ce n'est pas un marin.

– Mais, Henry, vous êtes fou ?

– Non, désespéré. Je me suis injecté la solution il y a une demi-heure.

– Ce n'est pas dangereux ?

– Il n'y a aucun moyen de connaître le bon dosage sans faire de tests. Si je survis, on l'injectera aux autres membres de l'équipage. Je n'aurais jamais fait ça dans un autre environnement. Je risque de tuer des gens qui auraient survécu autrement. Mais je n'ai pas trouvé d'autre solution. »

La fièvre arriva vite, ainsi que les frissons. En contractant et décontractant rapidement les muscles, le corps cherchait à générer de la chaleur pour combattre l'infection, mais Henry n'avait jamais tremblé autant de toute sa vie. Que ça le sauve ou que ça le tue, il ne pouvait rien contre le choc cytokinique qui livrait bataille pour lui à l'intérieur.

Pour Henry, le temps passait toujours de façon étrange et déroutante à l'intérieur du sous-marin, mais à présent il était complètement perdu et ne savait pas si c'étaient des heures ou des jours qui s'écoulaient. Il se souvenait avoir vu le visage de Murphy dans ses quelques moments de lucidité, quand elle était venue prendre les échantillons nasaux.

Une fois encore, Henry ressentit le besoin de prier. Cette sensation lui venait de plus en plus fréquemment, et il avait peur de répondre à l'appel. À certains moments de sa vie, il avait été tellement heureux qu'il aurait voulu exprimer sa gratitude, remercier l'univers, une quelconque puissance divine ou un familier pour le bonheur non mérité qu'il avait connu dans sa vie. Il aurait aimé qu'une force surnaturelle le guide pour l'avenir. Aussi, il désirait ardemment se faire pardonner.

Il ne croyait pas à la grâce. Les termes religieux comme le péché, le mal et la damnation étaient des concepts théologiques qui n'avaient aucun sens pour lui. Il n'acceptait pas non plus l'idée que croire en Dieu suffisait à effacer l'ardoise morale. Dans l'esprit de Henry, il existait un registre d'actions bonnes ou mauvaises, mais la frontière entre les deux n'était pas toujours évidente à trouver. Il se demandait comment Majid faisait pour jongler entre la science et sa religion, qu'il portait avec autant de légèreté que son habit de cérémonie diaphane, même si le prince était aussi sceptique que Henry, et aussi méfiant des explications surnaturelles quand la science offrait une réponse plausible.

En pensant à Majid, Henry se souvint de son cadeau, l'exemplaire du Coran trempé qui avait survécu à son plongeon dans le golfe Persique, le seul objet personnel qui lui restait – une belle édition, ornée de feuilles d'or. Dans sa fièvre, il essaya de la lire, cherchant des réponses dans un livre auquel il ne faisait pas confiance. Les pages étaient friables, pliées, mais seules quelques-unes étaient collées entre elles. Le premier chapitre comportait sept phrases. Il commençait par « Au nom d'Allah, le miséricordieux, le charitable ». Cette litanie revenait à la troisième phrase, suivie de : « Nous te servons et nous implorons ton aide. »

« Je t'implore, dit Henry. Je t'implore. » Il ne savait pas prier, mais il n'avait plus d'autres alternatives, plus aucune solution vers laquelle se tourner. Son cœur était empli de reproches, de désespoir et de culpabilité. Pourquoi ce fléau s'était-il abattu sur eux ? Il avait toujours su que de nouvelles maladies graves arriveraient, et il s'était entraîné à les combattre, mais il avait échoué : la grippe avait envahi le globe sans laisser la moindre chance à l'humanité. Recroquevillé sur sa couchette, ignorant tout des événements extérieurs, Henry ne pouvait qu'imaginer ce qui se passait dans le monde à la surface, sans se douter que ses plus grandes peurs coïncidaient parfaitement avec ce que l'humanité subissait. Il y a quelqu'un derrière tout ça, pensa-t-il. La nature pouvait se montrer cruelle, mais il avait appris d'expérience que la main de l'homme était capable de détruire avec violence et ingéniosité. Nous sommes vraiment des dieux, se dit-il. C'est ce qui nous tuera.

Après sa tentative de prière, il se sentait creux, comme un imposteur. Le Coran regorgeait d'avertissements sur la fin des temps, et, malgré son scepticisme, Henry continua sa lecture, à la recherche de… quelque chose ; il ne savait pas quoi. Il portait un fardeau, imposé par son pays au nom de la science. Il voulait expier. Il voulait avoir la conscience tranquille. Cela lui paraissait aussi impossible que d'aller sur Mars.

Même si Henry se tenait éloigné des paroles et des concepts religieux parce qu'ils naissaient de chimères et de superstition, il avait tout de même retenu une maxime de la philosophie d'Albert Schweitzer : chaque vie est sacrée. « Sacré » était un mot que Henry ne prononçait jamais, et pourtant il exprimait bien la façon dont il voyait le monde. La vie en elle-même était un miracle – un autre mot que Henry n'employait pas, mais une vérité qu'il reconnaissait au fond de lui.

« Les bonnes actions effacent les mauvaises », disait le livre saint. Henry avait essayé de mener une vie exemplaire, et ces mots lui parlaient. Il se sentait encore coupable d'être entré dans La Mecque et d'avoir fait semblant d'être croyant. Dans ses délires, il se disputait avec le prince Majid : « Voilà ce en quoi je crois. C'est ça être musulman ? Je ne peux pas devenir plus musulman que ça. » Il se demanda comment Majid aurait répondu.

Cerné par les pensées qu'il avait toujours cherché à éviter, Henry se souvint de tous les animaux qu'il avait torturés au nom de la science. Les singes, les souris, les cobayes, les furets. Les diamants de Gould. Il s'était toujours dit qu'il agissait pour le bien commun. Pour une noble cause. Mais à ce moment-là, le visage d'un primate à qui il avait injecté le virus Ebola lui revint en mémoire. Il portait sa combinaison intégrale à l'époque. Avec son énorme silhouette bouffante, il ressemblait au bonhomme Michelin. Il appuya sur un bouton et le fond de la cage se mit à avancer, poussant l'animal vers l'avant pour ne lui laisser aucune chance de se débattre. Henry se souvint du regard – un regard implorant, comme le sien ; implorant une divinité cruelle. Mais la divinité que suppliait le macaque était convaincue qu'il agissait pour le bien et le tua de la pire des façons. Au bout d'un moment, Henry arrêta de manger de la viande et se mit à porter des chaussures en toile, tout comme Jürgen. Il finit par se dire qu'il avait tellement massacré d'animaux au nom de la science qu'il n'avait pas besoin de les manger en plus.

Il pria. Il demanda à n'importe quelle force supérieure de le ramener à sa famille. Je ne demande rien de plus, supplia-t-il. Il n'avait pas été un aussi bon père et mari qu'il aurait voulu. Face à la mort, il se rendait compte de son égoïsme, de sa faiblesse. Il voulait seulement se rattraper, se racheter aux yeux de ceux qui l'aimaient. Il était venu à bout de toute résistance, et même de sa raison. Il n'avait plus qu'un but : retrouver sa famille.

Henry se pelotonna en geste de protection, secoué par les frissons, la fièvre et les souvenirs violents. Il s'enfonça dans un endroit très sombre. Il sentit quelque chose d'humide sur sa joue, et l'essuya. Le phénomène recommença et il se dit que le saignement avait commencé, mais il ne saignait pas. Il pleurait.

42

Dans la jungle

Dans la matinée, ils descendirent la rivière Juruena dans un bateau de pêche à fond plat. Des nénuphars poussaient près des rives du cours d'eau, large et splendide, et l'air grouillait de moustiques, de moucherons et autres variétés d'insectes inconnues. Même au cœur de la nature sauvage, on trouvait des traces de civilisation : des petites cabanes en fer-blanc construites sur les jetées avec des antennes satellite sur le toit. Un jeune garçon natif leur fit des signes. Il avait un serpent vert vif autour des épaules. La marche de la modernité s'arrêtait là.

Henry avait toujours eu peur de la jungle. Cette peur s'étendait sur plusieurs paliers, comme un immeuble. Aux étages les plus élevés, il se sentait bien, insouciant même, et ne pensait que rarement aux sensations de moiteur, d'obscurité, de densité et d'étouffement que la jungle lui évoquait. Il va sans dire que Henry avait passé la majeure partie de sa vie tout en haut de ses phobies. Il ressemblait à ces gens qui ont peur de l'avion mais qui ne l'ont jamais pris. Les rares fois où il était allé dans la nature sauvage, il avait beaucoup appris. Quand il s'était rendu à Lambaréné, par exemple, il était resté au village, de peur de se perdre. Dans ces moments-là, Henry n'était plus tout en haut de l'immeuble, mais il ne perdait pas le contrôle pour autant.

Il prenait sur lui. Il se sentait mieux d'avoir affronté ses peurs irrationnelles. Les jungles n'étaient rien d'autre que des forêts, et les forêts rien d'autre que quelques arbres.

Dans ses cauchemars, il descendait à la cave, où la terreur pure faisait rage, et il frissonnait de peur. Il se sentait alors comme un enfant pris au piège d'un film d'horreur, incapable de briser le sort. Il mourait d'envie de se réveiller, de voir le soleil chasser les ténèbres et la réalité disperser les visions pour pouvoir respirer à nouveau.

Ils entendirent des coups de feu. Leur guide arrêta le bateau et s'adressa par radio au chef d'équipe de l'AGT sur le terrain, qui supervisait les commandos brésiliens au campement des terroristes. Oui, dit-il, ils avaient utilisé l'agent que Henry avait créé comme on le leur avait indiqué, mais le produit n'avait été que partiellement efficace. Certains terroristes avaient survécu.

« C'était quoi ? demanda Henry. Qu'est-ce qu'il a dit ?

– Il dit qu'il y a beaucoup de morts, mais que l'agent a tourné à cause du vent. »

Henry regarda Jürgen d'un air inquiet.

« Ce n'était pas censé tuer qui que ce soit, dit-il.

– Mais c'est une réussite, répondit le guide en souriant. Ils ne résistent presque plus. »

Il félicita Henry du regard, émerveillé : c'était donc lui, le grand prodige dont Jürgen avait parlé.

Au bout d'un moment, les coups de feu cessèrent et le guide reprit le chemin du camp. Les commandos, masqués et gantés, ressemblaient à des médecins. Ils parcoururent les cabanes et les tentes pour s'assurer que tout le monde était mort. Il ne servait plus à rien de capturer et d'arrêter qui que ce soit. Certains cadavres étaient couverts de sang à cause de la fusillade, mais la plupart gisaient simplement dans des positions contorsionnées, les yeux ouverts et la langue sortie, morts en hurlant. Un ou deux terroristes encore vivants étaient en train de convulser, et les commandos les achevèrent.

C'est moi qui ai fait ça, pensa Henry.

Jürgen regardait la scène avec indifférence ; ou bien avec curiosité. Il commença à examiner les corps et prélever des échantillons. La jungle ne lui faisait pas peur.

« Vous avez dit que le vent avait emporté l'agent, dit Henry au guide. Dans quelle direction ? »

Le guide interrogea le chef d'équipe, qui s'empressa de pointer du doigt vers l'est, en direction du soleil qui dépassait à peine des cimes.

« Il y a des gens par-là ? » demanda Henry.

Un des commandos brésiliens lui apprit qu'un village d'une tribu de Cinta Larga se trouvait dans les environs. Le ton qu'il employa laissait à penser que ça n'avait aucune importance.

« Emmenez-moi là-bas », ordonna Henry.

Le guide se tourna vers Jürgen, mais Henry répéta avec insistance : « Emmenez-moi, immédiatement ! »

Jürgen hocha la tête.

Le guide conduisit Henry plus loin sur la rivière, à l'endroit où l'Arinos se jetait dans la Juruena. Le moteur du hors-bord laissait derrière lui une traînée de fumée bleue. Henry se força à rester concentré. De temps en temps, on était bien obligé de réapprendre que les tests sur les animaux ne présageaient pas toujours des résultats sur les humains. Le thalidomide ne présentait aucun danger pour les animaux mais pouvait causer des anomalies congénitales terribles chez l'homme. La fialuridine était un antiviral prometteur contre l'hépatite B. On l'avait testé sur des souris, des rats, des chiens, des singes et des marmottes, à des doses douze fois supérieures à ce qu'on aurait essayé sur des humains. Aucun animal ne présenta de réaction toxique, mais la moindre quantité de ce médicament s'avéra fatale pour les volontaires humains ; cinq moururent, et deux ne survécurent qu'après une greffe de foie. Rien dans les expériences de Henry n'indiquait que son agent serait mortel pour l'homme – mais c'était à ça que servaient les essais cliniques.

Au croisement des deux rivières, Henry aperçut une dizaine d'étroits canoës de bois arrimés à la rive. Le guide manœuvra le bateau jusqu'au ponton de fortune, déposa Henry avec sa trousse médicale, et fit demi-tour sans un mot, le laissant sur la berge, seul dans la jungle.

Un chemin étriqué serpentait à travers la végétation dense, immobile et silencieuse, à l'exception du cri terrifiant d'un ara. Henry se souvenait du bruit comme dans un rêve. Il entendit ses pas étouffés dans les broussailles qui s'éclaircissaient sous les arbres gigantesques, et il rétrécit dans le paysage tel un enfant. Tout ceci lui était bien trop familier. Lorsqu'il toussa, le son résonna dans le sanctuaire feutré de la forêt. Il connaissait bien le silence aussi. La respiration de Henry se fit légère mais audible ; c'était presque le seul bruit à part le bourdonnement des moustiques, ravis d'accueillir le grand festin de sang qui s'offrait spontanément à eux. Il entendait presque la sueur sortir de sa peau.

Il tomba sur un feu de camp abandonné. Une hache. Du poisson qui séchait, pendu à une corde entre deux arbres. Puis Henry se rendit compte qu'il se trouvait dans un village constitué de huttes en argile aux toits de chaume, si bien ancrées dans le paysage qu'il ne les avait pas vues avant d'y arriver. Certaines habitations étaient ouvertes sur les côtés. C'est à ce moment-là qu'il entendit les mouches.

C'était exactement comme il l'avait imaginé dans ses cauchemars : des dizaines de gens allongés dans des postures contorsionnées. Tout le monde était mort. Comme à Jonestown.

Il vit des femmes coiffées de plumes brillantes. Des hommes aux tatouages bleus. Un garçon vêtu d'un tee-shirt du Hard Rock Café, un bras tendu en l'air.

« Il y a quelqu'un ? dit Henry dans le vide, avant de répéter plus fort : *Il y a quelqu'un ?* »

Des mouches. Une cage pleine de poules, toutes mortes.

Le cœur battant, il alla de hutte en hutte à la recherche d'une vie humaine, conscient que cela ne servait à rien à part se flageller. L'image qu'il avait essayé de repousser de son esprit toute sa vie s'imposait à lui : ses propres parents, affalés par terre dans la jungle. Comme ça. Morts à cause de la folie d'un homme. Des corps amassés ou éparpillés, par un, par deux ou par trois. Exactement comme ça. Des familles empilées les unes sur les autres, se griffant le visage dans leur agonie. Un enfant mort dans les bras de son père, le regard vide vers le lointain. J'aurais pu être à ta place, se dit Henrv. J'aurais dû être à ta place.

Une souris morte gisait sous une chaise.

Dans l'une des huttes se trouvait un homme à l'aspect costaud avec des tatouages sur le visage, couché sur le flanc, en train de tendre la main vers sa femme. Son dernier geste : un geste d'amour, de protection. Vers son ventre nu, qui portait visiblement la vie. Deux enfants morts gisaient à côté d'eux. Henry implora leur pardon en silence, mort de honte ne serait-ce que d'oser le leur demander. Puis il vit la femme cligner des yeux.

Il faillit sauter au plafond. Elle était en vie et elle le regardait. Savait-elle qu'il était responsable ? Était-ce du reproche qu'il lisait dans son regard, plongé dans celui de son assassin : une expression si intense qu'elle semblait lui faire mal physiquement, le brûler, le mordre, un regard qui ne quitterait pas Henry jusqu'à son dernier souffle ? Il ne pouvait rien faire pour la sauver.

Mais il vit son abdomen bouger, remuer comme la surface d'un étang quand les poissons s'agitent, et il comprit ce que voulait dire le regard de la femme.

Sans réfléchir – pas le temps pour ça – il attrapa un scalpel dans sa trousse et incisa la paroi abdominale avant d'écarter le foie violemment pour atteindre l'intérieur de la cavité. La mère émit un cri guttural. Il ressentait un mouvement en elle, comme si le bébé essayait de venir à lui pour sauver sa vie. Du bout des doigts, il trouva le cordon ombilical et tira dessus, mais le corps de la mère s'accrochait encore à son bébé, et Henry dut s'enfoncer plus profond dans son ventre jusqu'à l'utérus afin de sectionner le cartilage de la symphyse pubienne. Son corps s'ouvrit comme un livre. Elle n'avait plus rien pour retenir son bébé, qui sortit d'elle telle une offrande.

L'enfant se trouvait encore à l'intérieur du sac amniotique, enveloppe ensanglantée qui recouvrait son corps. Il était minuscule, mais il avait déjà d'épais cheveux noirs ; les bras croisés, il se mit à bâiller sous le regard de Henry. Celui-ci fit une légère incision à travers la membrane et le bébé se débattit pour en sortir. Il se libéra et se mit à pleurer. Henry le présenta à la mère défunte et se demanda ce qu'il pourrait bien dire à Jill.

43

Trente-quatre dollars et vingt-sept cents

Depuis la mort de Jill, Helen dormait avec un singe en peluche qu'elle surnommait Joe Banana. Elle dormait avec lui quand elle était petite. La nuit était le seul moment où elle s'autorisait à replonger dans l'insouciance de l'enfance et imaginer que ses parents étaient encore en vie, qu'ils s'occupaient d'elle et qu'elle attendait juste qu'ils viennent la border et l'embrasser avant qu'elle se couche. Mais elle savait que ça n'arriverait plus jamais, alors elle serrait Joe Banana dans ses bras et elle lui murmurait des secrets, comme elle le faisait quand elle était petite. Teddy dormait près d'elle sur un matelas par terre.

Helen sursauta en entendant du verre se briser. Teddy s'apprêtait à dire quelque chose mais elle le fit taire. Ils entendirent des pas et des voix d'hommes qui ne cherchaient même pas à se faire discrets. Elle entraîna son frère dans le placard et ferma la porte en silence. Ils se cachèrent derrière ses robes.

Les hommes cassaient des choses. Ils juraient. Ils se fichaient de savoir si on les entendait. Puis ils entrèrent dans la chambre.

Une lampe torche balaya le sol et vint éclairer l'interstice sous la porte du placard. Helen retint son souffle.

Teddy se serra contre elle et colla ses genoux dans sa poitrine. La lumière disparut. Helen entendit les tiroirs du bureau s'ouvrir. Quelqu'un laissa échapper un rire aigu et étrange.

« On monte en haut, bredouilla une voix.

– Pas encore.

– Ça pue.

– Sans blague. »

Helen entendit qu'on secouait sa tirelire Miss Piggy. Les hommes se mirent à rire. Elle avait treize dollars vingt dedans. La tirelire en verre se brisa et les hommes grommelèrent. Elle les entendit ramasser les pièces parmi les tessons ; tout l'argent qu'elle possédait au monde. Elle se mit à compter les pièces dans sa tête pour se distraire de la peur. Elle les empila dans son esprit, par piles de vingt-cinq, dix, cinq et un cents. Il y avait aussi un dollar Sacagawea que Henry lui avait donné pour ses douze ans, en octobre dernier. Des pièces de vingt-cinq cents gravées d'images commémoratives : l'Illinois, pays de Lincoln ; Cumberland Gap, premier chemin vers l'Ouest ; Ellis Island. Elle avait passé du temps à les examiner.

« J'me suis coupé le doigt », dit l'un des hommes.

Helen imagina du sang sur ses pièces. Elle espéra qu'il allait saigner à mort.

« Allez, on se casse. »

Des pas. Qui s'en vont. Puis qui s'arrêtent. La lumière revint éclairer sous la porte.

« Allez ! »

Des pas. Qui s'approchent. La porte du placard qui s'ouvre. La lumière qui sonde les étagères au-dessus de leur tête, et qui descend vers les robes. Qui s'arrête sur les pieds de Teddy.

« Merde, viens voir ça ! »

Les robes glissèrent sur le côté et les enfants se retrouvèrent nez à nez avec le faisceau de la lampe.

« Putain. C'est une fille. »

Aveuglée par la lumière, Helen entendait les hommes respirer, comme s'ils haletaient. L'un d'entre eux lui attrapa le bras et la traîna hors du placard. Elle essaya de crier, mais sa voix ne sortit pas. Au lieu de ça, elle entendit Teddy hurler, puis le bruit horrible d'un poing d'homme qui cognait sur son frère, encore et encore. Pendant ce temps, elle se rendit compte qu'on avait déchiré sa chemise de nuit. On l'envoya valser contre le matelas par terre. Le faisceau de la lampe laissa apparaître la pointe de barbe rousse de l'homme qui se jeta sur elle et lui coupa la respiration. Il balada ses mains sur son corps. Elle essaya de le repousser, mais il était trop imposant. Il lui écarta les jambes, et elle retrouva enfin sa voix.

Elle cria si fort qu'elle ne fut pas sûre d'avoir bien entendu un coup de feu, mais l'homme allongé sur elle émit un son dans son oreille avant de relâcher son étreinte. Elle avait l'impression d'être coincée sous un frigidaire. Elle entendit quelqu'un partir en courant et claquer la porte. Elle crut qu'elle allait mourir, écrasée par ce monstre qu'elle n'arrivait pas à déloger. Il se remit à bouger à nouveau, mais pas de lui-même.

« Dégage ! Dégage ! »

C'était la voix de Teddy.

Helen repoussa l'homme et trouva un moyen de se dégager.

« Teddy !

– Ça va ? »

Helen n'arrivait pas à parler. Elle sanglotait de peur et de colère. Puis elle se rendit compte qu'elle était nue et ressentit une grande honte. Elle attrapa un oreiller et le serra dans ses bras en s'éloignant du matelas.

« Ça va ? » répéta Teddy avec insistance.

Il fallait qu'elle lui réponde oui. Il fallait qu'il se sente en sécurité, même s'ils n'étaient plus en sécurité nulle part. « Je vais bien », dit-elle avec la voix de quelqu'un d'autre. La lampe torche gisait au sol. Helen la ramassa et éclaira le type allongé sur le matelas. Il avait du sang tout autour de la tête. Elle pensa qu'il avait la grippe, mais elle aperçut le pistolet dans la main de Teddy et se souvint avoir entendu un coup de feu.

« Teddy ! Qu'est-ce que tu as fait ?

– Je suis désolé ! » dit-il.

Elle sentit la confusion dans sa voix.

« Non, c'est pas grave ! C'est pas grave !

– Je l'ai tué.

– Oui, tu l'as tué, mais c'est pas grave. Il y en avait un autre… ?

– Il s'est enfui », répondit Teddy.

Tout semblait si étrange. Teddy avait un pistolet. Il y avait un homme mort sur le matelas. Il lui était arrivé quelque chose dont elle n'avait pas envie de parler. Puis elle se souvint : « Ils t'ont fait du mal. Je les ai entendus te frapper.

– Je vais bien », assura-t-il.

Elle éclaira le visage de Teddy et s'effondra au sol en pleurant. Elle n'arrivait pas à être forte. Elle n'était pas celle dont Teddy avait besoin.

Pendant que Teddy dormait sur le canapé, Helen s'assit sur le fauteuil de Henry et fixa la télévision, qui ne remarcherait peut-être plus jamais. Le pistolet était posé sur la table basse, au cas où. Avant l'aube, elle eut un plan.

Ils allaient partir. C'était ça, le plan.

Le corps de Mme Hernandez pourrissait encore à l'étage. Ses chats l'avaient peut-être dévorée jusqu'à l'os. Va savoir. Aucune importance. Helen ne retournerait jamais là-haut, mais la présence de Mme Hernandez allait bien finir par se faire sentir. Un jour l'odeur viendrait jusqu'à eux, et Helen savait qu'ils ne pouvaient pas attendre un jour de plus. De toute façon, le cadavre de l'homme commencerait à puer aussi.

Le vacarme des criquets qui avaient envahi la maison se confondait en un bourdonnement continu dans la tête de Helen. Quand le ciel fut suffisamment clair pour qu'elle puisse y voir quelque chose dans la cuisine, elle ouvrit un tiroir et sortit un grand couteau, puis elle se dirigea vers la chambre.

Elle savait qu'il était mort, mais elle préférait ne pas prendre de risque. Il n'était pas aussi immense qu'elle l'avait cru. Il avait une partie des fesses à l'air. Il avait l'air stupide. Elle le poignarda. Elle entendit une grande expiration et sursauta de terreur, mais elle se rendit compte que c'était elle qui avait soufflé, pas le cadavre.

Elle sortit son portefeuille. Il y avait de l'argent à l'intérieur. Elle fouilla dans ses poches et récupéra ses pièces et quelques billets. Le dollar Sacagawea s'y trouvait. Elle compta l'argent. Il y avait un total de trente-quatre dollars et vingt-sept cents. Il manquait une de ses pièces de vingt-cinq cents.

Quelques heures plus tard, l'aube vint réveiller Teddy. Il s'étira et vit Helen assise à la table de la cuisine, l'argent étalé en piles devant elle. Il la regarda d'un air perplexe.

« Va faire ton sac, lui dit-elle.

– Où est-ce qu'on va ?

– On va chez tante Maggie et oncle Tim. Ils nous hébergeront.

– Mais il faut qu'on attende papa ! dit Teddy.

– Papa est mort, répondit-elle d'un ton froid.

– T'en sais rien.

– S'il était encore en vie, il serait là. »

Teddy se mit à pleurer, mais Helen insista.

« Teddy, il faut qu'on parte !

– Je veux pas !

– Il nous faut des parents, Teddy ! » dit-elle avec impatience, en prenant un ton qu'elle avait entendu dans la bouche de sa mère quand Henry se montrait impossible.

Elle devait endosser le rôle de Jill à présent.
« Comment on va faire pour aller là-bas ? »
Helen avait réfléchi à la question durant la majeure partie de la nuit.
« Je vais nous y conduire », répondit-elle.

44

Laisse-la parler

Le 2 août, Tildy organisa une série de réunions dans son bureau de l'aile ouest. Contrairement à son petit cagibi au sous-sol du département de la Sécurité intérieure, elle jouissait à présent d'une grande fenêtre qui emplissait la pièce de lumière. Elle travaillait à deux pas du bureau ovale. Sa relation étroite avec le président lui conférait tout le pouvoir que l'intitulé de son poste, conseillère à la Sécurité nationale, laissait supposer.

Elle n'avait pas eu beaucoup de temps pour redécorer ses nouveaux quartiers, mais elle avait tout de même fait monter du garde-meuble un buste de Henry Kissinger. Dès que la situation se serait calmée, elle changerait la moquette, et pourquoi pas revenir au jaune vif cher à Condoleezza Rice. Tildy comptait bien marquer son territoire le plus vite possible, et si les gens étaient choqués par son agressivité, cela ne ferait que renforcer l'aura de pouvoir qu'elle avait enfin acquise après toutes ces années.

Dans la matinée, elle eut une brève conversation avec la nouvelle directrice adjointe de la CIA. C'était un rendez-vous officieux, non enregistré. Son prédécesseur avait été enterré à Arlington, remplacé par cette femme plus âgée au visage tiré dont les cheveux avaient viré au blanc d'un côté tout en restant noirs de l'autre. Tildy se demanda si c'était une volonté stylistique de ressembler à Cruella d'Enfer. À la CIA, être à la mode n'était pas à la mode.

« On va avoir du mal à atteindre Poutine », dit-elle.

L'équipe de la CIA était arrivée à Moscou et avait trouvé la ville dans une pagaille totale.

« Les théories du complot s'entremêlent avec les véritables machinations, et s'ajoute à cela une campagne de désinformation pour noyer la responsabilité de Poutine dans la cyberattaque contre nous. Le degré de paranoïa atteint des sommets. »

Poutine ne postait que rarement son emploi du temps, donc il était difficile à traquer. On avait fourni à l'équipe d'assassins une dose de Novitchok, la toxine développée par des chimistes russes qui était devenue l'arme de prédilection des services secrets. Les Américains avaient récupéré un échantillon de cette toxine des services de renseignements allemands et l'avaient modifiée pour s'assurer qu'elle résisterait à tout antidote. Tildy trouvait très approprié de faire goûter à Poutine une dose de son propre produit.

Plus tard, les adjoints à la Défense et au département d'État rejoignirent la réunion. On ne les avait pas avertis des plans d'assassinat, bien qu'ils n'y auraient sûrement pas vu d'inconvénients. Le nouveau président avait consciencieusement écrémé tous les sympathisants russes qui restaient au gouvernement. Tout le monde connaissait le programme, à présent. Les troupes russes étaient amassées à la frontière ukrainienne. Personne ne comprenait le petit jeu de Poutine mieux que Tildy : son but depuis la chute de l'Union soviétique avait toujours été de restaurer l'empire.

« Les manœuvres en Iran ne servaient qu'à détourner l'attention », dit-elle.

L'adjoint à l'État acquiesça.

« Maintenant que nous sommes bien trop impliqués dans le golfe Persique, la route est dégagée pour reconquérir l'Europe de l'Est. »

La question était de savoir comment riposter.

« Un malencontreux accident a eu lieu dans une centrale à Koursk », dit l'adjoint à la Défense sans se compromettre, mais d'un ton ironique qui laissait clairement comprendre le message. Il existait onze anciens réacteurs nucléaires russes de type RBMK-1000, les mêmes que celui qui avait connu une catastrophe à Tchernobyl en 1986. Même si le réacteur avait été désactivé dans les trente-six heures, l'adjoint à la Défense rapporta : « Un nuage de gaz radioactif se dirige tranquillement vers le nord en direction de Moscou. La capitale est en pleine frénésie. » D'autres centrales similaires situées près des villes étaient également compromises ailleurs dans le pays. La terreur causée par les retombées radioactives s'avérait plus efficace que s'ils avaient utilisé des bombes. C'était un moyen de faire en sorte que la Russie s'annihile elle-même. Mieux encore : le monde entier tenait Moscou pour responsable de n'avoir encore une fois pas réussi à contenir ses matériaux nucléaires. Pour Tildy, l'opération avait été rondement menée.

Mais les choses ne sont jamais si simples.

Dans l'après-midi, la lieutenant Bartlett arriva pour son débriefing quotidien.

« Bonnes nouvelles, j'espère ? dit Tildy d'un ton sec.

– La saison grippale a atteint son pic début juillet, et le nombre de cas signalés n'a jamais été aussi bas depuis le début du printemps, répondit Bartlett.

– Mais c'est *vraiment* une bonne nouvelle !

– Oui, madame. Et nous faisons des tests pour trois vaccins différents. Nous espérons en avoir un de prêt à produire avant le retour du virus à l'automne.

– Vous n'arrêtez pas de le répéter. Pourquoi est-ce que le virus reviendrait ?

– C'est ce que font les grippes. On ne sait pas exactement pourquoi. Pour l'instant, cette pandémie ressemble à celle de la grippe espagnole de 1918, et si ça continue, nous prévoyons une seconde vague bien pire que la première. La maladie s'est répandue aux quatre coins du globe. On l'attend d'ici octobre. »

Dans deux mois.

« Ce sera la même grippe ?

– Ou une variante. C'est ce qui nous inquiète, au département en charge du vaccin. On essaye d'anticiper les mutations du virus, mais on ne peut que spéculer. Nous avons séquencé le virus des milliers de fois, mais il n'y a aucune garantie que ce sera toujours le même quand le vaccin sortira. Certaines années, le vaccin que l'on développe contre la grippe saisonnière s'avère complètement inefficace.

– Et le vaccin russe ?

– C'est pour la grippe saisonnière, pas le Kongoli.

– Je n'arrête pas d'entendre qu'il contient un ingrédient magique.

– Le bromure d'azoximère.

– Si vous le dites.

– De ce qu'on sait, il entraîne la production d'interférons, ce qui peut causer des effets secondaires non négligeables. Nous n'avons pas réussi à vérifier son efficacité. Nous ne savons pas pourquoi le Kongoli a moins d'impact en Russie que chez ses voisins. Cela pourrait simplement s'expliquer par une variance ordinaire du virus.

– À quelle date aurez-vous un vrai vaccin contre le Kongoli ? demanda Tildy.

– Si nous arrivons bel et bien à développer un vaccin efficace, il ne sera pas en production avant mi-octobre. »

Tildy avait toujours évité de s'en prendre au porteur de mauvaises nouvelles, mais la lieutenant Bartlett lui faisait perdre patience. Elle devait se recentrer sur ses priorités. L'idée que le Kongoli reviendrait dans quelques mois, sous une forme plus virulente encore, n'était qu'une théorie – un scénario catastrophe présenté par des gens qui ne pensaient qu'à ça. En revanche, cette nouvelle guerre contre la Russie avait bien lieu et il fallait s'en occuper.

Bartlett sembla lire dans ses pensées.

« Vous ne comprenez toujours pas, c'est ça ? » demanda-t-elle.

Tildy se sentit offensée par cette impertinence. « Comprendre quoi ? Que nous aurons peut-être affaire à une nouvelle vague de maladie, en théorie ? La plupart d'entre nous ont survécu à la première. On continuera d'aller de l'avant, comme on l'a toujours fait.

– Il n'est pas question d'un simple contretemps, répondit Bartlett. Si vous prêtiez attention au rôle des maladies dans les affaires humaines, vous comprendriez le danger auquel nous sommes confrontés. Nous avons baissé la garde après toutes nos victoires contre les infections du XXe siècle, mais la nature n'est pas une force stable. Elle évolue, elle change et ne tombe jamais dans la complaisance. Nous n'avons ni le temps ni les ressources pour faire quoi que ce soit d'autre que combattre cette maladie. Chaque nation du monde doit y mettre du sien, peu importe que vous les voyiez comme alliées ou ennemies. Si nous voulons sauver la civilisation, nous devons lutter ensemble et pas les uns contre les autres. »

Tildy la laissa parler, afin qu'elle se libère de son fardeau et qu'elle puisse dire qu'elle avait fait tout son possible. Les gens ne voyaient le monde qu'à travers leur propre prisme étroit, mais Tildy se devait de regarder les choses dans leur ensemble. Une nouvelle pandémie, peut-être pire que la précédente, n'était pas une perspective réjouissante, mais il y avait des choses plus importantes sur le feu : la guerre.

Après la réunion, Tildy se rendit au bureau ovale pour discuter en privé avec le président. Dès qu'elle entra dans la pièce, elle remarqua qu'il avait lui aussi redécoré un peu l'endroit : une bible sur le bureau, des photos de famille sur la crédence, un portrait d'Abraham Lincoln et un buste de Churchill.

« Deux dirigeants qui ont connu la guerre, expliqua le président. J'aurais préféré ne jamais faire partie du lot, mais je pense constamment à eux en ce moment. »

45

Leçon de conduite

La voiture de Jill se trouvait dans le garage : une Toyota Camry de 2009 au réservoir à moitié plein. Les voleurs n'avaient pas tout siphonné. Helen ne savait pas jusqu'où elle pourrait aller avec ça, mais elle se dit qu'elle pourrait se rapprocher de chez tante Maggie. Elle avait trente-quatre dollars et vingt-sept cents. Teddy avait toujours son pistolet.

Sachant qu'ils ne reviendraient jamais à la maison, les enfants remplirent deux valises de vêtements, de jouets et de livres scolaires chacun. Helen emporta aussi la boîte à bijoux de Jill et une montre de Henry, qu'elle offrirait à Teddy un jour. Elle les cacha dans le compartiment de la roue de secours. Ils laissaient tant de choses derrière eux, mais, dans la précipitation, ils n'arrivaient pas à avoir les idées claires.

« Peut-être qu'on devrait prendre nos vélos, suggéra Teddy.

– Je crois qu'on n'a pas la place. »

Helen se mit au volant. Elle ne l'avait fait qu'une fois auparavant, quand elle s'était assise sur les genoux de Henry pour faire semblant de conduire. Elle avait cinq ans à l'époque et ne touchait pas les pédales. À présent, celles-ci étaient trop près pour ses longues jambes. Helen se rendit compte qu'elle ne savait même pas reculer le siège. Elle appuya sur un bouton au niveau de la porte, mais elle ne fit que baisser la vitre. Teddy trouva le manuel dans la boîte à gants et chercha comment ajuster les sièges.

« Il faut que tu règles les rétroviseurs, dit-il.

– Je sais. Attache ta ceinture. »

Mais trouver les commandes des rétroviseurs latéraux s'avéra si compliqué qu'elle se contenta de tourner le rétro central de façon à voir l'immense allée qui semblait s'étendre sur des kilomètres derrière elle.

Elle n'avait que deux objectifs : apprendre à conduire et trouver le chemin de chez tante Maggie.

« Tu t'occupes de l'itinéraire, dit-elle à Teddy.

– Facile, répondit-il. Il faut prendre la I-75 vers le nord.

– C'est par où ?

– Va vers le centre-ville et on va la croiser. »

Helen tourna la clé dans le contact mais rien ne se passa. Elle regarda plus attentivement et repéra le cran qui indiquait START. Elle tourna la clé plus loin jusqu'à ce que le moteur fasse un boucan épouvantable. Dès qu'elle enleva sa main, le bruit s'arrêta et elle fut déstabilisée. Elle prit une grande inspiration et essaya d'enclencher la marche arrière, mais elle avait beau tirer de toutes ses forces, le levier ne bougeait pas. Pendant ce temps, le moteur tournait et gaspillait de l'essence.

Elle coupa le contact pendant que Teddy lisait le manuel. Peut-être que la Toyota était en panne. La petite Ford de Mme Hernandez se trouvait aussi dans le garage, mais il aurait fallu retourner dans sa chambre pour trouver les clés, et Helen ne voulait plus jamais y entrer. Tout son plan consistait à fuir la maison et se rendre chez tante Maggie, et elle n'arrivait même pas à sortir du garage. Son visage bouillait de frustration.

« Tu es supposée appuyer sur le frein en même temps, annonça Teddy.

– Mais c'est stupide ! »

Elle remit le contact et enclencha le frein, mais elle appuya aussi sur l'accélérateur. Quand elle passa une vitesse, la voiture bondit hors du garage comme un animal sauvage. Helen écrasa le frein mais elle donna à nouveau un coup sur l'accélérateur avec.

« Freine ! Freine ! hurla Teddy.

– Mais c'est ce que je fais ! »

Elle finit par lever le pied de la pédale de droite, mais entre-temps elle avait cogné le muret de brique des plates-bandes de l'allée.

Elle sortit pour constater les dégâts, les mains tremblantes. La voiture de Jill n'avait jamais eu la moindre égratignure. Helen s'était toujours agacée de la façon dont sa mère conduisait, si prudente et inutilement lente. Regarde ce que tu as fait, se dit-elle. Il y avait une horrible éraflure, une grosse bosse, et le feu arrière était cassé. La voiture était bloquée en travers de l'allée. Elle regarda au bout et s'aperçut qu'ils étaient encore affreusement loin de la route. Elle devrait passer par la porte cochère où Jill se garait quand il pleuvait, mais qui ressemblait aujourd'hui à un portail surveillé à travers lequel elle devrait se faufiler.

« Laisse-moi conduire, dit Teddy.

– Tu plaisantes ? Tu ne dépasses même pas du volant. Et puis j'ai besoin que tu me guides, tu te rappelles ? »

Helen retourna dans la voiture. Elle fit crisser les pneus en tournant le volant et remis le moteur en marche. Elle appuya très légèrement sur l'accélérateur et freina aussitôt, puis elle répéta l'opération plusieurs fois, et elle finit par se dire que ce n'était pas si difficile. Elle redressa la voiture et rentra dans le garage.

Maintenant, elle allait devoir réessayer la marche arrière.

Elle avait vu sa mère le faire des milliards de fois, mais elle ne se souvenait pas comment on faisait. Est-ce qu'elle se retournait ? Est-ce qu'elle regardait dans le rétroviseur ?

« Teddy, sors pour me guider, dit-elle.

– D'accord mais tu ne me roules pas dessus.

– Ne sois pas bête. »

Teddy se mit entre la Toyota et l'établi de Henry. Il n'y avait aucune marge d'erreur possible. Il regarda Helen dans les yeux et leva les mains en l'air comme s'il tenait un volant.

Ils n'avaient jamais vécu un moment aussi intime ensemble.

Helen enclencha la marche arrière. La voiture se mit à reculer dès qu'elle lâcha le frein. Elle baissa les yeux pour vérifier qu'elle avait les pieds aux bons endroits, mais la voiture partit encore un peu de travers. Quand elle leva les yeux, elle vit Teddy qui secouait la tête en bougeant les mains, alors elle tourna le volant en réponse. Il tourna les mains dans l'autre sens et elle suivit ses gestes en donnant des petits coups d'accélérateur pour reculer le plus doucement possible sans jamais quitter Teddy du regard. Une ombre passa au-dessus de la voiture et elle comprit qu'elle se trouvait déjà sous la porte cochère, mais elle se laissa perturber par cette pensée. Teddy la guidait toujours. Soudain il leva les mains et elle s'arrêta parce qu'elle était arrivée au bout de l'allée.

Teddy remonta dans la Toyota. Ils regardèrent pendant un long moment la maison dans laquelle ils avaient grandi, qui renfermait autrefois tant de bons souvenirs. Aujourd'hui, elle transpirait la mort et ils n'y retourneraient plus jamais. « Bon », dit Helen en reculant dans la rue avant de se diriger vers Nashville.

46

Schubert

Henry se réveilla au son du saxophone. Murphy se tenait au-dessus de lui.

« Bien le bonjour, monsieur », lui dit-elle.

Il répondit, mais sa voix était sèche et rauque. Dans les vapes, il ne savait pas s'il avait des vertiges ou si c'était le sous-marin qui tanguait. Murphy lui tendit une cuillère pleine de quelque chose qui sentait très bon.

« Soupe de poulet, dit-elle. Le remède numéro un.

– Je suis végétarien, répondit-il.

– Je sais, mais vous êtes aussi mon patient, alors mangez. »

Il n'avait pas à discuter. Henry remercia le poulet en silence pour son sacrifice. Tandis que Murphy lui donnait la becquée, il se sentait comme retombé en enfance.

« Je n'ai pas saigné, si ?

– Non, monsieur. »

Henry enregistra cette information.

« Nous devrions commencer à infecter l'équipage, dit-il.

– J'ai déjà pris l'initiative, monsieur. J'espère que ce n'est pas grave.

– Heureusement que vous êtes là, Murphy.

– Nous avons perdu deux hommes, et vous n'êtes vraiment pas passé loin, si je peux me permettre. Certains types très malades à bord n'arrêtent pas de prononcer votre nom, et pas en bien. Mais il n'y a que sept personnes suffisamment malades pour qu'on les installe à la cantine, et je parie qu'ils sortiront dans quelques jours.

– Où sommes-nous ? demanda Henry.

– Trente-quatre degrés, dix-sept minutes au nord, quarante-cinq degrés, quatorze minutes à l'ouest, répondit-elle. Au beau milieu de l'Atlantique.

– À quelle profondeur ?

– À la surface. Vous vous sentez assez en forme pour aller prendre l'air ? »

L'idée de mettre le nez dehors lui paraissait si impensable qu'il se serait cru dans un rêve.

« Est-ce que je peux prendre une douche d'abord ?

– Il faudrait que vous puissiez tenir debout. »

Murphy aida Henry à s'asseoir puis à se relever. Il tituba.

« Vous êtes sûr de vous ? demanda-t-elle.

– C'est une urgence. »

Murphy lui tendit une serviette et l'accompagna dans le couloir. Le panneau à l'effigie de Dolly Parton était accroché sur la porte. Ils éclatèrent de rire. « Laissez-moi vérifier », dit Murphy. Elle ressortit au bout d'un moment.

« La voie est libre », dit-elle en retournant le panneau sur le côté John Wayne.

Il y avait tant de questions qu'il n'avait pas osé poser. Combien de jours était-il resté dans les vapes ? Il n'avait plus aucune notion du temps. Il se laissa purifier par l'eau brûlante tout en méditant là-dessus. Les sous-mariniers lui avaient appris à économiser l'eau, mais il céda aux plaisirs de la mousse sur sa peau et dans ses cheveux. Il sentait la maladie le quitter, mais il était encore faible.

Après s'être séché, il aperçut son reflet dans le miroir : émacié, vieux et pâle comme un linge. Sa barbe avait pris une teinte argentée. Il se rendit compte face à la glace que tout ce qui lui restait de jeunesse avait disparu. Mais il était en vie, et un sentiment qu'il n'avait pas connu depuis longtemps lui traversa le corps ; c'était de la joie.

« Tout va bien là-dedans ? demanda Murphy.

– Ça va ! » répondit Henry. Il noua une serviette autour de sa taille et sortit dans le couloir en boitillant. Murphy lui prit le bras et le raccompagna à sa couchette. Elle avait changé les draps et préparé des habits propres. Il dut réprimer une larme. Il n'était pas assez fort pour résister aux assauts émouvants de la bonté humaine.

Une fois vêtu et coiffé, il rejoignit Murphy sur le pont des missiles. Il fut accueilli par une brise tiède et manqua d'être aveuglé par le soleil. Il plissa les yeux. Par ce temps délicieux, des dizaines de sous-mariniers hilares se jetaient à l'eau en poussant des cris de joie. Henry n'avait pas entendu de son aussi plaisant depuis des semaines.

« On surnomme cet endroit la "plage d'acier" », dit Murphy.

Henry s'allongea sur les dalles de caoutchouc du pont avec d'autres sous-mariniers qui se séchaient au soleil après leur plongeon dans l'Atlantique. Murphy pointa du doigt un officier qui se tenait sur le kiosque avec une arme automatique.

« C'est pour les requins, expliqua-t-elle nonchalamment.

– J'ai peut-être halluciné, mais j'ai cru entendre un saxophone, dit Henry.

– Oui, monsieur, c'était le capitaine qui jouait. Il récupère tranquillement. »

Henry n'arrêtait pas de se dire : ça a marché ! Son expérience avait fonctionné. Il commença immédiatement à penser à ce qu'il faudrait faire pour développer le remède à grande échelle, mais il lui fallait envisager toutes les potentielles complications s'il devait injecter à tout un pays – voire au monde entier – une souche de la plus mortelle des grippes connues, aussi affaiblie soit-elle. Des milliers de gens risquaient de mourir pour en sauver des millions. Des millions pourraient mourir pour sauver des milliards. Qui pouvait se permettre de prendre un tel pari ? D'un autre côté, s'il arrivait à l'atténuer autant que possible et tout de même prouver qu'elle était efficace, l'injection pourrait servir de palliatif en attendant que les tests sur le véritable vaccin soient terminés. Henry regarda l'océan, dont l'immensité imposait un sentiment de calme et d'éternité.

« Il y a des navires, dit-il en pointant vers l'est. Là-bas, au loin.

– Oui, monsieur. Ils nous suivent depuis Suez.

– Ils nous suivent ? Pourquoi donc ?

– Alors, docteur, on revient à la vie ? »

Cette voix sonore était celle du capitaine Dixon. Il se dressait devant eux, rayonnant de santé, les recouvrant tous deux de son ombre géante.

« Vous aussi, à ce que je vois, croassa Henry. Désolé, j'ai encore la voix cassée.

– Si ça vous tente, rejoignez-moi à ma table à dix-sept heures. »

Henry somnola au soleil. Il fit un rêve merveilleux, dans lequel Jill apparaissait. Les enfants étaient tout petits. Ils partaient en vacances quelque part. Dans les montagnes. Peut-être que sa grand-mère était là aussi, il ne se souvenait plus trop, en tout cas il y avait une autre présence chaleureuse avec eux. Ses parents étaient là et sa mère s'adressa à lui. Elle portait le sombrero qui lui cachait le visage. Elle dit : « Beauté », et il ne savait pas ce qu'elle voulait dire par là. Son père l'appela par son prénom. Dans le rêve, Henry se sentait tout petit par moments. C'était un monde imaginaire où les morts étaient vivants. Le paradis, où quelque chose comme ça. Il se réveilla quand il sentit qu'il allait prendre un coup de soleil.

L'image de sa famille décédée le vida de toute énergie. Il savait que les changements d'humeur étaient un signe de guérison, mais il se demandait comment ne pas passer d'un extrême à l'autre – du chagrin d'avoir perdu les gens qu'il aimait à la joie d'avoir sauvé la vie des sous-mariniers. De nombreuses émotions se heurtaient en lui et il se sentait perdu, morose.

Une merveilleuse mélodie envahit ses tympans à l'instant où il entra dans le carré des officiers, et il aperçut un véritable quatuor à cordes. Parmi eux, le jeune McAllister jouait de l'alto.

« Ça vous va, un peu de musique ? demanda Dixon. D'après moi, ça aide à la digestion.

– C'est du Schubert ! s'exclama Henry.

– Je savais que vous étiez un homme de goût. En ce qui me concerne, je suis plutôt jazz. Ellington. Monk. Miles Davies, à l'époque où Herbie était aux claviers et Wayne Shorter au saxo. Wayne, je l'adore.

– Oui, je vous ai entendu jouer. On peut dire que votre musique m'a ramené à la vie.

– Quelle belle image. »

Dixon fit un geste en direction du quatuor.

« J'ai mis des années à monter cet ensemble. Je cherche toujours un clarinettiste. J'adorerais jouer quelques chansons de Benny Goodman. »

Henry éclata de rire.

« J'en ai fait au lycée, dit-il. Je jouais *Moonglow*, *Body and Soul*…

– Oh, mince ! dit Dixon d'un air vraiment attristé. Pourquoi est-ce que vous ne vous êtes pas engagé dans la marine ? Il n'est peut-être pas trop tard.

– Je crois que j'ai toujours ma clarinette quelque part dans un placard. »

Ils devinrent tous deux pensifs tandis que la musique de Schubert installait une atmosphère intense, mélancolique et profonde.

« J'imagine qu'on ne vous a pas mis au courant de ce qui se passe, dit Dixon.

– Presque pas.

– Le tableau n'est pas joli à voir, de ce que l'on sait. Le gouvernement s'est effondré. Il y a des hordes de gens dans les rues. Difficile de croire que je parle bien des États-Unis d'Amérique, n'est-ce pas ? Le pays où tout est possible. »

Il marqua une pause pour mâcher un morceau de steak.

« Qui est-ce qui nous a fait ça, Henry ? Vous ne croyez pas que c'est arrivé par hasard, si ?

– C'est fort possible, répondit-il prudemment.

– De mon point de vue, ça fait partie d'un plan. Je ne peux pas vous répéter ce que j'ai entendu grâce à notre système de communication – pas tout, en tout cas – mais il y a de nombreuses preuves qui suggèrent l'implication d'une puissance étrangère.

– Vous parlez de la Russie ?

– Ils fragilisent les bases de notre société depuis un moment. Ils s'attaquent à nos infrastructures. Donc oui, je parle bien de la Russie, mais elle n'est pas la seule. Ça fait des années que nous somme assaillis par l'Iran, la Chine, la Corée du Nord. Alors d'accord, c'est en grande partie notre faute, parce qu'on s'est lancés dans des batailles que l'on n'aurait pas dû mener. Mais maintenant, ils s'allient les uns aux autres. Ils sentent la faiblesse, comme une meute de loups. Il faut absolument agir. » Dixon se tut à nouveau, laissant cette insinuation planer, puis il dit : « Vous pouvez rester à bord aussi longtemps que vous voulez. Le monde est dangereux, dehors.

– Il faut que je retrouve ma famille, dit Henry. Je veux savoir s'ils sont encore en vie.

– Je comprends. Je ne sais pas pourquoi j'ai dit ça. »

Dixon semblait gêné par le côté personnel sous-entendu dans son invitation.

« Quoi qu'il en soit, il faut qu'on s'arrête à Kings Bay pour faire réparer ce foutu piston, dit-il sur son ton bourru habituel. En parlant de ça, vous vous souvenez des trois navires que vous avez vus tout à l'heure ? Ce sont des Russes. Ils ont entendu le fracas du piston et ils ne nous ont pas lâchés depuis. J'ai décidé de faire surface pour vérifier leurs intentions, et elles sont plutôt claires. Pour l'instant, ils font du surplace. Ils vont nous encercler avant de se diriger vers nous. Ils guettent depuis un moment, et maintenant ils savent qu'ils ont affaire à un animal blessé. Je parie qu'ils ne seraient pas contre mettre la main sur notre stock de combustible nucléaire. Maintenant que le pétrole ne compte plus, c'est devenu la ressource la plus précieuse au monde. On peut voyager pour l'éternité… Mangez, vous n'avez presque pas touché à votre assiette. Si vous voulez prendre une dernière bouffée d'air frais, allez faire un tour en haut après le repas. On ne va pas tarder à plonger. »

47

Que la fête commence

Bong ! Bong !

Henry se réveilla en sursaut. Le bruit semblait cogner à l'intérieur de son crâne. Il entendit une voix : « *À vos postes de combat ! Tous à vos postes de combat !* » Il s'habilla à la hâte, mais il se rendit compte qu'il ne savait pas quel était son poste de combat, ni même s'il en avait un.

Il attendit que la cohue se soit calmée – la dernière chose dont il avait besoin, c'était de se faire piétiner par un grand gaillard bien nourri et de devenir un fardeau de plus – puis il s'aventura dans le couloir jusqu'à la salle de contrôle du sous-marin, sans trop savoir si c'était sa place. Il aperçut Dixon avec deux officiers. Henry resta attentivement et discrètement – du moins l'espérait-il – au fond de la pièce.

« J'ai deux cibles additionnelles : Sierra quatre azimut 270°, portée trente milles, Sierra cinq azimut 185°, portée trente-sept milles, annonça l'opérateur du sonar.

– Alors c'était donc ça qu'ils attendaient, dit Dixon. La fête ne va pas tarder à commencer. »

Les membres de l'équipage étaient figés à leur poste. Personne ne prit le temps d'expliquer à Henry ce qui se passait, et il n'aurait jamais osé demander, mais le danger pesait sur la salle de commandement comme une odeur asphyxiante. Il n'y avait pas d'autre bruit que le bip-bip du sonar balayant les navires de guerre russes qui manœuvraient pour se mettre en formation. Une heure s'écoula. Malgré la tension, l'estomac de Henry gargouillait.

« Torpille dans l'eau, chef !

– Changez de cap ! Trente degrés nord ! dit Dixon.

– Oui, chef ! Trente degrés nord.

– En avant toute ! »

Un point lumineux se dirigeait à toute vitesse vers le centre du radar, émettant des bips au fur et à mesure qu'il s'approchait du sous-marin. Les bruits devinrent de plus en plus forts et de plus en plus rapprochés, tout comme les battements de cœur de Henry qui regardait la mort arriver. Puis le bip s'arrêta et le point s'immobilisa.

« Correction : c'est un robot autonome, chef », dit l'opérateur du sonar. Il s'agissait d'un drone sous-marin.

« Ils veulent voir notre position », dit Dixon. Il se tourna vers l'opérateur.

« Ouvrez les tubes lance-torpilles un et deux. On doit se tenir prêts.

– Oui, chef. Tubes un et deux ouverts.

– Officier de plongée, descendez-nous à profondeur de périscope. »

Dès que le sous-marin atteignit les vingt mètres de profondeur, Dixon envoya un message via l'antenne UHF au QG atlantique des forces sous-marines basé à Norfolk, en Virginie : « *Georgia* à Defcon 2, à un cran de la guerre ». Il balaya l'horizon à travers le périscope. Le radar capta le signal d'un hélicoptère anti-sous-marin russe qui larguait probablement des détecteurs de mouvement dans l'eau. Était-ce un jeu ? Les Russes venaient sans arrêt provoquer les avions et les navires américains, mais ils s'arrêtaient en général à la toute dernière seconde. Pourtant, toutes les actions de ce convoi semblaient indiquer qu'ils étaient prêts pour la guerre.

Il fallait bien qu'ils répondent au bombardement américain sur les avions russes en Iran et au blocus de la flotte du

Pacifique. Peut-être que les stratèges russes avaient estimé qu'un sous-marin américain isolé constituait une cible idéale pour une réponse proportionnée. Ou peut-être que la guerre à grande échelle avait déjà commencé.

Il y avait cinq navires russes. Le *Georgia* transportait quatorze torpilles, mais ne pouvait en tirer que quatre à la fois ; c'était sans doute pour cela que le commandant russe attendait des renforts. La meilleure chance de Dixon consistait à maintenir un maximum de distance entre son sous-marin et les Russes. L'océan était agité en surface, ce qui pouvait compliquer les tentatives russes de repérer le signal acoustique du *Georgia,* mais le piston endommagé rendait toute évasion furtive quasi impossible.

« Ouvrez les ballasts principaux », dit Dixon à l'officier de plongée.

Immédiatement après, la sirène du sous-marin retentit. Le vacarme soudain était abominable. Une voix annonça à la radio : « Immersion ! Immersion ! Immersion ! »

« Officier de plongée, descendez à deux cent quarante mètres.

– Deux cent quarante mètres, chef. »

Henry s'agrippa à une prise tandis que le sous-marin piquait du nez. L'eau de mer pénétrait bruyamment dans les citernes de ballast. Ses tympans craquèrent sous la pression. Tout le monde se pencha fortement en arrière, comme plaqué au sol par un vent violent.

Ils s'enfoncèrent dans les profondeurs.

« Faites-nous un rapport sur les courants. Nous devons trouver une thermocline derrière laquelle nous cacher », dit le capitaine à l'officier de navigation. Dixon partait du principe que les F-18 du groupe aéronaval américain basé en Méditerranée étaient déjà en route. S'il arrivait à échapper au drone et s'immobiliser dans les profondeurs, il aurait une chance de s'en sortir. Sans ça, le *Georgia* était perdu.

« Chef, les Russes s'avancent à portée de tir, à dix-neuf milles », dit l'opérateur du sonar. Les navires les suivaient à toute vitesse pour ne pas se laisser distancer par le sous-marin. Plus vite ils allaient, moins ils pourraient l'entendre à cause du bruit de leur moteur. C'était la raison pour laquelle ils avaient envoyé un drone à la poursuite du *Georgia.* Dixon ordonna à son second d'effectuer les calculs pour cibler les navires russes.

« Lancez les contre-mesures », ordonna Dixon.

Les dispositifs d'évasion – qui faisaient du bruit et des bulles – avaient pour but de perturber le drone, mais celui-ci n'était pas dupe. La technologie russe s'était grandement améliorée au cours des dernières années. On ouvrit les tubes lance-torpilles trois et quatre.

« Le robot autonome refait surface, chef », rapporta l'opérateur du sonar.

Le drone remontait à portée de communication pour transmettre les coordonnées GPS du *Georgia.* Quelles qu'aient été les intentions du commandant russe, ils n'allaient pas tarder à les découvrir. L'officier ennemi savait sûrement ce que Dixon essayait de faire : foncer en eau profonde pour se cacher derrière un gradient thermique. Ils jouaient tous les deux contre la montre.

« Nous avons des solutions de tir, chef », rapporta le second.

Le capitaine Dixon avait brièvement l'avantage. Dès que le drone diffuserait ses coordonnées, les Russes enverraient des torpilles. Ce serait un massacre. En revanche, Dixon pouvait tirer le premier. Un navire de surface n'avait aucune chance contre les torpilles Mark 48 du *Georgia.* Filoguidées, elles disposaient même de leurs propres capteurs. Elles étaient quasi indétectables jusqu'au moment où elles venaient exploser la quille du bateau qu'elles étaient programmées pour attaquer. Mais il ne pourrait pas détruire cinq navires à la fois.

Le sonar émit soudain un bruyant cliquetis. L'écran fut recouvert de particules, comme des bulles de champagne.

« Il se passe quelque chose de bizarre, chef, dit l'opérateur.

– D'où provient la source ?
– De tous les côtés, chef !
– Quelle fréquence ?
– Deux cents décibels, chef ! »

Soit un peu plus fort qu'un coup de feu ; au sonar, on aurait dit du bacon qui grésillait dans une poêle. Le bruit créait un brouillard acoustique qui faussait le système de visée du *Georgia.* Bien sûr, il en allait de même pour les Russes.

Soudain, Dixon éclata de rire. Tout le monde dans le sous-marin prit conscience de ce qui se passait ; tout le monde sauf Henry, qui n'en avait aucune idée.

« Azimut 270° ouest, plein gaz », ordonna Dixon.

Il lut la perplexité sur le visage de Henry.

« Des crevettes, Henry ! dit-il. On vient de se faire sauver la vie par des crevettes-pistolets. »

Plus tard, Dixon offrit une ration de bière, qu'il gardait en réserve pour les grandes occasions, à tout l'équipage. Henry les entendit chanter :

Submarines once !
Submarines twice !
Holy jumping Jesus Christ !
We go up
We go down
We don't even fuck around !
Oooga ! Oooga !

Dans le carré des officiers, Dixon sortit une bouteille de Gunpowder Irish Gin et prépara des martinis pour les officiers. Henry n'avait jamais vu l'équipage aussi heureux. Le soulagement sur leurs visages lui fit comprendre à quel point ils avaient été en danger.

« Je ne comprends toujours pas ce qui s'est passé, dit Henry. Ce sont des crevettes qui ont fait tout ce boucan ?

– La crevette-pistolet, cette créature fascinante, répondit

Dixon. On croit que ce sont les humains qui disposent des meilleures armes, mais la crevette-pistolet possède une pince qui se referme si vite qu'elle produit une onde de choc qui tue instantanément sa proie. Le bruit que vous avez entendu, c'est celui de la bulle d'air qui implose quand la pince claque. Les crevettes créent ainsi des microrafales de chaleur d'à peu près la même température qu'à la surface du soleil. En tout cas, elles savent comment illuminer un sonar ! Nous qui cherchions une poche acoustique où nous cacher, on a carrément eu droit à un groupe de heavy metal ! »

Les officiers se remirent à chanter la chanson des sous-mariniers, dont les paroles devenaient de plus en plus grossières. Ils seraient bientôt à la maison.

IV
Octobre

48

Les dauphins

Quand le commandant de la base navale de Kings Bay apprit comment Henry avait sauvé l'équipage du *Georgia*, il jura devant Dieu qu'il le nommerait pour recevoir la Navy Medal of Honor, plus haute distinction de la marine américaine, mais Henry était presque sûr qu'il n'y avait pas droit.

«Je n'ai qu'une seule chose à vous demander, dit-il à l'amiral. Je dois rentrer à Atlanta aussi vite que possible.

– J'ai bien peur que nous manquions de moyens de transport», répondit-il.

C'était l'un de ces garçons débrouillards de la campagne que Henry détestait autrefois, mais dont il avait appris à admirer la robustesse.

« Les routes ne sont plus sûres, même pour nous. Quand on sort, on se déplace en convoi. Vu le niveau de la menace, on est plus ou moins confinés à la base. Nom de Dieu, dit-il d'un air pensif. Vous savez quoi ? Il y a une base aéronavale à Marietta, juste à côté d'Atlanta. Je vais leur demander de venir vous chercher en avion. Je trouverai une excuse valable. C'est clairement contraire au règlement, à tous les niveaux. En attendant, venez dîner ce soir à la Dolphin House, dès que vous aurez fait un brin de toilette. »

La dernière partie de sa phrase sonnait comme un ordre. Les sous-mariniers de retour de mission sentaient affreusement mauvais. Sur le bateau, les excréments solides étaient compactés avant d'être envoyés au fond de l'eau afin d'empêcher la formation de bulles susceptibles de révéler la position du sous-marin, mais les gaz restaient à bord. Leur odeur était en partie couverte par celle du désinfectant, tout aussi forte. Au bout d'un moment, le bateau commençait à sentir le pet géant parfumé, mais de manière tellement graduelle que l'équipage ne s'en rendait pas compte. Leurs épouses, elles, n'avaient aucun doute sur la question quand elles les récupéraient à leur retour, tous pâles et puant le poisson pourri.

On déposa Henry au Navy Lodge, juste en dehors de l'enceinte du camp : un modeste bâtiment gouvernemental en béton sis dans une forêt de pins, dirigé par une femme charmante dénommée Theresa qui lui indiqua tout de suite l'emplacement des machines à laver. À part dans les installations militaires, presque tout le réseau électrique était hors service, mais le Navy Lodge tournait sur générateur quatre heures par jour.

Le retour à la terre ferme le perturbait, surtout à cause de la vue. Pendant des semaines, tout ce qu'il avait vu se trouvait à quelques pas de lui. Alors quand le van vint le chercher pour l'emmener chez l'amiral, Henry eut beaucoup de mal à faire le point. Tout lui paraissait si loin. Regarder au bout de l'allée infinie lui donnait mal à la tête et le désorientait. Le ciel qu'il avait tant voulu revoir était affreusement clair et lointain. Henry dut se résoudre à fixer le tableau de bord.

La Dolphin House – quartiers de l'amiral – était une maison de brique rouge bordée d'azalées au fond d'un cul-de-sac orné de palmiers. Henry se sentit un peu gêné en voyant que tous les officiers portaient leur uniforme blanc, alors qu'il n'avait rien d'autre que la salopette que Murphy avait raccommodée pour lui. Il y avait de l'alcool en abondance, et bientôt la pièce s'emplit de rires, mais même si Henry appréciait la compagnie des officiers, il savait très bien qu'il ne faisait pas partie de leur cercle. Ces hommes avaient voué leur vie entière à l'armée, comme lui l'avait fait dans sa profession. Leur fraternité lui donnait encore plus envie de retrouver sa vie, son labo et ses collègues, et surtout sa famille, si elle était encore en vie.

Il savait qu'il jouait contre la montre. Le mois d'octobre approchait, et avec lui une nouvelle vague de Kongoli. Henry comprenait un peu mieux cette maladie à présent, mais il avait travaillé avec un gros handicap loin de son laboratoire. Il ne savait pas ce que Marco et les autres chercheurs partout dans le monde avaient découvert pendant les six semaines qu'il avait passées sous l'océan.

L'amiral réservait à Henry une dernière surprise.

« Nous ne la remettons qu'aux sous-mariniers qui ont fait leurs preuves, dit-il en accrochant à la salopette de Henry l'insigne du corps des sous-mariniers, qui représentait deux dauphins. Vous êtes maintenant des nôtres, monsieur », reprit l'amiral.

Tout le monde le salua.

Après le dîner, Henry alla se promener dans le camp en compagnie du capitaine Dixon. C'était une belle nuit au clair de lune, chaude et humide mais dégagée. Les lucioles qui dansaient devant eux sur le chemin les menèrent à un étang sombre. Le seul son audible provenait des générateurs qui fournissaient de l'énergie à la base entière. Henry avait un peu de mal à marcher. C'était bien plus facile à bord du sous-marin, avec ses couloirs étroits et ses poignées partout. Par moments, il dut prendre le bras du capitaine.

« C'est parfois un peu dur de retrouver ses jambes en revenant sur la terre ferme, dit Dixon.

– Pour ma part, je n'ai jamais eu de bonnes jambes. Contrairement à vous !

– Oui, c'est vrai, il faut reconnaître que j'avais un don. Attention à l'alligator. »

Henry crut que Dixon plaisantait, mais il aperçut un vrai alligator sur le bord de l'étang. Comme il semblait assoupi, les hommes reprirent leur chemin.

« On dirait bien que mon pot de départ à la retraite va être repoussé, confia Dixon. Les rangs des officiers ont été tellement dépeuplés qu'ils veulent que je reste pour une nouvelle mission. Du coup, je suis coincé à Kings Bay le temps qu'on rééquipe.

– C'est très joli, ici, dit Henry.

– Mmh-mmh. »

Quelque chose semblait préoccuper le capitaine, mais il ne savait pas comment le formuler. Henry attendit ; Vernon Dixon n'était pas le genre de personne que l'on bousculait. Il finit par dire : « Je voudrais vous montrer quelque chose. » Ils firent le tour de l'étang et arrivèrent devant une rangée de missiles de tailles variables.

« Voici devant nous toute l'histoire du programme de missiles balistiques sous-marins. »

Le capitaine pointa du doigt un petit missile aux ailerons épais.

« Ça, c'est le TLAM – le Tomahawk Land Attack Missile, ou missile de croisière, comme ceux que nous avons à bord du *Georgia*. Je sais qu'il n'a pas l'air bien méchant, mais il a beaucoup servi à étendre la puissance américaine dans les conflits dans lesquels nous sommes engagés depuis la première guerre du Golfe. Nos Tomahawk sont des armes conventionnelles, mais nous avons la possibilité de déployer une version à tête nucléaire. Ceux-là… » Il fit un geste vers les plus gros missiles derrière le Tomahawk. « … sont tous des missiles balistiques transportant des armes thermonucléaires. » Ces trois engins représentaient les premières générations du Polaris. « Le premier a été lancé en 1956. Imaginez un peu. Il y a plus d'un demi-siècle, avant ma naissance. » Puis vint le Poséidon, un peu plus gros, trapu, encerclé d'anneaux couleur bronze, que Dixon décrivit comme le premier missile à têtes multiples lancé d'un sous-marin. « Je n'étais même pas encore à l'armée à l'époque. Je suis arrivé en même temps que ces bestioles-là : les Trident. » Le plus gros et le plus récent était le Trident D5, rouge brique et haut de plus de quatre étages, surplombant ses prédécesseurs. Difficile de croire qu'on pouvait le faire tenir dans un sous-marin. « J'ai servi sur le *Tennessee*, à bord duquel nous avions un rack complet de vingt-quatre Trident, dit Dixon. Chacun d'entre eux contenait huit têtes, pour une capacité de destruction totale de plus de onze mille kilotonnes. À titre de comparaison, Hiroshima, c'était quinze kilotonnes. Multipliez le bateau par quatorze pour avoir la flotte de bombardiers au complet, et vous obtenez plus de cent cinquante mille fois Hiroshima ! Vous imaginez ? Nos bombardiers sont les machines de guerre les plus puissantes jamais créées. Ils n'ont même pas besoin de quitter le port pour atteindre la plupart des cibles importantes. Mais nos ennemis aussi sont bien équipés. Cet endroit sera le premier à disparaître quand tout partira en vrille. » Dixon se tut et observa le ciel. Il finit par reprendre la parole, d'une voix basse et indécise : « Le truc – et je ne peux pas trop en dire à ce sujet –, c'est que nous pourrions bientôt connaître une époque où le seul endroit sûr de la planète se trouvera sous l'eau.

– On en est là ? demanda Henry.

– Si ça arrive, une bonne partie d'entre nous ne voit pas l'intérêt de rentrer à la maison », dit Dixon.

Cette insinuation parlait d'elle-même : il offrait à Henry une chance de lui sauver la vie.

« Disons simplement que certains ont envisagé la possibilité de partir en exploration, continua-t-il en s'excusant presque. De partir en quête d'un lieu sûr. Ils disent qu'on a des provisions pour un an, si l'on réduit un peu les effectifs. On a de la bouffe, des lits, et toute une ribambelle de Tomahawk qui veulent dire : « Pas touche ». Seulement, voilà : on a besoin d'un médecin à bord. Moi, j'en ai besoin, en tout cas.

– C'est vrai.

– Les gens pourraient mal comprendre ce que je suis en train de suggérer, dit Dixon si bas que Henry l'entendit à peine. Ils prennent la mutinerie très au sérieux, ici. Si vous deviez en parler à quelqu'un, sachez que c'est une discussion innocente.

– Je ne dirai jamais rien à personne. Je le jure.

– On sera là encore quelques semaines, si jamais vous ne trouvez pas ce que vous cherchez. On aura toujours besoin d'un clarinettiste. »

Murphy avait une couchette à l'hôpital de la base. « Ils manquent d'effectifs, alors je me suis dit que j'allais leur donner un coup de main, expliqua-t-elle quand Henry vint lui dire adieu. Vous rentrez à Atlanta ?

– Demain.

– Alors on ne se reverra pas ?

– On ne sait jamais ce que la vie nous réserve. Ils ne vous apprennent pas ça dans le Wisconsin ?

– Le Minnesooota. »

Murphy lui tendit la main pour lui dire au revoir, et Henry la retint. Elle passa le pouce sur ses phalanges.

« J'espère qu'ils vous attendent, dit-elle. J'espère qu'il y aura une grande fête de retrouvailles et que tout le monde va bien. »

Henry embrassa sa main, ce qui lui parut le geste le plus naturel au monde.

Quand il retourna au Navy Lodge, il se laissa tomber sur son lit, les émotions en pagaille. Il allait enfin rentrer chez lui. Qu'allait-il y trouver ? Il avait peur d'apprendre la vérité, mais il ne supportait pas de ne pas savoir. Il était en sécurité, mais aussi en danger. Heureux mais inquiet. Il fut surpris d'entendre quelqu'un toquer à la porte à l'aube ; il avait dormi profondément. Devant lui se tenait Vernon Dixon.

« Une voiture va vous conduire à l'aérodrome », lui dit-il. Il semblait scandalisé que Henry ne soit pas déjà prêt à cette heure-ci.

« J'ai le temps de me brosser les dents ? »

Henry fit une toilette rapide, encore en état d'incrédulité. Une voiture l'attendait. Il allait rentrer en avion à Atlanta. À la maison.

Tandis que Henry s'apprêtait à monter dans la voiture, Dixon lui tendit une carte de visite.

« Si Internet revient ou si les téléphones portables remarchent, vous saurez où me contacter. »

En échange, Henry sortit une carte détrempée de son portefeuille. Il écrivit un numéro au dos.

« C'est le numéro de téléphone de Jill, au cas où. »

Son propre portable avait coulé dans le golfe Persique.

« Ah, autre chose, dit Dixon. J'ai vu que vous aviez un peu de mal à marcher hier soir. »

Il lui tendit une magnifique canne.

Henry était sans voix. « Où est-ce que… ? bredouilla-t-il, incapable de finir sa phrase.

– Ici, les gars de l'atelier peuvent fabriquer n'importe quoi. C'est une canne en caryer de Géorgie. Elle peut également servir de matraque si besoin, et on doit aussi pouvoir l'utiliser comme putter de golf. »

Le pommeau de bronze représentait un sous-marin.

49

Les tombes

Un petit biplace Beechcraft muni d'un seul moteur à hélice, à peu près aussi puissant qu'une tondeuse à gazon, s'avança sur la piste. Henry était assis à l'arrière, à la place de l'élève, et regardait son reflet dans le casque du pilote. Celui-ci ne dit pas grand-chose, à l'exception de cette remarque : « Vous devez être quelqu'un de très important.

– Pas du tout », répondit Henry.

Le petit avion prit doucement de la vitesse et décolla. La verrière en bulle était transparente, et le paysage vaste et verdoyant de la Géorgie s'étendait sous leurs pieds. Il n'y avait aucune voiture sur les routes, et les champs étaient en jachère. C'est ainsi que devait ressembler la Géorgie à l'époque du peuple des Creeks, se dit Henry.

Ce lointain passé était-il à présent un avenir ? Henry se trouvait dans un avion, une quasi-antiquité, artefact d'une époque ancienne, qui le ramenait en arrière dans le temps. Il avait lu suffisamment de textes historiques pour savoir que l'humanité avançait de façon irrégulière à travers plusieurs millénaires de progrès avant de subir des siècles de grande destruction. Il avait toujours été fasciné par l'effondrement des grandes civilisations. Un de ses collègues à la société Max-Planck avait découvert le pathogène responsable de la mort de quatre-vingts pour cent de la population indigène du Mexique au milieu du XVIe siècle – une forme de salmonelle, probablement importée par les conquistadors, qui détruisit l'empire aztèque. Avec Jill, Henry avait visité les ruines de Louxor et de Mycènes, et passé des jours à explorer la splendide Alhambra de Grenade. De grandes civilisations, aujourd'hui disparues. Ils étaient allés deux fois à Pompéi, une ville entièrement détruite en un instant. S'il y avait une leçon à retenir de ces ruines, se dit Henry, c'était que les civilisations étaient bâties sur l'arrogance et le progrès. Nous pensons que la nature ne fait pas le poids face au génie humain, et qu'en jouant le rôle de gardien de la Terre digne et responsable, l'homme réussira à la dompter. Pompéi nous rappelle que l'incomparable férocité de la nature ne saurait être apprivoisée.

Henry n'aurait donc pas dû être surpris de voir ce spectacle sous ses pieds : la nature reprenait déjà ses droits sur les traces de l'homme. Même si la contagion avait cessé, elle avait laissé derrière elle une société brisée, méfiante et submergée par le désespoir. Les plantes grimpantes enveloppaient les fermes abandonnées et les stations-service. Le lent et inexorable processus d'absorption de l'histoire humaine était en marche.

Pourtant, quelques signes de vie subsistaient çà et là. De la fumée s'élevait des feux de broussailles à l'endroit où quelque fermier déterminé dégageait ses terres. Henry aperçut quelques voitures lorsque l'avion vola au-dessus de l'autoroute en direction d'Atlanta. La grande ville semblait intacte mais déserte, malgré le réseau de routes qui y menait. Sans défense, pensa Henry. Une deuxième vague de Kongoli anéantirait Atlanta.

Au moins, l'armée était toujours opérationnelle. L'amiral avait eu la présence d'esprit de fournir à Henry de la nourriture pour une semaine dans un sac à dos – principalement des crackers, du beurre de cacahuètes, des fruits, des noix et des céréales, par respect pour le régime végétarien de

Henry, mais il avait ajouté quelques sachets de bison séché en cas d'urgence. Il lui avait aussi remis des sous-vêtements, des chaussettes et des tee-shirts. Henry avait toujours son portefeuille, lequel contenait une centaine de riyals saoudiens ainsi qu'une carte de crédit et une MasterCard dont il n'était plus certain de l'utilité. À part ça, Henry ne disposait que de son coran et sa canne.

Le petit avion descendit sur la piste tel un moustique et roula devant une flotte d'énormes avions de transport C-130 avant de s'arrêter sur une bande de bitume près d'un hangar géant.

« Où allez-vous après ? demanda le pilote.

– À Atlanta.

– Eh bien, bon courage, monsieur.

– Attendez, dit Henry. Comment je fais pour aller à Atlanta ?

– C'est sûr qu'à pied, c'est pas la porte à côté. Vous savez quoi ? dit-il en pointant du doigt vers l'est. Si vous marchez quelques kilomètres dans cette direction, vous tomberez sur l'autoroute inter-États. De là, il vous restera une trentaine de kilomètres jusqu'à la ville. Les gens sont très méfiants et il n'y a pas beaucoup de passage, mais avec un peu de chance vous pourrez faire du stop. Vous n'avez pas l'air bien dangereux. »

Il fallut une heure à Henry, sous la chaleur humide de septembre, pour atteindre l'échangeur de l'autoroute. Heureusement, il avait trois bouteilles d'eau dans son sac, qui pesaient lourdement sur ses épaules. La sueur coulait sur son dos et trempait son tee-shirt. Il tendait le pouce à chaque fois qu'une voiture passait, mais elles filaient toutes comme si elles fuyaient la justice.

Cela dit, il était en vie. Il n'avait jamais autant ressenti le privilège de l'existence qu'en longeant cette autoroute ensoleillée. Quelle belle route, se dit-il, une vraie merveille, la trace d'une civilisation autrefois grandiose. Que penseront les générations futures – s'il y en a – quand elles trouveront cette route magnifique, peut-être enfouie sous le lierre et les couches de sédiments.

Il posa son sac à dos et mangea des amandes à l'ombre d'une passerelle. Une tong solitaire et un paquet de chips vide coincés dans une lézarde s'agitaient au passage des voitures. Il repensa à sa conversation de la veille au soir avec le capitaine Dixon. L'apocalypse aurait-elle vraiment lieu ? Henry avait des souvenirs d'enfance intacts de la guerre froide et de la menace d'une guerre nucléaire. La possibilité d'une extinction globale était toujours présente sans être vraiment là, un fantasme qu'il ressassait parfois le soir après que sa grand-mère l'avait couché. Combien de fois s'était-il demandé ce qui se passerait si elle mourait aussi ? Ces pensées furent interrompues par une grosse nuée de moucherons qui voletaient autour de lui. Il essaya de les chasser tant bien que mal, incapable de respirer sans en avaler quelques-uns, mais en vain. Il mit le nez dans le col de son tee-shirt et reprit sa route.

Une autre voiture passa à toute allure.

Afin d'éviter d'angoisser en pensant à sa famille, il envisagea de retourner à son vieux labo du CDC pour voir quels progrès ils avaient fait sur le Kongoli. Marco et l'équipe devaient avoir développé un vaccin désormais. Il mourait d'envie d'entendre leur avis, de retrouver le confinement familier et captivant du labo, où il pourrait rejoindre le combat. Ils n'avaient plus beaucoup de temps.

Il vit un gros semi-remorque – le premier de la journée – s'avancer dans sa direction. Henry fouilla dans son sac et attrapa deux sachets de viande séchée, qu'il agita en l'air. Comme tous les autres véhicules, le camion continua son chemin, mais il finit par freiner et s'arrêter cinquante mètres plus loin sur l'autoroute. Henry négocia qu'il l'amène au centre-ville d'Atlanta moyennant trois sachets de viande – l'un des rares moments où son régime végétarien lui apportait un avantage économique.

Le chauffeur était un vieil homme hispanique avec un

bouc blanc et un fort accent. Il écoutait une émission en espagnol sur son autoradio qui crépitait.

« C'est une émission du Mexique, expliqua-t-il en prononçant le x à l'espagnole.

– Qu'est-ce qu'ils disent ? »

Le chauffeur éclata de rire.

« Les Mexicains disent : partez ! Revenez au Mexique, mes frères ! Les gringos sont *locos.*

– On capte encore des stations américaines ?

– Parfois je tombe sur WWL, à La Nouvelle-Orléans. Je crois qu'ils ont de l'électricité là-bas. Pas comme ici. »

Le chauffeur tourna la molette et finit par trouver une station basée à Tallahassee, qui diffusait une émission du polémiste Alex Jones. « On s'y attendait tous, n'est-ce pas ? disait Jones. Big Brother cherchait un moyen de prendre le contrôle total. C'est un complot pour éliminer les chrétiens. Regardez qui a survécu à ce fléau. Mais oui, c'est la mafia juive. Les Juifs et les communistes : un conglomérat global. Ils disent que le Kongoli est une maladie. Ne les croyez pas ! C'est un mensonge ! Ils mettent des produits chimiques dans l'eau. Ils ciblent les bons chrétiens américains… »

Le chauffeur chercha d'autres stations de radio, mais Alex Jones était la seule voix en anglais.

Le camion transportait des détecteurs de radiations d'urgence. Le chauffeur ne savait pas pourquoi ils en avaient besoin. Il laissa Henry à la sortie de North Avenue.

La ville était toujours éclatante et splendide, mais les piétons se faisaient rares. Les gratte-ciel semblaient vacants. Henry apercevait à travers les vitres l'aire urbaine qui s'étendait de l'autre côté. Malgré l'aspect étrange, il était frappé par la splendeur, l'architecture majestueuse en plein cœur de la beauté naturelle sur laquelle Atlanta était construite. À l'échelle du monde, c'était un simple bijou, un petit monument de la civilisation. Derrière le paysage urbain, le soleil déclinait en un ravissant crépuscule orangé. Le coucher de soleil lui fit penser à la chanson de Thelonious Monk, *Crepuscule with Nellie.* Vernon Dixon devait adorer ce morceau. Peut-être qu'un jour ils le joueraient ensemble, si l'avenir le permettait. En l'absence de circulation, l'air était très propre et riche. Henry avait l'impression de respirer de l'oxygène pur.

Le temps qu'il traverse le parking en direction de la bibliothèque présidentielle Jimmy-Carter, la lune était haut dans le ciel, épousant la forme d'une coupe dans laquelle Vénus s'apprêtait à tomber – l'étoile et le croissant, symboles de l'islam, qui se détruisait encore lui-même dans une guerre inutile. La nuit était sombre et le trottoir peu sûr, et Henry se retrouvait de temps à autre bloqué par des branches d'arbres couchées en plein milieu. Ses yeux s'ajustèrent à la lueur des étoiles. Il était tout près de chez lui. Il coupa par le parc, passant devant l'endroit où il emmenait Helen et Teddy quand ils étaient petits et le jardin partagé où Jill avait toujours voulu louer une parcelle. Il était tout près. Son cœur se mit à battre à tout rompre.

Puis il entendit les chiens.

Il ne les vit pas tout de suite, tapis dans l'ombre des arbres, mais ils bondirent d'un coup, en meute de huit ou neuf. Ils n'aboyaient pas, mais laissaient échapper de faibles grognements, quasi inaudibles. L'un des plus petits se mit à japper et sauter d'excitation dans tous les sens, mais le plus grand avança lentement, tête baissée, en position de traque. Henry leva sa canne en signe d'avertissement, ce qui fit hésiter le mâle alpha, un berger allemand. Cependant, une intelligence supérieure était à l'œuvre : celle de la meute. Les chiens se dispersèrent et encerclèrent Henry. Celui-ci allait devoir neutraliser l'alpha du premier coup.

Quand le berger allemand arriva suffisamment près pour pouvoir lui sauter dessus, Henry donna un coup de canne par terre et hurla : « Assis ! »

Le chien s'exécuta immédiatement, suivi de la plupart des autres. C'étaient des animaux de compagnie qui n'avaient pas oublié leur éducation. Henry se pencha doucement, évitant tout contact visuel pour ne pas paraître menaçant. Il ramassa un bâton et l'agita sous le nez du berger allemand, puis il le lança dans les arbres. Les chiens foncèrent pour le rattraper.

Henry partit en courant, mais les chiens revinrent trop vite, prêts à jouer, le bâton dans la gueule du berger allemand. Il le lança à plusieurs reprises dans l'espoir de les fatiguer, mais les animaux se trouvaient dans une sorte de transe. Peut-être qu'eux aussi se souvenaient de leur vie d'antan. Ils ne voulaient pas le laisser partir. Henry finit par sortir le dernier sachet de viande séchée et le balancer aussi loin que possible. Les chiens commencèrent à se battre entre eux, ce qui lui permit de reprendre son chemin en vitesse, de traverser Linwood Avenue pour arriver dans son pâté de maisons sur Ralph McGill Boulevard.

Toutes les maisons étaient plongées dans l'obscurité, les fenêtres noires et pleines de secrets. Il était terrifié. Il envisagea de crier le nom de ses voisins, mais il n'y arrivait pas. Il ne savait pas pourquoi. Le silence semblait trop grand pour être brisé.

Il se tint sous le long porche en brique où ses enfants avaient passé de nombreuses heures à jouer. Des soucis poussaient dans les bacs à fleurs. Henry jeta un œil par la fenêtre de son bureau. Dans la pénombre, tout semblait en ordre. Il devinait la silhouette du bureau, et la photo de ses grands-parents au mur. Sur un accoudoir du fauteuil se trouvait le roman qu'il avait commencé avant de partir pour Genève. Ce n'est pas si mal, se dit-il. Je me suis fait peur pour rien.

Le verre de la porte d'entrée était brisé.

Henry pénétra à l'intérieur. Il y avait un peu de verre par terre. Il resta immobile en silence, l'oreille tendue, mais il n'entendait que les criquets et ne sentait que l'odeur de la mort. Il était convaincu qu'il n'y avait personne, mais il appela : « Jill ? » Sa voix tremblait. « Jill ? »

Il n'osait pas prononcer les noms de ses enfants.

Il traversa le salon et la salle à manger jusqu'au coin repas, où ils rangeaient une lampe de poche dans un tiroir. Elle n'y était pas. Henry vit alors les moules à tarte et les plats cassés éparpillés sur le sol de la cuisine. Les portes du garde-manger étaient ouvertes, et celui-ci était vide et sombre. Henry se souvint de l'endroit où se trouvaient les allumettes et en craqua une. Il aperçut la bougie sur le rebord de la fenêtre derrière le coin repas. Parfois, quand les enfants étaient couchés, Jill l'allumait et ils se préparaient un dîner aux chandelles à la maison. Il alluma la bougie.

La main en coupe autour de la flamme, il traversa le couloir jusqu'à leur chambre. Elle était en pagaille. Les draps ensanglantés recouvraient la moitié du lit vide, présage funeste que Henry n'arrivait pas à déchiffrer. S'il avait été détective, par où aurait-il commencé ? Ses habits étaient toujours dans le placard, et ceux de Jill aussi. Avait-elle au moins laissé un mot ? Sinon une lettre, un indice pour lui dire où se trouvait la famille. Mais comment auraient-ils pu croire que Henry avait survécu tout ce temps ? Pourquoi auraient-ils pensé qu'il allait revenir les sauver ?

La chambre de Teddy était vide. Henry fouilla les tiroirs : ni sous-vêtements, ni chaussettes. Son sac à dos n'était plus là. Il est sûrement en sécurité, se dit Henry, il doit être en lieu sûr. Son robot trônait sur le bureau. Comme j'aimerais qu'il me dise où se trouve son maître, pensa-t-il.

À la lueur de la bougie, Henry vit un homme allongé par terre dans la chambre de Helen. Il s'arrêta net, puis s'approcha petit à petit pour constater que cet homme était mort, le visage dans une mare de sang séché, le pantalon à moitié défait, un couteau planté dans le dos. Des vers grouillaient à l'intérieur d'une plaie à la tête, que Henry attribua à un coup de feu. Il y avait encore du verre au sol : la tirelire Miss Piggy de Helen. Un cambriolage, en conclut-il. Mais rien de tout cela n'avait de sens. Il y avait une pièce sous la commode. Une pièce de vingt-cinq cents.

Ils sont peut-être à l'étage, pensa-t-il.

Quand il ouvrit la porte de l'escalier, plusieurs chats sortirent en trombe. Henry eut si peur qu'il resta un moment sur place pour reprendre son souffle. Il y avait des crottes partout, ainsi qu'une odeur d'urine si âcre qu'elle lui mit les larmes aux yeux. Il ne fut pas surpris de ce qu'il découvrit à l'intérieur.

Il redescendit par la cuisine jusqu'à la véranda. Sous la faible lueur de la lune, Henry aperçut les tombes dans le jardin.

Il alla au garage chercher sa pelle. La voiture de Jill n'était plus là. La Ford Focus de Mme Hernandez n'avait pas bougé. Jill avait dû partir. Elle avait fui avec les enfants. Il s'était passé quelque chose, un intrus avait été tué et Jill avait emmené les enfants en lieu sûr. Peut-être chez sa sœur.

Ce qui n'expliquait pas les tombes.

Henry commença par la plus petite des deux. Elle avait été soigneusement creusée, surmontée de pierres et de briques pour éloigner les animaux. Il enleva les cailloux et commença à creuser, le cœur battant, ne voulant pas savoir ce qu'il trouverait à l'intérieur.

Quelque chose lui semblait étrange. Il lâcha la pelle et termina de creuser à la main, avec délicatesse. Il plongea la main à l'intérieur en tâtonnant et finit par toucher le cadavre. Il enleva la terre sur le dessus. C'était Peepers.

Henry s'agenouilla près de la tombe du chien et se mit à pleurer, épuisé de chagrin et tremblant de soulagement. Mais l'autre tombe l'attendait. Il recouvrit Peepers et remit les pierres sur le dessus, puis il recommença à creuser.

Il lui fallut des heures. Qui avait bien pu creuser cette tombe ? se demanda-t-il. Pas un enfant. Ça devait être Jill. Sa voiture avait disparu. Elle devait être en vie. Tant de choses demeuraient inexpliquées. Le cadavre de l'homme dans la chambre de Helen. Il réfléchit à ce casse-tête tout en creusant. Des morceaux de cailloux et une grosse racine étaient posés dans la tombe. Celle-ci avait été coupée en deux. Jill aurait-elle réussi à faire ça ?

Quelque part au beau milieu de la nuit, un chœur de crapauds se mit à coasser. Son dos lui faisait mal, mais il ne pouvait pas ralentir ; il ne pouvait se permettre de briser la cadence. Il enfonçait la pelle dans le sol avec son pied droit et la soulevait par-dessus son épaule gauche, encore et encore, sans s'arrêter. Puis il devina la silhouette d'un corps rigide sous la terre. Il porta la bougie au bord de la tombe. Une fois encore, il se mit à creuser avec les mains. Il sentait un corps à quelques centimètres de profondeur. En fouillant, il tomba sur quelque chose de dur, en métal ou en plastique. Il dégagea la terre avec acharnement. C'était le casque de football américain de Teddy.

Un cri s'échappa de ses lèvres. Teddy n'était plus là. Teddy, son enfant du miracle.

Henry s'assit contre le rebord de la tombe. Il pensait que Teddy était en sécurité. Ses vêtements avaient disparu. Son sac avait disparu. Helen avait disparu. La voiture de Jill avait disparu.

Il se força à enlever la terre sur le visage qui portait le casque et se retrouva nez à nez avec Jill, qui le regardait fixement dans les yeux.

Qu'est-ce qui s'était passé ?

Jill était morte. Pas Teddy. Henry se sentait complètement vide.

Après avoir enterré sa femme, il s'assit sur le porche de la cabane qu'il avait construite pour ses enfants. Il avait posé la bougie sur la tombe de Jill. Des choses affreuses étaient arrivées à sa famille et il n'avait pas été là pour s'occuper d'eux. Il essaya de repousser le chagrin, mais celui-ci venait toquer sans relâche à la porte de sa conscience. Elle portait un casque. Sa voiture n'était plus là. Les enfants n'étaient plus là. Il fallait qu'il les retrouve, d'une façon ou d'une autre. Les pièces du puzzle ne collaient pas. Mais Jill était morte.

Rongé par la honte et la tristesse, accablé par la confusion, il rampa dans la cabane et dormit plusieurs heures.

50

Le Cosmos Club

Les rues étaient sombres, les feux de signalisation ne fonctionnaient pas, les banques avaient cessé d'accorder des prêts, les épiceries étaient quasi vides, Internet ne marchait toujours pas, une chaleur étouffante s'abattait sur Washington, mais les hôtels et les restaurants de luxe avaient trouvé le moyen de rouvrir. Le Mandarin Oriental, le Trump International, le Palm, le Cafe Milano : une par une, ces oasis d'influence reprenaient vie. Les riches et les puissants bénéficiaient d'un filet de sécurité que les gens ordinaires, comme les reporters du *Washington Post*, ne pouvaient atteindre.

La grippe avait eu de lourdes conséquences sur la vie de Tony Garcia. Il avait perdu sa sœur et sa femme, et il avait lui-même failli mourir. Il vivait au-dessus d'un Wok and Roll dans le quartier d'Adams Morgan, seul avec son chat, sans électricité, en plein milieu d'une nouvelle vague de chaleur automnale record. Les survivants se remettaient encore de la contagion. Certains d'entre eux étaient physiquement brisés ; le chagrin n'avait épargné presque personne.

Les cyberattaques avaient sabordé le secteur de l'information. Quelques chaînes de télévision revenaient à l'antenne, mais les journaux ne publiaient que sporadiquement.

Grâce à son propriétaire milliardaire, le *Post* s'en sortait mieux que les autres, mais les journalistes avaient du mal à obtenir des réponses d'un gouvernement soudain devenu muet. Les rumeurs et les conspirations fantasmées prenaient le dessus sur les vraies nouvelles. De ce fait, le pays vivait dans un maelström d'émotions, et notamment la paranoïa.

Il n'y avait toujours aucune preuve concrète que les cyberattaques venaient de Moscou, même si tout le monde le savait. Tout le génie de cette nouvelle sortie de guerre hybride menée par la Russie ne résidait pas uniquement dans le fait qu'elle pouvait nier les faits. Elle avait aussi la capacité presque magique de pouvoir soulever des groupes d'insurgés – comme l'Armée des patriotes américains, mouvement organisé par des bots russes qui se manifestait par le recrutement de centaines d'Américains armés résolus à renverser leur propre gouvernement, sans même savoir qu'ils faisaient office de cinquième colonne pour la Russie. Poutine avait créé les Patriotes américains et les avait ensuite accusés de se cacher derrière les cyberattaques. En même temps, il clamait la responsabilité des États-Unis dans le sabotage de ses centrales nucléaires. Là au moins, il disait vrai. Il avait même été capable de faire témoigner le seul survivant du commando d'assassins de la CIA, qui exposa de façon très convaincante le plan de Tildy.

C'était une guerre virale, à la fois biologique et virtuelle, et les États-Unis se trouvaient dans une position désavantageuse sur les deux tableaux. Le programme d'armement biologique avait été démantelé, tandis que les Russes poursuivaient leurs travaux en sous-main. Si le Kongoli était le fruit de plusieurs années d'ingénierie biologique, Dieu seul savait ce que les Russes cachaient encore dans leurs laboratoires secrets. La variole, le Marburg, Ebola : tous attendaient leur tour pour entrer en scène. Les graines virales semées sur les ordinateurs occidentaux avaient enfin germé, et, pour Fancy Bear, les mois de la récolte étaient venus.

Garcia avait été convoqué au Cosmos Club, où les présidents, les prix Nobel et les juges de la Cour suprême venaient célébrer leur importance. Il fut immédiatement frappé, non pas par la grandeur de l'endroit, mais par l'air conditionné, luxe qu'il n'avait jamais autant apprécié auparavant. Il fut secoué par la nostalgie d'une vie qu'il avait autrefois connue et dont il n'avait pas assez profité à sa juste valeur. Il avançait dans un nuage de regret.

Le maître d'hôtel de la grande salle du club toisa immédiatement Garcia avec dédain. Il aurait tout aussi bien pu transporter un duvet et un sac à dos, comme de nombreux citoyens à ce moment-là. Mais quand Garcia prononça le nom de Richard Clarke, le sourcil dédaigneux de l'employé se dressa encore plus haut en signe de reconnaissance.

« Table cinquante-deux », dit-il à l'hôtesse.

Même là, dans l'antre des puissants, Garcia put constater les conséquences de la grippe. La pièce richement ornée était quasi déserte. Les lustres éclairaient faiblement l'endroit. La moquette était recouverte de taches et de peluches, tel un artefact de l'Empire napoléonien bien après son heure de gloire. Même le chemisier de l'hôtesse était froissé et n'avait probablement pas été lavé depuis longtemps. Elle ouvrit une porte coulissante en verre dépoli, qui menait à une petite salle à manger avec une table pour deux.

« Vous appréciez vraiment l'intimité, observa Garcia.

– L'intimité est devenue la ressource la plus rare de cette ville, répondit Clarke. Qu'est-ce que vous voulez boire ? Prenez une boisson en bouteille. Mieux vaut ne pas tenter les glaçons. »

Garcia voyait bien que Clarke l'analysait du regard, pour constater les dégâts. Il savait de quoi il avait l'air ; émacié, encore marqué par la pâleur du Kongoli. Clarke, lui, semblait en meilleure forme qu'avant : il avait pris un coup de jeune et paraissait prêt au combat. Il commanda le pâté de crabe. Garcia prit les saint-jacques.

« Demain matin, les troupes russes entreront en Estonie, dit Clarke. C'est la prochaine étape du grand dessein de

Poutine. D'abord, il y a eu la Crimée. Puis l'Ukraine. Maintenant, les pays baltes.

– Comment le savez-vous ? »

Clarke haussa les épaules.

« Vous lirez les dépêches du matin. L'AFP en parlera aussi. Dommage que le *Post* soit encore en retard, une fois de plus.

– Que va faire le président ?

– Ce qu'il *devrait* faire, c'est couler leur flotte. Bombarder leurs raffineries. Miner leurs ports. Envoyer des missiles dans toutes les fenêtres du Kremlin. On sait tous ce qu'ils fabriquent. Ça fait des années qu'on se fait la guerre, mais nous avons refusé de l'admettre. Nous n'avons pas considéré les cyberattaques comme un acte de guerre. Nous n'avons pas vu dans le Kongoli une arme de destruction massive.

– Vous êtes sûr que c'était eux ?

– Comment expliquez-vous qu'une nouvelle maladie ravage l'Occident et laisse la Russie… pas intacte, certes, mais toujours debout ? Pour vous, ce n'est que pure coïncidence si nos infrastructures s'effondrent, nos communications tombent en panne et notre économie s'écroule pile au moment où les troupes de Poutine marchent sur les pays baltes ?

– Plusieurs millions de personnes sont mortes en Russie. Vous pensez vraiment que Poutine aurait fait subir ça à son peuple, sans parler des centaines de millions de décès à travers le monde ?

– Vous auriez posé la question si Staline avait été encore en vie ?

– Non.

– Et pourtant il l'est. »

51

Un baiser d'adieu

Henry toqua à la porte de chez sa voisine. La maison appartenait à Marjorie Cook, qui vivait là depuis bien avant l'arrivée de Henry et Jill dans le quartier. Personne ne répondit. Il n'avait pas encore vu le moindre voisin ; la rue semblait déserte. La maison d'en face avait brûlé.

Alors qu'il s'éloignait, la porte s'ouvrit soudain.

« Henry, dit une voix.

– Bonjour, Marjorie.

– Je ne pensais pas te revoir. » Elle se tenait derrière la porte moustiquaire, vêtue d'un peignoir délavé, agrippée à la poignée comme si elle constituait un rempart contre la catastrophe. « Je pensais que vous étiez tous partis. En fait, je ne savais pas quoi penser, pour être franche. Dis-moi que tu n'es pas le seul.

– Je n'en sais rien, dit Henry. Jill est morte. Quelqu'un l'a enterrée dans le jardin, mais j'ignore qui. Les enfants sont partis, mais je ne sais pas où. J'espérais que tu puisses m'éclairer. Est-ce qu'ils sont venus te voir ? Tu les as vus ? Tu sais ce qui leur est arrivé ?

– Je ne peux pas t'aider », dit-elle laconiquement.

Henry la connaissait depuis quinze ans, mais il avait l'impression de parler à une inconnue.

« Marjorie, la voiture a disparu. Est-ce que quelqu'un l'a volée ? Est-ce qu'un ami est venu chercher les enfants ?

– Je n'en sais rien. »

La détresse se lisait sur tout son être.

« C'était horrible, Henry, bredouilla-t-elle. Je me suis juste cachée. Je suis désolée, j'aurais dû mieux agir. J'avais peur. Je n'arrive pas à me le pardonner, je te jure. »

Henry la regarda un moment, puis il se retourna pour partir.

« Il y a eu un coup de feu, lui cria-t-elle. Je ne sais rien de plus. »

Il y avait d'autres familles dans le quartier, dont certaines avec enfants, mais aucune de celles qui répondirent à la porte n'avait vu Helen et Teddy. Il confectionna des affiches avec leurs noms dans l'espoir d'obtenir un renseignement, il indiqua son adresse et les agrafa sur les poteaux téléphoniques au milieu d'autres panneaux similaires. Il y en avait partout.

Il marcha jusqu'à la caserne de pompiers de DeKalb Avenue et parcourut la liste des gens du quartier qui étaient morts ou portés disparus. Son propre nom figurait dans la première catégorie. Il l'effaça et écrivit celui de Jill à la place. Les enfants n'y apparaissaient pas.

Quelqu'un les avait emmenés, c'était certain. Il espérait que ce quelqu'un soit un ami. Où auraient-ils bien pu aller ?

« Ils sont probablement au stade, dit l'un des pompiers. Ils ont monté un refuge temporaire pour les orphelins. Les familles sont au palais des congrès. »

La Suburban de Henry était restée garée à l'aéroport d'Atlanta, depuis ce qui devait être un bref séjour à Genève, donc il récupéra les clés de la Ford de Mme Hernandez et se dirigea vers le stade des Braves. Sur l'une des colonnes était accroché un panneau manuscrit sur lequel on pouvait lire le mot INSCRIPTIONS, avec une flèche pointant vers la porte d'accès aux sièges côté droit. Henry s'arrêta un moment en entrant dans les gradins : C'est là que j'ai rencontré Jill, pensa-t-il. Le triple jeu. Elle m'a pris dans ses bras et ma vie a changé.

Le stade avait été transformé en camp de réfugiés pour enfants, avec des rangées de tentes blanches dans le grand champ et des hordes de jeunes enfermés derrière un grillage. Une quinquagénaire grassouillette les observait à travers une paire de jumelles. Elle leva les yeux en entendant Henry s'approcher.

« Je cherche mes enfants, dit-il.

– Eh bien, j'en ai trois cent douze ici, répondit-elle. Vous en voulez combien ?

– Deux.

– Alors choisissez-en deux et signez le document.

– Vous ne comprenez pas, je cherche mes propres enfants. »

La femme soupira.

« Leur nom ? demanda-t-elle.

– Helen et Theodore Parsons. Il se fait peut-être appeler Teddy. »

Elle jeta un œil à sa liste.

« Bon, les noms ne sont pas par ordre alphabétique et on a dû tout faire à la main. »

Elle humecta son doigt et tourna une page, puis une autre, en montrant bien à quel point il la dérangeait.

« Je peux descendre chercher par moi-même ?

– Il vous faut une escorte, dit la femme à contrecœur. Oh, et puis tant pis. »

Elle se leva et descendit les marches jusqu'à la porte derrière le banc de l'équipe locale. Ils traversèrent la pelouse et passèrent sur le monticule du lanceur pour arriver jusque sur le grand champ. Le grillage qui contenait les enfants devait mesurer environ trois mètres cinquante.

« On les a séparés par genre et par âge, pour limiter les ennuis, donc s'ils sont bien là, ils ne seront pas ensemble.

– C'est une prison, remarqua Henry.

– Je ne sais pas si vous le savez, mais on a de gros soucis

avec les gangs d'orphelins. Je ne dis pas que ces gamins-là posent problème. Mais le désespoir mène aux mauvaises actions. Ici au moins, ils sont nourris, ils vivent dans un environnement sain, ils ont un abri, et s'il y a un problème, on s'en occupe. Ne soyez pas si prompt à juger, c'est tout ce que je veux dire par-là. »

Henry longea la clôture du camp des garçons en appelant le nom de Teddy, puis il fit de même pour Helen. Les enfants le regardaient avec espoir, comme s'il allait les appeler aussi. Une fille répondit au nom de Helen, mais ce n'était pas la bonne. Elle éclata en sanglots quand il passa son chemin. Henry avait envie de leur dire : Moi aussi, je suis orphelin. Je suis des vôtres.

Ce fut la même histoire au centre des congrès. Des familles dévastées vivant de maigre charité, à peine curieuses de voir Henry traverser les énormes dortoirs et passer devant des cartons de nourriture et de vêtements donnés. Un magicien faisait des tours de cartes aux enfants tandis que des acteurs costumés en personnages de Disney défilaient çà et là. Un employé de la FEMA, organisme chargé de coordonner l'arrivée des secours, était assis derrière une table pliante face à une longue queue de demandeurs épuisés qui cherchaient un hébergement. Mais Helen et Teddy n'étaient pas là. Ils demeuraient introuvables.

L'école de Helen et Teddy avait été mise à sac. La porte était ouverte et Henry traversa les couloirs, passant la tête dans les salles de classe vides. On aurait dit qu'une tornade avait traversé le bâtiment, éparpillé les papiers et les livres, et retourné les tables. Quelqu'un avait chié en plein milieu de la classe de CE1 de Teddy.

Henry entendit une série de bruits irréguliers, qu'il reconnut soudain comme le rebond d'un ballon de basket. Il suivit le son jusqu'au gymnase. Celui-ci était rempli d'enfants. Il ne vit ni Helen ni Teddy, mais peut-être que, parmi la vingtaine d'enfants réunis ici, quelqu'un saurait où ils se trouvaient. Plusieurs d'entre eux étaient ados, mais la majorité était plus jeune ; de l'âge de ses enfants. Ils s'étaient constitué un dortoir avec des couvertures et des sacs de couchage. Les garçons les plus vieux tiraient au panier.

Les enfants finirent par se rendre compte de sa présence. Le gymnase devint silencieux. Henry chercha un adulte du regard, mais il ne vit personne.

Il aperçut un visage familier, une camarade de classe de Helen.

« Laura ? »

La fille s'approcha de lui. Elle faisait partie de l'équipe de foot de Helen. Elle resta un moment immobile devant lui, puis elle le serra soudain dans ses bras. Plusieurs autres enfants les encerclèrent.

« Qu'est-ce qui est arrivé à tes parents ? » demanda Henry à Laura.

Elle se mit à pleurer.

« Tout le monde est mort, dit un garçon plus âgé sur un ton écœuré.

– Pourquoi est-ce que vous n'êtes pas au terrain de base-ball avec les autres orphelins ?

– C'est une prison, dit un autre enfant.

– Et on entend les histoires de ce qui se passe là-bas, dit Laura.

– On s'en sort très bien tous seuls », dit le garçon plus âgé. Il pointa du doigt le couteau qui dépassait de sa ceinture.

Aucun d'entre eux ne savait où se trouvaient Teddy ou Helen. Au moment où Henry s'apprêtait à partir, le garçon plus âgé lui demanda de l'argent. Henry lui tendit tout ce qu'il avait.

« C'est quoi ça, des faux billets ?

– Non, c'est de l'argent saoudien. Je n'ai rien d'autre. »

Le garçon les balança par terre.

« C'est dégueulasse », dit-il.

Henry passa l'après-midi à se débarrasser des corps dans sa maison. Il enterra Mme Hernandez avec ses chats, puis il ensevelit le type mort dans la chambre de Helen derrière la cabane, afin de ne plus jamais penser à lui. Son jardin était devenu un vrai cimetière. Durant le reste de la journée, il remit la maison en ordre. Il n'arrivait pas à penser plus loin que ça. Il alla de chambre en chambre tel un derviche, en nettoyant et en rangeant pour essayer de restaurer un peu d'ordre ; la seule chose dans sa vie qu'il ne retrouverait jamais.

En nettoyant les décombres, il cherchait aussi des indices. Il trouva l'iPhone de Jill dans son sac à main. Il restait un peu de batterie, mais dans le rouge. Son dernier appel – à sa sœur Maggie – datait de plusieurs semaines. Il essaya d'appeler Maggie, mais elle ne répondit pas. Il fit de son mieux pour ne pas en tirer trop de conclusions.

Il changeait les draps dans la chambre quand il entendit la maison revenir à la vie en un grincement, et il comprit que l'électricité était revenue. La radio s'alluma, mais elle n'émit que des parasites, aucun programme. WABE, la station préférée de Jill. Elle devait l'écouter quand elle est morte. Henry se demanda si la vie allait reprendre un semblant de normalité ou si ce n'était qu'un répit temporaire. Il se sentit étrangement reconnaissant rien que pour avoir retrouvé les lumières électriques.

Dans la soirée, il enfila des habits fraîchement lavés et marcha jusqu'à Little Five Points. Quelques magasins étaient encore ouverts, tout comme le restaurant mexicain où Jill et lui emmenaient les enfants dîner. Il était fascinant de constater à quelle vitesse la vie reprenait une fois l'électricité de retour. Henry réussit même à retirer de l'argent au distributeur. Il s'assit à une table sur le trottoir et observa les gens qui se baladaient, marchant au milieu de la rue car il n'y avait encore que très peu de voitures. Les visages rayonnaient de bonheur. Il arrivait à lire dans leurs pensées : le pire est derrière nous. On est de retour. On a souffert, mais tout va bien se passer à présent. On a survécu.

Henry aurait adoré le croire, mais il savait à quoi s'en tenir. La grippe ne venait jamais qu'une seule fois. Ce moment de paix, durant lequel il mangeait une salade tomate mozzarella avec un verre de bière mexicaine, n'allait pas durer, tel un cruel entracte.

Le lendemain, il retournerait au labo. Il n'avait eu aucun contact avec eux depuis des semaines, et Dieu seul savait dans quel état se trouvait le CDC. Il fallait qu'il retrouve ses enfants, mais vers qui pouvait-il se tourner ? Où étaient-ils allés ? Étaient-ils entre de bonnes mains ? Couraient-ils un danger ?

Tant de questions attendaient une réponse, mais à ce moment-là il se devait de faire ses adieux. Il demanda au serveur un verre de pinot grigio – ce que Jill avait commandé la dernière fois qu'ils étaient venus. Il le posa de l'autre côté de la table, là où elle aurait dû se trouver. Avant de partir, il prit une gorgée de vin, comme un baiser d'adieu. La maison était toujours vide quand il rentra chez lui. Hantée, aussi.

52

Il est en nous

Les historiens de la pandémie de 1918 avaient tous observé que les survivants ne parlaient que rarement de la catastrophe. On aurait presque pu croire qu'elle n'avait jamais eu lieu, si l'on faisait abstraction des tombes marquées de dates similaires. *On a survécu :* tel était le mot d'ordre. Rien à voir avec la Grande Dépression, les guerres mondiales ou les attaques terroristes : les survivants de ces événements-là vivaient avec un œil rivé sur le passé. Ils écrivaient des livres, formaient des associations, assistaient à des réunions. Ils emmenaient leurs petits-enfants voir les champs de bataille. Ils suivaient une thérapie. Mais les survivants de la grippe de 1918 avaient fait de leur mieux pour effacer le fléau de leur mémoire, et donc de l'histoire. Telle était sans doute la nature des gens à l'époque. Au début du XXe siècle, les épidémies de choléra, de diphtérie, de fièvre jaune et de typhoïde étaient soit encore présentes, soit très fraîches dans les esprits. Les morts liées à la maladie étaient si fréquentes qu'elles passaient presque inaperçues dans l'histoire. La grippe de 1918 tua deux fois plus de gens qu'il n'y avait eu de victimes au combat durant les quatre années de la Première Guerre mondiale, et pourtant l'horreur d'une nouvelle épidémie se faisait éclipser par la tragédie de la guerre.

À présent, Henry se demandait si l'humanité allait une nouvelle fois se diriger aveuglément vers un conflit inutile et destructeur, à califourchon sur une pandémie qui décimait les populations de façon aléatoire avec une efficacité redoutable. La question qui le hantait toujours consistait à savoir si le Kongoli était un virus créé par l'homme – un acte de guerre – ou bien un phénomène naturel. Il savait, mieux que la plupart des gens, à quel point les États-Unis et la Russie étaient près d'ouvrir le feu et de libérer les agents de l'apocalypse.

Henry se rendit au CDC à vélo, comme il l'avait fait durant de longues années. C'était un VTT rouge, lourd et encombrant, bien trop vieux pour bénéficier des améliorations des vélos modernes, mais Henry appréciait sa solidité. Il emprunta les petites rues jusqu'au campus de l'université Emory. Il n'y avait pas le moindre étudiant, mais des agents de maintenance sortaient les meubles et les effets personnels des dortoirs abandonnés. La vie semblait presque normale.

Il n'avait jamais vu de militaires en faction à l'entrée du CDC auparavant. Les soldats patrouillaient derrière la grille en tenue de combat complète. Henry s'approcha et deux d'entre eux lui barrèrent le passage. Il leur montra son badge, mais un jeune soldat à l'air sévère l'informa que celui-ci n'était plus valable.

« Mais je travaille ici ! dit Henry avec étonnement. Je dirige la section des maladies infectieuses.

– C'est peut-être le cas, monsieur, mais un nouveau système d'identification a été mis en place, et votre nom n'est pas sur la liste. »

Henry commença à bredouiller et leur demanda d'appeler le directeur. La réaction impassible des militaires le mit hors de lui. Il était encore en train de se prendre le bec avec eux quand une voix ordonna : « Laissez-le passer.

– Catherine ! dit Henry.

– Henry, on te croyait mort, répondit-elle quand la grille s'ouvrit. On n'avait plus de nouvelles depuis si longtemps. Mon Dieu, on a vraiment besoin de toi. »

Les infrastructures paraissaient intactes et sécurisées, mais Catherine lui expliqua tout ce qui avait changé.

« C'est moi, la nouvelle directrice. On a perdu Tom. Ton équipe a perdu en effectifs. Marco est toujours avec nous. On a dû déplacer du personnel pour combler les trous. Je vais te faire préparer une nouvelle accréditation d'ici la fin de journée. »

Quand Henry entra dans son vieux labo, tout le monde se tourna vers lui. Il y avait tant de choses à expliquer, mais ça devrait attendre. Marco s'approcha de lui et ils se prirent dans les bras sans un mot. Puis Marco lui fit faire un tour du laboratoire pour lui montrer les différentes souches du Kongoli, certaines plus virulentes que d'autres, mais aucune ne permettant de créer un traitement ou un vaccin immédiat.

« Ici, nous avons un groupe de virus mutants, dit-il. De leur côté, les NIH ont créé un vaccin à partir d'un réplicon d'ARN. »

Le réplicon jouait le rôle d'une cellule infectée et faisait croire au corps qu'il avait été contaminé. En cas de succès, il forcerait les cellules à créer des anticorps. « On le teste sur les furets. Les essais semblent prometteurs, mais on essaye encore de trouver la bonne formule. Nous n'avons rien de mieux à proposer pour le moment. »

Henry raconta son expérience dans le sous-marin et la méthode de variolisation dont il s'était servi. Marco le regarda avec une grande stupéfaction.

« Tu as réussi à faire ça dans un *sous-marin* ?

– Il fallait bien que je trouve quelque chose.

– On doit rendre ta technique de variolisation publique immédiatement. »

Henry hocha la tête d'un air distrait.

« Henry ! Tu as réussi ! Tu as créé un vaccin ! Tu ne te rends pas compte de ce que tu as accompli ? »

Mais il n'avait pas retrouvé ses enfants. Durant la semaine qui suivit, il les chercha en ville matin et soir, et passa ses après-midi au labo. La ville paraissait étrange, diminuée, brisée. D'autres erraient comme lui entre les hôpitaux et les cimetières, à la recherche de traces ou de visages familiers. Au parc du Centenaire, des centaines d'affiches de personnes disparues étaient collées sur un mur. Elles racontaient l'histoire de familles dévastées et d'amours perdues. Certaines étaient agrémentées d'une photo. Des tas de visages heureux.

Ce qui se remarquait le plus en ville, c'était l'absence des forces de l'ordre officielles. Pas de policiers, pas de soldats, que des civils. Voilà à quoi ressemble l'anarchie, se dit Henry. Il n'y avait pas autant de chaos que ce à quoi il s'attendait, même si les gangs et les mendiants emplissaient les rues et l'espace public. Ils paraissaient plus insolents que menaçants. Henry comprit que tout le monde était sous le choc.

Dans le parc, une femme s'approcha de lui tandis qu'il collait son affiche.

« Ce sont vos enfants ? dit-elle.

– Oui. »

Elle sourit et dit qu'ils avaient l'air adorable, puis elle ajouta : « Les miens sont morts. »

Henry la regarda. Elle devait avoir une trentaine d'années, pensa-t-il, même si la maladie avait ravagé son visage comme à de nombreux survivants. Elle avait les mains rouges et à vif. Il lui présenta ses condoléances.

« J'espère que vous retrouverez les vôtres.

– Merci. Je vais tout faire pour.

– Je l'espère vraiment. »

Puis elle se pencha vers lui et murmura :

« Vous voulez bien m'embrasser ? »

Henry fit un pas en arrière, puis il se rendit compte que son geste lui avait crevé le cœur.

« Je suis désolé, dit-il. Je suis en deuil. Le moment est mal choisi. »

La femme pleurait.

« Je voulais simplement parler à quelqu'un, bredouilla-t-elle.

– Je peux discuter, répondit Henry. De quoi voulez-vous parler ?

– Dites-moi que je suis belle. »

Henry inspecta son visage enflé et grêlé.

« À mes yeux, vous l'êtes », dit-il.

Henry était frustré que le premier cas humain de Kongoli ne soit pas clairement établi. Cela aurait permis d'expliquer si le virus provenait d'un animal ou s'il avait été fabriqué par la main de l'homme. Pendant le périple de Henry, l'équipe du labo avait retrouvé la trace des épidémies précédentes en Chine, probablement confinées puis transmises par les oiseaux aux humains. Le chemin de l'infection suggérait que le Kongoli avait commencé en Mandchourie ou en Sibérie. Il demanda à Marco de chercher s'il y avait eu des disparitions de masse d'animaux dans la région avant les infections chinoises. Cela pourrait leur donner un indice quant à l'origine du virus.

« Du nouveau avec la phylogénie ?

– Nous n'arrivons pas à trouver de branche directe », dit Nandi, une technicienne du labo qui avait travaillé sur le virus Ebola avec Henry. L'arborescence du Kongoli apparaissait sur son écran. On aurait dit un arbre généalogique qui retraçait l'évolution des virus de la grippe. Sur le schéma, l'épidémie indonésienne semblait provenir de nulle part.

« Soit ce virus vient de l'espace, soit il a été conçu par l'homme, dit Marco.

– Oui, dit Henry. Ou alors… »

Tout le monde s'interrompit. Henry était connu pour dénicher des théories improbables.

« Imaginons qu'il n'est pas nouveau, mais ancien. Très ancien.

– Une sorte de protovirus ? demanda Marco.

– Il apparaîtrait tout de même sur le graphique, insista Nandi. Il recouvre plus de cent ans de mutations grippales, jusqu'à la pandémie de 1918.

– Tu peux écarter les marqueurs temporels et comparer avec des virus archaïques ?

– Il me faudrait une base de données différente. J'ai vu un arbre phylogénétique quelque part sur PubMed qui retraçait les origines de la grippe. »

Cinq minutes plus tard, elle demanda :

« Je remonte de combien de temps ?

– Essaye mille ans. »

Nandi entra les paramètres. Elle trouva les branches communes des virus de types A et B, mais rien qui ressemblait au Kongoli.

« Cinq mille », dit Henry.

Là, la grippe C apparut, reliée aux souches des virus A et B.

« On s'approche, dit Henry. Essaye dix mille ans. »

Nandi recula soudain de devant son écran.

« Ça alors ! Je crois que je tiens quelque chose. »

Tout le monde se rassembla autour de son ordinateur, et Henry ne voyait plus rien.

« Qu'est-ce que c'est ? » demanda-t-il. Les membres de l'équipe s'écartèrent pour lui laisser le champ libre. À l'écran, une séquence ressemblait fortement au Kongoli.

« Quelle est l'histoire de cet agent ? demanda Henry.

– Il vient d'Islande, répondit Nandi. D'après le document, il a été découvert lors d'une expédition paléontologique en 1964, à partir d'un morceau de tissu prélevé sur un mammouth figé dans la glace. Il n'a jamais été classé. »

Médusée, l'équipe regarda la micrographie du virus ancestral, réalisant peu à peu ce qu'elle impliquait.

« Ce que nous avons sous les yeux n'est autre que l'ancêtre de toute la famille grippale, dit Henry. Il a dû se faire une place chez les mammouths et survivre un million d'années avant de mourir avec eux. Pour une raison qui m'échappe, il est de retour.

– Comment ? demanda Nandi.

– Quelqu'un l'aura déterré et développé en laboratoire, suggéra Marco.

– Les Soviétiques ont fait ça avec la grippe de 1918 dans le cadre de leur programme d'armement biologique, dit Henry. Il suffit de prendre les différentes séquences que l'on trouve et reconstituer tout le génome. Ce serait facile à faire expérimentalement dans un labo. Mais la nature aurait très bien pu d'elle-même fouiller dans son arsenal génétique pour remettre au goût du jour quelque chose de très ancien.

– Ce virus pourrait-il être responsable de l'extinction des mammouths ? demanda Nandi.

– C'est possible.

– Et l'homme de Neandertal ? Il vivait à la même époque. »

Les chercheurs se regardèrent les uns les autres, et Nandi prononça tout haut ce qu'ils pensaient tout bas : « À présent, il est en nous. »

53

La souche Ustinov

La combinaison de protection de Henry, sur laquelle figurait son nom, était accrochée dans la salle de décontamination, là où il l'avait laissée quelques mois plus tôt. Une fois revêtu de la tenue en plastique qui lui était si familière, il brancha le tuyau jaune à l'embout placé au niveau du torse, et l'air emplit la combinaison comme un ballon, assourdissant tous les bruits extérieurs. Il ne s'était jamais vraiment habitué à la tâche laborieuse de s'enharnacher avant d'entrer dans l'endroit le plus dangereux du monde : le laboratoire P4.

Il traversa la salle de préparation et débrancha le tuyau d'air avant de pénétrer dans le sas. La porte se referma derrière lui et sa combinaison s'affaissa à cause du manque d'air. Derrière une autre porte en acier se trouvait la salle P4. Il l'ouvrit et attacha un nouveau tuyau.

Les chercheurs travaillaient à différents postes. Ils opéraient sur des centrifugeuses et des incubateurs ou transféraient des échantillons de virus sur des lames avec des pipettes, concentrés sur la périlleuse tâche qui les occupait. Personne ne fit attention à lui tandis qu'il traversait le labo jusqu'à une petite pièce où se trouvaient deux énormes congélateurs près d'un réservoir d'azote liquide. Henry entra un code sur le pavé numérique de l'un d'entre eux et une lumière verte s'alluma. Il ouvrit la porte.

À l'intérieur se trouvaient les pathogènes les plus mortels que l'homme ait jamais connus. Ebola. Le Marburg. La fièvre de Lassa. Chacune de ces maladies était soigneusement classée dans des tubes Eppendorf sur des étagères réfrigérées ; une véritable bibliothèque de fléaux. Henry savait qu'il ne servait à rien de prêter une conscience ou des intentions à ces maladies. Elles ne connaissaient ni la malveillance, ni le remords. Elles se contentaient d'exister. Mais il savait aussi qu'elles se réinventaient en permanence, et qu'il n'y aurait jamais de congélateur assez grand pour stocker toutes les armes que la nature employait contre ses propres créatures. Dans son propre tube figurait le petit nouveau, le Kongoli, dont le nombre de victimes était déjà très élevé, et ne cessait d'augmenter.

Henry pensait avoir fait tout ce qu'il pouvait pour contrer cette maladie. Sa technique de variolisation serait reconnue comme un palliatif efficace et rapidement mise en place partout dans le monde. Des vaccins contre le Kongoli seraient enfin disponibles pour des essais cliniques sur les humains. Il faisait à présent la course pour sauver un maximum de vies. Mais il y avait de nombreux autres virus dans le congélateur. Il avait le sentiment que la guerre contre la maladie était inévitablement perdue. L'humanité avait choisi de classer les virus comme des armes. Il imaginait ce qui se passerait le jour où on les libérerait tous.

Y compris le sien.

La suspension virale ressemblait à un glaçon rose. Il avait planché dessus pendant des années. Pourquoi avait-elle tué autant de personnes dans la jungle alors qu'elle s'était montrée inoffensive dans le labo ? Il l'avait étudiée pour percer ses secrets et trouver un moyen de se faire pardonner. Comme nous avons tort d'essayer de contrôler la nature, se dit Henry. Comme il est imprudent de notre part de croire que nous pouvons manipuler les maladies pour tuer, plutôt que pour guérir. Nous sommes des écoliers qui jouent avec des allumettes. Un jour, la maison va prendre feu.

Nandi avait trouvé quelque chose.

« Vous vous souvenez des grues de Sibérie ? dit-elle quand Henry revint au labo. Elles sont pratiquement éteintes aujourd'hui. Elles migrent de leur zone de reproduction en Sibérie jusqu'au lac Poyang, à l'est de la Chine, près de là où nous avons trouvé les premiers cas de Kongoli. Environ vingt des oiseaux restants ont été équipés d'émetteurs satellite pour suivre leur route migratoire. On sait que les grues transportaient la maladie. Quoi qu'il en soit, j'ai pu déterminer que cinq d'entre elles sont mortes au cours de la migration. Je ne sais pas si c'est inhabituel, il faudrait demander à un ornithologue. Mais ça m'a fait penser aux autres populations d'animaux menacés, car bon nombre d'entre elles sont suivies par le WWF et d'autres organisations.

Or il s'avère qu'il y a eu une invasion d'ours polaires sur un petit archipel russe de l'Arctique en 2019. Cet archipel, du nom de Nouvelle-Zemble, est habité. Visiblement, les ours ont dérivé sur la banquise et découvert la décharge de la ville. Ils se sont aventurés dans les rues et les appartements ; une vraie nuisance. Bref, on leur a donné un sédatif, on leur a mis un collier avec une puce et on les a expédiés sur l'île de la Révolution d'Octobre, au nord de la Sibérie, dans le cercle polaire. Le truc, c'est qu'ils sont tous morts. Leurs colliers GPS indiquaient qu'ils avaient tous arrêté de bouger un par un, environ une semaine après le voyage.

– Ils n'ont peut-être pas supporté leur nouvel habitat, suggéra Marco.

– C'est possible. Ou alors le sédatif utilisé pour les capturer était contaminé. Tout ce que je dis, c'est que les ours polaires sont morts en masse et qu'on ne sait pas pourquoi.

– Les émetteurs ont-ils transmis des informations sur leur rythme cardiaque ou leur respiration, quoi que ce soit qui puisse nous donner une idée de leurs symptômes ? demanda Henry.

– Désolée, les gars. Comme je l'ai dit, ils ont utilisé des colliers GPS, qui n'indiquent que leurs mouvements ; ou plutôt leur absence subite de mouvements. »

Marco regarda Henry.

« Qu'est-ce qu'il y a ? demanda-t-il. Je sais que tu penses à quelque chose.

– Quelque chose qui a ressurgi du passé, répondit Henry. L'île de la Révolution d'Octobre servait d'avant-poste dans le cadre du programme d'armement biochimique soviétique. Je pense que s'ils ont bel et bien fabriqué ce virus, c'est l'endroit idéal : un lieu reculé, où l'on peut mener des expériences dans une sécurité relative. Il n'y avait personne sur cette île avant l'arrivée des ours. »

Dans la matinée, Henry prit la voiture jusque chez Jerry Barnwell, un camarade de jeu de Teddy. Si Teddy avait pensé à chercher refuge quelque part, il aurait trouvé un moyen de se rendre chez les Barnwell. Ils vivaient à Decatur, à l'est d'Atlanta. Ça faisait une longue trotte pour les enfants, ce qui expliquait pourquoi Henry n'y était pas allé plus tôt.

Sur la route, il essaya de se souvenir des prénoms des parents. Il avait ramené Jerry plusieurs fois après l'entraînement et il avait discuté avec eux à plusieurs reprises, mais leurs noms ne lui revenaient pas. Il se rappela que Jerry avait deux grandes sœurs, dont une qui devait avoir un an de plus que Helen. Les Barnwell vivaient dans une maison victorienne bleue ornée de blanc. En un coup d'œil, Henry sut qu'elle était déserte. Les Barnwell avaient toujours été des gens méticuleux, et leur jardin était à présent recouvert par les mauvaises herbes. Les plantes grimpantes prenaient le dessus, même dans les banlieues. Le courrier dans la boîte aux lettres datait d'un mois. Thomas et Jeannette : leurs prénoms apparaissaient sur les factures. Henry toqua à la porte, puisqu'il avait fait le déplacement.

Au bout d'un moment, il entendit des pas et la porte s'ouvrit. C'était Jerry.

« Bonjour, docteur Parsons », dit-il.

C'était un petit garçon blond et bien élevé, plus petit que dans les souvenirs de Henry, qui s'exprimait avec aisance. Il ne semblait pas surpris.

« Tu es tout seul ici, Jerry ? »

Le garçon acquiesça.

« Je suis tout seul maintenant, mais ma sœur Marcia vient parfois. »

Henry ne lui posa pas de questions sur ses parents.

« Est-ce que Teddy va bien ? demanda Jerry.

– Je ne sais pas où il est, dit Henry. J'espérais que tu l'aies vu. »

Jerry secoua la tête.

« Personne ne vient jamais me voir, répondit-il.

– Qui s'occupe de toi ?

– Marcia gagne de l'argent. »

Il marqua une pause.

« Parfois, des hommes viennent la chercher et ils la ramènent le lendemain. J'ai cru que vous étiez l'un d'entre eux.

– Non, je cherche juste mes enfants.

– Teddy me manque.

– À moi aussi. »

Quand Catherine Lord apprit pour l'île de la Révolution d'Octobre, elle appela immédiatement le département de la Sécurité intérieure, et, malgré les protestations de Henry, celui-ci dut monter dans une voiture du gouvernement qui le conduisit en vitesse à la Dobbins Air Reserve Base. Henry comprenait que c'était une urgence et qu'on avait besoin de lui, mais il voulait à tout prix retrouver ses enfants et il était furieux qu'on l'oblige à partir.

On l'emmena à Washington à bord d'un Gulfstream de l'Air Force ; l'unique passager du ciel dans un monde où le trafic aérien était à l'arrêt. À quatre heures de l'après-midi, il se trouvait dans une petite salle de conférences sans fenêtres à l'intérieur du QG de la CIA, à Langley, en compagnie de Matilda Nichinsky et d'une femme qui ressemblait à une méchante dans un dessin animé de Disney. Elles avaient très envie d'entendre ce qu'il avait à dire.

« Il se peut qu'une toxine résistante ait survécu tout ce temps et que les ours l'aient trouvée. J'en connais des dizaines qui pourraient coller, surtout dans l'Arctique, où le froid favorise la conservation.

– Les Russes ont peut-être réhabilité leur ancienne usine biochimique et concocté une nouvelle saloperie, suggéra Tildy. À un endroit dont seules quelques personnes connaissaient l'existence.

– Même *nous*, nous n'étions pas au courant de son existence, admit la femme de la CIA.

– Voilà où nous en sommes, dit Tildy. L'OTAN commence à s'agiter à propos de l'Estonie. Quelle est la réponse appropriée ? Dans un premier temps, éliminer la flotte russe. Envoyer la 173e brigade aéroportée en Lettonie. Mais uniquement pour freiner de nouvelles attaques. Ce serait bien de savoir si Poutine se cache vraiment derrière le Kongoli. Le monde entier se retournerait contre lui et son régime violent. Ils le traîneraient à La Haye pour le pendre. J'aimerais qu'on puisse vous envoyer sur cette île pour récupérer des échantillons et prouver au monde ce que nous savons tous déjà. »

La porte s'ouvrit et un homme entra. Un homme à la

chevelure argentée qui portait des lunettes de soleil. Le cœur de Henry tressaillit. Personne ne se donna la peine de les présenter.

« Le président a besoin de solutions, continua Tildy. De quelque chose que nous pourrions nier. Quelque chose qui ne ferait pas tout de suite penser à nous.

– En d'autres termes, quelque chose de chimique ou biochimique, ajouta la femme de la CIA en fixant du regard l'homme aux cheveux blancs.

– Mais je ne travaille plus dans cette branche, rétorqua Jürgen Stark.

– En théorie, les États-Unis ne travaillent plus dans cette branche depuis Nixon, dit Tildy. Mais nous savons que vous avez continué un projet top secret à Fort Detrick après le 11-Septembre. »

Jürgen sonda Henry du regard, mais celui-ci n'arrivait pas à le regarder dans les yeux.

« On dit que vous étiez le meilleur, dit la femme de la CIA. Aujourd'hui, tous nos stocks d'armes biologiques ont été détruits. Il n'y a plus personne qui connaisse les formules. Les méthodes. La mémoire institutionnelle que vous représentez. Votre pays a besoin de vous. Tous les deux.

– Le président est-il vraiment prêt à tuer des centaines de millions de gens ? demanda Jürgen.

– C'est déjà arrivé avec le Kongoli », dit Tildy.

Jürgen but une gorgée du café froid qu'il avait acheté au Starbucks situé au sous-sol de la CIA.

« Comment savez-vous que la Russie est responsable ?

– Nous ne pouvons pas divulguer nos sources, dit la directrice adjointe de la CIA.

– Laissez-moi reformuler ma question : quel niveau de confiance accordez-vous à cette information ?

– Moyen à élevé.

– Cette estimation n'est pas très précise. »

La femme de la CIA reconnut que ses renseignements

n'étaient pas parfaits, mais que pouvait-elle y faire ? La vérité tacite était la suivante : Poutine avait détruit nos infrastructures et nous avancions à l'aveugle.

Henry regardait la scène comme s'il était en train de rêver. De vieux sentiments de loyauté et de faiblesse tourbillonnaient dans sa tête. En étudiant le vieil homme qui se tenait devant lui, il constata pour la première fois à quel point ils se ressemblaient, à présent. Ils s'étaient tous deux éloignés des travaux qui les avaient réunis au départ. Comme d'habitude, Jürgen avait poussé les choses à l'extrême en se servant de son génie pour ressusciter des animaux menacés ou éteints. Il avait publiquement déclaré que toutes les espèces étaient égales, et il était tout aussi heureux de recréer la polio que de ramener un dodo à la vie. Il était toujours l'homme le plus dangereux que Henry ait jamais connu.

« Nous devons retourner voir le président avec une proposition, dit Tildy. Il ne peut pas laisser passer cette attaque contre l'Amérique – non pas juste l'Amérique, mais le monde entier ! Poutine a créé ce virus…

– Spéculations, lança Jürgen.

– … et libéré ce fléau sur l'humanité. Puis il a fait tomber le réseau électrique. Ce n'est pas une spéculation. C'est un fait. Il nous a attaqués alors que nous étions au plus bas. Des millions de gens sont morts, accidentellement ou intentionnellement. L'économie est quasi morte. Nous devons riposter. Le président doit agir. Il n'a pas le choix. Il ne peut pas laisser cette attaque impunie.

– La façon dont les gouvernements choisissent de se combattre les uns les autres ne m'intéresse pas, dit Jürgen. Et ce que vous avez fait à la population aviaire est impardonnable. Vous étiez déjà en guerre, mais pas contre la Russie. Vous aviez un ennemi bien supérieur : la nature. Vous ne gagnerez pas cette guerre-là.

– C'est vrai, nous l'avons bien mérité, dit Tildy. Nous avons fait des choses affreuses, et pas uniquement envers les poulets et autres volailles. Nous avons pris de mauvaises décisions, certes. Mais c'est comme ça que ça marche. Des gens se réunissent dans une pièce, comme nous sommes en train de le faire tous les quatre. Ils proposent des solutions. Dans le monde extérieur, les politiciens font beaucoup de bruit, mais dans cette pièce nous n'avons que peu d'options et nous devons choisir la moins mauvaise. Alors qu'est-ce que ce sera ? Disons que l'on choisit l'option une. »

Elle se tourna vers la directrice adjointe de la CIA.

« Quel est le statut des forces nucléaires russes en ce moment ?

– Alerte maximale.

– Du Poutine tout craché, dit Tildy. Il monte d'un cran le plus vite possible pour nous empêcher de répondre. Puis il désamorce la situation pour nous faire croire qu'on a gagné au change. Il a menti sur tous les accords concernant les armes nucléaires que nous avons passés avec lui. D'après la CIA, quelles sont les chances qu'il appuie le premier sur le gros bouton rouge ?

– Il le fera au moindre signe pouvant laisser croire que la sécurité de la Russie est compromise.

– On parle ici de la fin de la civilisation, et pas uniquement pour les États-Unis et la Russie, mais pour Dieu sait qui encore. Je sais bien que ça ne vous concerne pas, dit Tildy à Jürgen. Peut-être que Mère Nature s'en tirerait mieux sans nous. Mais dites-moi à quoi ressemblerait le monde après une guerre nucléaire totale, hein ? Les animaux que vous aimez tant, par exemple. »

Jürgen refusait de se laisser entraîner dans ce débat. Il se contenta de fixer Tildy du regard.

« Option deux. Une guerre cybernétique infinie. Une attaque perpétuelle contre le progrès. Une solution inadaptée, sans fin. Il y aurait moins de morts, je vous l'accorde. Mais nous serions désavantagés. La Russie mène une cyberguerre contre nous depuis des années. Nous avons survécu, et eux aussi. Mais Poutine est allé trop loin en s'attaquant d'un coup à toutes nos infrastructures. Il préparait son coup depuis des années. Certes, nous pourrions lui rendre la pareille, mais ça ne lui causerait pas autant de tort. Il n'a pas grand-chose à perdre, contrairement à nous. Donc nous devons trouver une autre solution, et c'est là que vous entrez en scène, docteur Stark. L'option trois.

– Vous voulez que je crée un pathogène ?

– Nous n'avons pas le temps pour ça. Il nous faut quelque chose immédiatement. Un agent tout prêt. Quelque chose qui pourrait avoir l'air de sortir d'un labo russe, mais avec le moins de retombées possible pour nous.

– Ça n'existe pas. Regardez le Kongoli : il s'est répandu dans le monde entier en trois semaines, une vraie pandémie universelle. Vous pourriez choisir un agent non contagieux, comme le bacille du charbon, mais il faudrait le répandre. Pareil pour les toxines. On peut les déverser par avion d'épandage ou les stocker dans des missiles, mais elles n'ont rien d'accidentel. Ce genre de chose ne « sort pas d'un labo » comme les maladies – comme le Kongoli, peut-être. C'est trop flagrant. »

Tildy était frappée par l'indifférence de Jürgen face aux éventualités qui se présentaient à lui. Il n'était nullement impressionné par les secrets que l'on dévoilait devant lui – des secrets de la plus haute importance. Un habitué. Un homme long et mince. Beau, ou saisissant du moins, avec son visage finement ciselé et sa longue chevelure argentée. Terrifiant, aussi. Il aurait fait un excellent nazi, pensa-t-elle. Elle remarqua à quel point le docteur Parsons était devenu silencieux. D'après ses notes de briefing, ils avaient travaillé ensemble autrefois.

« Et comment auriez-vous fait les choses, docteur Stark ? lui demanda Tildy.

– J'aurais choisi un agent différent.

– Lequel auriez-vous choisi ?

– Je ne connais qu'un seul candidat idéal. À ce que l'on

sait, il n'est mortel que pour l'homme, chez qui l'on observe un très fort taux de mortalité. Bien sûr, ce pathogène a été conçu par le docteur Parsons ici présent. »

Le moment était arrivé. Henry avait toujours craint que son secret soit révélé au grand jour. Il avait imaginé qu'on l'arrêterait et qu'on le traînerait devant un tribunal. Il s'était toujours demandé ce que sa famille penserait de lui. Il se voyait en prison. Mais il n'avait jamais envisagé que ce serait Jürgen qui le trahirait publiquement, ni que son propre gouvernement se tournerait vers lui pour la singulière capacité à tuer de son invention.

« Tu m'avais assuré que tous les échantillons de mon virus avaient été détruits, dit Henry d'une voix sèche.

– C'est le cas. Nous avons utilisé ta fournée lors de notre petite expérience au Brésil, et nous ne disposons plus de tes notes pour le recréer.

– Cet agent dont vous parlez, on pourrait le répandre sur Moscou ou Saint-Pétersbourg, discrètement, sans laisser de preuves de sa provenance ? demanda Tildy.

– S'il est aussi infectieux qu'on le pense, il décimera la population russe en une courte période de temps, dit Jürgen. Il n'y a rien que vous puissiez faire pour le contrôler. Nous non plus, d'ailleurs.

– Quel était le degré de mortalité observé lors de votre expérience ? » demanda Tildy.

Son ton froid laissait croire à Henry qu'ils avaient dépassé le stade des considérations morales.

« Quasi total, répondit Jürgen. Certains sujets ont été éliminés d'autres manières, mais il est fort probable qu'ils auraient péri de toute façon. »

Il regarda Henry.

« Nous ne connaissons qu'un seul survivant, mais c'était un enfant à naître. »

Henry fut secoué par la froide évocation de ce souvenir. Un torrent d'angoisse au sujet de ses enfants disparus parcourut son corps. Il sentait la tournure dangereuse que prenait la discussion.

« Ça m'a l'air parfait, dit la directrice adjointe de la CIA.

– Je ne pourrai jamais insister assez là-dessus : vous n'avez aucune idée de ce que vous vous apprêtez à libérer, dit Henry.

– Nous devons choisir la moins mauvaise des solutions, répondit Tildy.

– Peut-être que le docteur Parsons n'a pas été mis au courant de l'épidémie de Chicago », dit la femme de la CIA.

Henry regarda autour de lui. Tout le monde semblait au courant.

« Poutine nous tient responsables du Kongoli, expliqua Tildy. Quelle audace. Quoi qu'il en soit, il a pris les devants. Nous avons reçu un rapport indiquant que cinq personnes étaient mortes à Chicago durant les deux derniers jours, des suites de fièvre hémorragique de Marburg. Un autre cas aurait peut-être été recensé à Seattle. Il s'agit d'un agent biologique de catégorie A.

– La souche Ustinov », ajouta Jürgen.

Henry sentit ses défenses s'effondrer. Toutes les informations pointaient dans la même direction. Pour la première fois, il se focalisa sur la colère et la culpabilité qui bouillaient en lui et auxquelles il ne pouvait échapper. C'était clair à présent : ils avaient tué Jill. L'image de ses yeux sans vie dans la tombe passa dans sa mémoire. Voici donc le monde contre lequel nous avons tant œuvré, Jürgen et moi, pensa-t-il. Depuis toujours, on savait que ça risquait d'arriver. On s'y est préparés, et eux aussi. Nous en portons le poids moral sur nos épaules. En effet, une petite partie de nous mourait d'envie de voir notre travail se répandre sur le monde, rien que pour observer le spectacle de la destruction que nous avions stockée dans nos entrepôts d'armes biologiques. Ce jour était arrivé.

Mais quelle était la réponse appropriée ? Encore plus de morts ?

« Au fait, comment s'appelle cet agent ? » demanda Tildy.

Jürgen répondit à sa place.

« Nous lui avons donné le nom d'*Enterovirus parsons*, d'après son créateur. »

54

Éden

Helen et Teddy vivaient chez tante Maggie depuis une semaine quand Helen découvrit le corps. Ils récoltaient le maïs qu'oncle Tim avait planté au printemps. Le garde-manger de Maggie avait été dépouillé, et toute la marijuana de la grange avait disparu, mais les pillards avaient manqué une cave à légumes pleine de patates et de navets. L'électricité n'était pas encore revenue dans cette partie du Tennessee, mais la gazinière fonctionnait.

« On peut vivre ici pour toujours », dit Helen.

Le même jour, elle trouva une botte dans le champ de maïs et se rendit compte qu'une jambe se trouvait encore à l'intérieur. Elle voulut crier, mais elle avait l'impression de n'avoir plus aucun cri en elle. Une sorte d'indifférence animale à tout ce qui n'était pas de l'ordre de la survie avait pris le dessus.

La jambe, en partie grignotée, était détachée du reste. Helen reconnut la botte. Elle savait que la jambe appartenait à Maggie. Elle posa son panier de maïs et fouilla au milieu des grands épis. Elle ne voulait pas que Teddy voie ça, et elle l'entendait faire du bruit dans les parages.

Les restes de la dépouille de Maggie étaient éparpillés. Helen découvrit un fusil de chasse, ce qui réglait la question de savoir où se trouvait la tête. Elle ramassa l'arme, qui pourrait s'avérer utile. Des morceaux de la robe de Maggie étaient pris dans le maïs et flottaient tels des fanions. Le torse avait été déchiqueté et éviscéré par des coyotes ou des sangliers. Les deux sœurs, Maggie et Jill, n'étaient plus de ce monde. La tombe d'oncle Tim se trouvait derrière la maison, près de la tonnelle. Kendall y était enterrée aussi. Les plantes et les arbustes qui avaient servi pour l'émission de télévision étaient en fleurs. L'endroit était magnifique. Helen ne voulait pas laisser tante Maggie à la merci des vautours, mais elle se sentait accablée par l'épuisement.

Elle remarqua une bosse dans la poche de ce qui restait de la robe de sa tante. Son téléphone portable.

Helen sortit du champ et s'approcha du portail pour crier le nom de son frère. Celui-ci suivit la voix de sa sœur et apparut, le panier plein de maïs. Il écarquilla les yeux à la vue du fusil.

« Je l'ai trouvé, dit Helen. Et ça aussi. »

Elle brandit le téléphone de Maggie.

« Elle est là ? »

Helen secoua la tête.

« Il reste de la batterie ?

– Non, il est à plat. »

Ils rentrèrent dans la maison. Ils vivaient dans la chambre de Maggie et Tim parce que Teddy ne voulait pas dormir seul. Il avait revu le fantôme du confédéré. Il n'avait plus aussi peur qu'avant, mais ça lui rappelait la fois où il s'était blotti sur les genoux de sa mère et elle l'avait cajolé pour qu'il se sente en sécurité.

Dans un des tiroirs du bureau, Teddy trouva un chargeur.

« Qu'est-ce que tu fais ? demanda Helen.

– J'ai une idée. »

Ils allèrent au garage, où le pick-up d'oncle Tim était garé. Les clés étaient encore sur le contact. Teddy monta sur le siège conducteur.

« Tu ne peux pas, dit Helen.

– Je ne vais pas conduire, je vais charger le téléphone. »

Il démarra le camion et brancha le chargeur à la prise USB du tableau de bord. Au bout d'un moment, l'écran s'alluma sur une photo de Maggie, Tim et Kendall à un concours de bétail avec l'un de ses cochons de compétition. Ils étaient beaux, heureux, en vie.

« Je vais voir si Internet remarche », dit Teddy.

Le navigateur s'ouvrit. Des dizaines de mails s'étaient accumulés depuis le mois d'août, et des dizaines de nouveaux commencèrent à apparaître à l'écran. Teddy lança l'application « Téléphone ». Il se figea, puis il éloigna l'appareil le plus possible, comme s'il contenait quelque chose de terrifiant ou d'incompréhensible.

« Qu'est-ce qui se passe ? demanda Helen.

– Maman a appelé. Il y a deux jours. »

Le laboratoire de Jürgen Stark se trouvait dans un coin reculé au cœur de la Pennsylvanie, dans une région amish. Une carriole passait de temps à autre devant la grille. Les seuls panneaux affichaient des passages austères des saintes écritures. L'air était pur, les champs soigneusement entretenus, et l'allée bordée de bleuets. C'était la représentation d'un monde préindustriel dans lequel les hommes auraient joué un plus petit rôle, celui d'intendants de la terre. Si l'on mettait de côté l'aspect religieux, Jürgen approuvait fortement cette vision de la société.

La voiture officielle quitta la route et s'arrêta devant un portail en fer. La clôture d'acier qui ceignait le domaine avait été savamment installée pour que l'endroit n'ait pas l'air d'une prison ou d'un bunker fédéral. Le portail s'ouvrit sur un sas de désinfection, dans lequel la voiture fut aspergée de tous les côtés. Ils traversèrent un second portail, où Henry et le chauffeur durent descendre pour que des gardes passent l'aspirateur dans le coffre et à l'intérieur, et nettoient le bloc-moteur au Karcher. Henry comprit que tout ce protocole servait à empêcher tout pathogène de venir détruire les formes de vie uniques que Jürgen recréait dans le bâtiment.

Henry fut accueilli par une femme d'âge mûr aux cheveux courts et au visage buriné, qui portait une casquette des Gardiens de la Terre. Son nom – Heidi – était brodé sur son tee-shirt. « C'est un honneur, dit-elle à Henry. Le docteur Stark m'a tellement parlé de vous et de votre amitié. »

Les petits bâtiments en pierre qui entouraient le campus trahissaient le goût de Jürgen pour l'esthétique minimaliste. Les jardins regorgeaient de fleurs et de légumes inconnus. Des hyacinthes, des lis et des tulipes aux couleurs originales poussaient dans des parterres recouverts de paillis.

« Cette section contient à elle seule près d'une centaine de variétés de courges qui avaient disparu, dit Heidi. Regardez, ne sont-elles pas magnifiques ? Vous les goûterez au dîner de ce soir. »

Ils traversèrent un verger de pommiers qui portaient des fruits de tailles et de couleurs inhabituelles.

« Tant d'espèces ont disparu à cause de l'inconscience des civilisations », dit-elle.

Une portion du campus faisait office de zoo, mais Heidi l'informa qu'il ne valait mieux pas employer ce mot.

« Nous ne retenons les animaux que jusqu'à ce que leur population soit suffisamment nombreuse pour les relâcher dans la nature. Nous les réimplantons dans les zones où ils proliféraient autrefois dans l'espoir qu'ils les repeuplent. Voici l'un de nos plus grands succès. »

Heidi pointa du doigt une cage de la taille d'un wagon qui contenait une cinquantaine de tourterelles grises aux yeux rouges.

« Ce sont des tourtes voyageuses, dit-elle. Oiseau le plus commun d'Amérique autrefois, il a disparu pendant cent ans. Jürgen les a ramenées à la vie. Vous vous rendez compte ? Il accomplit vraiment l'œuvre de Dieu. »

Henry étudia l'expression d'émerveillement sur le visage

de Heidi. Il avait dû ressembler à ça à une époque. C'était le visage d'une vraie croyante.

Jürgen attendait dans son bureau. « Dis à Craig de préparer quelque chose d'exceptionnel », dit-il à Heidi quand Henry entra dans la pièce. Une verrière donnait sur une forêt de chênes rouges le long des berges rocailleuses d'un ruisseau. Il n'y avait aucune photo au mur ; la nature elle-même faisait office d'œuvre d'art, froide et impersonnelle comme Jürgen.

« Est-ce que Heidi t'a montré ton labo ? demanda-t-il à Henry quand ils furent seuls.

– Pas encore.

– Ce n'est pas à la hauteur de Fort Detrick, nous ne disposons que du strict minimum. »

Jürgen souriait, ce qui n'arrivait que rarement, une lueur étrange dans le regard.

« Tu sais, Henry, j'ai souvent rêvé qu'on travaillait à nouveau ensemble. »

Henry ne répondit rien, alors Jürgen continua : « Nous avons réussi à obtenir les mêmes souches de poliovirus et d'EV 71 que celles dont tu t'étais servi pour ton hybride. Tu ne devrais pas avoir trop de mal à le recréer. C'est ce que nous faisons ici, comme tu l'as sûrement déjà compris.

– "Il se peut que j'aie à prendre une vie. Cette responsabilité doit être abordée avec grande humilité et conscience de ma propre fragilité. Avant tout, je ne dois pas me prendre pour Dieu."

– C'est une citation ?

– Tirée du serment que j'ai prononcé le jour où je suis devenu médecin. »

Jürgen lui lança un regard perplexe.

« Je n'ai pas à m'excuser du travail que nous faisons ici. Se prendre pour Dieu, c'est la seule option si l'on veut sauver la Terre. Regarde ce que l'humanité a fait à la planète. Ta brillante découverte va nous aider à restaurer l'équilibre. »

Voilà comment les plus grands crimes de l'humanité commencent, se dit Henry : par un criminel qui s'autocongratule. « Il y a une chose que je me suis toujours demandée, dit-il. Le virus hybride que j'ai créé ne s'est jamais montré mortel en laboratoire.

– Pas sur les souris, dit Jürgen.

– Pas sur les souris, ce qui me perturbe encore aujourd'hui. J'ai souvent repensé à cette journée dans le camp des Cinta Larga. En plus des victimes humaines, il y avait une souris morte dans l'une des huttes.

– Une espèce différente, sans doute.

– Certes, mais tout de même : quelque chose avait-il changé lors de l'"essai sur le terrain", comme tu l'appelais ? Tant de variables possibles. Ça m'a hanté pendant des années, alors j'ai décidé de voir si j'arrivais à reproduire les résultats de l'expérience initiale. J'ai recréé le même hybride et je l'ai inoculé à des souris. Elles ont perdu connaissance, mais elles s'en sont toutes remises, exactement comme à l'époque. Ça n'avait rien d'étonnant. Je l'ai testé sur des furets et des cobayes, et j'ai obtenu les mêmes résultats. J'étais persuadé que mon hybride n'avait jamais tué personne, et je comptais bien le prouver. »

Jürgen garda le silence.

« Il m'a fallu du temps pour comprendre comment tu avais fait, reprit Henry. Seul quelqu'un de ta trempe aurait pu imaginer une altération qui transformerait un… – Comment avais-tu appelé ça, déjà ? Un incapacitant ? – … un incapacitant en apparence inoffensif en un pathogène massivement mortel. Toi seul avais les capacités de modifier les éléments du contrôle génétique pour altérer le degré de virulence. Il m'a fallu de nombreux essais pour obtenir les mêmes résultats sur des animaux de laboratoire. Je sais donc comment tu as fait, mais je ne sais toujours pas pourquoi. Tu m'avais répété qu'il n'arriverait aucun mal aux sujets, que c'était la méthode la plus humaine pour débarrasser le monde d'une calamité. »

Jürgen regardait les chênes au dehors, brûlants de couleur, dont les feuilles commençaient à recouvrir le sol.

« Ce n'était pas ce que voulait le client », dit-il à voix basse.

Henry réfléchit un moment et dit : « Ce n'est pas ce que *toi*, tu voulais

– Oui, peut-être, je l'admets. C'était aussi un test pour moi. Pour voir s'il y avait un moyen idéal d'annihiler la majeure partie de l'humanité. Je sais ce que tu penses quand je dis ces mots. Mais nous devons faire un choix, Henry. Sauver la Terre ou laisser l'humanité poursuivre sa destruction. Moi, j'ai choisi. Si tu étais totalement objectif vis-à-vis de la situation, tu serais d'accord pour dire que c'est la bonne solution. Je sais que c'est difficile pour un homme comme toi – avec des amis, une famille – de voir clairement la situation. Agir ainsi serait inhumain, voilà ce que tu te dis. Et tu as raison. Mais ce n'est vrai que parce que tu *es* humain. Si une invasion de termites menaçait ta maison, tu n'aurais aucun scrupule à les exterminer. Parce que tu ne vois pas les choses du point de vue des termites. C'est ce qui nous différencie, toi et moi. À mes yeux, l'homme et la termite sont égaux. Ils méritent autant de vivre l'un que l'autre. Je parle au nom de toutes les autres créatures. Je les défends. Bon nombre sont ceux qui prétendent faire de même, mais personne n'est prêt à utiliser la seule solution susceptible de fonctionner, c'est-à-dire amoindrir la population humaine afin que d'autres formes de vies précieuses soient préservées.

– Il existe de meilleurs moyens de préserver la vie, dit Henry. Ici même, on m'a montré que tu recréais des espèces disparues.

– Ce n'est pas suffisant, dit Jürgen. La Terre subit des extinctions à chaque minute. On ne peut pas espérer faire une vraie différence.

– Tu ne crois quand même pas que je vais t'aider à

poursuivre ton projet dément, si ? Je ne sais pas pourquoi tu m'as fait venir ici. »

Jürgen esquissa un sourire maladroit.

« Je ne peux pas te cacher la vérité ; d'ailleurs, ça a toujours été un problème. Tu as raison. Recréer ce virus n'a rien d'impossible. J'ai déjà réussi. Mais j'ai besoin de toi ici car personne d'autre n'est capable de se mettre en travers de mon chemin. Personne ne connaît aussi bien ce virus que toi, personne d'autre que toi ne peut créer un vaccin ou un traitement. C'est pourquoi tu dois rester jusqu'à ce qu'on ait fini. »

Henry avança jusqu'à la porte. Elle était fermée à clé.

« Henry, tu ne peux pas sortir d'ici comme ça. Le complexe est entièrement sécurisé.

– Ça ne sert à rien de me retenir prisonnier.

– Je peux paraître cruel, je sais. Si Dieu existait, il me damnerait, j'en suis convaincu. Mais nous ne connaissons aucun dieu, n'est-ce pas, Henry ? Nous qui avons le pouvoir suprême de créer et détruire devons agir à leur place.

– Notre création était une erreur, dit Henry. Il ne faut surtout pas la ramener à la vie. »

Jürgen secoua la tête avec dédain.

« Comme je l'ai dit, tu vas rester ici jusqu'à ce que le travail de contagion soit terminé. Je te rends un service, Henry. En tant que prisonnier, tu n'as pas à subir le poids de la culpabilité. Je le porte tout entier. Je doute que tu puisses comprendre, mais je me suis longtemps creusé la tête à ce sujet. Je ne suis pas fou, tu sais. Le monde sera meilleur grâce à notre projet.

– Quand j'ai découvert comment tu avais manipulé le virus, j'ai réalisé que tu t'en servirais probablement à nouveau un jour, dit Henry. Alors j'ai passé de nombreuses heures à étudier ses secrets. Et j'ai réussi, Jürgen. J'ai trouvé le remède à l'*Enterovirus parsons.* Ainsi, mon nom ne sera pas associé au génocide que tu comptes perpétrer.

– J'en doute, répondit Jürgen. C'est un virus très complexe.

– J'ai déjà publié les détails sur Internet. Tu devrais avoir reçu un e-mail de Maria Savona de l'OMS décrivant le virus et son traitement. »

Jürgen le regarda d'un air hésitant, puis il consulta ses mails. La lettre de Maria faisait partie d'une campagne de prévention mondiale. Il lut en silence tous les détails techniques. Au bout d'un moment, il leva les yeux.

« C'est du beau travail, Henry. Mais j'aurais préféré que tu t'abstiennes. »

Il s'avança jusqu'à la verrière et resta un instant sans un mot. « J'imagine que je vais devoir te tuer », dit-il enfin.

On aurait presque dit qu'il demandait la permission.

« Tu peux faire de moi ce que tu veux, mais je ne retournerai pas dans ce labo.

– Ils continueront sans nous quoi qu'il arrive », dit Jürgen. Son expression semblait étrangement sereine. « Il faut que tu l'acceptes, Henry. Notre implication n'a aucune conséquence. Les maladies se répandent au moment où nous parlons. C'est la méthode que l'humanité a choisie. »

Il attrapa son téléphone et appela Heidi.

« Le docteur Parsons va nous quitter, dit-il. Laissez-le partir. »

55

L'île de la Révolution d'Octobre

Le message était bref : 35.101390, -77,047523, 10/31, 0630

Juste avant l'aube le jour de Halloween, Henry s'assit avec Helen et Teddy à une table de pique-nique, dans un parc public situé sur une bande de terre au confluent de la Trent et de la Neuse River, près de New Bern, en Caroline du Nord ; c'était là qu'ils devaient attendre d'après les coordonnées GPS. La journée promettait d'être belle et fraîche, et ils n'allaient pas en voir de pareilles avant un moment. Henry ne voulait pas inquiéter les enfants avec cette information, même s'ils n'étaient plus les mêmes personnes que dans ses souvenirs. Ils s'étaient endurcis. C'est ainsi que seront les enfants de l'avenir, pensa-t-il.

La seconde vague de Kongoli balayait la planète. Les médecins apprenaient en vitesse la technique de variolisation de Henry pour endiguer l'épidémie. Pendant ce temps, les virus conçus en laboratoire faisaient leur apparition et s'attaquaient aux populations les plus faibles et vulnérables. La première grande guerre biologique avait commencé, et, contrairement aux autres guerres, personne ne pouvait l'arrêter.

Le ciel s'éclaircit. De l'autre côté des îles barrières s'étendait l'océan, vaste et impassible. L'eau de la marée haute débordait par-dessus un mur de soutènement construit bien avant que le réchauffement climatique ne fasse monter le niveau des mers. Les collectivités côtières comme celle-ci se trouvaient en retrait. Henry imagina les grandes villes du monde s'enfoncer l'une après l'autre dans l'océan, telle l'Atlantide.

Terry s'avança au bord de l'eau pour faire des ricochets.

« Tu vois ces nuages ? demanda Henry à Helen tandis que le soleil se levait. Ce sont des stratocumulus. Ils indiquent en général qu'une grosse tempête approche. »

Helen observa les nuages, striés de vermillon.

« Ils sont magnifiques, dit-elle.

– Souviens-toi de ce jour », répondit Henry.

Helen acquiesça, mais elle ne demanda pas pourquoi.

Alors que Teddy s'apprêtait à lancer un nouveau caillou, quelque chose s'agita sous l'eau. Il recula d'un pas. Soudain, une immense silhouette s'éleva à la surface. Elle semblait occuper toute la rivière. C'était l'USS *Georgia.*

Tandis que le capitaine Dixon sortait sur le pont, une équipe de SEALs ramait jusqu'au rivage à bord d'un canot pneumatique. Henry avait prévenu ses enfants qu'ils ne pouvaient emporter que quelques habits et à condition qu'ils tiennent dans leur sac à dos. Il avait pris une vieille mallette en cuir dans laquelle se trouvait sa clarinette de lycée.

« Des membres d'équipage supplémentaires ? demanda Dixon.

– Ils sont très compétents, répondit Henry.

– Eh bien, ils pourront s'avérer utiles. Nous manquons d'effectifs. C'est une mission bénévole. »

Dixon laissa les enfants se tenir sur le pont alors que le sous-marin naviguait sur le fleuve en direction de l'Atlantique. Le temps qu'ils arrivent au plateau continental, le soleil était levé et le moment était venu de plonger.

Murphy attendait à l'infirmerie. Henry la présenta à ses enfants sous ce nom, mais elle leur dit : « Vous pouvez m'appeler Sarah. »

Le *Georgia* navigua vers le nord, contourna le Labrador et suivit un chemin à travers les eaux peu profondes de la baie de Baffin jusqu'à l'Arctique, où il se cacha sous la glace, à trois cents kilomètres des côtes sibériennes. Le capitaine Dixon fut choqué de constater à quel point l'Arctique avait été endommagé durant les deux ans écoulés depuis sa dernière visite sous la calotte polaire. Deux grandes bandes d'eaux libres au milieu de la glace, appelées polynies, permettaient au sous-marin de remonter à profondeur de périscope et recevoir de brefs messages en code. Les messages provenaient à présent des National Airborne Operations Centers, ce qui voulait dire que le président et les autres membres du gouvernement opéraient depuis des postes de commandement aériens – dits « avions du Jugement dernier » – tandis que la guerre biologique faisait rage.

Le *Georgia* était l'un des deux seuls sous-marins Ohio équipés de capsules submersibles appelées SDV, permettant à un commando de mener des opérations discrètes à distance du bateau. Les SDV, fonctionnant sur batteries, étaient de petits appareils silencieux quasi indétectables. Henry se réunit avec l'équipe de Navy SEALs qui allait l'accompagner.

« Nous n'agissons pas en tant que soldats, mais en tant qu'historiens, leur dit-il. Un jour, les gens demanderont : "Qui nous a fait ça ?", et nous aurons des preuves à leur montrer. L'histoire rendra son jugement en fonction de ce que nous trouverons. »

Le lieutenant Cooksey, robuste chef d'équipe, fit ouvertement part de ses inquiétudes quant à la capacité de Henry à venir avec eux. « On s'entraîne pour ça », dit-il. Inutile de mentionner que tous ces types ressemblaient à des joueurs de football américain.

« Je suis le seul à savoir exactement ce que l'on cherche », répondit-il poliment. Personne ne l'empêcherait de se joindre à la mission.

Avant d'entrer dans le SDV, Henry alla parler à ses enfants. Teddy remuait la jambe, comme à chaque fois qu'il était inquiet. « Il fait froid dans l'eau, dit-il. J'ai peur que tu gèles.

– Ils ont des combinaisons spéciales, dit Henry. Je serai de retour pour le dîner. Ensuite, on va rester sous l'eau jusqu'à la fin de la guerre. On sera en sécurité. »

Helen ne dit rien, mais elle avait les larmes aux yeux. Elle prit son père dans les bras et attrapa la main de Teddy.

Murphy murmura : « Je vais m'occuper d'eux. »

Henry entra dans le sas avec les onze membres de l'équipe des SEALs. Il y avait bien longtemps qu'il n'avait pas enfilé de matériel de plongée. La dernière fois, c'était aux Bahamas, et il n'avait même pas eu besoin de combinaison. Dans ces eaux glaciales, les plongeurs devaient en porter une étanche ; équipement bien plus complexe que la version isothermique classique. Il suivit les instructions du lieutenant Cooksey. Les plongeurs étaient déjà vêtus d'une tenue rembourrée et de grosses chaussettes en laine. Cooksey lui montra comment ouvrir les deux fermetures éclairs du haut, qui descendaient d'une épaule au nombril et remontaient jusqu'à l'autre épaule comme une incision d'autopsie. Henry enfila la combinaison et passa les bras jusqu'à ce que ses doigts atteignent les gants en néoprène intégrés. Il eut du mal à passer sa grosse tête à travers le col. Cooksey l'aida à s'équiper des bouteilles et des détendeurs, puis Henry enfila le masque et remonta la cagoule par-dessus les bords de celui-ci afin que l'eau ne pénètre pas à l'intérieur. Il se sentait comme dans un ballon. Il leva le pouce à l'intention de Cooksey.

Les hommes prirent leurs palmes et montèrent dans les valises sèches qui contenaient les submersibles. Le pilote et le copilote s'installèrent à l'avant du véhicule, puis les trappes s'ouvrirent et l'eau de l'Arctique pénétra dans les capsules ouvertes, glaciale même à travers la couche d'isolant de la combinaison étanche. Après environ quarante-cinq minutes, quand les chambres furent entièrement remplies, les portes du hangar s'ouvrirent et l'on guida les deux SDV manuellement jusque dans la mer. Ils flottaient dans l'eau comme deux baleineaux. Le *Georgia*, immobile à côté d'eux, ressemblait à un galion échoué. Puis ils se mirent en mouvement.

Les environs regorgeaient de vie : des lits de varech, des algues accrochées telle de la mousse sous la banquise et des petits poissons avec de minuscules nageoires qui fendaient l'eau comme des serpents. Un morse les observa avant de prendre la fuite. Henry médita sur l'abondance de la nature et se demanda ce que l'humanité était en train de lui faire subir en ce moment même.

Il fallut une heure pour atteindre la zone d'insertion prévue. Le pilote fit signe au second submersible et ils s'arrêtèrent. Un par un, les SEALs quittèrent les capsules à la nage. Henry fut le dernier à partir. Il traversa un banc de cabillauds. Quand il sortit la tête de l'eau, deux soldats l'attrapèrent sous les bras et le hissèrent sur l'étroit rivage rocailleux.

Il enleva son masque et aperçut au loin les glaciers de basse altitude. Entre la côte et les montagnes, un champ de glace laissait place à une toundra nue. L'endroit le plus reculé du monde, se dit Henry. Pas étonnant que les Soviétiques l'aient choisi. D'après la carte, l'usine d'armement biologique se trouvait à plus d'un kilomètre à l'intérieur des terres, derrière un monticule de glace. Les SEALs prirent un moment pour préparer leurs armes puis ils se mirent en marche.

Même en plein milieu de l'après-midi, le soleil polaire était bas dans le ciel, et chacun de leurs pas faisait un bruit de succion tandis qu'ils pataugeaient dans la toundra boueuse sous le crépuscule d'automne. Henry ralentissait toute l'expédition. Cooksey fit signe à son équipe, et les hommes se dispersèrent pour s'approcher de l'usine de plusieurs côtés à la fois. Une fois à la butte, Henry et Cooksey grimpèrent et s'accroupirent derrière le sommet. Cooksey observa l'endroit à travers ses jumelles avant de les passer à Henry.

L'usine était à moitié enfouie sous une congère. Rien ne s'échappait des trois hautes cheminées. Une vieille voie ferrée s'étendait à côté, bordée de poteaux téléphoniques, mais il n'y avait pas de câbles.

Cooksey fit signe à l'équipe d'avancer.

Ils arrivèrent au niveau de l'entrée ; une porte de grange grande ouverte. À l'intérieur se trouvaient les vestiges d'un laboratoire, des chambres de fermentation et des cuves qui avaient sans doute contenu le bacille du charbon ou la variole. Il en restait peut-être des traces. Une seule chose était sûre : le Kongoli n'avait pas été fabriqué ici. Le labo était abandonné depuis des décennies, probablement depuis la chute de l'Union soviétique.

Cooksey regarda Henry.

« On a vu ce qu'on voulait voir, doc ? »

Henry sortit du bâtiment décrépit sous la lumière tamisée de l'Arctique. Cooksey fit signe à ses hommes de revenir sur leurs pas.

« Allez-y, dit Henry. Je dois vérifier quelque chose. Vous pouvez m'attendre.

– Vous n'irez nulle part tout seul, doc. De quelle distance parlons-nous ?

– Encore un kilomètre et demi, j'en ai peur.

– Et qu'est-ce qu'on cherche ?

– Des ours polaires morts. »

Dans la toundra détrempée, ils marchèrent pendant plus d'une heure sous la précieuse lueur du crépuscule. Henry suivait les coordonnées de son GPS, qui indiquaient l'endroit où les ours avaient arrêté de bouger. Ils devaient se trouver dans un périmètre restreint et avoir été bien conservés par le climat, même malgré la fonte du permafrost. Il n'y avait que peu de prédateurs par ici, à l'exception des ours eux-mêmes.

Henry ne les vit pas tout de suite. Le blanc de leur fourrure ressemblait à des congères, mais dès qu'il en repéra un, les autres lui sautèrent aux yeux ; il y en avait une dizaine. Ils gisaient au sol, vidés par la mort.

« Bon sang, qu'est-ce que c'est que ça ? » dit l'un des SEALs en pointant du doigt vers ce qui ressemblait à un tronc.

Sous une couche de neige, Henry aperçut une forme immense qui émergeait de la glace en train de fondre. Ce n'était pas un tronc. C'était une défense.

Henry balaya la neige avec sa carte et laissa apparaître une tête géante. L'animal velu avait été éventré par les ours polaires.

« C'est un mammouth, dit Henry. Ne le touchez pas. Il est porteur du Kongoli. »

Les SEALs reculèrent. Ils faisaient désormais partie des rares personnes sur Terre à savoir ce qui s'était réellement passé.

« Alors, doc, qu'est-ce qu'on va raconter à la postérité ? » demanda Cooksey.

Henry leva les yeux. La dernière volée de grues de Sibérie venait de partir pour la Chine.

« On leur dira que nous nous sommes fait ça tout seuls. »

Remerciements

Je n'aurais pas pu écrire ce livre sans l'aide de certaines des plus grandes figures du milieu de la santé publique. Durant les premières étapes de mes recherches, j'ai reçu le soutien du grand chasseur de microbes Ian Lipkin, directeur du Centre d'infection et d'immunité de l'université Columbia. Le professeur Lipkin m'a permis de travailler avec son assistant Lan Quan, aujourd'hui scientifique chevronné à l'université Stony-Brook. Lan m'a patiemment expliqué bon nombre des manipulations en laboratoire décrites dans ces pages. D'autres m'ont généreusement prêté un peu de leur temps et leur expertise, comme Jamie Lee Barnabei, vétérinaire au laboratoire des services vétérinaires nationaux d'Ames, en Iowa ; le docteur Guy L. Clifton ; Sally Ann Iverson, épidémiologiste vétérinaire ; Larry Minnix, ancien P-DG de LeadingAge ; et Curtis Suttle, professeur à la faculté des sciences de l'université de la Colombie-Britannique.

Je me dois de citer individuellement tout un groupe de sources qui ont non seulement accepté de se faire interviewer pendant des heures, mais ont également relu tout ou partie du manuscrit pour en vérifier l'exactitude. Je ne pourrai jamais m'acquitter de la dette que j'ai envers eux. Parmi eux : Philip Bobbitt, professeur de droit à l'université

Columbia ; Richard A. Clarke (qui apparaît dans le livre), président de Good Harbor Consulting et Good Harbor International ; le docteur Philip R. Dormitzer, directeur en chef de la section vaccins viraux chez Pfizer ; le docteur Barney Graham, immunologiste viral et expert en vaccins à Bethesda, dans le Maryland ; Kendall Hoyt, professeur auxiliaire à la Geisel School of Medicine du Dartmouth College ; Sally Ann Iverson, épidémiologiste vétérinaire ; Jens Kuhn, de l'institut de recherche intégré de Fort Detrick, dans le Maryland ; Emily Lankau, épidémiologiste vétérinaire au Ronin Institute (qui fait également une apparition dans le livre) ; l'amiral William H. McRaven ; et le docteur Seema Yasmin, professeur de journalisme scientifique et médical à Stanford.

Il me faut aussi remercier chaleureusement la lieutenant Katherine A. Diener, responsable des affaires publiques du Submarine Group 10 à Kings Bay, en Géorgie. Grâce à son amabilité, j'ai pu visiter l'USS *Tennessee* (SSBN-734), dirigé par le commandant Paul Seitz, et rencontrer l'équipage accueillant et compétent du sous-marin. Le lieutenant Tyler Whitmore et le commandant en second James Kepper m'ont fait faire le tour de cet impressionnant instrument de guerre. J'ai également pu discuter avec un certain nombre d'officiers sous-mariniers qui m'ont parlé librement de leur vie dans les profondeurs : l'officier adjoint aux opérations Steve Hucks, le responsable culinaire deuxième classe Santos Alarcon, le technicien en chef du système d'informations Ryan Doyle, le médecin-chef Ricardo Parr, le commandant en chef des opérations Justin Kaper et le chef d'état-major adjoint Chris Horgan. Le capitaine Mike Riegel du musée des Forces sous-marines de Groton, dans le Connecticut, et le vice-amiral Albert H. Konetzni Jr m'ont également fait profiter de leur grande expertise.

Comme toujours, Stephen Harrigan a relu le premier jet et m'a donné des conseils d'écriture utiles. L'idée d'écrire ce livre m'est venue grâce au réalisateur Ridley Scott. Merci à lui et à Michael Ellenberg pour leur contribution créative.

J'ai eu la chance de travailler avec des personnes formidables au cours de ma vie professionnelle, et notamment mon agent, Andrew Wylie, et mon éditrice, Ann Close, ainsi que tous mes talentueux collaborateurs de chez Knopf, et Edward Kastenmeie et Caitlin Landuyt chez Vintage.

À PROPOS DE L'AUTEUR

Rédacteur au *New Yorker*, Lawrence Wright est l'auteur d'une dizaine de livres de non-fiction, parmi lesquels *In the New World, Remembering Satan, La Guerre cachée, Devenir clair, Thirteen Days in September, The Terror Years* et *God Save Texas*, ainsi qu'un roman, *God's Favorite*. Ses livres ont reçu de nombreux prix et récompenses, notamment le prix Pulitzer pour *La Guerre cachée*. Il est également dramaturge et scénariste, et joue du clavier dans le groupe de blues WhoDo, basé à Austin, au Texas. Sa femme et lui habitent cette ville depuis longtemps.

MIXTE
Papier issu de
sources responsables
FSC® C003309

L'éditeur de cet ouvrage s'engage dans une démarche
de certification FSC® qui contribue à la préservation
des forêts pour les générations futures.

Pour en savoir plus :
www.editis.com/engagement-rse/

Imprimé en France par CPI
en octobre 2020

N° d'impression : 3040336
M16670/01